Graham Greene:
Das Herz aller Dinge
Roman

Deutsch von Edith Walter

Deutscher
Taschenbuch
Verlag

Von Graham Greene
sind im Deutschen Taschenbuch Verlag erschienen:
Ein Mann mit vielen Namen (11429)
Orient-Expreß (11530)
Ein Sohn Englands (11576)
Zwiespalt der Seele (11595)
Das Schlachtfeld des Lebens (11629)
Der stille Amerikaner (11707)
Das Attentat (11717)
Die Kraft und die Herrlichkeit (11760)

Ungekürzte Ausgabe
September 1994
Deutscher Taschenbuch Verlag GmbH & Co. KG,
München
© 1948, 1971 Graham Greene
Titel der englischen Originalausgabe:
›The Heart of the Matter‹ (Erstveröffentlichung 1948)
© 1949, 1978 der deutschsprachigen Ausgabe:
Paul Zsolnay Verlag Gesellschaft m.b.H., Wien · Darmstadt
Umschlagtypographie: Celestino Piatti
Umschlagbild: Alexander Schütz
Satz: KCS GmbH, Buchholz/Hamburg
Druck und Bindung: C. H. Beck'sche Buchdruckerei,
Nördlingen
Printed in Germany · ISBN 3-423-11917-9

Für V.G., L.C.G. und F.C.G.

Le pécheur est au cœur même de chrétienté ...
Nul n'est aussi compétent que le pécheur en
matière de chrétienté. Nul, si ce n'est le saint.

Der Sünder lebt mitten im Herzen der Christenheit ...
Keiner weiß wie er um das Wesen der Christenheit.
Keiner, es sei denn der Heilige selbst.

Péguy*

* Charles Péguy (1875–1914), französischer Dichter und Essayist.

Keine Figur dieses Buches beruht auf einer lebenden Person. Der geographische Hintergrund der Geschichte ist jenem Teil von Westafrika nachempfunden, den ich aus eigener Anschauung kenne — das ist unvermeidlich —, aber ich möchte ausdrücklich betonen, daß kein Bewohner dieser Kolonie — mag er früher dort gelebt haben oder heute dort leben — in meinem Buch vorkommt. Selbst eine imaginäre Kolonie muß ihre Beamten haben — einen Polizeichef und einen Kolonialsekretär zum Beispiel; aus besonderem Grund wünsche ich nicht, daß man meine Romangestalten mit tatsächlich lebenden Menschen identifiziert, denn ich erinnere mich mit großer Dankbarkeit der Liebenswürdigkeit und der Rücksicht, die der Kolonialsekretär, der Polizeichef und ihr Mitarbeiterstab jener Kolonie mir entgegenbrachten, in der ich 1942 und 1943 tätig war.

Das Gedicht auf Seite 340 stammt von Rainer Maria Rilke.

ERSTES BUCH

ERSTER TEIL

Erstes Kapitel

I

Wilson saß auf dem Balkon des Bedford Hotels und preßte die nackten blaßroten Knie an das schmiedeeiserne Gitter. Es war Sonntag, und die Glocken der Kathedrale riefen zur Morgenliturgie. Auf der anderen Seite der Bond Street saßen in den Fenstern der High-School die jungen, schwarzen Mädchen in dunkelblauen Gymnastikanzügen, mit nie erlahmendem Eifer bemüht, ihr widerspenstiges Kraushaar in Wellen zu legen. Wilson strich sich über das noch neue Bärtchen und träumte, während er auf seinen Gin-Tonic wartete, vor sich hin.

Mit Blick auf die Bond Street saß er da, das Gesicht dem Meer zugewandt. Seine Blässe verriet, daß er erst vor kurzem in diesem Hafen an Land gegangen war; man merkte es auch an seinem mangelnden Interesse für die Schulmädchen gegenüber. Er glich dem nachhinkenden Zeiger eines Barometers, der noch auf »Schön« stand, lange nachdem sein Gefährte auf »Stürmisch« weitergerückt war. Unter ihm gingen die schwarzen Angestellten zur Kirche, doch auch ihre Frauen in leuchtend blauen oder kirschroten Nachmittagskleidern weckten Wilsons Interesse nicht. Er war allein auf dem Balkon, von einem bärtigen Inder mit Turban abgesehen, der schon versucht hatte, ihm wahrzusagen. Dies war weder Tag noch Stunde der Weißen — sie tummelten sich an dem fünf Meilen entfernten Strand, aber Wilson hatte kein Auto. Er fühlte sich unerträglich allein. Zu beiden Seiten der Schule fielen die Kupferdächer zum Meer ab, und das Wellblech

II

über seinem Kopf klirrte und klapperte, als ein Geier sich darauf niederließ.

Drei Offiziere der Handelsmarine von dem Geleitzug, der im Hafen lag, tauchten, vom Kai heraufkommend, in Wilsons Blickfeld auf. Sofort waren sie von kleinen Jungen mit Schulmützen umringt. Wie ein Kinderreim klang schwach der Singsang der Jungen zu Wilson herauf: »Der Captain wollen jig, jig, meine Schwester, hübsche Lehrerin, Captain wollen jig, jig.« Der bärtige Inder war stirnrunzelnd in komplizierte Berechnungen vertieft, die er auf die Rückseite eines Briefumschlags kritzelte. Als Wilson wieder auf die Straße schaute, hatten sich die Offiziere den Weg freigekämpft, und die Schuljungen schwärmten jetzt zu einem einzelnen Matrosen aus; im Triumph führten sie ihn zu einem Bordell in der Nähe der Polizeistation wie in den Kinderhort.

Ein schwarzer Boy brachte Wilsons Gin, und er trank ihn sehr langsam, weil er nur eine Alternative gehabt hätte, in sein heißes und schmuddeliges Zimmer zurückzugehen und einen Roman zu lesen – oder ein Gedicht. Wilson liebte die Poesie, doch er genoß sie heimlich wie eine Droge. ›The Golden Treasury‹* begleitete ihn überallhin, aber er nahm ihn nur abends in kleinen Dosen zu sich – ein Löffelchen Longfellow, Macaulay, Mangan: *Geh hin zu berichten, wie du, von Freundschaft verraten, von Liebe genarrt, dein Genie vergeudet…*

Er liebte die Romantik. In der Öffentlichkeit las er Edgar Wallace, denn er wünschte verzweifelt, sich nach außen hin nicht von anderen Männern zu unterscheiden: Das Bärtchen trug er wie eine Club-Krawatte – es war sein größter gemeinsamer Nenner mit den anderen, aber seine Augen verrieten ihn – braune Hundeaugen, die Augen eines Setters, die traurig auf die Bond Street gerichtet waren.

---

* ›The Golden Treasury of Best Songs and Lyrical Poems in the English Language‹, Anthologie von Francis Turner Palgrave, 1861. (A. d. Ü.)

»Entschuldigen Sie«, sagte eine Stimme, »Sie sind doch Wilson, oder?«

Er blickte auf und sah vor sich einen Mann mittleren Alters in den unvermeidlichen Khakishorts; sein Gesicht wirkte eingefallen, und seine Haut hatte die Farbe trockenen Heus.

»Ja, ich bin Wilson.«

»Darf ich mich zu Ihnen setzen? Mein Name ist Harris.«

»Sehr erfreut, Mr. Harris.«

»Sie sind der neue Buchhalter der United African Company?«

»Der bin ich. Einen Drink?«

»Nur Zitronenwasser bitte. Kann mitten am Tag nichts trinken.«

Der Inder stand von seinem Tisch auf und näherte sich unterwürfig. »Erinnern Sie sich an mich, Mr. Harris? Vielleicht erzählen Sie Ihrem Freund von meinen Talenten, Mr. Harris. Vielleicht möchte er meine Empfehlungsschreiben lesen . . .« Er hatte die schmierigen Briefumschläge immer bei der Hand. »Die Spitzen der Gesellschaft . . .«

»Verschwinde! Zieh Leine, alter Ganove«, sagte Harris.

»Woher wußten Sie meinen Namen?« fragte Wilson.

»Hab' ihn in einem Telegramm gelesen«, sagte Harris. »Ich bin Telegrammzensor. Was für ein Job! Was für ein Ort!«

»Ich sehe schon von hier aus, daß Ihr Glück sich erheblich gewandelt hat, Mr. Harris. Wenn Sie einen Moment mit mir ins Badezimmer kommen wollten . . .«

»Verschwinde, Gunga Din!«

»Wieso ins Badezimmer?« fragte Wilson.

»Dort betreibt er seine Wahrsagerei. Ich glaube, es ist der einzige Raum hier, in dem er es ungestört tun kann. Ich habe nie daran gedacht, ihn nach dem Warum zu fragen.«

»Schon lange hier?«

»Achtzehn verdammte Monate.«

»Geht's bald nach Hause?«

13

Harris schaute über die Blechdächer zum Hafen. »Die Schiffe fahren alle in die verkehrte Richtung«, sagte er. »Doch wenn ich einmal zu Hause bin, wird man mich hier nie wiedersehen.« Er senkte die Stimme und sagte böse über sein Zitronenwasser hinweg: »Ich hasse den Ort. Ich hasse die Menschen. Hasse die verdammten Nigger. Aber man darf sie so nicht nennen, wissen Sie.«

»Mein Boy scheint ganz in Ordnung.«

»Der eigene Boy ist immer in Ordnung. Er ist ein echter Nigger – aber die Leute hier, sehen Sie sie doch an, sehen Sie sich die da unten an – die mit der Federboa. Das sind nicht einmal echte Nigger. Nur Westinder, und sie beherrschen die Küste. Verkäufer in den Läden, Stadträte, Magistratsbeamte, Anwälte – mein Gott! Oben im Protektorat ist es ja ganz in Ordnung. Gegen echte Nigger habe ich nichts einzuwenden. Gott hat unsere Farben geschaffen. Aber die hier – mein Gott! Die Regierung fürchtet sie. Die Polizei fürchtet sie. Schauen Sie nur da runter«, sagte Harris, »schauen Sie sich Scobie an.«

Ein Geier schlug auf dem Wellblechdach mit den Flügeln, flatterte an einen anderen Platz, und Wilson sah zu Scobie hinunter. Er tat es interesselos und nur, weil er einem Fremden gefällig sein wollte; er hatte den Eindruck, daß an dem gedrungenen grauhaarigen Mann, der allein die Bond Street heraufkam, nichts Bemerkenswertes war. Er ahnte nicht, daß dies einer jener Momente war, die ein Mensch nie vergißt: Der Erinnerung war eine kleine Verletzung zugefügt worden, und die Narbe würde immer weh tun, wenn gewisse Dinge zusammentrafen – Gingeschmack zu Mittag, der Duft von Blumen unter einem Balkon, das Klappern von Wellblech, ein häßlicher Vogel, der von einem Platz zum anderen flatterte.

»Er liebt sie so sehr«, sagte Harris, »er schläft sogar mit ihnen.«

»Ist das die Polizeiuniform?«

»Das ist sie. Unsere großartige Polizei. ›Ein verloren Ding sie nie wiederbringt ...‹ Sie kennen das Gedicht.«

»Ich lese keine Gedichte«, sagte Wilson. Seine Augen folgten Scobie die in Sonne getauchte Straße entlang. Scobie blieb stehen und wechselte ein paar Worte mit einem Schwarzen in einem weißen Panama; ein schwarzer Polizist kam vorbei und salutierte stramm. Scobie ging weiter.

»Wahrscheinlich läßt er sich auch von den Syrern schmieren, aber die Wahrheit erfährt man ja nie.«

»Den Syrern?«

»Dies hier ist der Turm zu Babel – das Original«, sagte Harris. »Westinder, Afrikaner, richtige Inder, Syrer, Engländer, Schotten in der Baubehörde, irische Priester, französische Priester, elsässische Priester.«

»Was machen die Syrer?«

»Geld. Ihnen gehören alle Läden im Landesinnern und die meisten hier. Und sie schmuggeln Diamanten.«

»Das wird wohl eifrig betrieben.«

»Die Deutschen zahlen hohe Preise.«

»Ist seine Frau nicht hier?«

»Wen meinen? Ach, Scobie. Doch, doch. Er hat eine Frau. Aber vielleicht würde ich auch mit Niggern schlafen, wenn ich eine solche Frau hätte. Sie werden sie bald kennenlernen. Sie ist die Intellektuelle der Stadt. Sie liebt Kunst, Dichtung. Hat eine Kunstausstellung für schiffbrüchige Matrosen organisiert. Sie kennen das doch – Gedichte von Fliegern über das Exil, Aquarelle von Heizern, Brandmalereien aus den Missionsschulen. Armer alter Scobie. Trinken Sie noch einen Gin?«

»Ich glaub' schon«, sagte Wilson.

2

Scobie bog hinter dem Sekretariat in die James Street ein. Mit seinen langen Balkons erinnerte ihn das Gebäude immer an ein Krankenhaus. Fünfzehn Jahre schon beobachtete er die Ankunft endloser Patientenschlangen; in regelmäßigen Abständen von anderthalb Jahren wurden bestimmte Patienten nach Hause geschickt, mit gelbem Gesicht und angegriffenen Nerven, und andere nahmen ihre Plätze ein — Kolonialsekretäre, Landwirtschaftssekretäre, Finanzbeamte und Direktoren des Amtes für öffentliche Bauarbeiten. Er beobachtete die Fieberkurve jedes einzelnen — den ersten grundlosen Wutausbruch, das erste über den Durst getrunkene Glas, das plötzliche Herumreiten auf Prinzipien nach einem Jahr stillschweigenden Duldens. Die schwarzen Büroangestellten eilten mit der freundlich-fürsorglichen Miene von Ärzten am Krankenbett durch die langen Korridore; heiter und respektvoll nahmen sie jede Beleidigung hin. Der Patient hatte immer recht.

Um die Ecke, vor dem alten Baumwollbaum, wo die frühesten Siedler sich am ersten Tag zusammengefunden hatten, den sie an diesem unwirtlichen Gestade verbrachten, stand das Gerichtsgebäude mit der Polizeistation, ein gewaltiger Steinbau, Symbol übertriebener Großmannssucht schwacher Männer. In der festgefügten Struktur raschelte der Mensch durch die Korridore wie getrocknetes Korn. Niemand hätte die hohen Ansprüche an die Gerechtigkeit erfüllen können, die einem solchen Haus angemessen gewesen wären. Doch die Idee fand in jedem Fall schon im ersten Raum ein unrühmliches Ende. In dem engen, dunklen Korridor dahinter, im Vernehmmungsraum und in den Zellen, witterte Scobie immer den Geruch menschlicher Gemeinheit und Ungerechtigkeit — es roch wie in einem Zoo nach Sägespänen, Exkrementen, Ammoniak — und nach zu wenig Freiheit. Die Räume wurden täglich geputzt, aber der Geruch ließ sich nicht vertreiben. Wie Zigarettenrauch haftete er an der Kleidung von Häftlingen und Polizisten.

Scobie stieg die hohe Treppe hinauf und wandte sich in dem schattigen äußeren Korridor nach rechts, wo sein Zimmer lag: ein Tisch, zwei Küchenstühle, ein Schrank, ein paar rostige Handschellen, wie ein alter Hut an einen

Nagel gehängt, ein Aktenschrank. Einem Fremden wäre das Zimmer kahl und ungemütlich vorgekommen, aber für Scobie war es sein Zuhause. Andere Männer schaffen sich allmählich ein Heim, indem sie es mit allen möglichen persönlichen Habseligkeiten vollstopfen − einem neuen Bild, immer mehr Büchern, einem seltsam geformten Briefbeschwerer, dem Aschenbecher, den sie aus einem längst vergessenen Grund in einem längst vergessenen Urlaub erworben haben; Scobie schuf sich dieses Heim durch einen Prozeß von Minimierung. Er hatte vor fünfzehn Jahren mit viel mehr begonnen, als heute noch vorhanden war. Es hatte ein Foto seiner Frau gegeben, bunte Lederkissen vom Markt, einen Lehnsessel und an der Wand eine große Karte des Hafens. Die Karte hatten sich jüngere Polizisten ausgeliehen; er brauchte sie nicht mehr. Ihm hatte sich der gesamte Küstenstreifen der Kolonie ins Gedächtnis eingeprägt: Seine Zuständigkeit reichte von Kufa Bay bis Medley. Was die Kissen und den Lehnsessel anbelangte, hatte er bald entdeckt, daß Komfort dieser Art in der stickigen Stadt nur mehr Hitze bedeutete. Wo der Körper berührt oder von etwas umschlossen wurde, schwitzte er. Schließlich war auch das Foto seiner Frau überflüssig geworden, da sie selbst anwesend war. Sie war ihm im ersten Jahr des Sitzkrieges nach Afrika gefolgt und konnte jetzt nicht mehr fort; wegen der U-Boot-Gefahr war sie zum festen Inventar geworden wie die Handschellen am Nagel. Außerdem war es ein sehr frühes Foto gewesen, und er wollte nicht mehr an das noch unausgeprägte Gesicht mit dem ruhig-sanften Ausdruck der Unerfahrenheit und den auf Anordnung des Fotografen gehorsam lächelnden Lippen erinnert werden. Fünfzehn Jahre formen ein Gesicht, die Sanftheit wird von Erfahrung verdrängt, und er war sich seiner Verantwortung immer bewußt. Denn er hatte den Weg bestimmt: Die Erfahrung, die sie machte, war von ihm gelenkt. Er hatte ihr Gesicht geformt.

Er setzte sich an den leeren Tisch, und fast gleichzeitig

schlug sein Mende-Sergeant auf der Schwelle die Hacken zusammen. »Sah*?«

»Etwas zu melden?«

»Der Commissioner wollen Sie sprechen, Sah.«

»Was Neues im Polizeibericht?«

»Zwei Schwarze prügeln sich auf Markt, Sah.«

»Weibergeschichten?«

»Ja, Sah.«

»Sonst noch was?«

»Miss Wilberforce wollen Sie sprechen, Sah. Ich sagen ihr, Sie sind in Kirche und sie soll später zurückkommen, aber sie bleiben. Sie sagen, sie nicht gehen, kein Schritt.«

»Welche Miss Wilberforce ist das, Sergeant?«

»Weiß nicht, Sah. Sie kommen aus Sharp Town, Sah.«

»Na schön, ich spreche mit ihr, nachdem ich beim Commissioner war. Aber mit niemand sonst, denken Sie dran.«

»Sehr gut, Sah.«

Auf dem Weg durch den Flur zum Zimmer des Commissioners sah Scobie ein Mädchen allein auf einer Bank sitzen. Er gestattete sich keinen zweiten Blick. Hatte nur den flüchtigen Eindruck eines jungen, schwarzen afrikanischen Gesichts, eines hellen Baumwollkleides − dann hatte er das Mädchen wieder vergessen und überlegte, was er dem Commissioner sagen sollte. Es hatte ihn schon die ganze Woche beschäftigt.

»Setzen Sie sich, Scobie.« Der Commissioner war ein alter Mann von dreiundfünfzig − in der Kolonie errechnete man das Alter nach den Dienstjahren. Der Commissioner mit seiner zweiundzwanzigjährigen Dienstzeit war der älteste hier, ebenso wie der Gouverneur im Vergleich zu jedem District Officer, der fünf Dienstjahre auf dem Buckel hatte, ein Grünschnabel von sechzig Jahren war.

---

* Sah = Sir (A. d. Ü.)

»Ich gehe in Pension, Scobie«, sagte der Commissioner. »Und zwar nach dieser Amtsperiode.«

»Ich weiß.«

»Ich nehme an, daß alle es wissen.«

»Ich habe gehört, wie die Männer sich darüber unterhalten haben.«

»Und doch sind Sie erst der zweite, dem ich es sage. Spricht man auch schon davon, wer mein Nachfolger werden soll?«

»Man weiß, wer es nicht wird«, sagte Scobie.

»Es ist verdammt unfair«, sagte der Commissioner. »Ich kann nicht mehr tun, als ich schon getan habe, Scobie. Sie haben ein einmaliges Talent, sich Feinde zu schaffen. Wie Aristides der Gerechte.«

»So gerecht bin ich auch wieder nicht, glaube ich.«

»Die Frage ist, was wollen Sie tun? Man schickt uns einen gewissen Baker aus Gambia. Er ist jünger als Sie. Wollen Sie den Dienst quittieren, sich pensionieren oder versetzen lassen, Scobie?«

»Ich will hierbleiben«, sagte Scobie.

»Das wird Ihrer Frau nicht gefallen.«

»Ich bin schon zu lange hier, um zu gehen.« Arme Louise, dachte er, hätte ich es ihr überlassen, wo wären wir jetzt? Und mußte sich im selben Atemzug eingestehen, daß sie bestimmt nicht hier, sondern irgendwo wären, wo alles viel, viel besser war – besseres Klima, bessere Bezahlung, bessere Position. Sie hätte jede Beförderungsmöglichkeit genutzt, wäre munter die Leiter hinaufgeklettert und hätte das Natterngezücht im Gras zurückgelassen. Ich bin natürlich hier gestrandet, dachte er mit dem merkwürdig warnenden Schuldgefühl, das ihn nie verließ, als sei er für etwas in der Zukunft verantwortlich, das er überhaupt nicht vorhersehen konnte. »Sie wissen, wie gern ich hier bin.«

»Ich glaube ja. Und ich frage mich, warum?«

»Abends ist es so hübsch hier«, sagte Scobie vage.

»Kennen Sie die neueste Geschichte, die man sich im Sekretariat über Sie erzählt?«

»Wahrscheinlich, daß ich mich von den Syrern bestechen lasse.«

»So weit ist man noch nicht. Das ist die nächste Stufe. Nein, Sie schlafen mit schwarzen Mädchen. Sie wissen ja, warum, Scobie. Sie hätten mit einer ihrer Frauen flirten müssen. Sie sind beleidigt.«

»Vielleicht sollte ich wirklich mit einem schwarzen Mädchen schlafen. Dann brauchten sie sich nichts anderes auszudenken.«

»Ihr Vorgänger hat mit Dutzenden geschlafen«, sagte der Commissioner, »aber danach hat kein Hahn gekräht. Für ihn haben sie sich was anderes einfallen lassen. Angeblich hat er heimlich getrunken. Damit rechtfertigen sie, daß sie in aller Öffentlichkeit bechern. Was für ein Haufen Schweine, Scobie.«

»Der erste Adjutant des Kolonialsekretärs ist kein übler Kerl.«

»Nein, der erste Adjutant ist in Ordnung.« Der Commissioner lachte. »Sie sind ein fürchterlicher Mensch, Scobie. Scobie der Gerechte.«

Scobie ging durch den Korridor zurück; das Mädchen saß im Dämmerlicht da. Seine Füße waren nackt; sie standen nebeneinander wie Gipsmodelle in einem Museum, gehörten nicht zu dem hellen Baumwollkleid. »Sind Sie Miss Wilberforce?« fragte er.

»Ja, Sir.«

»Sie wohnen nicht hier, nicht wahr?«

»Nein. Ich wohne in Sharp Town, Sir.«

»Schön, kommen Sie rein.« Er ging in sein Büro voraus und setzte sich an den Schreibtisch. Da kein Bleistift bereitlag, öffnete er die Schublade. Hier und nur hier, hatten sich alle möglichen Dinge angesammelt: Briefe, Radiergummis, ein zerrissener Rosenkranz – aber kein Bleistift. »Wo drückt der Schuh, Miss Wilberforce?« Sein Blick blieb an einem Schnappschuß hängen – Badegesellschaft am Strand von Medley: seine Frau, die Frau des Kolonialsekretärs, der Direktor für das Schulwesen, der etwas in die Höhe hielt, das wie ein toter Fisch aussah, die Frau des Leiters der Kolonial-Finanzabteilung. Die großen Flächen weißer Haut ließ sie wie eine Versammlung von Albinos aussehen, und alle lachten mit weit aufgerissenem Mund.

»Mein Hauswirtin«, sagte das Mädchen, »sie hat gestern abend mein Wohnung aufgebrochen. Sie kommen herein, als es dunkel ist, und sie machen kaputt alle Trennwände und stehlen meine Truhe mit meinen ganzen Sachen.«

»Wie viele Untermieter?«

»Nur drei, Sir.«

Er wußte genau, wie es lief; ein Mieter bezog eine Einraum-Hütte für fünf Shilling, stellte ein paar dünne Trennwände auf und vermietete seinerseits diese sogenannten Zimmer für zwei Shilling sechs Pence pro Stück – ein Mietshaus in der Horizontalen. Jedes Zimmer wurde mit einer Truhe ausgestattet, die ein bißchen Porzellan und ein paar Gläser enthielt – von einem Arbeitgeber entliehen oder abgestaubt – mit einem Bett aus alten Packkisten und einer Sturmlaterne. Die Glaszylinder dieser Laternen hatten keine lange Lebensdauer, und die kleinen offenen Flammen waren immer darauf aus, ein bißchen verschüttetes Paraffin zu erhaschen; sie leckten an den Trennwänden aus Sperrholz und verursachten unzählige Brände. Manchmal erzwang eine Hauswirtin sich den Zutritt und riß die gefährlichen Trennwände ein, manchmal stahl sie die Lampen ihrer Mieter, und die Kunde von ihrem Diebstahl zog immer weitere Kreise mit weiteren Lampendiebstählen, bis sie endlich ins europäische Viertel gelangten und im Club zum Gesprächsthema wurden. »Ich kann meine Lampen nicht behalten, weder für Geld noch für gute Worte.«

»Ihre Hauswirtin«, sagte Scobie scharf, »Sie sagen, Sie macht große Schwierigkeiten; zu viele Mieter, zu viele Lampen.«

»Nein, Sir, kein Lampenpalaver.«

21

»Weiberpalaver, wie? Sie sind schlechtes Mädchen?«

»Nein, Sir.«

»Warum kommen Sie her? Warum suchen Sie nicht Corporal Laminah in Sharp Town auf?«

»Er Bruder von meiner Hauswirtin, Sir.«

»Tatsächlich? Dieselbe Mutter, derselbe Vater?«

»Nein, Sir. Derselbe Vater.«

Das Gespräch verlief wie ein Ritual zwischen Priester und Ministrant. Er wußte genau, was geschehen würde, wenn einer seiner Leute die Sache untersuchte. Die Hauswirtin würde sagen, sie habe ihre Mieterin aufgefordert, die Trennwände zu entfernen, und als das nichts nutzte, habe sie selbst gehandelt. Sie würde leugnen, daß je eine Truhe mit Porzellan dagewesen war. Der Corporal würde es bestätigen. Es würde sich herausstellen, daß er nicht der Bruder, sondern ein nicht näher zu bezeichnender Verwandter war — die Beziehung wahrscheinlich ehrenrührig. Bestechungsgelder würden unter der respektablen Bezeichnung »Zuschüsse« die Besitzer wechseln, der Sturm der Entrüstung und des Zorns, der so echt geklungen hatte, würde sich legen, die Trennwände wieder aufgestellt werden, kein Mensch würde je wieder die Truhe erwähnen, und verschiedene Polizisten würden um einen oder zwei Shilling reicher sein. Zu Beginn seiner Dienstzeit hatte Scobie sich mit Feuereifer auf diese Fälle gestürzt; immer wieder hatte er sich in der Rolle des »Rächers der Armen« gesehen, da er der armen, unschuldigen Mietpartei glaubte, die sich gegen den reichen und schuldigen Hausbesitzer zur Wehr setzen mußte. Bald jedoch hatte er festgestellt, daß Schuld und Unschuld genauso relativ waren wie der Reichtum.

Der Mieter, dem Unrecht geschehen war, stellte sich als wohlhabender Kapitalist heraus, der aus einem einzigen Zimmer allwöchentlich einen Profit von fünf Shilling herausholte und selbst mietfrei wohnte. Danach hatte Scobie diese Fälle im Keim zu ersticken versucht. Er hatte den Klägern Vernunft gepredigt und sie darauf hingewiesen, daß eine Untersuchung ergebnislos bleiben und sie nur Zeit und Geld kosten werde. Manchmal weigerte er sich rundheraus, die Untersuchung einzuleiten. Die Folge seiner Untätigkeit war, daß man die Fenster seines Wagens mit Steinen bewarf, ihm die Reifen aufschlitzte und den Spitznamen »Böser Mann« anhängte, den er eine ganze lange und traurige Amtsperiode nicht loswurde, was ihm in der Hitze und der Feuchtigkeit über Gebühr zu schaffen machte; er konnte ihn nicht mit einem Schulterzucken abtun. Schon hatte er angefangen, sich nach dem Vertrauen und der Zuneigung dieser Menschen zu sehnen. In diesem Jahr bekam er Schwarzwasserfieber und hätte um ein Haar als dienstuntauglich entlassen werden müssen.

Das Mädchen wartete geduldig auf seine Entscheidung. Die Leute verfügten über eine unendliche Geduld, wenn Geduld vonnöten war − ebenso wie ihre Ungeduld alle Grenzen des Anstands sprengte, wenn sie sich etwas davon erhofften. Sie saßen einen ganzen Tag lang still im Hinterhof eines Weißen, um ihn um etwas zu bitten, das zu gewähren er nicht befugt war; oder sie kreischten und schlugen um sich und schimpften wie die Rohrspatzen, nur um in einem Laden vor ihrem Nachbarn oder der Nachbarin bedient zu werden. Wie schön sie ist, dachte er. Merkwürdig zu denken, daß er vor fünfzehn Jahren für diese Schönheit keinen Blick gehabt − die kleinen, hohen Brüste, die schmalen Handgelenke, das junge, stramme Gesäß nicht einmal bemerkt hätte; er hätte sie von ihren Landsleuten nicht unterscheiden können − eben eine Schwarze. Damals hatte er seine Frau für schön gehalten. − Eine weiße Haut hatte ihn nicht an einen Albino erinnert. Arme Louise. »Geben Sie dem diensthabenden Sergeant diesen Zettel«, sagte er.

»Danke, Sir.«

»Das ist schon recht.« Er lächelte. »Versuchen Sie, ihm die Wahrheit zu sagen.«

Er sah ihr nach, als sie das dunkle Büro verließ − ein Symbol für fünfzehn vergeudete Jahre.

3

Scobie war in dem nie endenden Kampf um Wohnraum ausgetrickst worden. Während seines letzten Urlaubs hatte er den Bungalow in Cape Station, dem größten Europäerviertel, an einen Gesundheitsinspektor namens Fellowes verloren und fand sich bei seiner Rückkehr in ein würfelförmiges, einstöckiges Haus verbannt, das in der Niederung – einem trockengelegten Sumpfgebiet, das wieder zu Sumpf werden würde, sobald der Regen einsetzte – ursprünglich für einen syrischen Händler erbaut worden war. Aus den Fenstern blickte er über eine Reihe kreolischer Häuser hinweg direkt aufs Meer; auf der anderen Straßenseite wühlten in einem Militärfuhrpark die schweren Laster die Erde auf, und Geier stolzierten wie zahme Truthähne durch den Abfall des Regiments. Auf den flachen Hügeln dahinter duckten sich die Bungalows des Europäerviertels unter die tiefhängenden Wolken; die Lampen in den Schränken brannten, doch die Schuhe schimmelten trotz allem, und dennoch waren das die Häuser für Männer seines Ranges. Den Frauen war Stolz unendlich wichtig – Stolz auf sich selbst, auf ihren Mann, auf ihre Umgebung. Nur selten waren sie, wie ihm schien, auf etwas stolz, das man nicht sah.

»Louise!« rief er. »Louise!« Er hatte keinen Grund zu rufen; wenn sie nicht im Wohnzimmer war, konnte sie sich nur noch im Schlafzimmer aufhalten. (Die Küche war nichts als ein Schuppen im Hof, der Hintertür gegenüber.) Doch er hatte sich angewöhnt, ihren Namen zu rufen; es war eine Gewohnheit, die er in den Tagen der Angst und der Liebe angenommen hatte. Je weniger er Louise brauchte, um so stärker wurde er sich seiner Verantwortung für ihre innere Ausgeglichenheit, ihr Glück bewußt. Wenn er ihren Namen rief, schrie er wie Canute* gegen eine Flut an – die Flut ihrer Melancholie, ihrer Enttäuschung.

* englischer König dänischer Herkunft (A. d. Ü.)

Früher hatte sie geantwortet, doch sie war kein solches Gewohnheitstier wie er — und auch nicht so falsch, sagte er sich manchmal. Liebenswürdigkeit und Mitleid hatten keine Chance bei ihr; nie hätte sie ein Gefühl geheuchelt, das sie nicht empfand; wie ein Tier gab sie sich völlig ihrer momentanen Krankheit hin und genas ebenso plötzlich. Als er sie im Schlafzimmer unter dem Moskitonetz fand, erinnerte sie ihn an einen Hund oder eine Katze, so völlig erschöpft war sie. Ihr Haar war verklebt, ihre Augen geschlossen. Er stand ganz still, wie ein Spion in fremdem Land, und tatsächlich befand er sich jetzt in einem fremden Land. Wenn ihm Zuhause die Reduzierung der Dinge auf ein freundliches, unwandelbares Minimum bedeutete, bestand Zuhause für sie aus einer Anhäufung von Dingen. Der Toilettentisch war vollgepackt mit Tiegeln und Fotografien — er als junger Mann in der seltsam altmodisch wirkenden Uniform des Ersten Weltkriegs; die Frau des obersten Richters, die Louise im Augenblick als ihre Freundin betrachtete; ihr einziges Kind, das vor drei Jahren in der Schule in England gestorben war — das kleine, fromme Gesicht einer Neunjährigen im weißen Musselinkleid, das sie zur Erstkommunion getragen hatte; unzählige Aufnahmen von Louise selbst, auf Gruppenbildern mit Krankenschwestern, bei der Admiral's Party in Medley Beach, im Hochmoor von Yorkshire mit Teddy Bromley und seiner Frau. Es war, als sammle sie Beweise dafür, daß sie Freunde hatte wie andere Leute auch. Er betrachtete sie durch das Musselinnetz. Vom Malariamittel Atebrin hatte ihre Haut einen Elfenbeinton bekommen; ihr Haar, einst honigfarben, war dunkel — und streifig von Schweiß. In solchen Momenten, in Zeiten, in denen sie häßlich war, liebte er sie, wurden Mitleid und Verantwortungsgefühl so stark wie Leidenschaft. Es war Mitleid, das ihn gehen hieß. Nicht einmal seinen ärgsten Feind hätte er aus dem Schlaf geweckt, geschweige denn Louise. Auf Zehenspitzen ging er hinaus und die Treppe hinunter. (Eine Innentreppe

25

fand man in dieser Stadt ebenerdiger Bungalows nur noch in der Residenz, und Louise hatte sich große Mühe gegeben, durch einen Treppenläufer und Bilder an der Wand zu zeigen, daß diese Treppe ihr besonderer Stolz war.) Im Wohnzimmer stand ein Bücherschrank, vollgestopft mit ihren Büchern, Teppiche bedeckten den Boden, und außerdem gab es da eine Eingeborenenmaske aus Nigeria und noch mehr Fotografien. Die Bücher mußten, damit sie nicht allzu feucht wurden, tagtäglich abgewischt werden; und es war Louise nicht sehr gut gelungen, den Speiseschrank, der, um die Ameisen fernzuhalten, mit allen vier Füßen in kleinen Schalen mit Wasser stand, mit einem geblümten Vorhang zu kaschieren.

Der Boy legte zum Lunch nur ein Gedeck auf. Er war klein und untersetzt mit dem breiten, sympathisch häßlichen Gesicht eines Temne. Seine bloßen Füße klatschten wie leere Handschuhe über den Fußboden.

»Was fehlt der Missus?« fragte Scobie.

»Bauchweh«, antwortete Ali.

Scobie nahm eine Mende-Grammatik aus dem Bücherschrank; sie lag versteckt im untersten Regal, wo der unsaubere Einband nicht auffiel. In den oberen Regalen standen mit großen Lücken dazwischen Louises Lieblingsautoren – nicht mehr ganz junge englische Poeten und die Romane von Virginia Woolf.

Er konnte sich nicht konzentrieren: Es war zu heiß, und die Abwesenheit seiner Frau machte sich im Raum wie ein lästiger Schwätzer bemerkbar, der ihn ständig an seine Verantwortung erinnerte. Eine Gabel fiel zu Boden, und er beobachtete, wie Ali sie aufhob und verstohlen am Ärmel abwischte, beobachtete ihn voller Zuneigung. Seit fünfzehn Jahren waren sie zusammen – ein Jahr länger als Scobies Ehe dauerte –, viel länger als man üblicherweise Hausangestellte behielt. Ali war zuerst kleiner Boy gewesen; später, in jenen Tagen, in denen man vier Diener hatte, zweiter und jetzt erster Diener. Nach jedem

Urlaub stand Ali auf der Landungsbrücke, um mit vier oder fünf zerlumpten Trägern den Gepäcktransport zu organisieren. Während dieser Urlaube bemühten sich viele Leute, ihm Alis Dienste abspenstig zu machen, aber bisher hatte er immer gewartet – nur einmal nicht, als er im Gefängnis gewesen war. Gefängnis war keine Schande, nur ein Hindernis, über das irgendwann jeder stolperte.

»Ticki!« rief klagend eine Stimme, und Scobie stand sofort auf. »Ticki!« Er ging hinauf.

Seine Frau hatte sich unter dem Moskitonetz aufgerichtet, und einen Moment lang hatte er das Gefühl, ein Bratenstück unter einer Fleischglocke zu sehen. Aber das Mitleid verdrängte schnell dieses grausame Bild.

»Geht es dir besser, Liebling?«

»Mrs. Castle war hier«, sagte Louise.

»Das reicht, um einen krank zu machen«, sagte Scobie.

»Sie hat über dich gesprochen.«

»Was denn?« Er sah sie mit einem gekünstelt fröhlichen Lächeln an; ein großer Teil des Lebens bestand darin, daß man Unglück auf einen späteren Zeitpunkt verschob. Nichts ging durch ein Hinauszögern jemals verloren. Er hatte das dumpfe Gefühl, daß einem alle Dinge vielleicht vom Tod aus der Hand genommen wurden, wenn man sie nur lange genug hinauszögerte.

»Sie hat gesagt, daß sich der Commissioner pensionieren läßt und man dich übergangen hat.«

»Ihr Mann spricht zuviel im Schlaf.«

»Ist es wahr?«

»Ja. Ich weiß es seit Wochen. Es macht mir nichts aus, meine Liebe, wirklich nicht.«

»Ich werde mich im Club nie wieder blicken lassen können«, sagte Louise.

»So schlimm ist es auch wieder nicht. So was passiert eben.«

»Du wirst den Dienst quittieren, nicht wahr, Ticki?«

»Ich glaube nicht, daß ich das kann, meine Liebe.«

»Mrs. Castle ist auf unserer Seite. Sie war wütend. Sie

sagt, alle reden darüber und behaupten alles mögliche. Liebling, du nimmst doch kein Geld von den Syrern?«

»Natürlich nicht, meine Liebe.«

»Ich habe mich so aufgeregt, daß ich das Ende der Messe nicht abwarten konnte und hinausgegangen bin. Es ist so gemein von ihnen, Ticki. Du darfst es nicht stillschweigend hinnehmen. Du mußt an mich denken.«

»Das tue ich ja, ununterbrochen.« Er setzte sich auf das Bett, griff mit der Hand unter das Moskitonetz und umfing die ihre. Wo Haut auf Haut lag, traten sofort kleine Schweißperlen aus. »Ich denke wirklich an dich, meine Liebe«, sagte er. »Aber ich bin jetzt fünfzehn Jahre hier und wäre woanders völlig verloren, selbst wenn man mir einen anderen Posten gäbe. Übergangen zu werden ist nicht unbedingt die beste Empfehlung, nicht wahr?«

»Wir könnten in Pension gehen.«

»Von der Pension könnten wir nicht leben.«

»Ich könnte ein bißchen schriftstellern und damit etwas dazuverdienen. Mrs. Castle hat gesagt, ich sollte einen Beruf daraus machen. Mit meiner großen Erfahrung.« Louise blickte durch das weiße Musselinzelt zum Toilettentisch hinüber; von dort starrte ein anderes Gesicht unter weißem Musselin zurück, und sie wandte sich hastig ab. »Wenn wir nur nach Südafrika gehen könnten«, sagte sie. »Ich ertrage die Menschen hier nicht mehr.«

»Vielleicht könnte ich dir eine Passage besorgen. In letzter Zeit wurden auf dieser Route kaum Schiffe versenkt. Du brauchst einen Urlaub.«

»Früher einmal wolltest du dich selbst pensionieren lassen. Du hast die Jahre gezählt. Hast Pläne gemacht — für uns alle.«

»Tja nun, der Mensch ändert sich«, sagte er.

»Du hast damals eben nicht geahnt, daß du mit mir allein sein würdest«, sagte sie unbarmherzig.

Er preßte seine verschwitzte Hand auf die ihre. »Was du

für einen Unsinn redest, meine Liebe. Du mußt aufstehen und ein bißchen was essen...«

»Liebst du jemanden, außer dir selbst?«

»Nein, ich liebe nur mich, das reicht. Und Ali. Ich habe Ali vergessen. Den liebe ich natürlich auch. Aber dich nicht«, fuhr er mit abgenutzten, mechanischen, gutmütigen Spötteleien fort, streichelte ihr die Hand, lächelnd, beschwichtigend, tröstend...

»Und Alis Schwester?«

»Hat er eine Schwester?«

»Sie haben doch alle Schwestern, oder? Warum warst du heute nicht in der Messe?«

»Ich hatte Frühdienst, das weißt du doch, meine Liebe.«

»Du hättest tauschen können. Du bist nicht sehr gläubig, Ticki, nicht wahr?«

»Dafür hast du genug Glauben für uns beide, meine Liebe. Komm jetzt und iß eine Kleinigkeit.«

»Ticki, manchmal denke ich, du bist nur Katholik geworden, um mich heiraten zu können. Es bedeutet dir nichts.«

»Hör mal, Liebling, du mußt jetzt runtergehen und ein bißchen was essen. Dann nimmst du den Wagen und fährst an den Strand, du brauchst frische Luft.«

»Wie anders wäre der Tag verlaufen«, sagte sie, durch ihr Netz starrend, »wenn du nach Hause gekommen wärst und gesagt hättest: ›Liebling, ich werde Polizeichef.‹«

»Weißt du, meine Liebe«, sagte Scobie nachdenklich, »an einem Ort wie diesem − in Kriegszeiten − einem bedeutenden Hafen − die Vichy-Franzosen gleich hinter der Grenze − und mit dem Diamantenschmuggel aus dem Protektorat... Nun ja, da brauchen sie einen Jüngeren.« Er glaubte selbst kein Wort von dem, was er sagte.

»Daran hatte ich nicht gedacht.«

»Das ist der einzige Grund. Man kann es keinem übelnehmen. Das ist der Krieg.«

»Der Krieg verdirbt alles, nicht wahr?«

29

»Er gibt jüngeren Männern eine Chance.«

»Liebling, vielleicht komme ich doch hinunter und esse ein paar Bissen kaltes Fleisch.«

»So ist es recht, meine Liebe.« Er zog seine Hand weg, sie triefte von Schweiß. »Ich sage Ali Bescheid.«

Unten rief er »Ali!« durch die Hintertür ins Freie.

»Massa?«

»Du kannst für zwei decken. Missus besser.«

Die erste schwache Brise des Tages kam vom Meer, strich über die Sträucher und zwischen den Kreolenhütten hindurch. Ein Geier erhob sich schwerfällig vom Wellblechdach und ließ sich im Nachbarhof wieder nieder. Scobie holte tief Atem; er fühlte sich erschöpft und dennoch so, als habe er einen Sieg errungen: Er hatte Louise überredet, ein bißchen Fleisch zu essen. Er war schon immer für das Glück der Menschen verantwortlich gewesen, die er liebte. Die eine war jetzt in Sicherheit — für immer und ewig, die andere würde ihren Lunch essen.

4

Am Abend wurde der Hafen für etwa fünf Minuten schön. Die Straßen aus ziegelrotem Verwitterungsboden, so häßlich und lehmig bei Tag, nahmen den zartrosa Farbton von Blüten an. Es war die Stunde der Zufriedenheit. Männer, die den Hafen für immer verlassen hatten, erinnerten sich manchmal an einem nassen, grauen Abend in London an den Glanz und das Leuchten, das verging, sobald man es sah; dann fragten sie sich, warum sie die Küste gehaßt hatten, und für die Dauer eines einzigen Drinks sehnten sie sich zurück.

Scobie hielt seinen Morris an einer der großen Kehren der ansteigenden Straße an und schaute hinter sich. Er war ein bißchen zu spät gekommen. Die Blüten waren über der Stadt verwelkt; die weißen Steine, die den

Rand des steil abfallenden Hügels begrenzten, schimmerten in der noch jungen Abenddämmerung wie Kerzen.

»Ob jemand da sein wird, Ticki?«

»Ganz bestimmt. Es ist Bibliotheksabend.«

»Fahr ein bißchen schneller, Lieber, es ist so heiß im Wagen. Ich freue mich auf die Regenzeit.«

»Wirklich?«

»Wenn sie doch nur einen oder zwei Monate dauern würde und dann zu Ende wäre.«

Scobie gab die passende Antwort. Er hörte nie zu, wenn seine Frau redete. Sein Geist arbeitete bei dem gleichmäßigen Geräuschpegel ruhig weiter, doch wenn sich ein Unterton von Erregung in ihre Stimme einschlich, merkte er es sofort. Wie ein Bordfunker, der einen Roman aufgeschlagen vor sich liegen hatte, konnte er jedes Signal überhören, außer dem Codezeichen seines Schiffes und dem S. O. S. Er konnte, wenn sie redete, sogar besser arbeiten, als wenn sie still war, denn solange sein Ohr die ruhigen Töne wahrnahm − den Klatsch aus dem Club, Kommentare zur Predigt von Pater Rank, die Handlung eines neuen Romans, sogar die Klagen über das Wetter −, so lange wußte er, daß alles in Ordnung war. Es war die Stille, die ihn bei der Arbeit innehalten ließ − die Stille, in der er, wenn er aufblickte, Tränen in ihren Augen entdeckte, die darauf warteten, von ihm bemerkt zu werden.

»Es heißt, daß vergangene Woche alle Eisschränke versenkt worden sind.«

Er überlegte, während sie sprach, was er wegen des portugiesischen Schiffes unternehmen sollte, das morgen früh einlaufen würde, sobald das Hafensperrgerät offen war. Alle vierzehn Tage kam ein neutrales Schiff an, das brachte den jüngeren Polizeioffizieren ein bißchen Abwechslung: anderes Essen, ein paar Glas guten Wein, vielleicht sogar die Gelegenheit, im Bordladen eine hübsche Kleinigkeit für ein Mädchen zu kaufen. Als Gegen-

31

leistung mußten sie nur den Feldjägern* bei der Paßkontrolle und der Durchsuchung der Kabinen verdächtiger Personen behilflich sein. Alle schwierigen und unangenehmen Arbeiten erledigten die Feldpolizisten selbst; im Laderaum durchsiebten sie die Reissäcke auf der Suche nach Industriediamanten, tauchten in der heißen Küche die Hände in Dosen voller Schweineschmalz oder schlitzten gestopften Truthähnen die Bäuche auf und wühlten in den Innereien. Der Versuch, in einem Linienschiff mit fünfzehntausend Bruttoregistertonnen ein paar Diamanten zu finden, war lächerlich: Kein noch so bösartiger Tyrann aus einem Märchen hatte einer Gänseliesl je eine unlösbarere Aufgabe gestellt, und dennoch trafen, mit der gleichen schönen Regelmäßigkeit wie die Schiffe selbst, die chiffrierten Telegramme ein: *Der und jener Passagier erster Klasse ist verdächtig, Diamanten mitzuführen. Die folgenden Mitglieder der Schiffsmannschaft sind verdächtig...* Es wurde nie etwas gefunden. Diesmal ist Harris an der Reihe, an Bord zu gehen, dachte Scobie, und Fraser kann ihn begleiten. Ich bin zu alt für solche Exkursionen. Sollen die Burschen sich ein bißchen amüsieren.

»Das letztemal ist die Hälfte der Bücher beschädigt angekommen.«

»Ach, wirklich?«

Nach der Zahl der Wagen zu schließen, sind noch nicht viele Leute im Club, dachte er. Er schaltete die Scheinwerfer aus und wartete darauf, daß Louise sich rührte, aber sie blieb reglos sitzen, und im Licht des Armaturenbretts sah er ihre zur Faust geballte Hand. »Nun, meine Liebe, hier sind wir«, sagte er mit der übertriebenen Munterkeit, die Fremde für ein Zeichen von Dummheit hielten.

»Glaubst du, daß es jetzt schon alle wissen?« fragte sie.

»Was wissen?«

»Daß du nicht befördert wirst.«

»Meine liebe Louise, ich dachte, das hätten wir hinter

---

* Kriminalabteilung der Militärpolizei (A. d. Ü.)

uns. Guck dir doch die vielen Generäle an, die seit 1940 nicht befördert wurden. Man wird sich wegen eines stellvertretenden Polizeichefs kaum die Köpfe heiß reden.«

»Aber sie mögen mich nicht«, sagte sie.

Arme Louise, dachte er, es ist schrecklich, wenn einen keiner mag. Und seine Gedanken wanderten zurück zu seiner ersten Amtsperiode, als die Schwarzen seine Reifen aufgeschlitzt und Schimpfworte auf seinen Wagen geschmiert hatten. »Wie lächerlich du bist, meine Liebe«, sagte er. »Ich habe noch nie jemand gekannt, der so viele Freunde hatte wie du.« Wenig überzeugend fuhr er fort: »Mrs. Halifax, Mrs. Castle...« Dann kam er zu dem Schluß, daß es vielleicht besser war, sie nicht aufzuzählen.

»Sie alle warten da drin«, sagte sie, »warten nur darauf, daß ich komme... Ich wollte heut' abend nicht in den Club. Fahren wir nach Hause.«

»Das geht nicht mehr. Eben ist Mrs. Castles Wagen eingetroffen.« Er versuchte zu lachen. »Wir sitzen in der Falle, Louise.« Er sah, wie ihre Faust sich öffnete und schloß, sah den feuchten, nutzlosen Puder wie Schnee in den Furchen ihrer Knöchel liegen. »O Ticki, Ticki«, sagte sie, »du wirst mich nie verlassen, nicht wahr? Ich habe keine Freunde − nicht seit die Tom Barlows nicht mehr da sind.« Er hob die feuchte Hand und küßte die Innenfläche. Ihre bemitleidenswerte Reizlosigkeit rührte ihn.

Seite an Seite wie zwei Polizisten im Dienst betraten sie die Lounge, wo Mrs. Halifax die Bibliotheksbücher ausgab. Selten ist etwas so schlimm wie befürchtet. Sie hatten keinen Grund anzunehmen, daß sie bisher allgemeines Gesprächsthema gewesen waren.

»Prächtig, prächtig!« rief Mrs. Halifax ihnen entgegen. »Der neue Roman von Clemens Dane ist da!« Sie war bei weitem nicht so boshaft wie die anderen Frauen des Stützpunkts. Sie trug das stets unordentliche Haar lang, und gelegentlich fand man ihre Haarnadeln in den

33

Bibliotheksbüchern, von ihr als Lesezeichen benutzt. Scobie hatte keine Skrupel, seine Frau in ihrer Gesellschaft zurückzulassen, denn Mrs. Halifax hatte kein Talent für gehässigen Klatsch. Ihr Gedächtnis war zu schlecht, um etwas lange zu bewahren. Sie las immer wieder dieselben Bücher, ohne es zu merken.

Scobie schlenderte zu einer Gruppe auf der Veranda. Fellowes, der Gesundheitsinspektor, sprach aufgeregt auf Reith, den Stellvertretenden Kolonialsekretär und einen Marineoffizier namens Brigstock ein. »Schließlich ist das ein Club«, sagte er, »und kein Bahnhofsschnellimbiß.« Seit Fellowes ihm sein Haus abspenstig gemacht hatte, tat Scobie sein Bestes, den Mann sympathisch zu finden — es war eine seiner Lebensregeln, ein guter Verlierer zu sein. Doch manchmal fiel es ihm sehr schwer, Fellowes zu mögen. Der heiße Abend schmeichelte ihm nicht — nicht den feuchten, schütteren gelblich-braunen Haaren, nicht dem kleinen Stachelbärtchen, den stachelbeerfarbenen Augen, den scharlachroten Wangen und der Krawatte des ehemaligen Lancing-Schülers.

»Ganz richtig«, stimmte Brigstock leicht schwankend zu.

»Um was geht's denn?« fragte Scobie.

Reith sagte: »Er findet, wir seien nicht exklusiv genug.« Er sprach mit der behaglichen Ironie eines Mannes, der zu seiner Zeit absolut exklusiv gewesen war und an seinem Tisch im Protektorat niemanden geduldet hatte — außer sich selbst.

»Es gibt Grenzen«, sagte Fellowes und befingerte, um sein Selbstvertrauen zu stärken, seine Lancing-Krawatte.

»Schtimmt«, nuschelte Brigstock.

»Ich habe gewußt, daß es passieren würde«, sagte Fellowes. »Wußte es, seit wir jeden Offizier des Stützpunkts zum Ehrenmitglied ernannten. Früher oder später würden unerwünschte Elemente hier auftauchen. Ich bin kein Snob, aber an einem Ort wie diesem muß man

Grenzen ziehen – den Frauen zuliebe. Hier ist es nicht wie zu Hause.«

»Aber um was geht's wirklich?« fragte Scobie noch einmal.

»Ehrenmitglieder«, sagte Fellowes, »sollten keine Gäste einführen dürfen. Erst vor ein paar Tagen hat jemand einen gemeinen Soldaten mitgebracht. Die Armee kann ja demokratisch sein, wenn es ihr Spaß macht, aber nicht auf unsere Kosten. Hinzu kommt, daß es nicht einmal für uns – geschweige denn für diese Burschen – genug Getränke gibt.«

»Triff'n Nagel auf'n Kopf«, sagte Brigstock, heftiger schwankend.

»Ich wünschte, ich wüßte, um was es geht«, sagte Scobie.

»Der Zahnarzt vom 49sten hat einen Zivilisten namens Wilson mitgebracht, und dieser Wilson will Clubmitglied werden. Das bringt uns alle in eine peinliche Lage.«

»Was stimmt nicht mit ihm?«

»Er ist ein kleiner Angestellter der United African Company. Soll er doch dem Club in Sharp Town beitreten. Was will er bei uns?«

»Der Club dort läuft einfach nicht«, sagte Reith.

»Na ja, aber das ist nicht unsere Schuld, oder?« Hinter der Schulter des Gesundheitsinspektors blickte Scobie in die ungeheure Weite der Nacht. Hin und her flitzend tauschten Leuchtkäfer am Rand des Hügels Signale aus. Die Positionslaterne eines Patrouillenbootes, das die Bucht befuhr, war nur auszumachen, weil sie ganz ruhig brannte und nicht flackerte.

»Verdunkelungszeit«, sagte Reith. »Gehen wir lieber hinein.«

»Welcher ist jetzt dieser Wilson?« fragte ihn Scobie.

»Der da drüben. Der arme Teufel sieht ganz verloren aus. Er ist erst seit ein paar Tagen hier.«

Allein inmitten einer Wüstenei aus Clubsesseln, fühlte Wilson sich sehr unbehaglich und tat so, als studiere er

35

eine Landkarte an der Wand. Sein blasses Gesicht glänzte, und der Schweiß sickerte ihm aus allen Poren wie aus zu nassem Gips. Seinen Tropenanzug hatte er offensichtlich bei einem Ausstatter gekauft, der einen Ladenhüter loswerden wollte; der Anzug war von einem dunklen Rotbraun und hatte ein merkwürdiges Streifenmuster.

»Sie sind Wilson, nicht wahr?« sagte Reith. »Ich habe Ihren Namen heute im Terminkalender des Kolonialsekretärs gesehen.«

»Ja, der bin ich«, sagte Wilson.

»Mein Name ist Reith. Ich bin der Stellvertreter des Kolonialsekretärs. Und das ist Scobie, der Stellvertretende Polizeichef.«

»Ich habe Sie heute vormittag vor dem Bedford Hotel gesehen, Sir«, sagte Wilson zu Scobie, dem Wilson irgendwie wehrlos vorkam; er stand einfach da und wartete darauf, daß die Leute entweder freundlich oder unfreundlich zu ihm waren — er schien auf beide Reaktionen gleichermaßen gefaßt. Er war wie ein Hund. Noch niemand hatte seinem Gesicht jene Linien eingeprägt, die einen Menschen ausmachen.

»Trinken Sie etwas, Wilson.«

»Ich hätte nichts dagegen, Sir.«

»Hier ist meine Frau«, sagte Scobie. »Louise, das ist Mr. Wilson.«

»Ich habe schon eine Menge über Mr. Wilson gehört«, sagte Louise steif.

»Sie sind berühmt, wie Sie sehen, Wilson«, sagte Scobie. »Sie sind ein Mann von ›unten‹ und haben sich unaufgefordert in den erlauchten Cape Station Club eingedrängt.«

»Ich wußte nicht, daß das ein Vergehen ist. Major Cooper hat mich eingeladen.«

»Da fällt mir ein«, sagte Reith, »ich muß mit Cooper einen Termin verabreden. Ich glaube, ich habe eine eitrige Zahnfistel.« Er enteilte.

»Cooper hat mir von der Bibliothek erzählt«, sagte Wilson, »und ich dachte, vielleicht ...«

»Lesen Sie gern?« fragte Louise, und Scobie stellte erleichtert fest, daß sie beschlossen hatte, nett zu dem armen Teufel zu sein. Bei Louise war das immer ein Hazardspiel. Manchmal benahm sie sich wie der schlimmste Snob, und voller Mitleid dachte er, daß sie jetzt vielleicht glaubte, sie könne es sich nicht leisten, arrogant zu sein. Jedes neue Gesicht, das noch nichts »wußte«, war ihr willkommen.

»Nun«, sagte Wilson und zupfte nervös an seinem dünnen Bärtchen, »nun ...« Es war, als sammle er Kraft für eine große Beichte oder eine große Ausrede.

»Detektivgeschichten?« fragte Louise.

»Ich habe nichts gegen Detektivgeschichten«, sagte Wilson gehemmt. »Gegen einige Detektivgeschichten.«

»Ich«, sagte Louise, »liebe Gedichte.«

»Gedichte«, sagte Wilson, »ja.« Widerstrebend ließ er sein Bärtchen in Ruhe, und etwas in seinem hündischen Blick voller Dankbarkeit und Hoffnung brachte Scobie dazu, glücklich zu denken: Habe ich tatsächlich einen Freund für sie gefunden?

»Ich liebe auch Gedichte«, sagte Wilson.

Scobie ging zur Bar. Wieder war ihm eine Last von der Seele genommen. Der Abend war ihm nicht verdorben worden. Sie würde glücklich nach Hause kommen, glücklich zu Bett gehen. Im Lauf einer Nacht änderte sich eine Stimmung nicht, und das Glück würde anhalten, bis er zum Dienst aufbrechen mußte. Er konnte schlafen ...

In der Bar hatten sich ein paar seiner jüngeren Untergebenen zusammengefunden. Fraser war da und Todd und ein neuer Mann aus Palästina mit dem ungewöhnlichen Namen Thimblerigg. Scobie zögerte hineinzugehen. Sie amüsierten sich großartig und wollten gewiß keinen Vorgesetzten in der Nähe haben. »Unerhörte Frechheit«, sagte Todd. Wahrscheinlich sprachen sie über den armen

37

Wilson. Bevor er sich entfernen konnte, hörte er jedoch Fraser sagen: »Aber er ist bestraft genug. Er hat die literarische Louise am Hals.« Thimblerigg lachte glucksend, und auf seiner plumpen Unterlippe bildete der Gin ein Bläschen.

Scobie ging rasch in die Lounge zurück. Blindlings rannte er gegen einen Clubsessel und blieb stehen. Die Dinge in seinem Blickfeld gewannen wieder feste Konturen, doch Schweiß tröpfelte ihm ins rechte Auge. Er rieb es sich mit Fingern, die wie die eines Alkoholikers zitterten. Sei vorsichtig, sagte er sich. Dieses Klima taugt nicht für Gefühle. Es ist ein Klima für Gemeinheit, Bosheit, Snobismus, aber Haß oder Liebe bringen einen Menschen um den Verstand. Er erinnerte sich, daß Bowers nach Hause geschickt worden war, weil er dem Adjutanten des Gouverneurs bei einer Party einen Kinnhaken versetzte; und er dachte an den Missionar Makin, der in einer Klapsmühle in Chislehurst geendet hatte.

»Es ist verdammt heiß«, sagte er zu irgend jemand, der schemenhaft an seiner Seite auftauchte.

»Sie sehen schlecht aus, Scobie. Trinken Sie was.«

»Nein, besten Dank, ich muß noch meine Kontrollrunde machen.«

Neben den Bücherregalen unterhielt Louise sich glückselig mit Wilson, doch Scobie spürte die Bosheit und die Arroganz der Welt, die wie Wölfe seine Frau umschlichen. Sie lassen ihr nicht einmal die Freude an den Büchern, dachte er, und seine Hand begann wieder zu zittern. Im Näherkommen hörte er sie mit der sanften Miene einer gütigen Fee sagen: »Sie müssen einmal zum Dinner zu uns kommen. Ich habe viele Bücher, die Sie vielleicht interessieren werden.«

»Ich komme gern«, sagte Wilson.

»Rufen Sie uns einfach an, und überlassen Sie dem Zufall, was es gibt.«

Scobie dachte: Wofür halten sich denn die anderen, daß sie sich anmaßen, über einen Menschen zu spotten? Er kannte Louises Fehler, jeden einzelnen. Wie oft war er schon zusammengezuckt, weil sie Fremde von oben herab behandelt hatte. Er kannte jede Phrase, jeden Tonfall, die andere so befremdlich fanden. Wie gern hätte er sie manchmal gewarnt: Zieh dieses Kleid nicht an, sag das nicht wieder − wie eine Mutter, die ihre Tochter beriet, doch er mußte schweigen, den Verlust *ihrer* Freunde schmerzlich ahnend. Am schlimmsten war, wenn seine Kollegen ihn mit besonders warmer Herzlichkeit behandelten, als sei er zu bemitleiden. Welches Recht habt ihr, sie zu kritisieren? hätte er gern gerufen. Es ist meine Schuld. Ich habe das aus ihr gemacht. Sie war nicht immer so!

Fast brüsk ging er auf sie und Wilson zu und sagte: »Meine Liebe, ich muß jetzt meine Kontrollfahrt machen.«

»Schon?«

»Tut mir leid.«

»Ich bleibe noch, Lieber, Mrs. Halifax bringt mich nach Hause.«

»Ich wünschte, du kämst mit mir.«

»Was? Die Streifenpolizisten kontrollieren? Das habe ich seit einer Ewigkeit nicht mehr getan.«

»Deshalb möchte ich ja, daß du mich begleitest.« Er hob ihre Hand und küßte sie. Es war eine Herausforderung. Auf diese Weise demonstrierte er dem ganzen Club, daß man ihn nicht zu bemitleiden brauchte, daß er seine Frau liebte und daß sie glücklich waren. Doch niemand, auf den es ankam, sah es − Mrs. Halifax war mit den Büchern beschäftigt, Reith war längst gegangen, Brigstock in der Bar, Fellowes redete zu eifrig auf Mrs. Castle ein, um etwas zu bemerken − niemand sah es außer Wilson.

Louise sagte: »Ich komme ein andermal mit, Lieber, aber Mrs. Halifax hat eben versprochen, an unserem Haus vorbeizufahren, wenn sie Mr. Wilson nach Hause bringt. Ich möchte ihm gern ein bestimmtes Buch leihen.«

Scobie empfand immense Dankbarkeit gegen Wilson. »Fein«, sagte er, »fein. Aber bleiben Sie, bis ich zurück bin«, wandte er sich an Wilson, »und trinken Sie noch einen Schluck. Dann kann ich Sie ins Bedford fahren. Es wird nicht spät werden.« Er legte Wilson die Hand auf die Schulter und betete still: Laß es nicht zu, daß sie ihn zu herablassend behandelt. Laß es nicht zu, daß sie sich lächerlich macht. Sie soll wenigstens diesen einen Freund behalten. »Ich wünsche Ihnen noch nicht gute Nacht«, sagte er. »Aber hoffentlich sehe ich Sie noch, wenn ich zurückkomme.«

»Das ist sehr freundlich von Ihnen, Sir.«

»Sie brauchen mich nicht ›Sir‹ zu nennen. Sind nicht mein Untergebener. Danken Sie Ihren Sternen dafür.«

5

Scobie kam später zurück als erwartet. Die Begegnung mit Yusef hielt ihn auf. Auf halbem Weg ins Tal entdeckte er, am Straßenrand abgestellt, Yusefs Auto. Yusef selbst schlief friedlich im Fond. Das Licht von Scobies Wagen beleuchtete das plumpe, teigige Gesicht, den weißen Haarschopf, der ihm in die Stirn hing, und erreichte gerade noch ein Stück seiner mächtigen Schenkel in den weißen Drillichhosen. Yusefs Hemd stand am Hals offen, und schwarze Brusthaare ringelten sich um die Knöpfe.

»Kann ich Ihnen helfen?« fragte Scobie widerwillig, und Yusef schlug die Augen auf: Die Goldzähne, die sein Bruder, der Zahnarzt, ihm eingesetzt hatte, blitzten und blinkten wie eine Taschenlampe. Wenn Fellowes jetzt vorbeikommt, das gibt eine Story ab! dachte Scobie. Der Stellvertretende Polizeichef trifft sich nachts heimlich mit Yusef, dem Kaufmann. Einem Syrer zu helfen war nur eine Spur weniger gefährlich, als seine Hilfe anzunehmen.

»Ah, Major Scobie«, sagte Yusef. »Ein Freund in der Not ist ein echter Freund!«

»Kann ich etwas für Sie tun?«

»Wir stehen schon seit einer halben Stunde hier«, sagte Yusef. »Die anderen Autos sind alle vorbeigeflitzt, und ich habe gedacht, wann taucht endlich der gute Samariter auf.«

»Ich habe kein Öl übrig, das ich in Ihre Wunden gießen könnte, Yusef.«

»Haha, Major Scobie. Das ist sehr gut. Aber wenn Sie mich nur in die Stadt mitnehmen könnten...«

Yusef machte es sich im Morris bequem.

»Ihr Boy soll sich in den Fond setzen.«

»Den lassen wir hier«, sagte Yusef. »Er wird den Wagen reparieren, wenn er merkt, daß das für ihn die einzige Möglichkeit ist, ins Bett zu kommen.« Er faltete die großen, dicken Hände über dem Knie und sagte: »Ein sehr schöner Wagen, Major Scobie. Sie müssen vierhundert Pfund dafür bezahlt haben.«

»Hundertfünfzig«, sagte Scobie.

»Ich würde Ihnen vierhundert dafür geben.«

»Er ist nicht zu verkaufen, Yusef. Woher sollte ich einen anderen bekommen?«

»Nicht jetzt, aber vielleicht wenn Sie weggehen.«

»Ich gehe nicht weg.«

»Oh, ich habe gehört, daß Sie den Dienst quittieren wollen, Major Scobie.«

»Nein.«

»Wir Ladenbesitzer hören so viel — aber nur Klatsch, auf den man nichts geben darf.«

»Wie gehen die Geschäfte?«

»Oh, nicht schlecht, nicht gut.«

»Und ich habe gehört, daß Sie seit Anfang des Krieges schon mehrere Vermögen verdient haben. Aber das ist natürlich nur Klatsch, auf den man nichts geben darf.«

»Nun ja, Major Scobie, Sie wissen doch, wie das ist. Mein Laden in Sharp Town geht gut, weil ich da bin und selbst ein Auge darauf habe. Mein Geschäft in der Macaulay Street geht nicht schlecht, weil meine Schwester dort ist. Aber meine Geschäfte in der Durban Street und der Bond Street werfen kaum etwas ab. Man betrügt mich ständig. Wie alle meine Landsleute kann ich weder lesen noch schreiben, und das nutzt jeder aus, um mich zu betrügen.«

»Man erzählt sich, daß Sie alle Bestände Ihrer Läden haargenau im Kopf haben.«

Yusef strahlte und kicherte in sich hinein. »Mein Gedächtnis ist nicht das schlechteste. Aber es hält mich nachts wach, Major Scobie. Wenn ich nicht mein Quantum Whisky trinke, denke ich ununterbrochen an die Durban Street, die Bond Street, die Macaulay Street.«

»In welcher soll ich Sie jetzt absetzen?«

»O nein, jetzt will ich nach Hause und ins Bett, Major Scobie. Also zu meinem Haus in Sharp Town bitte. Haben Sie keine Lust, auf ein Gläschen mit hineinzukommen?«

»Tut mir leid. Ich bin im Dienst, Yusef.«

»Es war sehr freundlich von Ihnen, mich mitzunehmen, Major Scobie. Dürfte ich mich dafür bei Mrs. Scobie mit einem Ballen roter Seide revanchieren?«

»Das wäre mir gar nicht recht, Yusef.«

»Ja, ja, ich weiß. Er trifft uns hart, dieser ganze Klatsch. Nur weil es ein paar Syrer wie diesen Tallit gibt.«

»Sie hätten Tallit gern aus dem Weg, nicht wahr, Yusef?«

»Ja, Major Scobie. Das wäre für mich gut, aber auch gut für Sie.«

»Sie haben ihm vergangenes Jahr ein paar unechte Diamanten angedreht, nicht wahr?«

»O Major Scobie, Sie glauben doch nicht, daß ich jemanden so hintergehen könnte. Ein paar arme Syrer haben wegen dieser Diamanten sehr gelitten, Major Scobie. Es wäre eine Schande, sein eigenes Volk so zu betrügen.«

»Sie haben durch den Ankauf von Diamanten gegen das Gesetz verstoßen, und das hätten Sie nicht tun dürfen. Ein paar von Ihren Kunden waren unverschämt genug, sich bei der Polizei zu beschweren.«

»Sie sind eben sehr unwissend, die armen Kerle.«

»Das waren Sie allerdings nicht, Yusef, oder?«

»Wenn Sie mich fragen, Major Scobie – es war Tallit. Denn warum sollte er sonst behaupten, ich hätte ihm die Diamanten verkauft?«

Scobie fuhr langsam. Die holprige Straße war stark belebt. Dünne schwarze Körper huschten wie Weberknechte im Zickzack vor den abgeblendeten Scheinwerfern her.

»Wie lange wird der Reis so knapp bleiben, Yusef?«

»Darüber wissen Sie genausoviel wie ich, Major Scobie.«

»Ich weiß, daß die armen Teufel ihren Reis nicht zum regulären Preis bekommen.«

»Und ich habe gehört, daß sie ihren Anteil an der kostenlosen Zuteilung nur kriegen, wenn sie dem Polizisten am Tor ein Trinkgeld in die Hand drücken.«

Das war leider die Wahrheit. In dieser Kolonie folgte auf jede Klage sofort eine Gegenklage. Irgendwo gab es immer eine noch schlimmere Korruption, auf die man mit Fingern zeigen konnte. Die Lästermäuler im Sekretariat erfüllten einen nützlichen Zweck – sie hielten die Überzeugung wach, daß man niemand trauen durfte. Das war besser als selbstzufriedene Gleichgültigkeit. Wieso, fragte er sich und riß den Wagen zur Seite, um dem Kadaver eines verwilderten Hundes auszuweichen, wieso liebe ich diese Stadt so? Vielleicht deshalb, weil hier die menschliche Natur noch keine Zeit hatte, sich zu tarnen. Niemand konnte hier von einem Himmel auf Erden sprechen. Der Himmel blieb unverrückbar an seinem Platz, jenseits des Todes, und diesseits blühten die Ungerechtigkeiten, die Grausamkeiten, die Gemeinheiten, die der Mensch anderswo so schlau bemäntelte. Hier konnte

43

man den Menschen fast genauso lieben, wie Gott ihn liebte, der das Schlimmste von ihm wußte. Man liebte keine Pose, kein hübsches Kleid, kein noch so geschickt geheucheltes Gefühl. Plötzlich empfand Scobie Zuneigung zu Yusef. Er sagte: »Aus doppeltem Unrecht wird noch lange kein Recht. Eines Tages, Yusef, kriegen Sie von mir einen Fußtritt in ihren fetten Arsch.«

»Vielleicht, Major Scobie, vielleicht aber werden wir Freunde. Das wäre mir lieber als alles andere in der Welt.«

Sie hielten vor dem Haus in Sharp Town, und Yusefs Diener kam mit einer Taschenlampe heraus, um seinem Herrn zu leuchten.

»Major Scobie«, sagte Yusef, »es wäre eine so große Freude für mich, Sie zu einem Glas Whisky einladen zu dürfen. Ich glaube, ich könnte eine große Hilfe für Sie sein. Ich bin sehr patriotisch, Major Scobie.«

»Deshalb horten Sie auch Ihre Baumwolle für den Fall einer Invasion der Vichy-Franzosen. Sie wird dann mehr wert sein als das englische Pfund.«

»Die ›Esperança‹ läuft morgen ein, nicht wahr?«

»Das nehme ich an, ja.«

»Was für eine Zeitverschwendung, ein so großes Schiff nach Diamanten zu durchsuchen! Außer, man weiß schon vorher genau, wo sie stecken. Sie wissen doch, wenn das Schiff wieder in Angola ist, meldet ein Matrose, wo Sie gesucht haben. Sie werden den ganzen Zucker im Laderaum durchsieben. Sie werden alle Fette in der Küche untersuchen, weil einmal jemand Captain Druce erzählt hat, daß man einen Diamanten erhitzen und in eine Dose mit Schweineschmalz fallen lassen kann. Dann sind selbstverständlich die Kabinen, die Ventilatoren und die Spinde dran. Die Zahncremetuben. Glauben Sie, daß Sie eines Tages einen einzigen kleinen Diamanten finden werden?«

»Nein.«

»Ich auch nicht.«

An jeder Ecke der Pyramide aus hölzernen Lattenkisten brannte eine Sturmlaterne. Jenseits des trägen schwarzen Wassers konnte er gerade noch das Marineversorgungsschiff, einen ausgemusterten Liniendampfer, ausmachen, der, wie es hieß, auf einem Riff aus leeren Whiskyflaschen gestrandet war. Eine Weile stand er ganz still und atmete den starken Geruch des Meeres ein. Einen knappen halben Kilometer entfernt lag ein ganzer Geleitzug vor Anker, doch er sah nur den langen Schatten des Versorgungsschiffs und vereinzelte kleine rote Lichter, als führe eine Straße zu ihm. Vom Wasser war kein Geräusch zu hören, nur das Wasser selbst, das glucksend gegen die Landungsstege schwappte. Der Zauber dieses Ortes versagte nie: Hier stand er ganz dicht am Rand eines fremden Kontinents.

Irgendwo huschten raschelnd zwei Ratten durch die Dunkelheit. Diese Wasserratten waren so groß wie Kaninchen. Die Einheimischen nannten sie Schweine und verzehrten sie gebraten; diese Bezeichnung half, sie von den Hafenratten zu unterscheiden, die eine menschliche Brut waren. Am Gleis einer Kleinbahn entlang ging Scobie zu den Märkten weiter und traf am Eck eines Lagerhauses zwei Polizisten.

»Gibt es etwas zu melden?«

»Nein, Sah.«

»Wart ihr schon da, wo ich herkomme?«

»O ja, Sah, sind grad von dort zurück, Sah.«

Er wußte, daß sie logen: Nie würden sie sich, ohne einen weißen Beamten zum Schutz, bis an jenes Ende des Hafens wagen, dem Tummelplatz der Hafenratten. Die Ratten waren feige, aber gefährlich – Jungen von knapp sechzehn Jahren, mit Rasiermessern oder Flaschenscherben bewaffnet, schwärmten um die Lagerhäuser aus und plünderten, wenn sie eine leicht zu öffnende Kiste entdeckten, stürzten sich wie Schmeißfliegen auf einen betrunkenen Matrosen, der ihnen in den Weg stolperte, und schlitzten gelegentlich einen Polizisten auf, der sich bei einem ihrer zahlreichen Verwandten unbeliebt gemacht hatte. Kein noch so massives Tor konnte sie vom Kai fernhalten. Sie schwammen aus Kru Town oder von den Fischerstränden herüber.

»Kommt mit«, sagte Scobie. »Wollen noch mal nachsehen.«

Mit müder Langmut trotteten die Polizisten hinter ihm her, eine halbe Meile in diese und eine halbe Meile in die andere Richtung. Nur die Schweine huschten über den Kai, und das Wasser gluckste. Einer der beiden Polizisten sagte selbstgerecht: »Ruhige Nacht, Sah.« Befangen, aber unermüdlich, ließen sie den Strahl ihrer Taschenlampen von einer Seite zur anderen wandern, beleuchteten das herrenlose Fahrgestell eines Autos, einen leeren Lastwagen, den Zipfel einer Persenning, eine Flasche am Eck eines Lagerhauses, die nicht zugekorkt, sondern mit einem Palmenzweig verschlossen war, der in ihrem Hals steckte. Scobie sagte: »Was ist das?« Einer seiner beruflichen Alpträume war eine Brandbombe; sie war so leicht zusammenzubasteln. Tagtäglich kamen Männer aus dem Vichy-Gebiet mit geschmuggeltem Vieh in die Stadt – sie wurden sogar dazu ermutigt, weil sie eine bessere Fleischversorgung gewährleisteten. Diesseits der Grenze wurden schwarze Saboteure für den Fall einer Invasion ausgebildet. Warum dann nicht auch beim Gegner?

»Zeigt mal her«, sagte Scobie, doch keiner der beiden Schwarzen wagte es, hinzugehen und die Flasche anzufassen.

»Nur Eingeborenenmedizin, Sah«, sagte einer mit einem aufgesetzt spöttischen Grinsen.

Scobie hob die Flasche auf. Sie hatte die typischen Grübchen der Haig-Flaschen, und als er den Palmenzweig herauszog, prallte ihm der Gestank von Hundepisse und namenloser Fäulnis wie ein Schwall entweichenden Gases ins Gesicht. In seinem Kopf begann plötzlich vor Zorn ein Nerv zu zucken. Ganz ohne jeden Grund erinnerte er sich an Frasers gerötetes Gesicht und Thimbleriggs Kichern. Der Gestank aus der Flasche war übelkeiterregend, und er hatte das Gefühl, sich dadurch, daß er den Palmenzweig angefaßt hatte, die Finger besudelt zu haben. Er schleuderte die Flasche über den Kai ins Wasser, dessen hungriges Maul sie mit einem einzigen Rülpsen verschlang, doch der widerliche Inhalt verteilte sich in der Luft, und die ganze windstille Ecke stank säuerlich und nach Ammoniak. Die Polizisten blieben stumm. Scobie spürte jedoch ihre schweigende Mißbilligung. Er hätte die Flasche stehenlassen sollen. Sie hatte aus einem ganz bestimmten Grund dagestanden, gegen einen ganz bestimmten Menschen gerichtet, doch nun, da der Inhalt verschüttet war, war es, als wandere der böse Gedanke blindlings durch die Luft, um möglicherweise an einem Unschuldigen haften zu bleiben.

»Gute Nacht«, sagte Scobie und machte abrupt auf dem Absatz kehrt. Er war noch keine zwanzig Meter entfernt, als er ihre Stiefel rasch aus der Gefahrenzone davontraben hörte.

Scobie fuhr durch die Pitt Street zur Polizeistation. Vor dem Bordell zur Linken saßen die Mädchen auf dem Gehsteig, um ein bißchen frische Luft zu schnappen. In der Polizeistation roch es hinter den Verdunkelungsvorhängen nachts noch stärker nach Affenhaus. Der diensthabende Sergeant nahm die Beine vom Tisch im Vernehmungsraum und stand stramm.

»Gibt es was zu melden?«

»Fünf Betrunkene wegen Ruhestörung, Sah. Ich sperren sie in große Zelle.«

»Sonst noch was?«

»Zwei Franzosen, Sah, ohne Paß.«

»Schwarze?«

»Ja, Sah.«

»Wo wurden sie aufgegriffen?«

»In der Pitt Street, Sah.«

»Ich seh' sie mir morgen früh an. Was ist mit der Barkasse? Ist sie fahrbereit? Ich will zur ›Esperança‹ hinaus.«

»Barkasse kaputt, Sah. Mr. Fraser, er versuchen reparieren, aber sie nicht funktionieren.«

»Ab wann hat Mr. Fraser heute Dienst?«

»Sieben Uhr, Sah.«

»Sag ihm, er braucht nicht zur ›Esperança‹ rauszukommen. Ich gehe selbst. Wenn die Barkasse nicht bereit ist, fahre ich mit den Leuten vom Zoll.«

»Ja, Sah.«

Scobie stieg wieder in den Wagen, kämpfte mit dem widerspenstigen Anlasser und dachte: Ein bestimmtes Maß an Rache muß jedem Menschen gegönnt sein... Rache war gut für den Charakter, denn wo Rache war, war auch Vergebung. Auf der Rückfahrt durch Kru Town begann er zu pfeifen. Er war beinahe glücklich, mußte sich nur noch überzeugen, daß im Club nach seinem Aufbruch nichts vorgefallen und Louise in diesem Moment, um zehn Uhr fünfundfünfzig abends, vergnügt und zufrieden war. Der nächsten Stunde wollte er die Stirn bieten, wenn sie angebrochen war.

7

Bevor er es betrat, ging er um das Haus herum auf die Seeseite, um die Verdunkelung zu kontrollieren. Drinnen hörte er das Murmeln von Louises Stimme. Vermutlich las sie Gedichte. Er dachte: Bei Gott, welches Recht hat Fraser, dieser junge Idiot, sie deshalb zu verachten? Und dann verschwand sein Zorn wieder wie ein schäbiger Mann, denn er stellte sich vor, wie enttäuscht Fraser am Morgen sein würde – kein Besuch auf dem portugiesischen Schiff, kein Geschenk für sein liebstes Mädchen, nur weiterer langweiliger Büroalltag. Nach der Klinke der Hintertür tastend, vermied er es, seine Taschenlampe anzuknipsen und riß sich an einem Splitter die Hand auf.

Als er das helle Zimmer betrat, sah er, daß ihm das Blut von der Hand tropfte. »Aber, Liebling«, sagte Louise, »was hast du gemacht?« Und schlug die Hände vors Gesicht, weil sie den Anblick von Blut nicht ertrug.

»Kann ich Ihnen helfen, Sir?« fragte Wilson. Er versuchte aufzustehen, doch er saß Louise zu Füßen in einem niedrigen Sessel, und auf seinen Knien stapelten sich die Bücher.

»Keine Aufregung«, sagte Scobie, »es ist nur ein Kratzer. Ich kann mich selbst verarzten. Ali soll mir eine Flasche Wasser bringen.« Auf halber Treppe hörte er Louise weitersprechen. Sie sagte: »Ein schönes Gedicht über eine Pylone.«

Scobie ging ins Bad und scheuchte eine Ratte auf, die es sich auf dem kühlen Sockel der Badewanne gemütlich gemacht hatte wie eine Katze auf einem Grabstein.

Scobie setzte sich auf den Wannenrand und ließ das Blut von seiner Hand auf die Hobelspäne im Toiletteneimer tropfen. Genau wie in seinem Büro hatte er auch hier das Gefühl, zu Hause zu sein. Louises ganze Geschicklichkeit hatte diesem Raum wenig genützt. Alles war geblieben – die zerkratzte Emailbadewanne mit dem einzigen Wasserhahn, der vor dem Ende der Trockenperiode regelmäßig versiegte; der Blecheimer unter dem Toilettensitz, der einmal täglich geleert wurde; das in der Wand verankerte Waschbecken mit einem zweiten nutzlosen Wasserhahn; kahle Holzdielen; triste, grüne Verdunkelungsvorhänge. Die einzigen von Louise eingebrachten Verbesserungen waren die Korkmatte vor der Wanne und das strahlend weiße Medizinschränkchen.

Sonst aber gehörte der Raum ganz ihm. Er war wie ein Relikt aus seiner Jugend, das er aus einem Haus ins andere mitnahm. Ein Bad wie dieses hatte er vor Jahren, bevor er heiratete, auch in seinem ersten Domizil gehabt. Es war der Raum, in dem er immer allein gewesen war.

Ali kam mit einer Flasche gefilterten Wassers herein, seine rosigen Sohlen schmatzten über die Dielen. »Die

49

Hintertür hat mich erwischt«, sagte Scobie. Er hielt die Hand über das Waschbecken, und Ali schüttete Wasser auf die Wunde. Er drückte sein Mitgefühl durch ein sanftes Glucksen aus. Seine Hände waren so zart wie die eines Mädchens. Als Scobie ungeduldig sagte: »Jetzt reicht es«, beachtete Ali seinen Einwand nicht.

»Zuviel Dreck«, sagte er.

»Jetzt Jod.« In diesem Land begann der kleinste Kratzer zu eitern, wenn er eine Stunde lang unbehandelt blieb. »Noch einmal«, sagte er. »Einfach drübergießen.« Es brannte höllisch, und Scobie zuckte zusammen. Aus dem Singsang der Stimmen im Wohnzimmer löste sich das Wort »Schönheit« und fiel wieder zurück in das Becken, in dem alle anderen Worte schwammen. »Und jetzt das Heftpflaster.«

»Nein«, sagte Ali, »nein. Verband ist besser.«

»Na schön. Dann eben einen Verband.« Vor Jahren hatte er Ali beigebracht, wie man Verbände anlegte. Jetzt beherrschte er es so fachmännisch wie ein Arzt. »Gute Nacht, Ali. Geh ins Bett. Ich brauche dich heute nicht mehr.«

»Missus wollen Drink.«

»Nein. Ich kümmere mich um die Drinks. Du kannst ins Bett gehen.« Wieder allein, setzte er sich noch einmal auf den Wannenrand. Die Verletzung hatte ihn ein bißchen aus der Fassung gebracht, und außerdem hatte er keine Lust, zu den beiden hinunterzugehen, denn seine Anwesenheit würde Wilson nur verlegen machen. Ein Mann konnte sich von einer Frau keine Gedichte vorlesen lassen, wenn ein Außenseiter anwesend war. Lieber wär' ich ein Kätzchen und schrie miau miau... Aber so dachte er nicht wirklich. Er verachtete nicht, er verstand nur nicht, wie man intimste Gefühle so voreinander bloßlegen konnte. Außerdem war er hier glücklich, zu sitzen, wo die Ratte gesessen hatte, in seiner ureigensten Welt. Er begann an die »Esperança« und an die Arbeit des nächsten Tages zu denken.

»Liebling!« rief Louise die Treppe herauf, »geht es dir gut? Kannst du Mr. Wilson nach Hause fahren?«

»Ich kann zu Fuß gehen, Mrs. Scobie.«

»Unsinn.«

»Ja, wirklich.«

»Ich komme!« rief Scobie zurück. »Selbstverständlich bringe ich Sie zurück, Wilson.« Als er hinunterkam, nahm Louise seine verbundene Hand zärtlich in die ihre. »Oh, die arme Hand«, sagte sie. »Tut es weh?« Vor dem sauberen weißen Verband fürchtete sie sich nicht, denn sie war mit einem Patienten im Krankenhaus zu vergleichen, der bis zum Kinn fest zugedeckt war. Man konnte ihm Weintrauben bringen und brauchte die Skalpellwunde nicht zur Kenntnis zu nehmen, da man sie nicht sah. Louise legte die Lippen auf den Verband und hinterließ orangefarbene Lippenstiftspuren.

»Es ist fast schon wieder gut«, sagte Scobie.

»Also wirklich, Sir, ich kann zu Fuß laufen.«

»Das kommt selbstverständlich nicht in Frage. Gehen wir, steigen Sie ein.«

Die Beleuchtung vom Armaturenbrett fiel auf einen Teil von Wilsons ungewöhnlichem Anzug. Er beugte sich aus dem Wagen und rief: »Gute Nacht, Mrs. Scobie. Es war wunderschön. Ich kann Ihnen nicht genug danken.« Die Aufrichtigkeit, die in seinen Worten bebte, verlieh ihnen den Klang einer fremden Sprache − den Klang des Englisch, wie es in England gesprochen wurde. Hier änderte sich der Tonfall innerhalb weniger Monate, wurde exaltiert und unaufrichtig oder ausdruckslos und vorsichtig. Man hörte Wilson an, daß er frisch von zu Hause kam.

»Sie müssen uns bald wieder besuchen«, sagte Scobie, Louises glückliches Gesicht vor Augen, als sie die Burnside Road hinunter zum Bedford Hotel fuhren.

51

8

Die verletzte Hand schmerzte so stark, daß Scobie um zwei Uhr morgens wach wurde. Zusammengerollt wie eine Uhrfeder lag er am äußersten Rand des Bettes, bemüht, mit seinem Körper Louises Körper auszuweichen, denn wo immer sie sich berührten − und legten sie nur Finger an Finger − brach ihnen der Schweiß aus. Sogar wenn sie getrennt dalagen, zitterte die Hitze zwischen ihnen. Das Mondlicht fiel wie Kühle auf den Toilettentisch und die Lotionfläschchen, die kleinen Cremetiegel, die Ecke eines Fotorahmens. Sofort begann er auf Louises Atem zu lauschen.

Er kam unregelmäßig und ruckweise. Sie war wach. Er hob die Hand und berührte ihr heißes, feuchtes Haar. Sie lag stocksteif, als hüte sie ein Geheimnis. Todunglücklich, weil er wußte, was er finden würde, tasteten sich seine Finger bis zu ihren Lidern. Sie weinte. Er fühlte eine ungeheure Müdigkeit und wappnete sich, um seine Frau zu trösten.

»Liebling«, sagte er, »ich liebe dich.« So fing er stets an. Wie der Geschlechtsakt wurde Trost mit der Zeit Routine.

»Ich weiß«, sagte sie, »ich weiß.« So antwortete sie immer. Er warf sich Herzlosigkeit vor, denn es war zwei Uhr morgens, und das konnte stundenlang so weitergehen, aber seine Arbeit fing um sechs Uhr an. Er strich ihr das Haar aus der Stirn und sagte: »Die Regenzeit kommt bald. Dann wird es dir bessergehen.«

»Mir geht es ja gut«, sagte sie und fing an zu schluchzen.«

»Was ist denn, Liebling? Sag es mir.« Er schluckte. »Sag es Ticki.« Er verabscheute den Namen, den sie ihm gegeben hatte, aber er wirkte immer.

Sie sagte: »O Ticki, ich kann nicht mehr.«

»Gestern abend habe ich geglaubt, daß du glücklich bist.«

»Das war ich auch. Aber überleg doch, was es heißt, glücklich zu sein, weil ein kleiner Angestellter der United African Company nett zu mir war. Ticki, warum mögen sie mich nicht?«

»Sei nicht albern, Liebling. Das ist nur die Hitze. Sie bringt dich dazu, dir alles mögliche einzubilden. Alle mögen dich.«

»Nein, nur Wilson«, wiederholte sie verzweifelt und voller Scham und fing wieder an zu schluchzen.

»Wilson ist in Ordnung.«

»Sie wollen ihn im Club nicht haben. Er ist mit dem Zahnarzt gekommen – uneingeladen. Sie werden über ihn und mich lachen. O Ticki, Ticki, laß mich bitte von hier fort und woanders neu anfangen.«

»Natürlich, Liebling«, sagte er, durch das Moskitonetz und durch das Fenster auf das ruhige, von Untiefen wimmelnde Meer blickend, »natürlich. Und wohin?«

»Ich könnte nach Südafrika gehen und warten, bis du Urlaub hast. Du gehst doch bald in Pension, Ticki. Ich werde inzwischen ein Heim für dich schaffen, Ticki.«

Zusammenzuckend rückte er ein wenig von ihr ab, hob dann jedoch hastig ihre Hand und küßte ihr die Innenfläche, falls sie es gemerkt haben sollte. »Liebling, das wird sehr teuer.« Der Gedanke an den Ruhestand zerrte an seinen Nerven, brachte ihn völlig aus der Fassung. Er betete immer darum, vorher zu sterben. Mit dieser Hoffnung hatte er eine Lebensversicherung abgeschlossen, die nur im Todesfall fällig wurde. Er dachte an ein Zuhause, ein ständiges Zuhause: an helle, heitere Vorhänge, an Bücherregale mit Louises Büchern, an ein hübsch gefliestes Badezimmer und kein Büro weit und breit – ein Heim für zwei bis zum Tod, keine Veränderung mehr bis in alle Ewigkeit.

»Ticki, ich halte es hier nicht mehr aus.«

»Ich muß darüber nachdenken, Liebling.«

»Ethel Maybury ist in Südafrika – und die Collins. In Südafrika haben wir Freunde.«

53

»Es ist teuer dort.«

»Du könntest ein paar von deinen albernen alten Lebensversicherungen kündigen, Ticki. Und, Ticki, ohne mich würdest du hier eine Menge sparen. Könntest deine Mahlzeiten in der Messe einnehmen und den Koch entlassen.«

»Er kostet nicht viel.«

»Jedes bißchen hilft.«

»Du würdest mir fehlen«, sagte er.

»Nein, Ticki, das würde ich nicht«, sagte sie und überraschte ihn durch das Ausmaß ihrer traurigen und sprunghaften Einfühlsamkeit. »Schließlich«, sagte sie, »ist niemand mehr da, für den wir sparen müssen.«

Er sagte sanft: »Ich will versuchen, mir etwas zu überlegen. Du weißt, wenn es möglich ist, tue ich alles für dich − alles.«

»Das ist nicht nur der übliche Trost um zwei Uhr morgens, Ticki, nicht wahr? Du wirst etwas tun?«

»Ja, Liebling, irgendwie werde ich es schon schaffen.«

Er staunte, wie schnell sie einschlief. Sie erinnerte ihn an eine müde Lastenträgerin, die ihren Packen abgeworfen hatte. Sie schlief schon, ehe er den Satz beendet hatte, umklammerte einen seiner Finger wie ein Kind und atmete genauso leicht. Die Last lag jetzt neben ihm, und er bereitete sich darauf vor, sie zu heben.

Zweites Kapitel

I

Um acht Uhr morgens ging Scobie auf dem Weg zum Kai bei seiner Bank vorbei. Das Büro des Direktors war schattig und kühl. Auf einem Panzerschrank stand ein Glas Eiswasser. »Guten Morgen, Robinson.«

Robinson war groß, hohlbrüstig und verbittert, weil er aus Nigeria hierher versetzt worden war. Er sagte: »Wann gibt es endlich einen Wetterumbruch? Diese scheußliche Hitze ist kaum auszuhalten. Die Regenzeit verspätet sich.«

»Im Protektorat regnet es schon.«

»In Nigeria wußte man immer, woran man ist«, sagte Robinson. »Was kann ich für Sie tun, Scobie?«

»Darf ich mich setzen?«

»Aber selbstverständlich. Ich setze mich nie vor zehn Uhr. Stehen ist gut für die Verdauung.« Rastlos wanderte er auf Beinen wie Stelzen im Büro hin und her. Angeekelt trank er einen Schluck Eiswasser, als sei es Medizin. Auf dem Schreibtisch sah Scobie ein Buch mit dem Titel ›Erkrankungen der Harnwege und der Blase‹ bei einer Seite mit einer farbigen Illustration aufgeschlagen. »Was kann ich für Sie tun?« wiederholte Robinson.

»Geben Sie mir zweihundertfünfzig Pfund«, sagte Scobie mit einem nervösen Versuch, witzig zu sein.

»Ihr Leute glaubt immer, daß eine Bank aus Geld besteht«, spottete Robinson automatisch. »Wieviel wollen Sie wirklich?«

»Dreihundertfünfzig.«

»Wie hoch ist Ihr Guthaben im Moment?«

»Ungefähr dreißig Pfund, denke ich. Es ist Monatsende.«

»Sehen wir lieber mal nach.« Robinson rief einen Angestellten, und während sie warteten, marschierte er weiterhin in dem kleinen Raum auf und ab – sechs Schritte bis zur Wand und zurück. »Einhunderteinundvierzigmal hin und her ist genau zwei Kilometer«, sagte er. »Ich versuche bis zum Lunch drei Meilen hinter mich zu bringen. Das hält mich gesund. In Nigeria bin ich anderthalb Meilen zum Frühstück in den Club marschiert und dann anderthalb Meilen zurück ins Büro. Hier hat man keine Möglichkeit dazu«, sagte er, auf dem Teppich kehrtmachend. Ein Angestellter legte einen Zettel auf den Schreibtisch. Robinson hielt ihn dicht vor die Augen, als wolle er daran schnuppern. »Achtundzwanzig Pfund, fünfzehn Shilling und sieben Pence«, sagte er.

»Ich möchte meine Frau nach Südafrika schicken.«

»O ja, ja.«

»Unter Umständen«, sagte Scobie, »könnte ich es mit weniger schaffen. Allerdings werde ich von meinem Gehalt nicht sehr viel für sie abzweigen können.«

»Ich sehe wirklich nicht, wie…«

»Ich dachte, ich könnte mein Konto vielleicht überziehen«, sagte Scobie unsicher. »Das tun doch viele, oder? Wissen Sie, ich habe das bisher nur einmal getan – für ein paar Wochen – um ungefähr fünfzehn Pfund. Es war mir nicht recht. Hat mir angst gemacht. Ich hatte immer das Gefühl, ich schuldete das Geld dem Bankdirektor persönlich.«

»Das Problem ist«, sagte Robinson, »daß wir Order bekommen haben, kaum noch Überziehungskredite zu gewähren. Das ist der Krieg, wissen Sie. Es gibt nur eine wertvolle Sicherheit, die heute aber niemand bieten kann – das eigene Leben.«

»Ja, das sehe ich natürlich ein. Aber ich bin gesund und habe nicht die Absicht, mich von hier wegzurühren. Keine U-Boote für mich! Und ich habe eine sichere Stellung, Robinson«, fuhr er fort; doch auch diesmal prallte sein Versuch, humorvoll zu erscheinen, wirkungslos an Robinson ab.

»Der Commissioner geht in Pension, nicht wahr?« sagte Robinson, erreichte den Panzerschrank am anderen Ende des Raumes und machte kehrt.

»Ja, aber ich nicht.«

»Das freut mich, Scobie. Ich habe nämlich so was läuten hören…«

»Eines Tages muß ich wohl auch gehen, aber das ist noch lange hin. Am liebsten würde ich ja in den Sielen sterben. Ihnen bliebe in jedem Fall die Police meiner

Lebensversicherung, Robinson. Ist sie keine ausreichende Sicherheit?«

»Sie wissen, daß Sie schon vor drei Jahren eine Versicherung vorzeitig gekündigt haben.«

»Das war in dem Jahr, in dem Louise sich in England operieren lassen mußte.«

»Ich glaube nicht, daß der Rückkaufswert der beiden anderen Policen schon so hoch ist, Scobie.«

»Aber wenn ich stürbe, wären Sie doch abgesichert, oder?«

»Wenn Sie die Prämien weiterbezahlen. Aber dafür haben wir keine Garantie, richtig?«

»Natürlich nicht«, sagte Scobie. »Das sehe ich ein.«

»Es tut mir sehr leid, Scobie. Nehmen Sie es bitte nicht persönlich. Es ist die Politik der Bank. Hätten Sie fünfzig Pfund verlangt, hätte ich Ihnen das Geld aus meiner eigenen Tasche geliehen.«

»Vergessen Sie's, Robinson«, sagte Scobie. »Es ist nicht wichtig.« Er lachte. »Die Burschen vom Sekretariat würden sagen, ich kriege das leicht mit Schmiergeldern zusammen. Wie geht es Molly?«

»Sehr gut, danke. Ich wünschte, ich könnte das auch von mir behaupten.«

»Sie lesen zu viele medizinische Bücher, Robinson.«

»Ein Mann muß wissen, was mit ihm nicht stimmt. Kommen Sie heut' abend in den Club?«

»Ich glaub' nicht. Louise ist müde. Sie wissen selbst, wie das vor der Regenzeit so ist. Tut mir leid, daß ich Sie aufgehalten habe, Robinson. Ich muß los, zum Kai.«

Mit gesenktem Kopf ging er schnell von der Bank zum Hafen hinunter. Er hatte das Gefühl, bei etwas Ehrenrührigem ertappt worden zu sein — er hatte um Geld gebeten, und man hatte es ihm verweigert. Louise hatte einen Besseren verdient als ihn. Es schien ihm, als habe er als Mensch irgendwie versagt.

2

Druce war mit einer Gruppe seiner Feldpolizisten an
Bord der »Esperança« gegangen. An der Gangway erwartete sie ein Steward mit der Einladung des Kapitäns,
in seiner Kabine einen Schluck mit ihm zu trinken. Vor
ihnen war schon der diensthabende Offizier der Mari-
newache eingetroffen. Der gesellige Umtrunk gehörte
unabänderlich zum Programm dieser Besuche – er
sollte die freundschaftlichen Beziehungen fördern.
Dadurch, daß sie seine Gastfreundschaft annahmen,
wollten sie es dem Neutralen erleichtern, die bittere
Pille zu schlucken, die eine Durchsuchung seines Schiffes für ihn bedeutete; unter der Brücke arbeitete das
Durchsuchungskommando reibungslos ohne sie. Während die Pässe der Erste-Klasse-Passagiere kontrolliert
wurden, durchwühlten die Polizisten ihre Kabinen.
Andere sahen sich schon im Laderaum um – sie hatten
die trost- und aussichtslose Aufgabe, den Reis zu sieben.
Wie hatte Yusef doch gesagt: »Haben Sie schon einen
einzigen kleinen Diamanten gefunden? Glauben Sie, Sie
werden jemals einen finden?« In ein paar Minuten,
wenn nach den Drinks die Beziehungen freundschaft-
lich genug waren, stand Scobie die undankbare Aufgabe
bevor, die Kabine des Kapitäns zu filzen. Die steife,
stockende Unterhaltung wurde hauptsächlich von dem
Marineleutnant bestritten.

Der Kapitän wischte sich über das dicke gelbe Gesicht
und sagte: »Natürlich hege ich im Herzen grenzenlose
Bewunderung für die Engländer.«

»Wir tun es nicht gern, das wissen Sie«, sagte der Leutnant. »Es ist schon ein Pech, wenn man neutral ist.«

»Mein Herz«, sagte der portugiesische Kapitän, »ist voller Bewunderung für Ihren großen Kampf. Ressenti-
ments haben da keinen Platz. Einige meiner Landsleute
sind empört. Ich nicht.« Schweiß strömte ihm über das
Gesicht, seine Augen waren verquollen. Der Mann redete

ununterbrochen von seinem Herzen, aber Scobie hatte den Eindruck, daß ein Chirurg bei einer Operation tief schneiden müßte, um es zu finden.

»Sehr freundlich von Ihnen«, sagte der Leutnant. »Weiß Ihr Verhalten zu schätzen.«

»Noch ein Glas Portwein, meine Herren?«

»Ich bin ganz dafür. An Land gibt es nichts Vergleichbares. Sie, Scobie?«

»Danke, nein.«

»Hoffentlich glauben Sie nicht, uns über Nacht hierbehalten zu müssen, Major?«

Scobie sagte: »Es wird, denke ich, kaum möglich sein, Sie vor morgen mittag auslaufen zu lassen.«

»Aber natürlich werden wir unser Bestes tun«, sagte der Leutnant.

»Auf Ehre und Hand aufs Herz, Sie werden unter meinen Passagieren keine üblen Kunden finden. Und von der Crew kenne ich jeden einzelnen.«

Druce sagte: »Es ist eine reine Formalität, zu der wir gezwungen sind, Captain.«

»Nehmen Sie eine Zigarre«, sagte der Kapitän. »Werfen Sie die Zigarette weg. Das ist ein ganz besonderes Kistchen.«

Druce zündete die Zigarre an, die sofort zu sprühen und zu knattern anfing. Der Kapitän kicherte. »Nur ein Scherz von mir, meine Herren. Ganz harmlos. Ich hebe mir dieses Kistchen für meine Freunde auf. Die Engländer haben einen herrlichen Sinn für Humor. Ich weiß, Sie werden nicht böse sein. Ein Deutscher ja, ein Engländer nicht. Ein toller Spaß, nicht wahr?«

»Sehr komisch«, sagte Druce säuerlich und legte die Zigarre in den Aschenbecher, den der Kapitän ihm reichte. Vermutlich von einem Fingerdruck des Kapitäns in Gang gesetzt, begann der Aschenbecher eine kleine, muntere Melodie zu spielen. Druce zuckte wieder zusammen. Er war längst urlaubsreif und seine Nerven entsprechend angeschlagen. Der Kapitän lächelte und schwitzte.

»Kommt aus der Schweiz«, sagte er. »Großartiges Volk. Auch neutral.«

Einer der Feldpolizisten kam herein und reichte Druce einen Zettel. Der gab ihn an Scobie weiter; er überflog ihn rasch: *Steward, der entlassen werden soll, sagt, der Kapitän hat in seinem Badezimmer Briefe versteckt.*

Druce sagte: »Ich denke, ich sollte runtergehen und den Männern Beine machen. Kommen Sie mit, Evans? Herzlichen Dank für den Port, Captain.«

Scobie blieb mit dem Kapitän allein. Jetzt kam der Teil seiner Arbeit, den er haßte. Diese Männer waren keine Kriminellen. Sie verstießen nur gegen Vorschriften, die den Schiffahrtsgesellschaften durch das Navicertsystem* aufgezwungen wurden. Man weiß bei einer Durchsuchung nie, was man findet. Das Schlafzimmer eines Mannes ist sein privater Bereich. Wenn man in Schubladen schnüffelt, stößt man leicht auf beschämende Dinge. Lächerliche und häßliche Laster werden wie ein schmutziges Taschentuch versteckt. Unter einem Wäschestapel entdeckt man vielleicht Demütigungen, die der Mann zu vergessen sucht. Scobie sagte freundlich: »Tut mir leid, Captain, aber ich muß mich auch bei Ihnen umsehen. Sie wissen, es ist nur eine Formsache.«

»Sie müssen Ihre Pflicht tun, Major«, sagte der Portugiese.

Scobie durchsuchte die Kabine rasch und gründlich, ohne etwas in Unordnung zu bringen. Wie eine peinlich ordentliche Hausfrau stellte er jeden Gegenstand wieder dahin zurück, wo er ihn weggenommen hatte. Der Kapitän kehrte Scobie den Rücken und schaute auf die Brücke, als wolle er seinen Gast bei seiner abscheulichen Aufgabe nicht in Verlegenheit bringen, indem er ihm zusah. Scobie beendete seine Arbeit, machte die Schachtel mit den Kondomen zu und legte sie sorgfältig in die

---

* Navicert — Ladungszertifikat für ein neutrales Handelsschiff in Kriegszeiten. (A. d. Ü.)

oberste Schublade der Truhe zu den sauberen Taschentüchern, den grellbunten Krawatten und einem Häufchen schmutziger Taschentücher.

»Fertig?« fragte der Kapitän, den Kopf wendend, höflich.

»Diese Tür hier«, sagte Scobie. »Wohin führt sie?«

»Das ist nur das Bad mit dem WC.«

»Leider muß ich auch da einen Blick hineinwerfen.«

»Nur zu, Major, aber es gibt dort kaum eine Möglichkeit, etwas zu verstecken.«

»Trotzdem, wenn Sie nichts dagegen haben...«

»Natürlich nicht, es ist Ihre Pflicht.«

Das Bad war ein kahler, unbeschreiblich dreckiger Raum. Die Wanne hatte einen Rand aus eingetrockneter grauer Seife, und die Fliesen unter seinen Füßen waren glitschig. Das Problem war, das richtige Versteck schnell zu finden. Er konnte sich nicht im Bad aufhalten, ohne preiszugeben, daß ihm jemand eine bestimmte Information zugespielt hatte. Er mußte bei der Durchsuchung den Schein einer reinen Formalität aufrechterhalten – durfte weder zu oberflächlich noch zu gründlich vorgehen. »Es dauert nicht lange«, sagte er munter, als er im Rasierspiegel das fette, völlig gelassen wirkende Gesicht des Portugiesen erblickte. Die Information konnte natürlich auch falsch sein; vielleicht hatte der Steward den Kapitän nur in Schwierigkeiten bringen wollen.

Scobie öffnete das Apothekenschränkchen und untersuchte rasch den Inhalt; er schraubte die Zahncreme auf, schaute in die Schachtel mit dem Rasierzeug, tauchte den Finger in die Rasiercreme. Doch er erwartete nicht, dort etwas zu finden. Aber während er suchte, hatte er Zeit zu überlegen. Als nächstes nahm er sich die Wasserhähne vor, drehte das Wasser auf und steckte den Finger in das Schwenkventil. Auch den Fußboden sah er sich genau an; dort hätte niemand etwas verstecken können. Das Bullauge; er kontrollierte die großen Schrauben und ließ die

61

Innenverkleidung ein paarmal auf und zu schwingen. Jedesmal wenn er sich umdrehte, blickte ihm aus dem Spiegel das Gesicht des Kapitäns entgegen – gelassen, geduldig, selbstzufrieden. Es sagte ihm unaufhörlich »kalt, kalt« – wie in einem Kinderspiel.

Schließlich die Toilette; Scobie hob die hölzerne Brille, nichts lag zwischen der Porzellanschüssel und dem Holz. Er legte die Hand auf die Kette des Spülkastens und entdeckte im Spiegel zum erstenmal eine gewisse Anspannung. Die braunen Augen ruhten nicht mehr auf seinem Gesicht, sondern waren auf etwas anderes gerichtet, und als er ihrem Blick folgte, spürte er, wie seine Hand sich unwillkürlich fester um die Kette klammerte.

Ist vielleicht der Wasserkasten leer? fragte er sich und zog an der Kette. Gurgelnd und in den Rohren grummelnd schoß das Wasser in die Schüssel. Er wandte sich ab, und der Portugiese sagte mit einer Selbstgefälligkeit, die er offenbar nicht unterdrücken konnte: »Sehen Sie, Major.« Und im selben Moment sah er tatsächlich. Ich werde nachlässig, dachte er. Er hob den Deckel des Wasserkastens. Darin lag, mit Klebeband befestigt und vom Wasser unberührt, ein Brief.

Er las die Adresse – es war die einer Frau Groener in der Friedrichstraße zu Leipzig. Er wiederholte: »Bedaure, Captain«, blickte auf, weil der Mann nicht antwortete, und sah, daß ein Gemisch aus Schweiß und Tränen die heißen, fetten Wangen hinunterlief. »Den muß ich beschlagnahmen«, sagte Scobie. »Und über den Vorfall Meldung erstatten...«

»O dieser Krieg!« brach es aus dem Kapitän heraus. »Wie ich diesen Krieg hasse!«

»Auch wir haben allen Grund, ihn zu hassen, wissen Sie«, sagte Scobie.

»Ein Mann wird ruiniert, weil er seiner Tochter schreibt.«

»Tochter?«

62

»Ja, sie ist Frau Groener. Öffnen Sie den Brief, und lesen Sie ihn. Dann werden Sie schon sehen.«

»Das darf ich nicht. Ich muß es der Zensur überlassen. Warum haben Sie nicht bis Lissabon gewartet und ihr erst dann geschrieben, Captain?«

Der Portugiese hatte seinen mächtigen Körper auf den Wannenrand plaziert wie einen Sack, der für seine Schultern zu schwer war. Immer wieder wischte er sich wie ein Kind mit dem Handrücken über die Augen – ein wenig anziehendes Kind, der Dickwanst der Schule. Gegen die Schönen, die Klugen, die Erfolgreichen kann man einen unbarmherzigen Krieg führen, nicht aber gegen die Häßlichen; das liegt einem wie ein Mühlstein auf der Brust. Scobie wußte, er hätte den Brief nehmen und gehen sollen; sein Mitleid konnte nur schaden.

Der Kapitän jammerte: »Wenn Sie eine Tochter hätten, würden Sie mich verstehen. Aber Sie haben ja keine!« sagte er so vorwurfsvoll, als sei Sterilität ein Verbrechen.

»Nein.«

»Sie sorgt sich um mich, sie liebt mich«, sagte er, das tränenüberströmte Gesicht hebend, als müsse er diese unwahrscheinliche Aussage bekräftigen. »Sie liebt *mich*«, wiederholte er traurig.

»Aber warum schreiben Sie ihr nicht aus Lissabon?« fragte Scobie noch einmal. »Warum ein solches Risiko eingehen?«

»Ich bin allein, habe keine Frau«, sagte der Kapitän. »Man kann nicht immer warten, bis man mit jemand reden kann. Und in Lissabon – Sie wissen doch, wie es ist – Freunde, Wein. Ich habe dort auch eine kleine Freundin, die auf meine Tochter eifersüchtig ist. Es gibt Streit, die Zeit verstreicht. In einer Woche muß ich wieder auslaufen. Vor dieser Fahrt war es immer leicht.«

Scobie glaubte ihm. Die Geschichte klang so unlogisch, daß sie nur wahr sein konnte. Sogar in Kriegszeiten muß man sich hin und wieder darin üben, einfach zu glauben, weil diese Eigenschaft sonst völlig verkümmert. Er sagte:

63

»Es tut mir leid, aber ich kann nichts machen. Vielleicht passiert ja gar nichts.«

»Ihre Behörden«, sagte der Kapitän, »werden mich auf die schwarze Liste setzen. Sie wissen, was das heißt. Der Konsul wird für kein Schiff mehr ein Navicert ausstellen, auf dem ich Kapitän bin. Ich werde an Land verhungern.«

»Auch Behörden sind nicht perfekt, es gibt so viele Pannen«, sagte Scobie. »Akten werden verlegt. Vielleicht hören Sie nie wieder etwas von der Sache.«

»Ich werde beten«, sagte der Kapitän ohne jede Hoffnung.

»Warum nicht?« sagte Scobie.

»Sie sind Engländer, Sie glauben gewiß nicht an die Kraft des Gebetes.«

»Ich bin auch katholisch«, sagte Scobie. Ein rascher Blick aus den in Fett gebetteten Augen traf ihn. »Sie sind katholisch!« rief der Kapitän, jetzt hoffnungsvoll, und begann zum erstenmal zu bitten. Wie jemand, der auf einem fremden Kontinent einen Landsmann trifft, erzählte er voller Eifer von seiner Tochter in Leipzig; er holte eine abgegriffene Brieftasche heraus und entnahm ihr das vergilbte Foto einer untersetzten jungen Portugiesin, die ebensowenig attraktiv war wie er. In dem kleinen Badezimmer war es zum Ersticken heiß, und der Kapitän wiederholte unaufhörlich: »Sie werden mich verstehen.« Ihm war plötzlich bewußt geworden, wieviel sie gemeinsam hatten: die Gipsstatuen mit dem Schwert im blutenden Herzen; das Flüstern hinter den Vorhängen des Beichtstuhls; die heiligen Schweißtücher und die Flüssigwerdung von Reliquienblut, die dunklen Seitenkapellen, die komplizierten Riten und, irgendwo hinter allem, die Gottesliebe. »Und in Lissabon«, sagte er, »wartet *sie* auf mich, bringt mich nach Hause und nimmt mir die Hose weg, damit ich nicht allein ausgehen kann; wir werden jeden Tag trinken und streiten, bis wir ins Bett gehen. Sie werden verstehen. Ich kann meiner Tochter nicht aus Lis-

sabon schreiben. Sie liebt mich so sehr, und sie wartet.«
Er rutschte mit den dicken Oberschenkeln auf dem Wannenrand herum und sagte: »Eine so reine Liebe.« Und
weinte wieder. Scobie und ihn verband das weite Feld der
Reue und der Sehnsucht.

Ihre Seelenverwandtschaft gab dem Kapitän den Mut,
es noch anders zu versuchen. Er sagte: »Ich bin zwar ein
armer Mann, aber ich habe genug Geld, um...« Nie
hätte er versucht, einen Engländer zu bestechen: Es war
das aufrichtigste Kompliment, das er ihrer gemeinsamen
Religion machen konnte.

»Es tut mir leid«, sagte Scobie.

»Ich habe Englische Pfund. Ich gebe Ihnen zwanzig
Englische Pfund... Fünfzig.« Und flehend: »Hundert.
Mehr habe ich nicht erspart.«

»Es geht nicht«, sagte Scobie. Er schob den Brief
schnell in die Tasche und wandte sich ab. Als er den
Kapitän, von der Tür zurückblickend, das letztemal
sah, schlug er mit dem Kopf gegen den Wasserkasten der
Toilette, und in seinen faltigen Wangen hingen Tränen.
Mit einem Mühlstein auf der Brust ging er zu Druce
in den Salon hinunter. Wie ich diesen Krieg hasse,
dachte er mit genau den gleichen Worten, die der Kapitän gebraucht hatte.

3

Der Brief an die Tochter in Leipzig und ein kleines Bündel Korrespondenz, das in der Küche gefunden wurde,
waren das ganze Ergebnis einer Durchsuchung, die fünfzehn Mann acht Stunden lang in Trab gehalten hatte. Ein
durchschnittlicher Tag. Als Scobie in die Polizeidirektion zurückkam, warf er einen Blick ins Büro des Commissioners, aber es war leer, also setzte er sich in seinem
Zimmer unter die Handschellen und begann seinen
Bericht zu schreiben. *Eine gründliche Durchsuchung der*

*Kabinen und des Gepäcks der in Ihrem Telegramm nament-
lich genannten Passagiere wurde vorgenommen. Sie blieb
ohne Ergebnis.* Der Brief an die Tochter in Leipzig lag vor
ihm auf dem Schreibtisch. Draußen war es dunkel. Unter
der Tür sickerte der Gestank aus den Zellen herein, und
im Büro nebenan sang Fraser leise dasselbe Lied vor sich
hin, das man seit seinem letzten Urlaub allabendlich von
ihm zu hören bekam:

> Nicht kümmert uns im Nu
> das Warum und das Wozu,
> wenn wir beide uns dereinst
> die Radieschen von unten ansehn.

Scobie kam das Leben unendlich lang vor. Warum mußte
ein Mensch so viele Jahre auf dem Prüfstand ausharren,
warum konnte die Zeit nicht abgekürzt werden? Könnten wir unsere erste Todsünde nicht mit sieben Jahren
begehen, uns mit zehn durch Liebe oder Haß ruiniert
haben und mit fünfzehn auf dem Totenbett erlöst werden? Er schrieb: *Ein Steward, der wegen Unfähigkeit entlassen wurde, informierte uns, daß der Kapitän in seinem
Badezimmer Briefe versteckt habe. Ich durchsuchte das Bad
und entdeckte im Deckel des Wasserkastens der Toilette bei-
liegenden an eine Frau Groener in Leipzig adressierten
Brief. Ein Rundschreiben an alle Dienststellen dieses Versteck betreffend, wäre vielleicht angebracht; für uns war es
absolut neu. Der Brief war über der Wasserlinie mit Klebeband befestigt...*
Er saß da und blickte starr auf das Blatt, aufgewühlt von
dem inneren Konflikt, der im Grunde schon vor Stunden
entschieden worden war, nämlich da, als Druce ihn im
Salon gefragt hatte: »Was gefunden?« und er mit den
Schultern gezuckt und es Druce überlassen hatte, sich
einen Reim aus dieser Geste zu machen. Druce hatte sie
als ein Nein interpretiert, selbst wenn Scobie die Absicht
gehabt haben sollte zu erwidern: »Die übliche Privatkor-

respondenz, die wir immer finden.« Scobie legte die Hand an die Stirn und fröstelte. Der Schweiß sickerte ihm durch die Finger, und er dachte: Bekomme ich vielleicht einen Fieberanfall? Vielleicht aber hatte er nur deshalb dieses Gefühl, auf der Schwelle eines neuen Lebens zu stehen, weil seine Temperatur erhöht war. So fühlte man sich vor einem Heiratsantrag oder einem ersten Verbrechen.

Scobie nahm den Brief und öffnete ihn. Diese Handlung war unwiderruflich, denn niemand in dieser Stadt hatte das Recht, subversive Post zu öffnen. In der Gummierung des Couverts konnte ein Mikrofilm versteckt sein. Er verstand nicht einmal den simpelsten Wortcode; und seine Kenntnisse des Portugiesischen reichten gerade so weit, daß er ganz einfache Texte verstand. Jeder Brief, der gefunden wurde − gleichgültig wie harmlos er zu sein schien −, mußte ungeöffnet an die Zensoren in London geschickt werden. Den allerstriktesten Befehlen zuwider verließ Scobie sich auf sein eigenes sehr unzulängliches Urteil. Er dachte: Wenn mir der Brief verdächtig vorkommt, schicke ich den Bericht ab. Für das zerrissene Couvert finde ich schon eine Erklärung. Der Kapitän bestand darauf, das Couvert aufzumachen und mir den Inhalt zu zeigen... Doch wenn er das schrieb, machte er für den Kapitän alles nur noch schlimmer, denn welche bessere Möglichkeit gäbe es, einen Mikrofilm zu vernichten? Ich muß mir irgendeine glaubwürdige Lüge einfallen lassen, dachte Scobie, aber er war es nicht gewohnt zu lügen. Vorsichtig hielt er den Brief über die weiße Löschunterlage, damit ihm nichts entging, das vielleicht zwischen den Seiten herausrutschte. Dann entschloß er sich, einen genauen Bericht über das Vorgefallene zu schreiben − und auch seine Verfehlung zuzugeben.

Mein liebes kleines Glücksspinnchen, begann der Brief. *Dein Vater, der Dich mehr liebt, als alles andere auf dieser Welt, wird versuchen, Dir diesmal ein bißchen Geld zu* schicken. Ich weiß, wie schwer Du es hast, und das Herz blutet mir. Kleines Glücksspinnchen, wenn ich doch fühlen könnte, wie mir Deine Finger über die Wange streichen. Wie ist es nur möglich, daß ein so großer, plumper Vater eine so winzige, schöne Tochter hat? Und jetzt, mein kleines Glücksspinnchen, will ich Dir erzählen, wie es mir ergangen ist. Wir sind vor einer Woche von Lobito ausgelaufen, nachdem wir nur vier Tage im Hafen gelegen hatten. Einen Abend habe ich bei Senhor Aranjuez verbracht und mehr Wein getrunken als für mich gut war, aber ich habe die ganze Zeit nur von Dir gesprochen. Solange wir im Hafen lagen, war ich sehr brav, weil ich es meinem kleinen Glücksspinnchen versprochen hatte. Ich war bei der Beichte und bei der Kommunion, damit ich, falls mir auf der Fahrt nach Lissabon etwas zustoßen sollte – denn wer weiß das schon in diesen schrecklichen Zeiten – in der Ewigkeit nicht ohne mein kleines Spinnchen leben müßte. Seit wir aus Lobito ausgelaufen sind, haben wir schönes Wetter. Nicht einmal die Passagiere sind seekrank. Morgen abend werden wir, weil Afrika endlich hinter uns liegt, ein Bordkonzert veranstalten, und ich werde auf meiner Pfeife spielen. Und während ich spiele, werde ich ununterbrochen an die Tage denken, an denen mein kleines Glücksspinnchen auf meinen Knien saß und mir zuhörte. Mein Liebes, ich werde alt und bin nach jeder Fahrt noch fetter. Ich bin kein guter Mensch, und manchmal fürchte ich, daß die Seele in diesem Fleischkoloß nicht größer ist als eine Erbse. Du ahnst nicht, wie leicht es für einen Mann wie mich ist, sich unverzeihlicher Verzweiflung hinzugeben. Dann denke ich an meine Tochter. Einmal war immerhin so viel Gutes in mir, daß ich Dich zeugen konnte. Eine Ehefrau ist dem Mann in der Sünde zu nahe, daher ist eine vollkommene Liebe zwischen diesen beiden nicht möglich. Aber eine Tochter kann ihn am Ende vielleicht doch noch retten. Bete für mich, kleines Spinnchen.

Dein Vater, der Dich mehr liebt als das Leben.

Mais que a vida. Scobie zweifelte nicht an der Aufrichtigkeit dieses Briefes. Er war nicht geschrieben worden, um einen Mikrofilm der Verteidigungsanlagen von Kapstadt oder einen ebenfalls auf Mikrofilm festgehaltenen Bericht über Truppenbewegungen in Durban zu verstecken. Er sollte, das war ihm klar, auf Geheimtinte untersucht, unter dem Mikroskop betrachtet und das Seidenpapierfutter des Couverts herausgenommen werden. Bei einem heimlich mitgeführten Brief durfte man kein Risiko eingehen. Doch er hatte sich darauf festgelegt zu glauben. Er zerriß den Brief und seinen Bericht mit ihm und trug die Papierschnitzel in den Hof zum Müllverbrennungsofen — einem alten Benzinfaß auf einem Sockel aus zwei Ziegelsteinen, in das man wegen der nötigen Zugluft seitlich Löcher gebohrt hatte. Als er eben das Streichholz anzünden wollte, um es an die Papierschnitzel zu halten, trat Fraser auf den Hof. *Nicht kümmert uns im Nu das Warum und das Wozu...* Ganz oben auf dem Papierhäufchen lag unübersehbar die Hälfte eines ausländischen Briefumschlags. Sogar ein Teil der Adresse war noch lesbar — *Friedrichstraße*. Während Fraser mit den Schritten unerträglicher Jugend den Hof überquerte, steckte Scobie rasch das oberste Fetzchen Papier in Brand. Es ging in Flammen auf, doch in der Hitze entrollte sich ein anderes, und der Name Groener wurde sichtbar. Fraser sagte vergnügt: »Verbrennen Sie die Beweise?« und schaute in das Faß. Der Name war schon verkohlt. Es war nichts mehr da, außer einem braunen dreieckigen Stück des Umschlags, das Scobie auffallend ausländisch vorkam. Er zermalmte es mit einem Stock und blickte zu Fraser auf, ob er in seiner Miene vielleicht Überraschung oder Mißtrauen entdeckte. Das nichtssagende Gesicht blieb jedoch ausdruckslos, war so leer wie ein Schwarzes Brett in der Schule während der Ferien. Nur sein eigener Herzschlag sagte ihm, daß er schuldig war, daß er sich unter die korrupten Polizeibeamten eingereiht hatte — Bailey, der in einer anderen Stadt ein Bankschließfach

69

gehabt hatte; Crayshaw, der mit Diamanten erwischt wurde; Boyston, gegen den man keine schlüssigen Beweise hatte, der jedoch aus Gesundheitsgründen den Dienst quittierte. Sie hatten sich vom Geld korrumpieren lassen, er von Gefühlen. Gefühle waren gefährlicher, weil sie keinen Preis hatten. Ein Mann, der Geld nahm, war unterhalb einer gewissen Summe verläßlich, doch Gefühle konnten mit einem Namen, einem Foto, ja sogar mit der Erinnerung an einen Duft das Herz bewegen.

»Wie war Ihr Tag, Sir?« fragte Fraser, das Häufchen Asche betrachtend. Vielleicht dachte er, daß es sein Tag hätte sein sollen.

»Wie sonst auch«, sagte Scobie.

»Was war mit dem Kapitän?« Noch immer in das Faß starrend, begann Fraser schon wieder seine schleppende Melodie zu summen.

»Mit dem Kapitän?« sagte Scobie..

»Oh – Druce hat mir gesagt, irgendein Kerl hat ihn verpfiffen.«

»Ach, das war nur das Übliche«, sagte Scobie. »Ein entlassener Steward wollte ihm eins auswischen. Hat Druce Ihnen nicht gesagt, daß wir nichts gefunden haben?«

»Nein«, sagte Fraser, »er schien sich nicht sicher. Muß zusehen, daß ich in die Messe komme, sonst ist das Essen aus.«

»Hat Thimblerigg jetzt Dienst?«

»Ja, Sir.«

Scobie sah ihm nach. Sein Rücken war genauso ausdruckslos wie sein Gesicht; man konnte nichts daran ablesen. Scobie dachte: Was war ich nur für ein Narr. Was für ein Narr! Er hatte Pflichten gegen Louise, nicht gegen einen fetten portugiesischen Skipper, der wegen einer Tochter, die genauso häßlich war wie er, die Vorschriften seiner eigenen Schiffahrtsgesellschaft übertreten hatte. Das war das Entscheidende gewesen – die Tochter. Und jetzt, dachte Scobie, muß ich nach Hause

70

fahren. Ich werde den Wagen in die Garage stellen, und Ali wird mit der Taschenlampe kommen, um mir zur Haustür zu leuchten. Louise wird, um es kühler zu haben, in der Zugluft sitzen, und ich werde ihr vom Gesicht ablesen können, was sie den ganzen Tag gedacht hat. Sie wird hoffen, daß alles geregelt ist, daß ich sagen werde: »Ich habe bei der Reiseagentur Südafrika für dich gebucht«, doch gleichzeitig wird sie fürchten, daß etwas so Gutes uns nie widerfahren wird. Sie wird darauf warten, daß ich rede, und ich werde versuchen über alles Erdenkliche unter der Sonne zu sprechen, um so lange wie möglich ihren Jammer nicht sehen zu müssen (er würde in den Winkeln ihres Mundes lauern, um ihr ganzes Gesicht zu überziehen). Er wußte genau, wie sich alles abspielen würde, es war schon so oft passiert. Er sagte sich jedes Wort vor, mit dem er es ihr erklären würde, kehrte in sein Büro zurück, sperrte den Schreibtisch ab, ging zu seinem Wagen hinunter. Es wurde viel über den Mut von zum Tode Verurteilten gesprochen, die zu ihrer Hinrichtung gingen; manchmal braucht man genausoviel Mut, um mit Haltung einem Menschen gegenüberzutreten, dem sein Jammer zur Gewohnheit geworden war. Er vergaß Fraser, vergaß alles außer der Szene, die ihm bevorstand. Ich werde hineingehen, und sie wird sagen: »Guten Abend, mein Schatz. Wie war dein Tag?« Und dann werde ich reden und reden und doch die ganze Zeit wissen, daß der Augenblick immer näher rückt, in dem ich sagen werde: »Und wie war's bei dir, Liebling?«, und damit dem Jammer Tür und Tor geöffnet werden.

»Und wie war's bei dir, Liebling?« Er wandte sich rasch von ihr ab und goß noch einmal pinkfarbenen Gin in ihre Gläser. Zwischen ihnen herrschte das stillschweigende Einverständnis, daß »Alkohol half«; mit jedem Glas nur noch unglücklicher werdend, hoffte man auf den Augenblick, in dem alles leichter wurde.

»Du willst doch nicht wirklich wissen, wie es *mir* ergangen ist.«

»Aber selbstverständlich will ich das, Liebling. Wie war dein Tag?«

»Ticki, warum bist du nur so feige? Warum sagst du mir nicht, daß die ganze Sache abgeblasen ist?«

»Abgeblasen?«

»Du weißt, was ich meine – die Reise. Seit du hereingekommen bist, hast du nur über die ›Esperança‹ gesprochen. Alle vierzehn Tage kommt ein portugiesisches Schiff. So viel redest du nicht jedesmal davon. Ich bin kein Kind, Ticki. Warum sagst du mir nicht ins Gesicht: ›Du kannst nicht fahren‹?«

Er lächelte unglücklich in sein Glas und drehte es zwischen den Fingern, damit der Angostura an der Rundung haften blieb. Er sagte: »Weil das nicht wahr wäre. Ich finde eine Möglichkeit.« Widerstrebend bediente er sich des verhaßten Kosenamens. »Vertrau auf Ticki«, sagte er. Er hatte das Gefühl, daß sein Kopf die Anspannung fast nicht mehr aushielt, es war, als ziehe jemand in seinem Gehirn eine Schraube an. Wenn ich das ganze Unglück nur bis morgen früh hinauszögern könnte, dachte er. Im Finstern trifft einen Unglück viel schlimmer; man sieht nichts außer den grünen Verdunkelungsvorhängen, den von der Regierung gestellten Möbeln, den fliegenden Ameisen, die ihre Flügel auf dem Tisch verstreuen; hundert Meter entfernt jaulten und kläfften die Mischlingshunde der Kreolen. »Schau den kleinen Kerl an«, sagte er und zeigte auf die Hauseidechse, die um diese Zeit an der

Wand erschien, um Nachtfalter und Kakerlaken zu jagen. Er sagte: »Die Idee ist uns doch erst letzte Nacht gekommen. So etwas braucht Zeit. Mittel und Wege, Mittel und Wege«, sagte er mit gezwungenem Humor.

»Warst du bei der Bank?«

»Ja«, gab er zu.

»Und du hast das Geld nicht bekommen?«

»Nein. Sie konnten es mir nicht geben. Trink noch einen Gin mit Bitter, Liebling?«

Eintönig vor sich hin weinend, hielt sie ihm ihr Glas hin. Ihr Gesicht lief rot an, wenn sie weinte − sie sah zehn Jahre älter aus, eine verlassene Frau in mittleren Jahren; er fühlte förmlich den schrecklichen Hauch der Zukunft auf seiner Wange. Er kniete neben ihr nieder, hielt ihr den pinkfarbenen Gin an die Lippen wie eine Medizin. »Meine Liebe«, sagte er, »ich finde einen Weg. Trink einen Schluck.«

»Ticki, ich halte es hier nicht mehr aus. Ich weiß, daß ich das schon oft gesagt habe, aber diesmal ist es mir ernst. Ich werde sonst wahnsinnig. Ticki, ich bin so einsam. Ich habe keine Freunde, Ticki.«

»Laden wir doch Wilson für morgen ein.«

»Ticki, um Himmels willen, geh mir nicht dauernd mit Wilson auf die Nerven. Bitte, bitte tu etwas!«

»Natürlich werde ich etwas tun. Nur noch ein bißchen Geduld, meine Liebe. So etwas braucht Zeit.«

»Was willst du machen, Ticki?«

»Ich habe eine Menge Ideen, Liebling«, sagte er müde. (Was war das auch für ein Tag gewesen!) »Aber sie sind noch unausgegoren, müssen erst reifen.«

»Nenn mir eine, nur eine einzige.«

Seine Blicke folgten der Eidechse, die über eine Beute herfiel. Dann fischte er einen Ameisenflügel aus seinem Gin und trank. Er dachte: Wie idiotisch von mir, die hundert Pfund nicht anzunehmen. Ich habe den Brief ohne Gegenleistung vernichtet. Habe das Risiko auf mich genommen. Ebensogut hätte ich ...

Louise sagte: »Ich weiß es seit Jahren. Du liebst mich nicht.« Sie sagte es ganz ruhig. Er kannte diese Ruhe – sie bedeutete, daß sie im windstillen Zentrum des Sturms angelangt waren; in dieser Region und um diese Zeit begannen sie einander die Wahrheit zu sagen. Die Wahrheit, dachte er, war noch nie für einen Menschen wirklich von Wert – sie ist ein Symbol, das Mathematiker und Philosophen zu ergründen versuchen. In zwischenmenschlichen Beziehungen sind Güte und Lüge tausend Wahrheiten wert. Er stürzte sich in den – wie er selbst wußte – vergeblichen Kampf, die Lügen aufrechtzuerhalten. »Mach dich nicht lächerlich, Liebling. Wen sollte ich wohl lieben, wenn nicht dich?«

»Du liebst niemand.«

»Behandle ich dich deshalb so schlecht?« versuchte er, einen leichten Ton anzuschlagen, doch er klang ihm selbst hohl in den Ohren.

»Das macht dein Gewissen«, sagte sie, »dein Pflichtgefühl. Seit Catherines Tod hast du nie wieder einen Menschen geliebt.«

»Außer mir selbst, natürlich. Du behauptest ja immer, ich liebte nur mich selbst.«

»Nein, das tust du wohl auch nicht.«

Er verteidigte sich mit Ausflüchten. In diesem Auge des Zyklons hatte er nicht die Kraft, ihr die tröstliche Lüge aufzutischen. »Ich bemühe mich immer, dich glücklich zu machen. Ich arbeite hart dafür.«

»Ticki, du willst nicht einmal aussprechen, daß du mich liebst. Los, sag es! Sag es wenigstens einmal.«

Er musterte sie erbittert über den pinkfarbenen Gin hinweg; sie, den sichtbaren Beweis seines Versagens: die Haut leicht angegilbt vom Atebrin, die Augen blutunterlaufen und voller Tränen. Kein Mensch konnte ewige Liebe versprechen, doch vor vierzehn Jahren in Ealing, bei dieser gräßlichen, kleinen, eleganten Zeremonie inmitten von Spitzen und Kerzen, hatte er sich geschworen, daß er wenigstens immer dafür sorgen würde, sie glücklich zu machen.

»Ticki, ich habe nichts außer dir, und du — du hast fast alles.«

Die Eidechse huschte über die Wand, kam wieder zur Ruhe, die Flügel eines Schmetterlings zwischen den kleinen Krokodilskiemen. Die Ameisen klopften unendlich leise mit den Flügeln an die Glühbirne.

»Und doch willst du von mir fort«, sagte er.

»Ja«, sagte sie. »Ich weiß, daß du auch nicht glücklich bist. Ohne mich wirst du deinen Frieden haben.«

Das war es, was er nie in Betracht zog — ihre scharfe Beobachtungsgabe. Er hatte fast alles, und was ihm fehlte, war nur sein persönlicher Friede. *Alles* — das hieß Arbeit, war die Eintönigkeit seines Dienstes in dem kleinen, kahlen Büro, der Wechsel der Jahreszeiten an einem Ort, den er liebte. Wie oft war er bedauert worden, weil seine Arbeit so nüchtern und befriedigende Aspekte so selten waren. Aber Louise kannte ihn besser. Wäre er noch einmal jung, er würde sich wieder dieses Leben aussuchen; nur würde er nicht mehr erwarten, daß ein anderer Mensch es mit ihm teilte — die Ratte auf der Badewanne, die Eidechse an der Wand, den Tornado, der um ein Uhr nachts die Fenster aufriß, und das letzte rosafarbene Licht auf den Lateritstraßen bei Sonnenuntergang.

»Du redest Unsinn, meine Liebe«, sagte er, mit verfluchter Routine noch einen Gin mit Bitter mixend. Wieder zog sich der Nerv in seinem Kopf zusammen. Die Szene hatte sich mit unabänderlicher Folgerichtigkeit entwickelt — zuerst ihr Jammer und seine angestrengten Bemühungen, alles ungesagt zu lassen; dann ihre gelassene Aussage über Wahrheiten, die besser mit Lügen kaschiert worden wären; und schließlich der plötzliche Verlust seiner Selbstbeherrschung — die Wahrheiten, die er ihr an den Kopf warf, als sei sie sein Feind. Als er dieses letzte Stadium erreichte und sie, den Angostura in der zitternden Hand, anschrie: »*Du* kannst mir keinen Frieden geben!« wußte er schon, was als nächstes kam: die Versöhnung und die zungenfertigen Lügen bis zur nächsten Szene.

»Das sag' ich doch«, antwortete sie. »Doch wenn ich weggehe, bekommst du ihn.«

»Du hast keine Vorstellung davon, was Frieden bedeutet«, warf er ihr vor. Als habe sie beleidigend über eine Frau gesprochen, die er liebte. Denn er träumte Tag und Nacht von Frieden. Einmal war er ihm im Schlaf erschienen — ein großer, leuchtender Mond, der an seinem Fenster vorbeischwamm wie ein Eisberg, arktisch und zerstörerisch in jenem Augenblick, in dem die Welt vernichtet wurde. Tagsüber versuchte er sich ein paar Minuten Frieden zu stehlen, im verschlossenen Büro unter den Handschellen kauernd und in die Berichte der Außenstellen vertieft. Friede — das schien ihm das schönste Wort in der Sprache zu sein: *Meinen Frieden gebe ich euch, meinen Frieden hinterlasse ich euch: O Lamm Gottes, Du nimmst hinweg die Sünden der Welt, gib uns Deinen Frieden.* Im Gottesdienst preßte er die Finger fest auf die Augen, damit die Tränen der Sehnsucht nicht überquollen.

Louise sagte mit der alten Zärtlichkeit: »Armer Liebster, du wünschst dir, ich wäre tot wie Catherine. Du möchtest allein sein.«

Er antwortete eigensinnig: »Ich möchte dich glücklich sehen.«

Sie sagte müde: »Sag mir einfach, daß du mich liebst. Das hilft ein bißchen.«

Sie hatten es wieder hinter sich, waren über den Berg, hatten den Höhepunkt der Szene überwunden. Kühl und gefaßt dachte er: Diesmal war es gar nicht so schlimm, heute nacht werden wir schlafen können.

Er sagte: »Natürlich liebe ich dich, Liebling. Und ich besorge dir die Passage. Du wirst sehen.«

Auch wenn er gewußt hätte, was daraus entstehen sollte, hätte er dieses Versprechen gegeben. Seit jeher war er bereit gewesen, die Verantwortung für sein Handeln zu tragen; und seit er das schreckliche, heimliche Gelübde abgelegt hatte, für ihr Glück zu sorgen, war ihm immer so halb und halb bewußt gewesen, wie weit *dieser* Vorsatz ihn vielleicht treiben würde. Verzweiflung ist der Preis dafür, daß man sich ein unerreichbares Ziel gesteckt hat. Es ist, so sagt man, die unverzeihliche Sünde, aber eine Sünde, die der unredliche, der verworfene Mensch nie begeht. Er erreicht nie den Gefrierpunkt, wo man begreift, daß man versagt hat. Nur der Mensch, der guten Willens ist, trägt im Herzen stets die Fähigkeit, sich selbst zu verdammen.

ZWEITER TEIL

Erstes Kapitel

I

Mürrisch stand Wilson vor seinem Bett im Bedford Hotel und betrachtete nachdenklich seinen Kummerbund, der zusammengeknüllt dalag wie eine zornige Schlange. Das kleine Zimmer war erhitzt von dem Konflikt zwischen ihm und der Seidenschärpe. Hinter der Wand hörte er, wie Harris sich, zum fünftenmal heute, die Zähne putzte. Harris war ein überzeugter Verfechter von Zahnhygiene. »Nur weil ich mir vor und nach jeder Mahlzeit die Zähne putze, bleibe ich in diesem verdammten Klima so gesund«, sagte er, das bleiche, erschöpfte Gesicht von seinem Orangensaft aufhebend, immer wieder. Jetzt gurgelte er; es klang wie ein Geräusch in den Wasserrohren.

Wilson setzte sich auf die Bettkante, er mußte sich ausruhen. Um ein bißchen Kühle zu bekommen, hatte er seine Tür offengelassen und konnte so durch den Flur in das Bad gegenüber sehen. Der Inder mit dem Turban hockte angekleidet auf dem Wannenrand. Unergründliche Augen erwiderten Wilsons Blick.

»Nur einen Moment, Sir!« rief er, sich verneigend. »Wenn Sie sich zu mir bemühen wollten...« Ärgerlich warf Wilson die Tür zu.

Er hatte einmal einen Film gesehen — war es ›Bengal Lancer?‹ —, in dem ein Kummerbund mit einer phantastischen Methode angelegt worden war. Ein Bengali hatte die Rolle festgehalten, und ein makellos gekleideter Offizier hatte sich wie ein Kreisel gedreht, so daß der Kummerbund sich glatt und straff um seine Taille wickelte.

Ein zweiter Diener stand mit geeisten Getränken daneben, und im Hintergrund hing von der Decke ein *punkah* − ein großer, schwingender Fächer aus Segeltuch, der auf einen rechteckigen Rahmen gespannt war. Offenbar verstand man sich in Indien besser auf solche Dinge. Nach einer neuerlichen Anstrengung schaffte es Wilson jedoch, sich in das elende Ding zu wickeln. Es war zu eng, schrecklich zerknittert, und das Ende, das man in die Schärpe hineinstecken mußte, saß zu weit vorn, so daß es vom Jackett nicht verdeckt wurde. Melancholisch betrachtete er sich in dem, was noch vom Spiegel übrig war. Es klopfte an der Tür.

»Wer ist da?« schrie Wilson, der im ersten Moment meinte, der Inder habe tatsächlich die Unverschämtheit, in sein Zimmer... Doch als die Tür aufging, war es nur Harris. Der Inder saß noch immer auf der Badewanne jenseits des Flurs und mischte seine Empfehlungsschreiben wie Karten.

»Geh'n Sie aus, alter Freund?« fragte Harris enttäuscht.

»Ja.«

»Alle Welt scheint heut' abend auszugehen. Ich werde den Tisch ganz für mich allein haben.« Düster setzte er hinzu: »Und dabei gibt es Curry.«

»Allerdings. Tut mir leid, daß ich es verpasse.«

»Sie bekommen es auch nicht seit zwei Jahren jeden Donnerstagabend vorgesetzt.« Er musterte den Kummerbund. »So geht das aber nicht, alter Freund.«

»Ich weiß. Aber besser kann ich's nicht.«

»Ich trage nie so ein Ding. Es ist ungesund für den Magen, sagt man, und das leuchtet mir ein. Angeblich saugt es den Schweiß auf, aber dort schwitze ich gar nicht, alter Freund. Am liebsten würde ich ja Hosenträger anziehen, aber das Gummi wird brüchig, daher trage ich einen Ledergürtel, der ist für mich gut genug. Ich bin kein Snob. Wo essen Sie?«

»Bei Tallit.«

»Wie haben Sie ihn kennengelernt?«

»Er war gestern im Büro, um sein Konto auszugleichen, und hat mich zum Dinner eingeladen.«

»Für einen Syrer brauchen Sie sich nicht feinzumachen, alter Freund. Ziehen Sie ruhig alles wieder aus.«

»Sind Sie sicher?«

»Klar bin ich das. Es wäre ganz falsch.« Er fügte hinzu: »Man wird Ihnen ein ausgezeichnetes Essen vorsetzen, aber nehmen Sie sich vor den Süßspeisen in acht. Der Preis des Lebens ist unaufhörliche Wachsamkeit. Ich wüßte gern, was er von Ihnen will.« Während Harris weiterschwatzte, begann Wilson sich wieder auszuziehen. Er war ein guter Zuhörer. Sein Gehirn glich einem Sieb, das den ganzen Tag Wortabfälle aussonderte. In der Unterhose auf dem Bett sitzend, hörte er Harris sagen: »Auch beim Fisch müssen Sie vorsichtig sein. Ich rühre ihn nie an.« Doch die Worte machten auf ihn keinen Eindruck. Er zog die weiße Drillichhose über seine haarlosen Knie und sagte lautlos:

> Der arme Schelm, er ist,
> weil er begangen eine List,
> in einem Leib gefangen, der dem Grabe gleicht.

Sein Magen knurrte und rumorte ein bißchen, wie immer vor dem Abendessen.

> Von dir ersehnet er sich nur
> für seinen Dienst rund um die Uhr,
> ein Lächeln heute und ein Liedchen morgen.

Wilson blickte in den Spiegel und strich sich mit den Fingern über die glatte, allzu glatte Haut. Sein Gesicht blickte ihm entgegen, rosig, gesund, plump und hoffnungslos. Harris schwatzte glücklich weiter: »Wie ich einmal zu Scobie gesagt habe«, und sofort blieb der Wortklumpen in Wilsons Sieb hängen. Er überlegte laut. »Möchte wissen, wie er jemals dazu gekommen ist, sie zu heiraten.«

»Daran rätseln wir alle herum, alter Freund. Scobie ist gar nicht so übel.«

»Sie ist zu gut für ihn.«

»Louise?« rief Harris.

»Selbstverständlich. Wer sonst?«

»Über Geschmack kann man nicht streiten. Mitmachen und gewinnen, alter Freund.«

»Ich muß los.«

»Sehen Sie sich mit den Süßigkeiten vor.« Mit einem kleinen Aufflackern von Energie fuhr Harris fort: »Gott weiß, daß ich nichts dagegen hätte, mich vor etwas in acht nehmen zu müssen, wenn ich dem Donnerstags-Curry entkommen könnte. Heute ist doch Donnerstag, nicht wahr?«

»Ja.«

Sie traten auf den Flur und gerieten in das Gesichtsfeld des Inders. »Sie werden es früher oder später über sich ergehen lassen müssen, alter Freund«, sagte Harris. »Einmal nimmt er sich jeden vor. Er wird Sie nicht in Ruhe lassen, bis Sie nachgeben.«

»Ich glaube nicht an Wahrsagerei«, schwindelte Wilson.

»Ich auch nicht, aber er ist ziemlich gut. Mich hat er sich schon in meiner ersten Woche hier geschnappt. Hat mir gesagt, ich würde länger als zweieinhalb Jahre hierbleiben. Damals dachte ich noch, ich könnte nach achtzehn Monaten auf Urlaub gehen. Inzwischen weiß ich's besser.«

Der Inder beobachtete sie triumphierend aus dem Bad. Er sagte: »Ich habe einen Brief vom Direktor für Landwirtschaft. Und einen von District Commissioner Parkes.«

»Na schön«, sagte Wilson. »Aber beeilen Sie sich bitte.«

»Ich verschwinde lieber, alter Freund, bevor die Enthüllungen ihren Anfang nehmen.«

»Ich habe nichts zu fürchten«, sagte Wilson.

»Würden Sie sich bitte auf die Wanne setzen, Sir«, forderte der Inder ihn höflich auf. Er nahm Wilsons Hand in die seine. »Eine sehr interessante Hand, Sir«, sagte er wenig überzeugend.

»Wieviel verlangen Sie?«

»Kommt auf den Rang an, Sir. Von jemand wie Ihnen nehme ich zehn Shilling.«

»Das ist ein bißchen happig.«

»Rangjüngere Offiziere zahlen fünf Shilling.«

»Ich gehöre zur Fünf-Shilling-Klasse«, sagte Wilson.

»O nein, Sir. Der Landwirtschaftsdirektor hat mir ein Pfund gegeben.«

»Ich bin nur Buchhalter.«

»Wie Sie wünschen. Vom Adjutanten des District Commissioners und von Major Scobie habe ich zehn Shilling bekommen.«

»Na schön«, sagte Wilson, »hier haben Sie einen Zehner. Und jetzt machen Sie endlich!«

»Sie sind seit ein, zwei Wochen hier«, sagte der Inder. »Am Abend werden Sie oft ungeduldig. Sie denken, daß Sie nicht schnell genug vorwärtskommen.«

»Wobei?« fragte Harris, der noch in der Tür lümmelte.

»Sie sind sehr ehrgeizig. Sie sind ein Träumer. Und Sie lesen häufig Gedichte.«

Harris kicherte, und Wilson hob den Blick von dem Finger, der seine Handlinien nachzog, und musterte den Wahrsager anerkennend.

Unbeirrbar fuhr der Inder fort. Weit vorgebeugt saß er da, so daß sein Turban, der nach altem Essen roch, dicht unter Wilsons Nase schwebte — wahrscheinlich hortete der Inder hin und wieder heimlich Speisereste aus der Vorratskammer zwischen den Falten. Er sagte: »Sie sind ein verschwiegener Mensch. Sie sprechen mit Ihren Freunden nicht über Ihre Liebe zur Dichtung — außer mit einem. Mit einem«, wiederholte er. »Sie sind sehr schüchtern, aber Sie sollten Mut fassen. Sie haben eine großartige Erfolgslinie.«

»Mitmachen und gewinnen, alter Freund«, wiederholte Harris.

Das Ganze war natürlich reinster Couéismus*. Wenn man nur stark genug an etwas glaubte, traf es auch ein. Die Schüchternheit würde überwunden, Fehleinschätzungen würden vertuscht werden.

»Sie haben mir noch nichts gesagt, das zehn Shilling wert gewesen wäre«, sagte Wilson. »Höchstens fünf. Sagen Sie mir etwas Definitives, etwas, das tatsächlich eintreten wird.« Unbehaglich rutschte er auf der scharfen Kante der Badewanne hin und her und beobachtete eine Kakerlake, die wie eine Blutblase an der Wand klebte. Der Inder beugte sich jetzt über Wilsons beide Hände. Er sagte: »Ich sehe großen Erfolg. Die Regierung wird sehr zufrieden mit Ihnen sein.«

Harris sagte: »Il pense, daß Sie un bureaucrate sind.«

»Warum wird die Regierung mit mir zufrieden sein?« fragte Wilson.

»Sie werden Ihren Mann dingfest machen.«

»Aber, aber«, sagte Harris, »mir scheint, er hält Sie für einen neuen Polizeibeamten.«

»Sieht so aus«, sagte Wilson. »Es hat keinen Sinn, noch mehr Zeit zu verschwenden.«

»Und Ihr Privatleben wird ebenfalls immens erfolgreich sein. Sie werden die Dame Ihres Herzens gewinnen und werden davonsegeln. Alles geht gut aus. Für Sie«, fügte er hinzu.

»Eine echte Zehn-Shilling-Prophezeiung.«

»Gute Nacht«, sagte Wilson. »Von mir bekommen Sie dafür kein Empfehlungsschreiben.« Er stand vom Wannenrand auf, und die Kakerlake wieselte in ihr Versteck. »Mir graust vor diesen Biestern«, sagte er, sich seitlich durch die Tür schiebend. Im Flur drehte er sich um und sagte noch einmal: »Gute Nacht.«

»Als ich herkam, waren Sie mir genauso widerlich,

---

* So genannt nach dem französischen Apotheker Émile Coué (1857–1926), der ein auf Autosuggestion beruhendes psychotherapeutisches Heilverfahren entwickelt hatte. (A. d. Ü.)

alter Freund. Aber ich habe ein System entwickelt. Kommen Sie mit zu mir, dann zeige ich es Ihnen.«

»Ich muß los.«

»Zu Tallit kommt keiner pünktlich.« Harris öffnete seine Tür, und Wilson wandte irgendwie beschämt die Augen ab, als er die Unordnung sah. In seinem Zimmer hätte er sich nie so bloßgestellt − das schmutzige Zahnputzglas, das Handtuch auf dem Bett.

»Schauen Sie her, alter Freund.«

Erleichtert richtete er den Blick auf irgendwelche Symbole, die mit Bleistift an die Wand gekritzelt waren; der Großbuchstabe H und darunter eine Reihe von Zahlen, denen wie in einem Kassenbuch jeweils ein Datum zugeordnet war. Dann die Großbuchstaben D. A. und darunter weitere Zahlen. »Das ist meine Abschußliste für Kakerlaken, alter Freund. Gestern war ein durchschnittlicher Tag − da waren es vier. Mein Rekord steht bei neun. Man kommt so weit, die kleinen Biester willkommen zu heißen.«

»Was heißt D. A.?«

»›Durch den Abfluß‹, alter Freund. Wenn ich sie ins Waschbecken werfe und sie im Abflußrohr verschwinden. Es wäre nicht fair, sie zu den Toten zu zählen, nicht wahr?«

»Nein.«

»Und es hätte auch keinen Sinn, sich selbst zu betrügen. Man würde sofort das Interesse verlieren. Der einzige Nachteil ist, daß es manchmal langweilig wird, gegen sich selbst zu spielen. Warum kein Match daraus machen, alter Freund? Man braucht Geschicklichkeit dazu. Die Kakerlaken hören Sie nämlich kommen und flitzen wie ein geölter Blitz davon. Ich gehe jeden Abend mit der Taschenlampe auf die Pirsch.«

»Ich hätte nichts dagegen, es zu versuchen, aber ich muß jetzt wirklich los.«

»Ich sag' Ihnen was − ich werde erst zu jagen beginnen, wenn Sie von Tallit zurückkommen. Dann gönnen wir uns fünf Minuten vor dem Zubettgehen. Nur fünf Minuten.«

»Wenn Sie wollen.«

»Ich geh' mit Ihnen runter, alter Freund. Ich rieche schon den Curry. Wissen Sie, ich hätte mich totlachen können, als der alte Idiot Sie mit dem neuen Polizeibeamten verwechselte.«

»Er hat sich in den meisten Dingen geirrt«, sagte Wilson. »Vor allem, als er behauptete, daß ich Gedichte lese.«

2

Tallits Wohnzimmer wirkte auf Wilson, der es zum erstenmal sah, wie ein Tanzsaal auf dem Land. Die Möbel standen an den Wänden aufgereiht: harte Stühle mit hohen, unbequemen Rückenlehnen, und in den Ecken saßen stocksteif die Chaperonnes – alte Frauen in schwarzen Kleidern aus vielen, vielen Metern Seide; außerdem saß da noch ein sehr alter Mann mit einem runden Käppchen auf dem Hinterkopf. Sie musterten ihn forschend in völligem Schweigen, und er wich ihren Blicken aus, sah nur die Wände, die kahl waren, außer daß in jeder Ecke, von Bändern und Bögen umkränzt, sentimentale französische Postkarten zu einer Collage montiert und angenagelt worden waren: junge Männer, die an malvenfarbenen Blüten rochen; eine glänzende kirschrote Frauenschulter; ein leidenschaftlicher Kuß.

Wilson stellte fest, daß außer ihm nur noch ein Gast anwesend war. Pater Rank, ein katholischer Geistlicher in schwarzer Soutane. Sie saßen in entgegengesetzten Ecken des Zimmers zwischen den Chaperonnes, Tallits Eltern und Großeltern, wie Pater Rank ihm erklärte; außerdem gab es noch zwei Onkel, jemanden, der möglicherweise eine Ururgroßtante war, und einen Cousin. Irgendwo, wo man sie nicht sah, füllte Tallits Frau kleine Teller, die von seinen jüngeren Geschwistern den Gästen gereicht wurden. Außer Tallit sprach niemand Englisch, und es war Wilson peinlich, wie Pater Rank sich über die ganze Breite des Raumes hinweg mit lauter Stimme über den Gastgeber und seine Familie äußerte. »Danke, nein«, sagte er, zum Beispiel, und lehnte, den zerzausten grauhaarigen Kopf schüttelnd, eine Süßspeise ab. »Ich rate Ihnen, damit vorsichtig zu sein, Mr. Wilson. Tallit ist ein guter Kerl, aber er wird nie lernen, was ein westlicher Magen verträgt. Diese alten Leute haben unverwüstliche Straußenmägen.«

»Das ist sehr interessant für mich«, sagte Wilson, den Blick einer Großmutter auffangend, die in der Ecke gegenüber saß. Er nickte ihr lächelnd zu. Die Großmutter dachte offenbar, er wolle noch mehr von der Süßspeise haben und rief tadelnd nach ihrer Enkeltochter. »Nein, nein«, sagte Wilson vergeblich, schüttelte den Kopf und lächelte den Hundertjährigen an. Der Hundertjährige zog die Oberlippe von seinem zahnlosen Kiefer zurück und winkte mit wilden Gesten Tallits jüngerem Bruder, der mit einem neuen Teller herbeieilte. »Das können Sie ruhig essen!« schrie Pater Rank. »Es besteht nur aus Zucker, Glyzerin und einem bißchen Mehl!« Ohne Pause wurde ihnen Whisky eingeschenkt und nachgeschenkt.

»Ich wünschte, Sie würden mir endlich beichten, woher Sie diesen Whisky kriegen, Tallit!« rief der Pater, und Tallit strahlte und glitt flink von einem Ende des Raumes zum anderen, wechselte ein Wort mit Wilson, eines mit Pater Rank. Er erinnerte Wilson an einen jungen Ballettänzer, mit der weißen Hose, dem schwarzen Haar, das an seinem Kopf festgeklebt schien, dem grauen, glänzenden fremdländischen Gesicht und einem Glasauge, das aussah, als gehöre es einer Marionette. »Die ›Esperança‹ ist also ausgelaufen!« schrie der Pater durch den Raum. »Glauben Sie, sie haben was gefunden?«

»Im Büro hat man etwas von Diamanten gemunkelt«, sagte Wilson.

»Diamanten, du meine Güte«, sagte Pater Rank. »Diamanten werden sie nie finden. Sie wissen nicht, wo sie suchen sollen, nicht wahr, Tallit?« Erklärend wandte er sich an Wilson: »Diamanten sind für Tallit wie Salz in einer Wunde. Er wurde letztes Jahr mit falschen hereingelegt. Yusef hat dich übers Ohr gehauen, nicht wahr, Tallit, du junger Gauner. Bist nicht gerissen genug, wie? Du, ein Katholik, läßt dich von einem Mohammedaner betrügen. Am liebsten hätte ich dir den Hals umgedreht.«

»Wer so etwas tut, ist schlecht«, sagte Tallit, in der Mitte zwischen Wilson und dem Priester stehend.

»Ich bin erst seit zwei Wochen hier«, sagte Wilson, »und alle Welt redet über Yusef. Es heißt, er verkauft falsche Diamanten und schmuggelt echte, verkauft schlechten Alkohol, hortet Baumwolle für den Fall einer französischen Invasion und verführt die Krankenschwestern aus dem Militärlazarett.«

»Er ist eine dreckige Laus«, sagte Pater Rank fast genüßlich. »Natürlich darf man überhaupt nichts glauben, was man hier so hört. Denn dann würde jeder mit der Frau eines anderen leben, und jeder Polizeibeamte, der nicht in Yusefs Diensten steht, würde von unserem Tallit bestochen.«

Tallit sagte: »Yusef ist ein sehr schlechter Mensch.«

»Warum wird er dann nicht eingesperrt?«

»Ich bin seit zweiundzwanzig Jahren hier«, sagte Pater Rank, »und bisher habe ich nie erlebt, daß man einem Syrer etwas nachweisen konnte. Oh, ich habe oft genug gesehen, wie sich die Polizei quietschvergnügt die Hände rieb und mit fröhlicher Morgenmiene zupacken wollte; aber immer wieder dachte ich: Wozu fragen, um was es geht? Sie greifen doch nur wieder in die Luft.«

»Sie hätten Polizist werden sollen, Pater.«

»Ah«, sagte Pater Rank, »wer weiß? Angeblich halten sich in dieser Stadt mehr Polizisten auf, als das bloße Auge sieht.«

»Wer sagt das?«

87

»Seien Sie vorsichtig mit diesen Kuchen«, sagte Pater Rank. »Mäßig genossen sind sie harmlos, aber Sie haben schon vier Stück gegessen. Hör mal, Tallit, Mr. Wilson sieht hungrig aus. Könntest du nicht langsam die Fleischpastete servieren lassen?«

»Eine Fleischpastete?«

»Eine ganz spezielle«, sagte Pater Rank. »Den Festschmaus.« Seine Fröhlichkeit klang irgendwie hohl in diesem Raum. Zwanzig Jahre lang hatte diese Stimme gelacht, gescherzt, die Menschen in der Regen- und der Trockenzeit mit Humor an ihre Pflicht gemahnt. Kann ihre Fröhlichkeit auch nur für eine einzige Seele ein Trost gewesen sein? fragte sich Wilson. Hatte sie sich selbst Trost sein können? Sie glich dem Lärm, der von den Fliesen einer öffentlichen Badeanstalt zurückgeworfen wurde; dem Gelächter und dem Geplansche Fremder in der durch Dampf erzeugten Hitze.

»Natürlich, Pater Rank. Sofort, Pater Rank.«

Pater Rank erhob sich unaufgefordert und nahm an einem Tisch Platz, der wie die Stühle an die Wand gerückt war. Es lagen nur einige Gedecke auf, und Wilson zögerte. »Kommen Sie. Setzen Sie sich, Mr. Wilson. Nur die alten Leute essen mit uns − und Tallit natürlich.«

»Haben Sie vorhin nicht ein Gerücht erwähnt?« fragte Wilson.

»In meinem Kopf summt es wie in einem Bienenstock, so viele Gerüchte kommen mir zu Ohren«, sagte Pater Rank mit einer komischen Geste gespielter Hoffnungslosigkeit. »Wenn jemand mir etwas erzählt, nehme ich an, er will, daß ich es weitererzähle. Das ist eine nützliche Aufgabe in Zeiten wie den unseren, in denen alles Amtsgeheimnis ist. Man muß die Menschen daran erinnern, daß ihre Zunge zum Sprechen erschaffen wurde und die Wahrheit unter die Leute soll. Schauen Sie, was Tallit jetzt macht«, fuhr Pater Rank fort. Tallit hob eben eine Ecke des Verdunkelungsvorhangs und spähte auf die dunkle Straße.

»Wie geht es Yusef, du junger Gauner?« fragte der Pater. »Yusef hat gleich gegenüber ein großes Haus, und Tallit möchte es haben, nicht wahr, Tallit? Wo bleibt das Essen, wir haben Hunger.«

»Es ist schon da, es ist schon da«, sagte Tallit und entfernte sich vom Fenster. Schweigend setzte er sich neben den Hundertjährigen, und seine Schwester servierte die Speisen.

»Bei Tallit bekommt man immer gutes Essen«, sagte der Pater.

»Yusef hat heute abend auch Gäste.«

»Ein Priester darf nicht wählerisch sein«, sagte Pater Rank, »aber ich finde dein Essen bekömmlicher.« Sein Lachen dröhnte hohl durch den Raum.

»Ist es wirklich so schlimm, bei Yusef gesehen zu werden?«

»Das ist es, Mr. Wilson. Wenn ich Sie dort sähe, würde ich mir sagen: Yusef braucht dringend Informationen über Baumwolle — wieviel nächsten Monat importiert werden soll, zum Beispiel, und wieviel schon auf dem Seeweg unterwegs ist —, und er bezahlt für die Information. Wenn ich ein Mädchen hineingehen sähe, würde ich denken: Das ist ein Jammer, ein großer Jammer.« Er spießte ein Stück Pastete von seinem Teller auf und lachte wieder. »Aber wenn Tallit hineinginge, würde ich auf Hilfeschreie warten.«

»Und wenn Sie einen Polizeibeamten sähen?« fragte Tallit.

»Würde ich meinen Augen nicht trauen. Keiner wird nach allem, was mit Bailey passiert ist, so etwas Idiotisches tun.«

»Vor ein paar Tagen hat ein Polizeiauto Yusef nachts nach Hause gebracht«, sagte Tallit. »Ich habe es von hier aus ganz deutlich gesehen.«

»Ein Fahrer, der sich ein bißchen was dazuverdienen wollte«, sagte Pater Rank.

»Ich war der Meinung, es sei Major Scobie. Er war vorsichtig genug, nicht auszusteigen. Und deshalb bin ich mir auch nicht ganz sicher. Aber es sah wirklich so aus, als wäre es Major Scobie.«

»Meine Zunge ist wieder mal mit mir durchgegangen«, sagte der Priester. »Was für ein geschwätziger Narr ich doch bin. Wenn es tatsächlich Scobie war, würde ich mir nicht den Kopf darüber zerbrechen.« Er ließ die Augen durch den Raum wandern. »Überhaupt nicht den Kopf zerbrechen. Die gesamte Kollekte vom nächsten Sonntag würde ich darauf wetten, daß alles in Ordnung ist. Absolut in Ordnung.« Und wieder schwoll sein mächtiges, hohlklingendes Lachen an und ab wie die Glocke eines Aussätzigen, der allen sein Unglück verkündet.

3

Bei Harris brannte noch Licht, als Wilson ins Hotel zurückkam. Er war müde und bedrückt und bemühte sich auf Zehenspitzen vorbeizuschleichen, doch Harris hörte ihn.

»Ich habe gehorcht, damit ich Sie nicht verpasse, alter Freund«, sagte er, mit einer elektrischen Taschenlampe winkend. Er trug seine Moskitostiefel über der Pyjamahose und sah wie ein geplagter Luftschutzwart aus.

»Es ist spät. Ich dachte, Sie schlafen längst.«

»Ich konnte nicht schlafen, ehe wir nicht auf der Jagd waren. Die Idee ist mir ans Herz gewachsen, alter Freund. Wir könnten jeden Monat einen Preis aussetzen. Ich sehe schon, daß in einiger Zeit auch andere Lust bekommen werden, bei uns mitzumachen.«

Wilson sagte ironisch: »Vielleicht stiftet jemand einen Silberpokal.«

»Es sind schon seltsamere Dinge passiert, alter Freund. Die Kakerlaken-Meisterschaft.«

Er ging leise bis in die Mitte seines Zimmers voran. Unter einem grau gewordenen Moskitonetz stand ein

eisernes Bettgestell; der Armsessel hatte eine zusammen-
klappbare Lehne, auf dem Toilettentisch lagen uralte
Nummern der ›Picture Post‹. Es war für Wilson ein
Schock festzustellen, daß es Zimmer gab, die noch freud-
loser aussahen als das seine.

»Wir losen die Zimmer jeden zweiten Abend aus, alter
Freund.«

»Was nehme ich als Waffe?«

»Sie können sich einen meiner Pantoffel ausleihen.«
Eine Diele knarrte unter Wilsons Füßen, und Harris
drehte sich warnend um. »Sie haben Ohren wie die
Luchse«, sagte er.

»Ich bin ein bißchen müde. Glauben Sie nicht, daß
heute nacht . . .«

»Nur fünf Minuten, alter Freund. Ich könnte ohne Jagd
nicht einschlafen. Schauen Sie, da drüben ist eine, über
dem Toilettentisch. Sie können den ersten Schuß haben.«
Doch als der Schatten des Pantoffels auf die Gipswand
fiel, flitzte das Insekt davon.

»So hat es keinen Sinn, alter Freund. Schauen Sie mir
zu.« Harris pirschte sich an seine Beute an. Die Kakerlake
saß in halber Höhe der Wand, und während Harris sich
ihr auf Zehenspitzen näherte, richtete er den Lichtkegel
auf sie und bewegte ihn über ihr hin und her. Dann
schlug er plötzlich zu und hinterließ eine verschmierte
Blutspur an der Wand. »Eins zu null für mich«, sagte er.
»Man muß sie hypnotisieren.«

Sie tappten im Zimmer hin und her, winkten mit den
Taschenlampen, knallten die Schuhe an die Wand, verloren ab und zu den Kopf und stürzten sich dann in wildem
Eifer in die Zimmerecken. Die Jagdlust packte Wilson
und regte seine Phantasie an. Anfangs übten sie sich in
»sportlichem« Verhalten, riefen »guter Schuß« oder »so
ein Pech«, dann jedoch gerieten sie bei Gleichstand an der
Täfelung aneinander, weil sie es auf dieselbe Kakerlake
abgesehen hatten, und ihr Temperament ging mit ihnen
durch.

»Es ist sinnlos, denselben Vogel zu jagen, alter Freund«, sagte Harris.

»Ich habe das Wild aufgespürt.«

»Sie haben Ihre Kakerlake verloren. Die hier gehört mir.«

»Es war dieselbe. Sie hat zweimal kehrtgemacht.«

»O nein!«

»Außerdem sehe ich nicht ein, warum ich nicht hinter derselben her sein sollte. Sie haben sie mir zugetrieben. Haben einfach schlecht gespielt.«

»Das erlauben die Regeln nicht«, sagte Harris kurz angebunden.

»Vielleicht nicht Ihre Regeln.«

»Verdammt noch mal«, sagte Harris, »ich habe das Spiel erfunden.«

Eine Kakerlake saß im Waschbecken auf einem Stück brauner Seife. Wilson erspähte sie und riskierte einen Weitschuß aus fast zwei Metern Entfernung. Der Pantoffel landete haargenau auf der Seife, und die Kakerlake taumelte ins Becken. Harris drehte das Wasser auf und spülte sie hinunter. »Guter Schuß, alter Freund«, sagte er versöhnlich. »Eine D. A.«

»Ihr D. A. soll verdammt sein«, sagte Wilson. »Sie war tot, als Sie den Wasserhahn aufdrehten.«

»Das kann man nicht mit Sicherheit sagen. Vielleicht war sie nur bewußtlos — hatte eine Gehirnerschütterung. Nach den Spielregeln war es eine D. A.«

»Schon wieder Ihre Regeln!«

»In dieser Stadt sind meine Regeln so gültig wie die Queensberry-Regeln*.«

»Aber nicht mehr lange«, drohte Wilson. Er knallte die Tür hinter sich so heftig zu, daß die Wände seines Zimmers zitterten. Sein Herz hämmerte vor Zorn und von der nächtlichen Hitze, der Schweiß lief ihm aus den Ach-

---

* Nach dem Marquess of Queensberry, der die Aufstellung der Grundregeln für den modernen Boxsport beaufsichtigte. (A. d. Ü.)

selhöhlen. Doch als er vor seinem Bett stand, umgeben von einem Abziehbild von Harris' Zimmer – das Waschbecken, der Tisch, das graue Moskitonetz, sogar die Kakerlake an der Wand, versickerte sein Zorn, und an seine Stelle trat Einsamkeit. Es war, als habe er sich mit seinem Spiegelbild gestritten. Ich muß verrückt gewesen sein, dachte er. Wieso bin ich so außer mir geraten? Jetzt habe ich einen Freund verloren.

In dieser Nacht fand er lange keinen Schlaf, und als er endlich doch einschlief, träumte er, er habe ein Verbrechen begangen, so daß ihm, als er aufwachte, das Schuldgefühl noch schwer wie ein Stein auf der Brust lag. Auf dem Weg zum Frühstück blieb er vor Harris' Tür stehen. Er hörte keinen Laut. Als er klopfte, blieb er ohne Antwort. Er öffnete die Tür einen Spalt und sah hinter dem Moskitonetz undeutlich Harris' feuchtes Bett. Er fragte leise: »Sind Sie wach?«

»Was gibt es?«

»Ich möchte mich entschuldigen, Harris, wegen gestern abend.«

»Meine Schuld, alter Freund. Ich habe ein bißchen Fieber. Hab's schon gestern gespürt. War deshalb überempfindlich.«

»Nein, es war meine Schuld. Sie hatten ganz recht. Es *war* eine D. A.«

»Das Los soll entscheiden, was es war, alter Freund.«

»Ich komme heut' abend rüber.«

»Das ist fein.«

Doch nach dem Frühstück wurde Wilson durch eine Begegnung völlig von Harris abgelenkt. Er war auf dem Weg in die Stadt im Büro des Commissioners gewesen, und als er es verließ, traf er Scobie.

»Hallo«, sagte Scobie, »was tun Sie denn hier?«

»War wegen eines Passierscheins beim Commissioner. In dieser Stadt braucht man dauernd irgendeinen neuen Passierschein. Ich wollte einen für den Hafen haben.«

»Wann besuchen Sie uns wieder, Wilson?«

93

»Sie wollen doch gewiß nicht von einem Fremden belästigt werden, Sir.«

»Unsinn. Louise würde sich gern mit Ihnen über Bücher unterhalten. Ich selbst lese ja nicht, wie Sie wissen, Wilson.«

»Dazu haben Sie wahrscheinlich auch kaum Zeit.«

»Ach, Zeit gibt es in einem Land wie diesem im Überfluß«, sagte Scobie. »Ich finde nur keinen Geschmack am Lesen, das ist alles. Kommen Sie doch einen Moment in mein Büro, dann rufe ich Louise gleich an. Sie wird sich freuen, Sie wiederzusehen. Ich wünschte, Sie gingen bei ihr vorbei und machten einen langen Spaziergang mit ihr. Sie hat nicht genug Bewegung.«

»Riesig gern«, sagte Wilson und wurde in dem schattigen Raum plötzlich rot. Er sah sich um. Das also war Scobies Büro. Er musterte es, wie ein General ein Schlachtfeld mustern mochte, doch es fiel ihm schwer, in Scobie einen Feind zu sehen. Die rostigen Handschellen an der Wand klirrten, als Scobie sich vom Schreibtisch zurücklehnte und wählte.

»Haben Sie heut' abend etwas vor?«

Energisch zwang Wilson sich zur Aufmerksamkeit, er spürte, daß Scobie ihn beobachtete. Die leicht vorquellenden und leicht geröteten Augen ruhten nachdenklich auf ihm. »Ich überlege gerade, wieso Sie hierhergekommen sind«, sagte Scobie. »Sie sind nicht der Typ.«

»Man läßt sich einfach treiben«, log Wilson.

»Ich nicht«, sagte Scobie. »Ich war immer ein Planer. Wie Sie sehen, plane ich sogar für andere Leute.« Er begann ins Telefon zu sprechen. Sein Tonfall änderte sich – als spreche er eine Rolle, eine Rolle, die Zärtlichkeit und Geduld erforderte, eine Rolle, die er schon so oft gespielt hatte, daß die Augen leer blieben, während die Lippen sich bewegten. Den Hörer auflegend, sagte er. »Schön. Das wäre geritzt.«

»Scheint mir ein sehr guter Plan zu sein«, sagte Wilson.

»Meine Pläne fangen immer gut an«, sagte Scobie. »Ihr

beide macht einen langen Spaziergang, und wenn ihr zurückkommt, habe ich einen Drink für euch bereit. Bleiben Sie zum Abendessen«, fuhr er leicht nervös fort. »Wir freuen uns über Ihre Gesellschaft.«

Wilson verabschiedete sich, und Scobie ging zum Commissioner. Er sagte: »Als ich eben zu Ihnen unterwegs war, Sir, habe ich Wilson getroffen.«

»Ach ja, Wilson«, sagte der Commissioner. »Er war hier, wollte mit mir über einen ihrer Leichterschiffer sprechen.«

»Ich verstehe.« Die Jalousien vor den Fenstern waren heruntergelassen, um die Morgensonne fernzuhalten. Ein Sergeant kam durch und brachte nicht nur eine Akte, sondern auch den Geruch des Zoos mit. Der Tag war schwül vom Regen, der noch immer nicht fiel. Schon um halb neun Uhr morgens war der Körper schweißüberströmt. Scobie sagte: »Mir hat er erklärt, er sei wegen eines Passierscheins bei Ihnen gewesen.«

»O ja«, sagte der Commissioner, »das auch.« Er legte ein Löschpapier unter sein Handgelenk, damit es, während er schrieb, den Schweiß aufsaugte. »O ja, einen Passierschein wollte er auch, Scobie.«

Zweites Kapitel

1

Mrs. Scobie ging voraus, stieg zu der Brücke hinunter, die über den Fluß führte und auf der noch die Schwellen einer aufgelassenen Bahnlinie lagen.

»Also den Weg hätte ich allein nie gefunden«, sagte Wilson, unter der Last seines Übergewichts leicht keuchend.

Louise Scobie sagte: »Es ist mein liebster Spazierweg.«

Auf dem trockenen, staubigen Abhang über dem Weg

95

saß ein alter Mann untätig in der Tür seiner Hütte. Ein Mädchen mit kleinen, noch kindlichen Brüsten kam ihnen, einen Eimer mit Wasser auf dem Kopf balancierend, den Hügel herab entgegen. In einem engen, staubigen Hof spielte ein Kind, nackt bis auf eine Perlenschnur um die Taille; Arbeiter mit Spitzhacken über der Schulter überquerten am Ende ihres Arbeitstages die Brücke. Um diese Stunde war es immer verhältnismäßig kühl, es war die Stunde des Friedens.

»Man vermutet nicht, daß direkt hinter uns die Stadt liegt, nicht wahr?« sagte Mrs. Scobie. »Und ein paar hundert Meter weiter oben, jenseits des Hügels, servieren die Boys die Drinks.«

Der Weg schlängelte sich am Hang entlang. Darunter breitete sich der riesige Hafen aus. Innerhalb der Hafenabsperrung sammelte sich ein Geleitzug; winzige Boote hüpften zwischen den großen Schiffen umher wie Fliegen auf den Wellen. Auf der Höhe verstellten ihnen staubgraue Bäume und verbranntes Gestrüpp den Blick auf den Kamm des Hügelzugs. Wilson stolperte ein- oder zweimal, als er sich mit den Schuhspitzen in den vorstehenden Kanten der Eisenbahnschwellen verfing.

»Genauso habe ich mir alles vorgestellt«, sagte Louise Scobie.

»Ihr Gatte liebt das Land, nicht wahr?«

»Oh, manchmal denke ich, er hat ein trennscharfes Auge und sieht nur, was er sehen will. Den Snobismus der Menschen nimmt er nicht wahr, und den Klatsch überhört er.«

»Er nimmt Sie wahr«, sagte Wilson.

»Glücklicherweise tut er das nicht, denn ich habe mich von der Krankheit anstecken lassen.«

»Sie sind kein Snob.«

»Und ob ich einer bin.«

»Sie geben sich mit *mir* ab«, sagte Wilson, wurde rot und spitzte den Mund zu einem sorgfältig sorglosen Pfeifen. Aber er konnte es nicht. Die vollen Lippen schnappten nur nach Luft wie ein Fisch.

»Um Himmels willen«, sagte Louise, »tun Sie bloß nicht unterwürfig.«

»Ich bin weder unterwürfig noch bescheiden«, sagte er. Er trat zur Seite, um einen Arbeiter vorbeizulassen. »Ich bin wahnsinnig ehrgeizig.«

»In zwei Minuten«, sagte Louise, »kommen wir an den schönsten Punkt − dort sieht man kein einziges Haus.«

»Es ist sehr freundlich von Ihnen, mir zu zeigen −«, sagte Wilson und stolperte wieder auf dem holprigen Weg. Für Plaudereien hatte er kein Talent. Mit einer Frau konnte er romantisch sein und nichts sonst.

»Da«, sagte Louise, doch ihm blieb kaum Zeit, die Aussicht zu genießen − die steilen grünen Hügel, die zu der großen, flachen, funkelnden Bucht abfielen −, als sie schon wieder nach Hause wollte, auf demselben Weg, den sie gekommen waren. »Henry wird bald da sein«, sagte sie.

»Wer ist Henry?«

»Mein Mann.«

»Ich habe nicht gewußt, daß er so heißt. Sie haben ihn immer irgendwie anders genannt − Ticki oder so.«

»Der arme Henry«, sagte sie. »Wie er das haßt! Ich bemühe mich, ihn nicht so zu nennen, wenn andere Leute dabei sind, aber ich vergesse es immer wieder. Gehen wir.«

»Können wir nicht noch ein Stückchen weiterlaufen − bis zum Bahnhof?«

»Ich möchte mich umziehen«, sagte Louise, »bevor es dunkel wird. Sobald es dunkel ist, kommen die Ratten ins Haus.«

»Aber der Rückweg führt dauernd bergab.«

»Dann geht es um so schneller«, sagte Louise. Er trabte hinter ihr her. Obwohl mager und linkisch, schien sie etwas von der Schönheit Undines zu haben. Sie war freundlich zu ihm gewesen, sie ertrug seine Gesellschaft, und automatisch regte sich bei der ersten Freundlichkeit, die eine Frau ihm zuteil werden ließ, die Liebe in ihm. Zu Freundschaft oder gleichberechtigter Partnerschaft war er nicht fähig. Sein romantisches, bescheidenes, ehrgeiziges Gemüt konnte sich nur eine Beziehung mit einer Kellnerin, einer Platzanweiserin im Kino, der Tochter einer Pensionswirtin in Battersea oder mit einer Königin vorstellen. Louise Scobie war eine Königin. Er begann hinter ihr zu murmeln — »so gut« —, und seine plumpen Knie schlugen unter der Hose auf dem steinigen Weg aneinander. Ganz plötzlich veränderte sich das Licht. Die Lateriterde verwandelte sich in ein halb durchsichtiges rosenfarbenes Band den Hügel hinunter zu den weiten Wassern der Bucht. Das Abendlicht hatte etwas heiter Zufälliges, als sei es nicht vorgesehen gewesen.

»Geschafft«, sagte Louise; sie lehnten sich, tief durchatmend, an die Holzwand des kleinen aufgelassenen Bahnhofsgebäudes und sahen das Licht so schnell schwinden, wie es gekommen war.

Durch eine offene Tür — war es die zum Warteraum oder die zum Büro des Bahnhofsvorstehers gewesen? — trippelten Hühner ein und aus. Der Staub auf den Fenstern glich dem Dampf, den ein durchfahrender Zug vor wenigen Augenblicken zurückgelassen hatte. Auf das für ewige Zeiten geschlossene Schalterfenster hatte jemand mit Kreide ein primitives phallisches Symbol gemalt. Wilson sah es oberhalb ihrer linken Schulter, als sie sich zurücklehnte, um Atem zu schöpfen.

»Ich war früher jeden Tag hier, bis sie es mir verleidet haben«, sagte Louise.

»Sie?«

Sie sagte: »Gott sei Dank bleibe ich nicht mehr lange.«

»Wieso denn? Gehen Sie etwa fort?«

»Henry schickt mich nach Südafrika.«

»O Gott!« rief Wilson. Die Neuigkeit kam so unerwartet, daß sie ihn traf wie ein Stich. Sein Gesicht verzog sich vor Schmerz.

Er hatte sich bloßgestellt und versuchte sofort, es zu bemänteln. Niemand wußte besser als er selbst, daß sein Gesicht nicht dazu gemacht war, Qual oder Leidenschaft auszudrücken. Er sagte: »Was wird er ohne Sie anfangen?«

»Er kommt schon zurecht.«

»Er wird schrecklich einsam sein«, sagte Wilson – er, er, er klang es in seinem Innenohr wie ein verirrtes Echo von ich, ich, ich.

»Er wird ohne mich glücklicher sein.«

»Das ist unmöglich.«

»Henry liebt mich nicht«, sagte sie sanft, als unterweise sie ein Kind und benutze die einfachsten Worte, um etwas Kompliziertes zu erklären. Sie lehnte den Kopf an das Schalterfenster und lächelte ihm zu, als wollte sie sagen, es ist wirklich ganz leicht, wenn du es erst einmal begriffen hast. »Er wird ohne mich glücklicher sein«, wiederholte sie. Eine Ameise krabbelte vom Holz auf ihren Hals, und er beugte sich vor, um sie wegzuschnippen. Er hatte keinen anderen Grund. Als sein Mund sich von ihrem löste, war die Ameise noch immer da. Er ließ sie über seinen Finger laufen. Der Geschmack des Lippenstiftes war etwas, das er bisher nicht gekannt hatte und nie vergessen würde. Ihm war, als habe er etwas vollbracht, das die ganze Welt veränderte.

»Ich hasse ihn«, sagte sie und setzte das Gespräch haargenau da fort, wo es unterbrochen worden war.

»Sie dürfen nicht gehen«, beschwor er sie. Ein Tropfen Schweiß lief ihm ins rechte Auge, und er wischte es weg. Wieder blieb sein Blick an der phallischen Schmiererei auf dem Schalterfenster hinter ihrer Schulter haften.

»Ich wäre schon früher gegangen, aber das Geld hat gefehlt, armer Liebling. Er muß es beschaffen.«

»Wie und woher?«

»Das ist Männersache.« Sie sagte es wie eine Herausforderung, und er küßte sie wieder. Ihre Lippen hingen wie zweischalige Muscheln aneinander, dann entzog sie sich ihm, und er hörte das traurige – an- und abschwel-

99

lende − Lachen von Pater Rank näher kommen. »Guten Abend, guten Abend!« rief Pater Rank. Seine Schritte wurden länger, und sein Fuß verfing sich in der Soutane. Er stolperte, als er vorbeiging. »Ein Gewitter zieht auf«, sagte er. »Muß mich beeilen«, und sein »Ho ho ho« verklang, als er sich das Gleis entlang entfernte, und war für niemanden tröstlich.

»Er hat nicht gesehen, wer wir sind«, sagte Wilson.

»Natürlich hat er. Was macht das schon aus?«

»Er ist das größte Klatschmaul der Stadt.«

»Nur wenn es um wichtige Dinge geht«, sagte sie.

»Dies ist nicht wichtig?«

»Natürlich nicht«, sagte sie. »Warum sollte es?«

»Ich liebe Sie, Louise«, sagte Wilson traurig.

»Wir sehen uns heute doch erst zum zweitenmal.«

»Ich begreife nicht, was eins mit dem anderen zu tun hat? Mögen Sie mich, Louise?«

»Natürlich mag ich Sie, Wilson.«

»Ich wünschte, Sie würden mich nicht Wilson nennen.«

»Haben Sie denn noch einen anderen Namen?«

»Edward.«

»Soll ich Teddy zu Ihnen sagen? Oder Bär? Irgendwie ergibt sich das immer von selbst, bevor man es selber merkt. Auf einmal nennt man jemanden Bär oder Ticki, und der richtige Name kommt einem hohl und steif vor. Und im nächsten Moment wird man deshalb gehaßt. Ich bleibe bei Wilson.«

»Warum verlassen Sie ihn nicht?«

»Ich verlasse ihn. Das habe ich Ihnen doch gesagt. Ich gehe nach Südafrika.«

»Ich liebe Sie, Louise«, sagte er noch einmal.

»Wie alt sind Sie, Wilson?«

»Zweiunddreißig.«

»Sehr junge zweiunddreißig, und ich bin alte achtunddreißig.«

»Das ist unwichtig.«

»Die Gedichte, die Sie lesen, Wilson, sind zu romantisch. Es ist wichtig. Viel wichtiger als Liebe. Liebe ist keine Tatsache wie das Alter oder die Religion...«

Jenseits der Bucht kamen Wolken auf. Sie hingen als schwarze Masse über Bullom, rissen dann den Himmel auf und stiegen senkrecht in die Höhe. Der Wind trieb Louise und Wilson in den Bahnhof zurück. »Zu spät«, sagte sie. »Wir sitzen in der Falle.«

»Wie lange wird es dauern?«

»Eine halbe Stunde.«

Eine Handvoll Regen schlug ihnen ins Gesicht, und dann fiel das Wasser wolkenbruchartig. Sie standen im Bahnhof und hörten es auf das Dach prasseln. Um sie herum war es stockdunkel, und zu ihren Füßen scharrten die Hühner. »Das ist schlimm«, sagte Louise.

Wilson machte eine Bewegung auf ihre Hand zu und berührte dabei ihre Schulter. »Oh, um Himmels willen«, sagte sie, »es soll nicht in eine Pettingparty ausarten.« Sie mußte laut sprechen, um den Lärm auf dem Blechdach zu übertönen.

»Tut mir leid... Ich wollte nicht...«

Er hörte, daß sie ein Stückchen von ihm wegrutschte, und war froh um die Dunkelheit, die verbarg, wie gedemütigt er sich fühlte. »Ich mag Sie, Wilson«, sagte sie, »aber ich bin keine Krankenschwester, die erwartet, genommen zu werden, sobald sie mit einem Mann im Dunkeln zusammen ist. Sie haben keine Verantwortung für mich. Ich will Sie nicht.«

»Ich liebe Sie, Louise.«

»Schon recht, Wilson, das haben Sie mir bereits gesagt. Glauben Sie, daß es hier Schlangen gibt – oder Ratten?«

»Keine Ahnung. Wann gehen Sie nach Südafrika, Louise?«

»Sobald Ticki das Geld aufbringt.«

»Es wird sehr viel kosten. Vielleicht können Sie gar nicht weg.«

»Irgendwie wird er es schon schaffen. Er hat es versprochen.«

»Lebensversicherung?«

»Nein, das hat er schon versucht.«

»Ich wünschte, ich könnte Ihnen das Geld leihen. Doch ich bin arm wie eine Kirchenmaus.«

»Reden Sie hier drin nicht über Mäuse. Ticki schafft es — irgendwie.«

Er begann durch die Dunkelheit ihr Gesicht zu sehen, dünn, grau, nur andeutungsweise — es war, als versuche man sich an die Züge eines Menschen zu erinnern, den man einst gekannt hatte, der aber fortgegangen war. Man konnte sie auf die gleiche Art wieder zusammensetzen — die Nase und dann, wenn man sich nur genug konzentrierte, die Stirn und die Brauen. Die Augen entzogen sich.

»Er würde alles für mich tun.«

Er sagte bitter: »Vor ein paar Minuten haben Sie gesagt, er liebe Sie nicht.«

»Oh«, sagte sie, »aber er hat ein unglaubliches Verantwortungsbewußtsein.«

Er bewegte sich, und sie schrie zornig: »Halten Sie sich ruhig! Ich liebe Sie nicht. Ich liebe Ticki.«

»Ich habe mich nur bequemer hingestellt«, sagte er.

Sie begann zu lachen. »Wie komisch das ist«, sagte sie. »Etwas so Komisches ist mir schon lange nicht mehr passiert. Ich werde es monatelang nicht vergessen, monatelang.«

Wilson jedoch war überzeugt, er werde sich an ihr Lachen sein Leben lang erinnern. Seine Shorts flatterten in der Zugluft, und er dachte: *In einem Leib gefangen, der dem Grabe gleicht.*

2

Als Louise und Wilson den Fluß überquerten und Burnside erreichten, war es stockdunkel. Die Scheinwerfer eines Kastenwagens der Polizei waren auf eine offene Tür gerichtet, und Gestalten mit Paketen eilten hin und her.

»Was ist denn da los?« rief Louise und rannte die Straße hinunter. Wilson folgte ihr keuchend. Eine Zinnbadewanne auf dem Kopf, kam Ali aus dem Haus. In den Händen trug er einen Klappstuhl und ein in ein Handtuch eingeknotetes Bündel. »Was ist denn los, um alles in der Welt, Ali?«

»Massa gehn auf großen Treck«, sagte er, im Licht der Scheinwerfer glücklich lächelnd.

Im Wohnzimmer saß Scobie mit einem Drink in der Hand. »Ich bin froh, daß du zurück bist«, sagte er. »Dachte schon, ich müßte dir einen Zettel schreiben.« Und er hatte tatsächlich schon angefangen zu schreiben, wie Wilson sah. Er hatte ein Blatt aus seinem Notizbuch herausgerissen, und seine große, unbeholfene Schrift bedeckte mehrere Zeilen.

»Henry, was ist los, um Himmels willen?«

»Ich muß nach Bamba.«

»Kannst du denn nicht bis Donnerstag warten? Da fährt ein Zug.«

»Nein.«

»Darf ich dich begleiten?«

»Diesmal nicht, tut mir leid, meine Liebe. Ich muß Ali mitnehmen und kann dir nur den kleinen Boy hierlassen.«

»Was ist passiert?«

»Der junge Pemberton macht uns Schwierigkeiten.«

»Ernste?«

»Ja.«

»Er ist ein solcher Narr. Es war verrückt, ihn dort als District Commissioner einzusetzen.«

Scobie trank von seinem Whisky. »Bedaure, Wilson,

aber Sie müssen sich selbst bedienen. Die Sodaflaschen sind im Eisschrank. Die Boys haben leider mit dem Packen zu tun.«

»Wie lange bleibst du weg, Liebling?«

»Bis übermorgen, wenn ich ein bißchen Glück habe. Warum quartierst du dich nicht inzwischen bei Mrs. Halifax ein?«

»Ich fühle mich hier recht wohl, Liebling.«

»Ich würde ja den kleinen Boy mitnehmen und Ali hierlassen, aber der kleine Boy kann nicht kochen.«

»Du bist mit Ali besser dran, Liebster. Es wird wie in alten Zeiten sein, bevor ich da war.«

»Ich denke, ich verschwinde, Sir«, sagte Wilson. »Tut mir leid, daß ich Mrs. Scobie erst so spät zurückgebracht habe.«

»Oh, ich habe mir keine Sorgen gemacht, Wilson. Pater Rank ist vorbeigekommen und hat mir erzählt, daß ihr im alten Bahnhof Schutz gesucht habt. Sehr vernünftig von euch. *Er* war bis auf die Haut durchnäßt. Hätte lieber auch dableiben sollen. In seinem Alter sollte er einen Fieberanfall lieber vermeiden.«

»Darf ich Ihnen nachschenken, Sir? Dann mache ich mich aus dem Staub.«

»Henry trinkt nie mehr als ein Glas.«

»Trotzdem, heute genehmige ich mir noch eins. Aber gehen Sie nicht, Wilson. Bleiben Sie, und leisten Sie Louise noch ein bißchen Gesellschaft. Nach diesem Glas muß ich los. Heute nacht werde ich wohl kaum zum Schlafen kommen.«

»Warum kann keiner von den jungen Männern gehen? Du bist zu alt dafür, Ticki. Die ganze Nacht durchfahren. Warum schickst du nicht Fraser?«

»Der Commissioner hat mich gebeten, die Sache selbst zu erledigen. Es ist einer jener Fälle, bei denen man vorsichtig und taktvoll vorgehen muß, man kann ihn keinem jungen Mann überlassen.«

Er trank noch ein paar Schluck Whisky und wandte

mit düsterer Miene den Blick ab, als er sah, daß Wilson ihn beobachtete. »Jetzt muß ich aber.«

»Das werde ich Pemberton nie verzeihen.«

Scobie sagte scharf: »Rede keinen Unsinn, meine Liebe. Wir würden die meisten Dinge verzeihen, kennten wir nur die Fakten.« Er lächelte Wilson unwillig an. »Ein Polizist sollte der versöhnlichste Mensch der Welt sein, wenn er eins und eins richtig zusammenzählt.«

»Ich wünschte, ich könnte irgendwie helfen, Sir.«

»Das können Sie. Bleiben Sie, trinken Sie noch ein paar Gläschen mit Louise, und heitern Sie sie auf. Sie hat nicht oft Gelegenheit, über Bücher zu reden.« Als Scobie Bücher sagte, sah Wilson, daß sie die Lippen zusammenpreßte, nachdem Scobie vor ein paar Minuten heftig zusammengezuckt war, als sie ihn Ticki genannt hatte, und zum erstenmal wurde ihm bewußt, daß Schmerz in jeder zwischenmenschlichen Beziehung unvermeidlich ist − Schmerz, den man leidet, und Schmerz, den man zufügt. Wie dumm war man doch, wenn man das Alleinsein fürchtete.

»Auf Wiedersehen, Liebling.«

»Auf Wiedersehen, Ticki.«

»Kümmere dich um Wilson. Sorg dafür, daß er genug zu trinken hat. Laß den Kopf nicht hängen.«

Als sie Scobie küßte, stand Wilson mit einem Glas in der Hand in Türnähe und dachte an den aufgelassenen Bahnhof auf dem Hügel und an den Geschmack ihres Lippenstifts. Mindestens eineinhalb Stunden lang war sein Mund der letzte geblieben, der den ihren berührt hatte. Er empfand keine Eifersucht, nur die Trostlosigkeit eines Mannes, der versucht auf einem feuchten Briefbogen einen wichtigen Brief zu schreiben und feststellt, daß die Buchstaben zerlaufen.

Seite an Seite sahen sie Scobie nach, als er über die Straße zum Polizeiauto ging. Er hatte mehr Whisky getrunken, als er gewöhnt war, und stolperte vielleicht deshalb. »Sie hätten einen Jüngeren schicken sollen«, sagte Wilson.

»Das machen sie nie. Er ist der einzige, dem der Commissioner vertraut.« Sie beobachteten, wie mühsam er einstieg, und Louise fuhr traurig fort: »Ist er nicht der typische Zweite? Der Mann, der immer die Arbeit macht?«

Der schwarze Polizist hinter dem Steuer ließ den Motor an und betätigte krachend den Schalthebel, bevor er die Kupplung losließ. »Nicht einmal einen guten Fahrer haben sie ihm mitgegeben«, sagte sie. »Der gute Fahrer wird Fraser und Konsorten wahrscheinlich zum Tanzen in den Club gebracht haben.«

Holpernd und schwankend verließ der Kastenwagen den Hof. Louise sagte: »Tja, das war's.«

Sie nahm den Zettel, den Scobie ihr geschrieben hatte, und las laut vor: »Meine Liebe, ich muß nach Bamba. Behalte es für Dich. Es ist etwas Furchtbares passiert. Der arme junge Pemberton...«

»Der arme Pemberton«, wiederholte sie wütend.

»Wer ist Pemberton?«

»Ein Grünschnabel von fünfundzwanzig. Voller Pickel und ein Prahlhans. Er war Stellvertretender District Commissioner in Bamba, aber als Butterworth krank wurde, haben sie ihn zum Commissioner befördert. Praktisch jeder hätte ihnen prophezeien können, daß das schiefgehen mußte. Und wie immer ist es Henry, der, wenn etwas schiefgegangen ist, die ganze Nacht durchfahren muß...«

»Ich sollte jetzt wohl gehen, nicht wahr?« sagte Wilson. »Sie werden sich umziehen wollen.«

»O ja, gehen Sie, bevor alle wissen, daß er nicht da ist und wir fünf Minuten allein in einem Haus waren, in dem ein Bett steht. Allein mit Ausnahme des kleinen Boys und des Kochs und ihren Freunden und Verwandten natürlich.«

»Ich wünschte, ich könnte mich nützlich machen.«

»Das können Sie«, sagte sie. »Gehen Sie hinauf, und sehen Sie nach, ob im Schlafzimmer eine Ratte ist. Ich will nicht, daß der kleine Boy merkt, wie nervös ich bin. Und machen Sie das Fenster zu. Sie kommen durch die Fenster ins Haus.«

»Dann wird es aber sehr heiß im Zimmer.«

»Das ist mir egal.«

Er blieb an der Tür stehen und klatschte leise in die Hände, doch nichts rührte sich. Dann trat er schnell und verstohlen, so als habe er nicht das Recht hier zu sein, ans Fenster und schloß es. In der Luft hing der feine Duft von Gesichtspuder − ein Duft, wie er ihn bisher nie gekannt hatte und den er nie vergessen würde. An der Tür blieb er wieder stehen und prägte sich den ganzen Raum ein − das Foto des Kindes, die Cremetiegel, das Kleid, das Ali für den Abend herausgelegt hatte. Man hatte ihm in England beigebracht, wie man Dinge im Gedächtnis behielt, die wichtigste Einzelheit herausgreift, die richtigen Beweise sammelt, doch seine Arbeitgeber hatten ihm nie gesagt, daß er in ein so merkwürdiges Land geraten würde.

DRITTER TEIL

Erstes Kapitel

I

Der Kastenwagen der Polizei nahm seinen Platz in der langen Schlange von Militär-Lastern ein, die auf die Fähre wartete. Ihre Scheinwerfer sahen in der Nacht wie ein kleines Dorf aus. Zu beiden Seiten hingen die Äste der Bäume tief herunter, rochen nach Hitze und Regen; und irgendwo am Ende der Kolonne sang ein Fahrer – die eintönig klagende Stimme schwoll an und ab wie Wind, der durch ein Schlüsselloch blies. Scobie schlief, wachte auf, schlief, wachte auf. Wenn er wach war, dachte er an Pemberton und fragte sich, was er empfinden würde, wenn er der Vater des Jungen wäre – dieser ältere Bankdirektor im Ruhestand, dessen Frau bei Pembertons Geburt gestorben war –, aber wenn er schlief, kehrte er in eine Welt vollkommenen Glücks und vollkommener Freiheit zurück. Er ging, dicht gefolgt von Ali, durch eine weite, kühle Wiese. In seinem Traum gab es niemanden sonst, und Ali sprach nie. Hoch über seinem Kopf zogen Vögel dahin, und als er sich einmal setzte, teilte eine kleine grüne Schlange das Gras, kam auf seine Hand und kroch furchtlos weiter, seinen Arm hinauf. Und bevor sie ins Gras zurückglitt, berührte sie seine Wange mit ihrer kalten, freundlichen, gleichgültigen Zunge.

Als er einmal die Augen aufschlug, stand Ali neben ihm und wartete darauf, daß er aufwachte. »Massa mag in Bett«, sagte er sanft, aber energisch und zeigte auf das Feldbett, das er am Wegrand aufgestellt hatte – komplett, mit dem an überhängenden Zweigen befestigten Moskitonetz. »Zwei, drei Stunden«, sagte Ali. »Menge Laster.«

Scobie gehorchte, legte sich hin und war sofort wieder auf jener friedlichen Wiese, auf der nie etwas passierte. Als er das nächstemal wach wurde, war Ali noch immer da, diesmal mit einer Tasse Tee und einem Teller mit Biskuits. »Eine Stunde«, sagte Ali.

Endlich war das Polizeiauto an der Reihe. Sie fuhren die rote Lateritrampe hinunter auf das Floß und wurden dann Meter um Meter über den dunklen, styxgleichen Strom an das bewaldete jenseitige Ufer geschoben. Die beiden Fährleute, die das Tau bedienten, trugen nur einen Lendenschurz, als hätten sie ihre Kleider hinter sich an dem Ufer zurückgelassen, an dem das Leben endet, und ein dritter Mann schlug ihnen den Takt, wozu er sich in dieser Zwischenwelt einer leeren Sardinenbüchse bediente. Die unermüdliche Jammerstimme des lebenden Sängers blieb hinter ihnen zurück.

Das war nur die erste von drei Fähren, mit denen sie übersetzen mußten, und an jeder bildete sich dieselbe lange Schlange. Es gelang Scobie nicht mehr, richtig einzuschlafen; er bekam Kopfschmerzen vom Schaukeln des Kastenwagens, nahm ein paar Aspirin und hoffte das Beste. Er wollte, fern von daheim, keinen Fieberanfall bekommen. Es war nicht Pemberton, der ihm jetzt Sorgen machte — sollen die Toten ihre Toten begraben —, es war das Versprechen, das er Louise gegeben hatte. Zweihundert Pfund waren eine so kleine Summe; in seinem schmerzenden Kopf hüpften die Zahlen ständig von einem Stellenwert zum anderen wie die Töne eines Glockenspiels: 200 002 020; es machte ihn nervös, daß er keine vierte Kombination fand, nur: 200 002 020.

Sie hatten die Hütten mit den Dächern aus Wellblech und die verfallenen Blockhäuser der Siedler schon hinter sich gelassen; die Dörfer, die sie jetzt passierten, waren Buschdörfer mit strohgedeckten Lehmhütten. Weit und breit war kein Licht zu sehen; die Türen waren geschlossen, die Läden lagen vor den Fenstern, und nur ein paar Ziegenaugen beobachteten die Scheinwerfer des Konvois.

109

020 002 200 200 002 020. Ali, der hinten im Wagen
hockte, streckte um Scobies Schulter herum die Hand
nach vorn und reichte ihm einen Becher mit heißem
Tee — irgendwie hatte er es fertiggebracht, in dem schlin-
gernden Fahrzeug eine Kanne Tee aufzubrühen. Wäre
Scobie jünger gewesen, und hätte es das Problem mit
200 020 002 nicht gegeben, wäre er glücklich gewesen.
Der Tod des bedauernswerten Pemberton hätte ihn nicht
belastet — er erledigte ja nur eine Pflicht, und überdies
hatte er Pemberton ohnehin nicht gemocht.

»Mein Kopf plagt mich ganz schrecklich, Ali.«

»Massa nehmen viel Aspirin.«

»Erinnerst du dich an den 002 Treck, Ali, den wir vor
zwölf Jahren in nur zehn Tagen an der Grenze entlang
unternommen haben? Zwei Träger wurden krank...«

Im Rückspiegel sah er Ali nicken und strahlend
lächeln. Scobie hatte das Gefühl, daß er mehr Liebe und
Freundschaft nicht brauchte. Mehr Glück verlangte er
nicht von dieser Welt als dieses ächzende Auto, den heißen Tee auf den Lippen, die schwere, feuchte Last des
Waldes; sogar mit den Kopfschmerzen und der Einsamkeit konnte er sich dann abfinden. Wenn ich vorher nur
ihr Glück absichern könnte, dachte er und vergaß in dieser verwirrenden Nacht für eine Weile, was die Erfahrung ihn gelehrt hatte — daß kein Mensch den anderen
wirklich verstehen und niemand die Garantie für das
Glück eines anderen übernehmen konnte.

»Eine Stunde noch«, sagte Ali, und Scobie merkte, daß
die Dunkelheit allmählich heller wurde. »Noch einen
Becher Tee, Ali, und tu einen Schuß Whisky rein.«

Sie hatten sich vor etwa einer Viertelstunde von dem
Militärkonvoi getrennt und waren von der Hauptstraße
in eine Nebenstraße abgebogen, die sie jetzt entlanghol-
perten, um tiefer in den Busch einzudringen. Scobie
schloß die Augen und — versuchte die unbefriedigende
Zahlenreihe aus seinen Gedanken zu verdrängen und sich
auf die unerfreuliche Aufgabe zu konzentrieren, die ihn

erwartete. In Bamba gab es nur einen eingeborenen Polizeisergeant, und Scobie wollte sich völlige Klarheit verschaffen über das, was geschehen war, bevor er den unzulänglichen und gewiß fehlerhaften Bericht des Sergeants zu hören bekam. Es ist bestimmt besser, sagte er sich ohne große Begeisterung, zuerst in die Mission zu fahren und mit Pater Clay zu sprechen.

Pater Clay war wach und erwartete ihn in dem tristen, kleinen europäischen Haus, das aus Lateritziegeln inmitten der Lehmhütten erbaut worden war und sich bemühte, wie ein viktorianisches Pfarrhaus auszusehen. Das Licht einer Sturmlaterne lag auf des Priesters kurzem roten Haar und dem jungen, sommersprossigen, typischen Liverpooler Gesicht. Er brachte es nicht fertig, länger als ein paar Minuten stillzusitzen, sprang wieder auf und marschierte in dem winzigen Raum hin und her — von dem scheußlichen Öldruck an der Wand zu der Gipsstatue und zurück zum Öldruck. »Ich habe ihn so selten gesehen«, jammerte er mit weit ausholenden Gesten, als stehe er am Altar. »Er hat sich nur für Spielkarten und Alkohol interessiert. Ich trinke nicht, und ich habe nie Karten gespielt — höchstens ab und zu eine Patience gelegt. Es ist furchtbar, furchtbar.«

»Er hat sich erhängt?«

»Ja. Sein Boy ist gestern zu mir gekommen. Er hatte ihn seit dem Abend nicht gesehen, aber das war nach einem Gelage nicht ungewöhnlich, Sie verstehen, was ich mit Gelage meine? Ich habe dem Boy gesagt, er soll zur Polizei gehen. Das war doch richtig, oder? Ich konnte nichts tun. Nichts. Er war tot.«

»Sie haben das Richtige getan«, sagte Scobie. »Hätten Sie ein Glas Wasser und ein paar Aspirin für mich?«

»Ich werde Ihnen die Aspirin auflösen. Wissen Sie, Major Scobie, hier passiert wochen-, ja monatelang gar nichts. Ich gehe nur auf und ab, auf und ab, und dann plötzlich aus heiterem Himmel — es ist entsetzlich.« Seine Augen waren von Schlaflosigkeit gerötet. Scobie schien es, als gehöre er zu jenen Menschen, für die Einsamkeit reines Gift ist. Bücher hatte er keine, nur sein Brevier und ein paar religiöse Traktätchen lagen auf einem kleinen Regal. Er war ein Mensch ohne jeglichen Rückhalt. Wieder fing er an, hin und her zu gehen, fuhr plötzlich zu Scobie herum und überfiel ihn mit einer aufgeregten Frage: »Können wir wirklich nicht hoffen, daß es Mord war?«

»Hoffen?«

»Selbstmord«, sagte Pater Clay, »ist etwas zu Grauenhaftes. Der Mensch begibt sich jeder Gnade und Barmherzigkeit. Daran mußte ich die ganze Nacht denken.«

»Er war kein Katholik. Vielleicht ist das ein Unterschied. Unbelehrbar und unwissend, wie?«

»Das versuche ich mir dauernd einzureden.« Auf halbem Weg zwischen Öldruck und Statue zuckte er plötzlich zusammen und machte einen Schritt zur Seite, als sei er auf seiner kurzen Rennstrecke einem zweiten begegnet. Dann warf er Scobie rasch einen verstohlenen Blick zu, um zu sehen, ob er beobachtet worden war.

»Wie oft kommen Sie in den Hafen hinunter?« fragte Scobie.

»Vor neun Monaten war ich einmal über Nacht da. Warum?«

»Jeder Mensch braucht Abwechslung. Haben Sie hier viele Konvertiten?«

»Fünfzehn. Ich versuche mich davon zu überzeugen, daß der junge Pemberton Zeit hatte – Zeit, Sie wissen schon, während er starb, zu erkennen ...«

»Es ist schwierig, klar zu denken, wenn man sich stranguliert, Pater.« Scobie trank einen Schluck von den in Wasser aufgelösten Aspirin, und die bittere grobkörnige Flüssigkeit blieb ihm im Hals stecken. »Wenn es Mord war, tauschen sie einen Todsünder nur gegen einen anderen aus, Pater«, versuchte er es mit Humor, doch der verpuffte zwischen Heiligenbild und Heiligenstatue.

»Einem Mörder bleibt Zeit–«, sagte Pater Clay. Er

setzte wehmütig und heimwehkrank hinzu: »Ich habe früher gelegentlich als Geistlicher im Gefängnis von Liverpool gearbeitet.«

»Haben Sie eine Ahnung, warum er es getan hat?«

»Dazu habe ich ihn nicht gut genug gekannt. Wir sind nicht gut miteinander ausgekommen.«

»Die einzigen Weißen hier. Wie schade.«

»Er wollte mir Bücher leihen, aber es waren keine darunter, die ich gern gelesen hätte — lauter Liebesgeschichten, Romane...«

»Was lesen Sie, Pater?«

»Alles über Heilige, Major Scobie. Meine tiefste Verehrung gilt der Heiligen Theresia vom Kinde Jesu — Theresia von Lisieux.«

»Er hat viel getrunken, nicht wahr. Woher hatte er den Alkohol?«

»Aus Yusefs Laden, nehme ich an.«

»Ja. Hatte er möglicherweise Schulden?«

»Das weiß ich nicht. Es ist schrecklich. Schrecklich.«

Scobie trank den Rest seines Aspirins. »Ich glaube, ich muß jetzt hin.« Draußen war es inzwischen hell geworden, und das sanfte, klare und frische Licht vor Sonnenuntergang war von ganz besonderer Unschuld.

»Ich begleite Sie, Major Scobie.«

Der Polizeisergeant saß in einem Liegestuhl vor dem Bungalow des District Commissioner. Er stand auf, salutierte zackig und begann sofort mit hohler, ungebildeter Stimme seinen Bericht zu verlesen. »Um drei Uhr dreißig nachmittags, Sah, wurde ich vom Boy des D. C. geweckt, der mir meldete, daß D. C. Pemberton, Sah...«

»Schon gut, Sergeant, ich gehe jetzt hinein und seh' mich ein bißchen um.« Der Bürovorsteher erwartete Scobie direkt hinter der Tür.

Das Wohnzimmer des Bungalows war früher offensichtlich der ganze Stolz des District Commissioner gewesen — zu Butterworths Zeiten vermutlich. Die Möbel hatten einen Hauch von Eleganz und Besitzerstolz; sie stammten nicht aus dem Regierungsfundus. An der Wand hingen Kupferstiche der alten Kolonie aus dem 18. Jahrhundert, und in einem Bücherschrank standen die Bände, die Butterworth zurückgelassen hatte – Scobie fielen einige Titel auf: ›Geschichte der Verfassung‹ von Maitland, Sir Henry Maine, Bryces ›Das Heilige Römische Reich‹, Thomas Hardys Gedichte und als Privatdruck ›Das Reichsgrundbuch von Little Withington‹. Aber all diesen Dingen hatte Pemberton seinen Stempel aufgedrückt – ein grellbuntes Sitzkissen aus Leder, angeblich einheimische Handwerksarbeit, Brandflecke von Zigaretten auf den Sesseln, ein Stapel jener Bücher, die Pater Clay so mißbilligt hatte – Somerset Maugham, ein Edgar Wallace, zwei Bücher von Horler und auf dem Sofa lag, aufgeschlagen und mit dem Rücken nach oben, ein ›Der Tod lacht über Schlossermeister‹ betiteltes Buch. Das Zimmer hatte schon lange kein Staubtuch gesehen, und Butterworths Bücher hatten Stockflecken.

»Die Leiche ist im Schlafzimmer, Sah«, sagte der Sergeant.

Scobie öffnete die Tür und trat ein. Pater Clay folgte ihm. Man hatte den Toten auf das Bett gelegt und ihm ein Laken über das Gesicht gebreitet. Als Scobie das Laken bis zur Schulter zurückschlug, hatte er den Eindruck, vor einem ruhig schlafenden Kind im Nachthemd zu stehen. Die Pickel waren pubertär, und dem toten Gesicht schienen sich noch keine Spuren eingeprägt zu haben, die über Erfahrungen im Schulzimmer und auf dem Fußballplatz hinausgingen.

»Armes Kind«, sagte er laut. Pater Clays fromme Stoßgebete nervten ihn. Er war der Meinung, daß einem noch so unfertigen Menschenwesen Gottes Gnade fraglos zuteil werden mußte. Er fragte schroff: »Wie hat er es gemacht?«

Der Polizeisergeant zeigte auf die Schiene zum Aufhängen von Bildern, die Butterworth peinlich genau an der Decke eingepaßt hatte – kein von der Regierung bestallter Architekt hätte an so etwas gedacht. An der Wand lehnte ein Bild – einen frühen Eingeborenenkönig darstellend, der unter einem Staatsschirm Missionare empfing –, und um den Bilderhaken aus Messing war ein Strick verknotet. Wer hätte geglaubt, daß eine so schwache, unzulängliche Vorrichtung die Last eines Menschen aushalten würde? Er muß sehr wenig wiegen, dachte Scobie und dachte unwillkürlich an die Knochen eines Kindes, so leicht und zerbrechlich wie die eines Vogels. Seine Füße konnten, als er hing, höchstens knapp vierzig Zentimeter vom Fußboden entfernt gewesen sein.

»Hat er irgendwelche Papiere hinterlassen?« fragte Scobie den Bürovorsteher. Menschen, die sterben wollten, neigten dazu, geschwätzig ihr Seelenleben auszubreiten.

»Ja, Sah, im Büro.«

Es bedurfte nur einer oberflächlichen Inspektion, um zu sehen, wie schlampig in diesem Büro gearbeitet worden war. Der Aktenschrank war unverschlossen. In den Briefkörben auf dem Schreibtisch stauten sich mit dem Staub von Wochen und Monaten bedeckte Papiere, die nie bearbeitet worden waren. Der eingeborene Bürovorsteher hatte es offenbar genauso gehalten wie sein Vorgesetzter. »Dort, Sah, auf dem Schreibblock.«

Scobie las, in einer Handschrift, genauso unfertig wie das Gesicht, einen Text, wie ihn schon Hunderte Gleichaltriger in aller Welt geschrieben haben mußten: *Lieber Vater – verzeih mir die Umstände, die ich Dir mache. Aber ich sehe keinen anderen Ausweg. Jammerschade, daß ich nicht in der Armee bin, denn da wäre ich vielleicht gefallen. Bitte bezahl meine Schulden nicht – der Kerl, der das Geld zu bekommen hätte, ist es nicht wert. Doch vielleicht wird man versuchen, Dich zu erpressen. Ich hätte es sonst gar nicht erwähnt. Die Sache ist natürlich gräßlich für Dich, aber es geht nicht anders. Dein Dich liebender Sohn.* Unterschrieben war der Brief mit *Dicky*. Es war der Brief eines Schuljungen, der sich für ein schlechtes Zeugnis entschuldigte.

Scobie reichte Pater Clay den Brief. »Sie können mir nicht einreden, daß es hier etwas gibt, das nicht verziehen werden kann, Pater. Wenn Sie oder ich so etwas täten, wäre es Verzweiflung – und Sie hätten mit Ihrer Meinung völlig recht. Wir würden verdammt, weil wir wissen, doch *er* weiß nichts. Nichts.«

»Die Kirche lehrt uns . . .«

»Nicht einmal die Kirche kann mich lehren, daß Gott kein Mitleid mit jungen Menschen hat . . .« Scobie unterbrach sich. »Sergeant, sorgen Sie dafür, daß ein Grab ausgehoben wird, bevor die Sonne zu heiß wird. Und sehen Sie sich nach offenen Rechnungen um. Darüber habe ich mit jemandem ein Wörtchen zu reden.« Als er sich zum Fenster wandte, blendete ihn das Licht. Er legte die Hand über die Augen und sagte: »Ich wünschte zu Gott, mein Kopf . . .« Er fröstelte. »Diesmal erwischt mich das Fieber aber richtig, wenn ich nicht bald etwas dagegen tun kann. Wenn Sie keinen Einwand haben, wird Ali mein Bett in Ihrem Haus aufstellen, Pater, und ich werde versuchen, es auszuschwitzen.«

Er nahm eine hohe Dosis Chinin und legte sich nackt zwischen die Decken. Als die Sonne höher stieg, hatte er manchmal das Gefühl, daß die Steinmauern des kleinen, zellenähnlichen Raumes kalte Feuchtigkeit absonderten und manchmal vor Hitze brannten. Die Tür stand offen, und direkt davor hockte Ali auf der Schwelle und schnitzte an einem Stück Holz herum. Ab und zu jagte er ein paar Leute aus dem Dorf weg, die innerhalb des Sperrgebiets Krankenzimmer ihre Stimmen erhoben. *La peine forte et dure* – starker und quälender Schmerz – drückte auf Scobies Stirn; von Zeit zu Zeit machte er Scobie so müde, daß er einschlief.

Doch in diesem Schlaf hatte er keine freundlichen Träume. Pemberton und Louise wurden auf obskure Weise miteinander verquickt. Immer und immer wieder las er einen Brief, der nur aus den drei Variationen der Zahl 200 bestand, und die Unterschrift am Ende des Briefes lautete manchmal »Dicky« und manchmal »Ticki«. Er fühlte, wie die Zeit verging, und seine eigene Reglosigkeit unter den Decken – es gab da irgend etwas, das er tun, irgend jemanden, den er retten mußte, Louise oder Dicky oder Ticki, doch er war am Bett festgebunden, und sie hatten seine Stirn mit Gewichten beschwert wie lose Papiere. Einmal kam der Sergeant an die Tür, aber Ali verjagte ihn; ein andermal trippelte Pater Clay auf Zehenspitzen herein und holte sich ein Traktätchen aus dem Regal, doch das hatte er vielleicht nur geträumt. Auch Yusef erschien an der Tür.

Gegen fünf Uhr nachmittags wachte er auf, fühlte sich trocken und kühl, aber sehr matt, und rief Ali herein. »Ich habe im Traum Yusef gesehen.«

»Yusef kommen hier, Sie zu sehen, Sah.«

»Sag ihm, ich will ihn jetzt sprechen.« Er war müde und fühlte sich am ganzen Körper wie zerschlagen, wandte sich mit dem Gesicht zu der steinernen Wand und war sofort eingeschlafen. Im Schlaf hörte er Louise neben sich weinen; er streckte die Hand aus und stieß gegen die Mauer. »Es wird alles geregelt. Alles. Ticki verspricht es dir.« Als er aufwachte, stand Yusef vor seinem Bett.

»Ein Fieberanfall, Major Scobie. Ich bedaure sehr, Sie so krank zu sehen.«

»Und ich bedaure, Sie überhaupt zu sehen, Yusef.«

»Ah, immer zu einem Scherz auf meine Kosten aufgelegt.«

»Setzen Sie sich, Yusef. Was hatten Sie mit Pemberton zu tun?«

Yusef plazierte sein mächtiges Gesäß auf den harten Stuhl, merkte, daß sein Hosenschlitz offen war, und knöpfte ihn mit der großen, behaarten Hand zu. »Nichts, Major Scobie.«

»Was für ein merkwürdiger Zufall, daß Sie so kurz nach seinem Selbstmord hier auftauchen.«

»Das ist göttliche Fügung, denke ich.«

»Er hatte Schulden bei Ihnen?«

»Er hatte Schulden bei meinem Geschäftsführer.«

»Womit haben Sie ihm gedroht, Yusef?«

»Major, geben Sie einem Hund einen Schimpfnamen, und das arme Tier hat keine Chance mehr. Wenn der D. C. in meinem Laden einkaufen will, kann mein Geschäftsführer ihn doch nicht davon abhalten. Denn was geschieht, wenn er das tut? Früher oder später kommt es zum schönsten Krach. Der Provincial Commissioner erfährt davon. Der D. C. wird nach Hause geschickt. Wenn mein Geschäftsführer weiterhin an ihn verkauft – was passiert dann? Der D. C. läßt immer mehr Rechnungen anschreiben. Mein Geschäftsführer kriegt Angst vor mir und bittet, ihn zu bezahlen – es kommt zum Krach. Wenn man einen D. C. wie den jungen Pemberton hat, gibt es so oder so eines Tages einen Skandal. Und der Syrer ist immer im Unrecht.«

»Viel von dem, was Sie sagen, hat etwas für sich, Yusef.« Der Schmerz kam wieder. »Geben Sie mir den Whisky und das Chinin, Yusef.«

»Sie nehmen doch nicht etwa zuviel von dem Zeug, Major Scobie? Denken Sie an das Schwarzwasserfieber.«

»Ich will hier nicht tagelang festsitzen. Will den Anfall im Keim ersticken. Hab' zuviel zu tun.«

»Setzen Sie sich einen Moment auf, Major, damit ich Ihre Kissen aufschütteln kann.«

»Sie sind kein schlechter Kerl, Yusef.«

Yusef sagte: »Ihr Sergeant hat nach Rechnungen gesucht, konnte jedoch keine finden. Ich habe hier aber ein paar Schuldscheine. Aus dem Safe meines Geschäftsführers.« Er schlug sich mit einem kleinen Bündel Papiere auf den Oberschenkel.

»Ich verstehe. Was wollen Sie damit machen?«

»Verbrennen«, sagte Yusef. Er nahm ein Feuerzeug aus der Tasche und zündete die Papiere an allen vier Ecken an. »Da«, sagte er. »Er hat bezahlt, der arme Junge. Nicht nötig, seinen Vater damit zu belästigen.«

»Warum sind Sie hier, Yusef?«

»Mein Geschäftsführer war besorgt. Ich wollte Pemberton einen Vorschlag machen, um die Angelegenheit aus der Welt zu schaffen.«

»Mit Ihnen zu paktieren, ist gefährlich, Yusef.«

»Für meine Feinde ja. Nicht für meine Freunde. Für Sie würde ich eine Menge tun, Major Scobie.«

»Warum nennen Sie mich immer einen Freund, Yusef?«

»Major Scobie«, sagte Yusef, den mächtigen weißen Kopf vorbeugend, der nach Haaröl roch, »Freundschaft ist etwas, das man in der Seele fühlt. Es ist keine Gegenleistung für irgend etwas. Erinnern Sie sich noch an meinen Prozeß vor zehn Jahren?«

»Ja, ja«, sagte Scobie und wandte das Gesicht vom Licht ab, das durch die Tür hereindrang.

»Damals hätten Sie mich fast erwischt, Major Scobie. Es ging um Importzölle, wissen Sie noch? Sie hätten mich gehabt, wenn Sie Ihren Polizisten angewiesen hätten, in einem bestimmten Punkt ein bißchen anders auszusagen. Ich war einfach überwältigt vor Staunen, Major Scobie, daß ich vor einem Polizeigericht von Polizisten, die als Zeugen auftraten, den wahren Sachverhalt zu hören bekam. Sie müssen sich große Mühe gemacht haben, die Wahrheit zu ermitteln und ihre Leute dazu zu bringen, daß sie sie auch sagten. Yusef, habe ich damals gedacht, bei der Kolonialpolizei gibt es jetzt einen Daniel.«

»Reden Sie doch nicht so viel, Yusef. Ich bin an Ihrer Freundschaft nicht interessiert.«

»Ihre Worte sind härter als Ihr Herz, Major Scobie. Ich will Ihnen erklären, warum ich mich im tiefsten Innern immer als Ihr Freund betrachtet habe. Sie haben mir ein Gefühl der Sicherheit gegeben, werden mir nie etwas anhängen. Sie verlangen Fakten, und ich bin sicher, daß die Fakten immer zu meinen Gunsten sprechen werden.« Er klopfte sich die Asche von der weißen Hose, aber es blieb ein grauer Schmierfleck zurück. »Und Tatsache ist: Ich habe alle Schuldscheine verbrannt.«

»Vielleicht aber entdecke ich doch noch Hinweise auf die Übereinkunft, die Sie mit Pemberton treffen wollten, Yusef. Diese Station kontrolliert eine der Hauptrouten über die Grenze von – verdammt, mit diesem Kopf fallen mir einfach die Namen nicht ein.«

»Rinderschmuggler. An Rindern bin ich nicht interessiert.«

»Aber andere Dinge können die Grenze in entgegengesetzter Richtung illegal passieren.«

»Sie träumen noch immer von Diamanten, Major Scobie. Seit Kriegsbeginn spielt jeder wegen der Diamanten verrückt.«

»Seien Sie nur nicht allzu sicher, Yusef, daß ich nichts finden werde, wenn ich mir Pembertons Büro vornehme.«

»Ich bin aber ganz sicher, Major Scobie. Sie wissen, daß ich weder lesen noch schreiben kann. Es gibt nie etwas Schriftliches. Ich habe alles im Kopf.« Noch während Yusef redete, schlief Scobie ein – fiel in einen jener flachen Schlummer, die meist nur Sekunden dauern, gerade lange genug, um aus dem Unterbewußtsein hervorzuholen, was einen am meisten beschäftigt. Louise kam mit ausgestreckten Händen und einem Lächeln auf ihn zu, das er seit Jahren nicht mehr an ihr gesehen hatte. Sie sagte: »Ich bin so glücklich, so glücklich«, und er wachte wieder auf, während Yusefs Stimme beruhigend fortfuhr: »Es sind nur Ihre Freunde, die Ihnen mißtrauen, Major Scobie. Ich traue Ihnen. Sogar der Halunke Tallit traut Ihnen.«

Es dauerte einen Moment, bis Scobie das andere Gesicht wieder klar vor sich sah. Sein Gehirn schaltete schmerzhaft von den Worten »so glücklich« auf die Worte »nicht trauen«. Er sagte: »Wovon reden Sie eigentlich, Yusef?« Er fühlte, daß der Mechanismus seines Gehirns schmerzhaft ächzte, knirschte und knarrte, daß die Zahnräder nicht mehr ineinandergriffen.

»Vor allem von der Beförderung zum Commissioner.«

»Sie brauchen einen jungen Mann«, sagte Scobie automatisch und dachte: Wenn ich kein Fieber hätte, würde ich nie und nimmer mit Yusef über solche Dinge sprechen.

»Zweitens von diesem Sonderbeauftragten, den London geschickt hat . . .«

»Sie müssen wiederkommen, wenn ich wieder klarer im Kopf bin, Yusef. Ich weiß zum Teufel nicht, wovon Sie reden.«

»London hat einen Mann geschickt, der die Diamantensache untersuchen soll − die spielen wegen der Diamanten verrückt −, und nur der Commissioner darf Bescheid wissen, kein anderer Beamter, nicht einmal Sie.«

»Was reden Sie da für einen Unsinn, Yusef. Es gibt keinen solchen Mann.«

»Außer Ihnen haben alle eine bestimmte Vermutung.«

»Das ist zu absurd. Sie sollten nicht auf Gerüchte hören, Yusef.«

»Und drittens erzählt Tallit überall herum, daß Sie mich besuchen.«

»Tallit! Wer glaubt schon, was Tallit erzählt?«

»Das Schlechte glauben immer alle.«

»Verschwinden Sie, Yusef. Warum wollen Sie mir den Kopf noch schwerer machen?«

»Sie sollen doch nur wissen, daß Sie sich auf mich verlassen können, Major Scobie. Ich empfinde in meiner Seele eine tiefe Freundschaft für Sie. Das ist die Wahrheit, Major Scobie, es ist die Wahrheit.« Der Geruch von Haaröl kam näher, als Yusef sich noch tiefer zum Bett bückte. Die dunkelbraunen Augen glänzten feucht vor Bewegung, wie es schien.

»Lassen Sie sich das Kissen von mir aufschütteln, Major Scobie.«

»Oh, um Himmels willen, bleiben Sie weg«, sagte Scobie.

»Ich weiß, wie die Dinge liegen, Major Scobie, und wenn ich helfen kann? Ich bin ein wohlhabender Mann.«

»Ich bin nicht auf der Suche nach Bestechungsgeldern, Yusef«, sagte Scobie müde und wandte den Kopf weg, um dem Geruch des Haaröls zu entgehen.

»Ich biete Ihnen auch keine Bestechungsgelder an, Major Scobie. Aber jederzeit ein Darlehen zu einem vernünftigen Zinssatz – vier Prozent im Jahr. Keine Bedingungen. Wenn Sie gegen mich Beweise haben, dürfen Sie mich ruhig am nächsten Tag festnehmen – trotz des Darlehens. Ich möchte Ihr Freund sein, Major Scobie. Das heißt nicht, daß Sie auch der meine sein müssen. Es gibt einen syrischen Dichter, der schrieb: ›Von zwei Herzen ist immer eines warm und immer eines kalt. Das kalte Herz ist kostbarer als Diamanten. Das warme Herz ist wertlos, man wirft es weg.‹«

»Ein sehr schlechtes Gedicht, wie mir scheint. Aber ich bin kein Kenner.«

»Es ist ein glücklicher Zufall für mich, daß wir hier zusammen sind. In der Stadt beobachten einen so viele Leute. Aber hier, Major Scobie, hier kann ich Ihnen wirklich helfen. Soll ich Ihnen noch ein paar Decken holen?«

»Nein, lassen Sie mich nur in Ruhe.«

»Ich finde es schrecklich, zusehen zu müssen, wie man einen Mann mit Ihren Qualitäten behandelt, Major Scobie.«

»Ich glaube nicht, daß einmal die Zeit kommt, in der ich *Ihr* Mitleid nötig habe, Yusef. Doch wenn Sie unbedingt etwas für mich tun wollen, dann gehen Sie und lassen mich schlafen.«

Doch im Schlaf kehrten die unglücklichen Träume zurück. Oben weinte Louise, und er saß an einem Schreibtisch und verfaßte einen Abschiedsbrief. *Es ist eine schlimme Sache für Dich, aber es geht nicht anders. Dein Dich liebender Ehemann Dicky.* Und als er sich umdrehte, um sich nach einer Waffe oder einem Strick umzusehen, wurde ihm plötzlich klar, daß dies etwas war, das er nie tun könnte. Er war nicht fähig, Selbstmord zu begehen – konnte sich nicht der ewigen Verdammnis überantworten –, nichts, was geschah, war wichtig genug. Er zerriß den Brief und lief hinauf, um Louise zu sagen, daß alles gut war, aber sie hatte aufgehört zu weinen, und die Stille, die ihm aus dem Schlafzimmer entgegenschlug, ängstigte ihn. Er wollte die Tür öffnen, doch sie war versperrt. Er rief: »Louise, es ist alles in Ordnung! Ich habe deine Passage gebucht!« Aber sie antwortete nicht. Er rief noch einmal: »Louise!« Dann wurde ein Schlüssel herumgedreht, die Tür öffnete sich langsam, und ihn überkam ein Gefühl, daß ein nicht wieder gutzumachendes Verhängnis nahte, und gleich hinter der Tür sah er Pater Clay stehen, der zu ihm sagte: »Aber die Lehre der Kirche...« Dann erwachte er wieder in dem kleinen steinernen Zimmer, das einer Gruft glich.

2

Er blieb eine ganze Woche fort, denn das Fieber brauchte drei Tage, ehe es sich ausgetobt hatte, und erst dann konnte er reisen. Yusef sah er nicht wieder.

Sie erreichten die Stadt nach Mitternacht. Im Mondlicht schimmerten die Häuser so weiß wie Gebeine. Die stillen Straßen streckten sich zu beiden Seiten aus wie die Arme eines Skeletts, und in der Luft hing der schwache, süße Duft von Blüten. Hätte er in ein leeres Haus heimkehren können, wäre er zufrieden gewesen. Er war müde und wollte nicht reden – doch er wagte nicht zu hoffen, daß Louise schon schlief. Wagte nicht zu hoffen, daß während seiner Abwesenheit alles irgendwie leichter geworden war und er sie frei und glücklich wiederfinden würde wie in einem seiner Träume.

Der kleine Boy winkte ihm von der Haustür mit der Taschenlampe, im Gebüsch quakten die Frösche, und die streunenden Hunde heulten den Mond an. Er war zu Hause. Louise umarmte ihn, der Tisch war für ein spätes

Abendessen gedeckt, die Boys trugen sein Gepäck ins Haus. Lächelnd spornte er sie zur Eile an. Er sprach über Pemberton und Pater Clay, er erwähnte Yusef, doch er wußte, daß er sie früher oder später fragen mußte, wie es ihr ergangen sei. Er versuchte zu essen, war aber zu müde.

»Gestern habe ich sein Büro ausgeräumt und meinen Bericht geschrieben. Damit war der Fall erledigt.« Er zögerte. »Mehr Neuigkeiten habe ich nicht.« Widerstrebend fuhr er fort: »Und was hat sich hier getan?« Er sah schnell zu ihr auf, wandte den Blick schnell wieder ab. Es hatte eine minimale Chance gegeben, daß sie lächelte und leichthin sagte: »Ach, nichts Besonderes«, und dann das Thema wechselte. Doch er merkte ihrem Mund an, daß er dieses Glück nicht hatte. Etwas Neues hatte sich ereignet.

Aber der Ausbruch – wie immer er aussehen mochte – ließ auf sich warten. Sie sagte: »Oh, Wilson war sehr aufmerksam.«

»Er ist ein netter Junge.«

»Und viel zu intelligent für seinen Job. Ich verstehe nicht, wieso er als kleiner Angestellter hier draußen gestrandet ist.«

»Er hat mir gesagt, er lasse sich treiben.«

»Ich glaube, ich habe seit deiner Abreise mit niemandem gesprochen, außer mit dem kleinen Boy und dem Koch. Ach ja, und mit Mrs. Halifax.« Etwas in ihrer Stimme verriet ihm, daß der Gefahrenpunkt erreicht war. Wie immer versuchte er, ihn zu umgehen – und wie immer war es ein hoffnungsloser Versuch. Er streckte sich und sagte: »Mein Gott, bin ich müde! Total abgeschlafft nach dem Fieber. Ich denke, ich gehe ins Bett. Es ist fast halb zwei, und ich muß um acht Uhr im Büro sein.«

Sie nickte. »Ticki, hast du eigentlich etwas unternommen?«

»Was meinst du, meine Liebe?«

»Wegen meiner Passage.«

»Nur keine Sorge. Ich finde einen Weg.«

»Du hast noch keinen gefunden?«

»Nein. Ich habe ein paar Ideen, die ich gründlich durchdenken muß. Die Frage ist, wer mir das Geld leiht.« 200 020 002 summte es in seinem Kopf.

»Armer Liebling«, sagte sie, »sorg dich nicht.« Sie legte ihm die Hand auf die Wange. »Du bist müde. Du hattest Fieber. Ich will dich nicht quälen.« Ihre Worte rissen seine ganze innere Abwehr ein. Er hatte Tränen erwartet, entdeckte sie jetzt jedoch in seinen Augen. »Geh hinauf ins Bett, Henry«, sagte sie.

»Kommst du nicht auch?«

»Ich habe noch ein bißchen was zu tun.«

Er lag unter dem Netz auf dem Rücken und wartete auf sie. Er spürte — spürte so stark wie seit Jahren nicht mehr, daß sie ihn liebte. Armes Kind, sie liebte ihn. Sie war eine eigenständige Persönlichkeit mit eigenem Verantwortungsgefühl, nicht nur Gegenstand seiner Fürsorge und seiner Güte. Der Gedanke, versagt zu haben, lastete immer schwerer auf ihm. Auf der ganzen Rückfahrt aus Bamba hatte er sich mit einer Tatsache abgefunden — in der Stadt gab es nur einen einzigen Mann, der ihm die zweihundert Pfund leihen konnte und auch dazu bereit gewesen wäre und das war ausgerechnet der, von dem er sich nichts leihen durfte. Es wäre sicherer gewesen, das Bestechungsgeld des portugiesischen Kapitäns anzunehmen. Allmählich trübselig geworden, war er zu dem Entschluß gekommen, ihr zu sagen, daß er das Geld einfach nicht auftreiben konnte und daß sie bleiben mußte — wenigstens noch die sechs Monate bis zu seinem Urlaub. Wäre er nicht so müde gewesen, hätte er es ihr gesagt, als sie ihn fragte, dann hätte er es jetzt hinter sich; doch er hatte sich gedrückt, und sie war so verständnisvoll gewesen. Sie jetzt zu enttäuschen, würde schwerer sein denn je. Im ganzen Haus war es still, doch draußen kläfften und winselten die halb verhungerten Hunde. Auf den Ellenbogen gestützt, lauschte er. Er fühlte sich

125

merkwürdig kraftlos, als er so allein im Bett lag und auf Louise wartete. Sie war immer als erste ins Bett gegangen. Unbehagen und Furcht überkamen ihn, und plötzlich erinnerte er sich an seinen Traum, in dem er vor der Tür gehorcht und geklopft hatte und ohne Antwort geblieben war. Er befreite sich aus dem Moskitonetz und lief barfuß nach unten.

Einen Briefblock vor sich, saß Louise am Tisch. Aber sie hatte bisher nur einen Namen geschrieben. Die fliegenden Ameisen prallten gegen die Lampe und verstreuten ihre Flügel über den Tisch. Wo das Licht auf Louises Kopf lag, sah Scobie ihre grauen Haare.

»Was gibt es, Lieber?«

»Alles war so still«, sagte er. »Ich hatte Angst, daß etwas passiert ist. Vor ein paar Tagen hatte ich einen schlimmen Traum, in dem es um dich ging. Pembertons Selbstmord hat mich sehr aufgeregt.«

»Wie albern, Liebling. So etwas könnten wir beide nie tun.«

»Natürlich nicht«, sagte er und legte ihr die Hand auf den Kopf. »Ich wollte dich nur sehen.« Er schaute ihr über die Schulter und las, was sie bisher geschrieben hatte: *Liebe Mrs. Halifax…*

»Du hast keine Schuhe an«, sagte sie. »Die Sandflöhe werden dich beißen.«

»Ich wollte dich nur sehen«, wiederholte er und hätte gern gewußt, ob die Flecke auf dem Papier Tränen oder Schweißtropfen waren.

»Hör zu, Lieber«, sagte sie, »du brauchst dir nicht mehr den Kopf zu zerbrechen. Ich habe dich gequält und gequält. Es ist wie Fieber, weißt du. Es kommt und geht. Nun, jetzt ist es weg — für eine Weile. Ich weiß, daß du das Geld nicht aufbringen kannst. Es ist nicht deine Schuld. Hätte ich mich nicht dummerweise operieren lassen müssen… Aber so läuft es eben, Henry.«

»Was hat das alles mit Mrs. Halifax zu tun?«

»Sie und eine andere Frau haben eine Zweibettkabine

auf dem nächsten Schiff belegt. Jetzt hat die andere Frau abgesagt. Mrs. Halifax hat gemeint, daß ich vielleicht einspringen kann, wenn ihr Mann mit dem Agenten spricht.«

»Das wäre ungefähr in vierzehn Tagen«, sagte Scobie.

»Liebling, gib deine Versuche auf. Es ist einfach besser, aufzugeben. Jedenfalls muß ich Mrs. Halifax bis morgen mitteilen, wozu ich mich entschlossen habe. Und ich schreibe ihr, daß ich nicht reisen werde.«

Er sagte schnell – wollte die Worte unwiderruflich ausgesprochen haben: »Schreib ihr, daß du fährst.«

»Ticki«, sagte sie, »wie meinst du das?« Ihr Gesicht wurde hart. »Ticki, bitte versprich nichts Unmögliches. Ich weiß, du bist müde und fürchtest eine Szene. Aber ich werde dir keine Szene machen. Ich muß nur Mrs. Halifax mitteilen, wozu ich mich entschlossen habe.«

»Schreib ihr, daß du reist. Ich weiß, wo ich mir das Geld leihen kann.«

»Warum hast du mir das, als du zurückkamst, nicht gleich gesagt?«

»Ich wollte dir dein Ticket überreichen. Als Überraschung.«

Sie war nicht so überglücklich, wie er erwartet hatte. Wie immer war sie ein bißchen hellsichtiger, als er hoffte. »Und du machst dir keine Sorgen mehr?« fragte sie.

»Ich mache mir keine Sorgen mehr. Bist du glücklich?«

»O ja«, sagte sie zutiefst verwirrt, »ich bin glücklich, Lieber.«

3

Das Linienschiff lief an einem Samstagabend ein; aus dem Schlafzimmerfenster beobachteten sie, wie hinter den Palmen der lange graue Schiffskörper um die Hafensperre herumglitt, und das Herz wurde ihnen schwer. Denn Glück ist in Wahrheit nie so willkommen wie das

127

gleichförmig Unveränderliche. Hand in Hand sahen sie zu, wie das, was sie auseinanderreißen würde, in der Bucht vor Anker ging. »Nun«, sagte Scobie, »das bedeutet morgen nachmittag.«

»Liebling«, sagte Louise, »wenn diese Zeit vorbei ist, werde ich wieder gut zu dir sein. Ich konnte nur dieses Leben nicht mehr ertragen.«

Unter der Treppe hörten sie ein Poltern, als Ali, der das Meer auch beobachtet hatte, die Schrankkoffer und Kisten hervorholte. Sie hatten das Gefühl, das Haus stürzte um sie herum ein, und das Wellblechdach klapperte, denn die Geier schwangen sich in die Luft, als hätten auch sie das Beben der Wände gespürt. Scobie sagte: »Während du oben deine Sachen sortierst, packe ich deine Bücher ein.« Es war, als hätten sie während der beiden vergangenen Wochen Untreue gespielt, und seien jetzt im Begriff, sich scheiden zu lassen — ein gemeinsames Leben wurde zweigeteilt, die traurigen Überbleibsel verstreut.

»Soll ich dir das Foto hierlassen, Ticki?« Er warf einen raschen Blick zur Seite auf das Erstkommunionbild und sagte: »Nein. Nimm du es.«

»Ich laß' dir das mit den Ted Bromleys hier.«

»Ja, das laß mir bitte.« Er sah ihr eine Weile zu, während sie ihre Kleider zurechtlegte, und ging dann hinunter. Er nahm ein Buch nach dem anderen heraus und wischte es mit einem Tuch ab; die Oxford-Gedichtsammlung, die Woolfes, die jüngeren Dichter. Hinterher waren die Regale fast leer. Seine eigenen Bücher brauchten nicht viel Platz.

Am nächsten Tag besuchten sie gemeinsam die Frühmesse. Seite an Seite knieten sie vor der Kommunionbank, als wollten sie demonstrieren, daß sie sich nicht trennten. Scobie dachte: Ich habe um Frieden gebetet, jetzt bekomme ich ihn. Es ist schrecklich, wie dieses Gebet erhört wird. Es muß einfach richtig sein, der Preis, den ich dafür bezahlt habe, war hoch genug.

128

Auf dem Heimweg fragte er Louise: »Bist du glücklich?«

»Ja, Ticki. Und du?«

»Wenn du glücklich bist, bin ich es auch.«

»Alles wird gut sein, sobald ich an Bord bin und mich dort zurechtgefunden habe. Ich denke, ich werde heut' abend ein bißchen was trinken. Warum lädst du dir niemanden ein, Ticki?«

»Weil ich lieber allein bin.«

»Schreib mir jede Woche.«

»Aber natürlich.«

»Und, Ticki, du wirst die Messe besuchen, auch wenn ich nicht da bin? Wirst nicht zu bequem sein?«

»Natürlich nicht.«

Wilson kam die Straße herauf, ihnen entgegen. Sein schweißnasses Gesicht glänzte, und er sah Louise ängstlich an. Er sagte: »Sie reisen wirklich ab? Ali hat mir gesagt, daß Sie heute nachmittag an Bord gehen.«

»Sie reist«, sagte Scobie.

»Sie haben mir nicht gesagt, daß es schon so bald sein würde.«

»Ich habe es vergessen«, sagte Louise. »Es war so viel zu tun.«

»Nie hätte ich gedacht, daß es wirklich dazu kommt. Ich wüßte es nicht einmal, hätte ich in der Schiffsagentur nicht zufällig Halifax getroffen.«

»Nun ja«, sagte Louise, »Sie und Henry werden aufeinander aufpassen müssen.«

»Es ist unglaublich«, sagte Wilson und trat mit der Schuhspitze nach der staubigen Straße. Wie angewurzelt stand er zwischen ihnen und ihrem Haus und machte keine Anstalten, sie vorbeizulassen. Er sagte: »Ich kenne hier keine Menschenseele außer Ihnen – und Harris natürlich.«

»Sie müssen anfangen Bekanntschaften zu schließen«, sagte Louise. »Und jetzt entschuldigen Sie uns. Ich habe noch immer eine Menge zu tun.«

Sie gingen um ihn herum, weil er nicht zur Seite trat, und Scobie winkte ihm, zurückblickend, freundlich zu — er sah so verloren und schutzlos und fehl am Platz aus auf dieser Straße, die in der Hitze Blasen warf. »Armer Wilson«, sagte er, »ich denke, er ist in dich verliebt.«

»Er glaubt es zu sein.«

»Es ist gut für ihn, daß du gehst. Menschen wie er werden in diesem Klima leicht lästig. Ich werde nett zu ihm sein, während du nicht da bist.«

»Ticki«, sagte sie, »ich an deiner Stelle würde mich nicht zu oft mit ihm treffen. Ich würde ihm nicht trauen. Irgend etwas ist nicht echt an ihm.«

»Er ist jung und romantisch.«

»Zu romantisch. Er lügt. Warum sagt er, er kenne keine Menschenseele?«

»Weil es stimmt, glaube ich.«

»Er kennt den Commissioner. Vor ein paar Tagen habe ich zufällig gesehen, daß Wilson zur Dinnerzeit zu ihm hinaufging.«

»Er hat es wohl nur so dahingesagt.«

Sie hatten beide keinen Appetit, doch der Koch, der dem Anlaß gerecht werden wollte, servierte ihnen in einer Waschschüssel, die er mitten auf den Tisch stellte, eine Riesenportion Curry, und darum herum standen die kleinen Schalen mit gebratenen Bananen, rotem Paprika, gemahlenen Nüssen, Papayas, Orangenschnitzen und Chutney, die dazugehörten. Sie schienen durch eine Wüstenei aus Schüsseln meilenweit voneinander getrennt. Das Essen auf ihren Tellern wurde kalt, und sie hatten sich nichts zu sagen, als: »Ich bin nicht hungrig.« »Versuch ein bißchen was zu essen.« — »Ich kriege keinen Bissen runter.« — »Du solltest aber nicht mit leerem Magen reisen.« Ein endloses freundschaftliches Hin und Her über das Essen. Ali ging ein und aus und beobachtete sie. Er war wie eine Gestalt auf einer Uhr, die jede volle Stunde anzeigt. Es kam ihnen beiden schrecklich vor, daß sie jetzt froh sein würden, wenn die Trennung endlich vollzogen war; war dieser quälende Abschied vorbei, konnten sie zur Ruhe und in ein anderes Leben finden, das frei von Veränderungen gleichförmig dahinplätschern würde.

»Hast du auch wirklich alles?« Sich zu überlegen, was sie eventuell vergessen hatte, war eine neue Variante, die es ihnen ermöglichte dazusitzen, ohne etwas zu essen und nur hin und wieder einen Bissen zu nehmen, den man mühelos schlucken konnte.

»Was für ein Glück, daß wir nur ein Schlafzimmer haben. Sie werden dich allein im Haus wohnen lassen müssen.«

»Vielleicht werfen sie mich hinaus und setzen ein Ehepaar herein.«

»Du schreibst mir jede Woche?«

»Selbstverständlich.«

Genügend Zeit war verstrichen, sie konnten sich einreden, daß sie gegessen hatten. »Wenn du nichts mehr essen kannst, könnte ich dich eigentlich zum Schiff fahren. Der Sergeant hat am Kai Träger besorgt.« Sie konnten jetzt nicht mehr ungezwungen miteinander sprechen; alles was sie taten, kam ihnen unwirklich vor. Obwohl sie einander berühren konnten, schien schon die ganze Küste eines Kontinents zwischen ihnen zu liegen; ihre Worte glichen den gespreizten Sätzen eines schlechten Briefschreibers.

Was für eine Erleichterung, an Bord und nicht mehr miteinander allein zu sein. Halifax vom Kolonialbauamt sprudelte geradezu über vor geheuchelter Liebenswürdigkeit. Er riß gewagte Witze und forderte die beiden Frauen auf, recht viel Gin zu trinken. »Gin ist gut für den Bauch«, sagte er. »Bauchweh ist das erste, was man an Bord bekommt. Viel Gin am Abend und einen Fingerhut voll am Morgen.« Die beiden Frauen sahen sich in ihrer Kabine um. Wie Höhlenbewohnerinnen standen sie im Schatten und redeten so leise miteinander, daß die

131

Männer sie nicht verstanden. Sie waren keine Ehefrauen mehr – sie waren Schwestern, die einer anderen Rasse angehörten. »Wir sind hier nicht erwünscht, alter Junge«, sagte Halifax. »Jetzt finden sie sich schon zurecht. Ich gehe von Bord.«

»Ich auch.« Alles war unreal gewesen, doch dies war plötzlich ein echter Schmerz, der Augenblick des Todes. Wie ein Gefangener hatte er nicht an den Prozeß geglaubt: Er war ein Traum gewesen. Die Verurteilung war ein Traum gewesen, die Fahrt im Laster ebenso, und auf einmal stand er hier mit dem Rücken an der kahlen Wand, und alles war Wirklichkeit. Man riß sich zusammen, um tapfer zu sterben. Scobie und Louise verließen die Kabine und gingen bis ans Ende des Korridors.

»Leb wohl, meine Liebe.«

»Leb wohl, Ticki, du schreibst mir jede…«

»Ja, meine Liebe.«

»Ich bin ein richtiger Deserteur.«

»Nein, nein. Du gehörst einfach nicht hierher.«

»Es wäre anders gewesen, wenn sie dich zum Commissioner befördert hätten.«

»Im Urlaub besuche ich dich. Sollte dir vorher das Geld ausgehen, laß es mich wissen. Ich kann Nachschub besorgen.«

»Du hast immer alles für mich getan, Ticki, und wirst froh sein, daß du jetzt von Szenen verschont bleibst.«

»Unsinn.«

»Liebst du mich, Ticki?«

»Was glaubst du?«

»Sag es. Man hört es so gern – auch wenn es nicht wahr ist.«

»Ich liebe dich, Louise. Und das ist selbstverständlich wahr.«

»Wenn ich's dort unten allein nicht aushalte, Ticki, dann komme ich zurück.«

Sie küßten sich und gingen an Deck. Von hier aus gesehen, war der Hafen immer schön; die schmalen Häuserzeilen funkelten wie Quarz in der Sonne oder lagen im Schatten der großen, üppigen Hügel. »Ihr habt sicheres Geleit«, sagte Scobie. Die Zerstörer und Korvetten umringten das Schiff wie Wachhunde. Signalflaggen knatterten im Wind, und ein Spiegeltelegraph blinkte. In der breiten Bucht lagen die Fischerboote unter ihren Schmetterlingssegeln.

»Paß auf dich auf, Ticki.«

Hinter ihnen fragte Halifax mit dröhnender Stimme: »Wer muß von Bord? Sind Sie mit dem Polizeiboot hier, Scobie? Mary ist unten in der Kabine, Mrs. Scobie wischt sich die Tränen ab und pudert sich die Nase, bringt sich in Schwung für die Passagiere.«

»Auf Wiedersehen, meine Liebe.«

»Auf Wiedersehen.« Das war der endgültige Abschied, der Händedruck, bei dem Halifax zusah und die Passagiere aus England neugierig guckten. Als das Boot ablegte, war Louise fast sofort nicht mehr zu erkennen. Vielleicht war sie zu Mrs. Halifax in die Kabine gegangen. Der Traum war zu Ende, die Veränderung geschehen, das Leben hatte wieder begonnen.

»Ich hasse diese Abschiede«, sagte Halifax. »Bin immer froh, wenn alles vorbei ist. Ich denke, ich schau noch ins Bedford rein und genehmige mir ein Bier. Kommen Sie mit?«

»Bedaure. Aber ich muß zum Dienst.«

»Ich hätte nichts dagegen, wenn sich eine hübsche kleine Schwarze meiner annähme, solange ich allein bin«, sagte Halifax. »Aber ich bin nun mal die Treue in Person.« Und Scobie wußte, daß das zutraf.

Im Schatten einer mit einer Plane abgedeckten Müllkippe stand Wilson und blickte auf die Bucht hinaus. Scobie blieb stehen. Das plumpe, traurige jungenhafte Gesicht rührte ihn. »Tut mir leid, daß wir Sie nicht gesehen haben«, sagte er. »Louise läßt herzlich grüßen.« Es war eine gnädige Lüge.

133

Als er nach Hause kam, war es beinahe ein Uhr nachts. Die Küche war dunkel, und Ali döste auf den Stufen vor der Haustür, bis das Licht der Scheinwerfer ihm über das Gesicht glitt und ihn weckte. Er sprang auf und leuchtete Scobie mit der Taschenlampe von der Garage ins Haus.

»In Ordnung, Ali. Geh jetzt ins Bett.«

Er schloß auf und betrat das leere Haus − den tiefen Klang der Stille hatte er vergessen. Oft war er spät nach Hause gekommen, wenn Louise schon schlief, doch nie hatte er sich in der Stille so sicher gefühlt, war sie so unangreifbar gewesen. Auch wenn nichts zu hören gewesen war, hatte er gelauscht − auf den leisen Atem eines anderen Menschen, eine winzige Bewegung. Jetzt war nichts mehr da, wonach er lauschen konnte. Er ging hinauf und warf einen Blick ins Schlafzimmer. Es war tadellos aufgeräumt; nichts erinnerte an Louises Abreise oder Gegenwart. Ali hatte sogar das Foto in eine Schublade gelegt. Scobie war wirklich allein. Im Badezimmer raschelte eine Ratte, und einmal wölbte sich das Wellblechdach nach innen, als ein Geier sich für die Nacht darauf niederließ.

Scobie setzte sich ins Wohnzimmer und legte die Füße auf einen zweiten Stuhl. Er hatte noch keine Lust, ins Bett zu gehen, aber er war schläfrig − der Tag war lang gewesen. Nun, da er allein war, konnte er es sich leisten, etwas total Widersinniges zu tun; er konnte statt im Bett in einem Sessel schlafen. Die Traurigkeit fiel ihm wie Schuppen von der Seele, und Zufriedenheit blieb zurück. Er hatte seine Pflicht getan: Louise war glücklich. Er schloß die Augen.

Das Geräusch eines Wagens, der von der Straße abbog, und Scheinwerferlicht, das über das Fenster huschte, weckten ihn. Er vermutete, daß es ein Polizeiauto war − er hatte heute nacht Bereitschaftsdienst und dachte:

Wahrscheinlich ist es ein dringendes und vermutlich völlig überflüssiges Telegramm, das man mir bringt.

Er öffnete die Haustür, und auf der Schwelle stand Yusef. »Vergeben Sie mir, Major Scobie, ich habe noch Licht bei Ihnen gesehen und dachte mir . . .«

»Kommen Sie herein«, sagte Scobie. »Ich habe Whisky, oder hätten Sie lieber ein kleines Bier?«

Yusef sagte überrascht: »Das ist sehr gastfreundlich von Ihnen, Major Scobie.«

»Wenn ich einen Mann gut genug kenne, um mir von ihm Geld zu leihen, dann muß ich auch gastfreundlich zu ihm sein.«

»Dann bitte ein kleines Bier, Major Scobie.«

»Verbietet der Prophet nicht den Alkohol?«

»Der Prophet hat Flaschenbier oder Whisky nicht gekannt, Major Scobie. Wir müssen seine Worte im Licht modernen Lebens auslegen.« Er sah zu, wie Scobie die Flaschen aus dem Eiskasten holte. »Haben Sie keinen elektrischen Kühlschrank, Major Scobie?«

»Nein. Der meine wartet auf ein Ersatzteil — und ich vermute, er wird bis Kriegsende warten müssen.«

»Das darf ich nicht zulassen. Ich habe mehr Kühlschränke, als ich brauche. Erlauben Sie mir, Ihnen einen herüberzuschicken.«

»Oh, ich komme gut zurecht, Yusef. Und das schon seit zwei Jahren. Sie sind also ganz zufällig vorbeigekommen?«

»Nun ja, streng genommen, nein, Major Scobie. Das war nur so dahingesagt. Tatsächlich habe ich gewartet, bis ich wußte, daß Ihre Boys schlafen, und dann habe ich mir in einer Garage einen Wagen geliehen. Mein eigener ist zu bekannt. Und ich bin ohne Chauffeur gekommen. Wollte Sie nicht in Verlegenheit bringen, Major Scobie.«

»Ich wiederhole, Yusef, ich werde nie leugnen, einen Mann zu kennen, von dem ich mir Geld geliehen habe.«

»Sie betonen das immer wieder, Major Scobie. Es war doch nur eine rein geschäftliche Vereinbarung. Vier Prozent Zinsen sind ein fairer Satz. Ich verlange nur mehr, wenn ich meine Zweifel an den Sicherheiten habe. Ich wünschte, Sie würden mir erlauben, Ihnen einen Kühlschrank zu schicken.«

»Warum wollten Sie mich sprechen?«

»Vor allem wollte ich mich nach Mrs. Scobie erkundigen. Hat sie eine bequeme Kabine? Braucht sie irgend etwas? Das Schiff läuft Lagos an, und ich könnte ihr dort alles Nötige an Bord bringen lassen. Ich telegrafiere einfach meinem Agenten...«

»Danke. Ich denke, sie hat es recht bequem.«

»Dann, Major Scobie, hätte ich einiges über Diamanten zu sagen.«

Scobie legte noch zwei Flaschen Bier aufs Eis. Er entgegnete langsam und freundlich: »Yusef, ich möchte nicht, daß Sie mich für einen Mann halten, der sich heute Geld ausleiht und morgen seinen Gläubiger beleidigt, um sein Ego zu befriedigen.«

»Ego?«

»Seine Selbstachtung, wenn Sie so lieber wollen. Ich werde nicht so tun, als seien wir nicht in gewisser Beziehung Geschäftspartner geworden, aber meine Verpflichtungen beschränken sich strikt darauf, Ihnen vier Prozent Zinsen zu zahlen.«

»Ganz Ihrer Meinung, Major Scobie. Sie haben das alles schon ein paarmal gesagt, und ich stimme Ihnen ohne Wenn und Aber zu. Ich wiederhole, daß es mir nicht einmal im Traum einfallen würde, von Ihnen auch nur die kleinste Gegenleistung zu fordern. Ich würde viel lieber etwas für Sie tun.«

»Was für ein merkwürdiger Kerl Sie sind, Yusef. Ich glaube, Sie mögen mich wirklich.«

»Ja, ich mag Sie, Major Scobie.« Yusef saß auf der äußersten Stuhlkante, die ihm tief in die mächtigen Oberschenkel einschnitt; er fühlte sich unbehaglich, wohl war ihm nur in seinem eigenen Haus. »Darf ich jetzt über Diamanten mit Ihnen sprechen, Major Scobie?«

»Schießen Sie los.«

»Wie Sie wissen, finde ich, daß die Regierung wegen der Diamanten total verrückt spielt. Sie vergeudet Ihre Zeit, die Zeit der Sicherheitspolizei, sie schickt Spezialagenten an die Küste hinunter. Einen haben wir sogar hier, Sie wissen wen — obwohl das außer dem Commissioner eigentlich niemand wissen sollte. Er verteilt Geld an jeden Schwarzen oder armen Syrer, der ihm Geschichten erzählt. Dann schickt er Telegramme nach England und überallhin an die Küste. Und hat man nach dem ganzen Aufwand bisher auch nur einen einzigen Diamanten gefunden?«

»Das geht uns nichts an, Yusef.«

»Ich möchte als Freund zu Ihnen sprechen, Major Scobie. Es gibt solche und solche Diamanten, und genauso gibt es solche und solche Syrer. Ihre Leute jagen die falschen. Sie wollen verhindern, daß Industriediamanten über Portugal nach Deutschland oder über die Grenze zu den Vichy-Franzosen gelangen. Doch Sie sind ständig hinter Leuten her, die sich nicht für Industriediamanten interessieren, die nur ein paar Juwelen im Safe haben wollen, wenn es Frieden gibt.«

»Mit anderen Worten — Sie.«

»Sechsmal in diesem Monat hat die Polizei in meinen Läden alles auf den Kopf gestellt. So wird sie nie auch nur einen einzigen Industriediamanten finden. Nur kleine Händler interessieren sich dafür. Du meine Güte, für eine ganze Streichholzschachtel voll kriegt man höchstens zweihundert Pfund. Ich nenne sie Kieselsteinsammler«, setzte er verächtlich hinzu.

Scobie sagte bedächtig: »Ich war sicher, Yusef, daß Sie mich früher oder später zur Kasse bitten würden. Aber Sie bekommen nichts — nur Ihre vier Prozent. Morgen übergebe ich dem Commissioner ein vertrauliches Protokoll über unsere geschäftliche Vereinbarung. Vielleicht wird er von mir verlangen, daß ich den Dienst quittiere, aber ich glaube es nicht. Er vertraut mir.« Eine Erinnerung durchzuckte ihn. »Ich denke, daß er mir vertraut.«

137

»Halten Sie das für klug, Major Scobie?«

»Für sehr klug. Jedes Geheimnis zwischen Ihnen und mir kann nur üble Folgen haben.«

»Ganz wie Sie wollen, Major Scobie. Aber ich will nichts von Ihnen, ich verspreche es. Ich möchte Ihnen immer nur geben. Sie wollen zwar keinen Kühlschrank von mir, aber gegen einen Rat, gegen Informationen sollten Sie sich nicht sträuben.«

»Ich höre, Yusef.«

»Tallit ist ein kleiner Händler. Und ein Christ. Pater Rank und andere Leute gehen in seinem Haus ein und aus. Sie sagen: ›Wenn es überhaupt so etwas wie einen ehrlichen Syrer gibt, dann Tallit.‹ Tallit ist nicht sehr erfolgreich, und das sieht nach Ehrlichkeit aus.«

»Fahren Sie fort!«

»Tallits Cousin fährt auf dem nächsten portugiesischen Schiff. Natürlich wird man sein Gepäck durchsuchen und nichts finden. Er wird einen Papagei in einem Käfig bei sich haben. Mein Rat, Major Scobie — lassen Sie Tallits Cousin laufen, und behalten Sie den Papagei.«

»Warum den Cousin laufen lassen?«

»Sie wollen sich doch nicht von Tallit in die Karten schauen lassen, oder? Sie können leicht behaupten, daß der Papagei krank ist und hierbleiben muß. Tallit wird nicht wagen, dagegen zu protestieren.«

»Soll das heißen, der Vogel hat die Diamanten im Kropf?«

»Ja.«

»Hat dieser Trick schon früher auf portugiesischen Schiffen funktioniert?«

»Ja.«

»Sieht so aus, als müßten wir ein Vogelhaus kaufen.«

»Werden Sie auf diese Information hin handeln, Major Scobie?«

»Sie geben mir eine Information, Yusef. Von mir bekommen Sie keine.«

Yusef nickte lächelnd. Den massigen Körper mit einiger Vorsicht vom Stuhl hebend, berührte er rasch und scheu Scobies Ärmel. »Sie haben ganz recht, Major Scobie. Glauben Sie mir, ich möchte Ihnen nie schaden. Ich werde vorsichtig sein und Sie auch, dann ist alles in Ordnung.« Es war, als hätten sie sich verschworen, keinen Schaden anzurichten. In Yusefs Händen geriet sogar Unschuld ins Zwielicht. Er sagte: »Es wäre sicherer, wenn Sie zu Tallit ab und zu ein freundliches Wort sagen würden. Der Agent besucht ihn.«

»Ich weiß von keinem Agenten.«

»Sie haben ganz recht, Major Scobie.« Yusef zögerte unschlüssig am Rand des Lichtkreises wie ein fetter Nachtfalter. Er sagte: »Übermitteln Sie Mrs. Scobie meine besten Wünsche, wenn Sie ihr demnächst schreiben. O nein, Briefe werden zensiert. Es geht nicht. Solange *Sie* nur wissen, daß ich Ihnen das Beste wünsche...«

Den schmalen Weg entlang ging er, ein paarmal stolpernd, zu seinem Wagen. Als er die Scheinwerfer eingeschaltet hatte, preßte er das Gesicht an die Scheibe; man sah es in der Beleuchtung des Armaturenbretts, breit, teigig, nicht vertrauenswürdig und dennoch aufrichtig. Mit einer unsicheren, scheuen Geste winkte er Scobie zu, der allein in der Tür des stillen, leeren Hauses stand.

ZWEITES BUCH

ERSTER TEIL

Erstes Kapitel

I

Sie standen auf der Veranda des Bungalows, den der District Commissioner von Pende bewohnte, und beobachteten die Fackeln am anderen Ufer des breiten, trägen Flusses. »Dort also ist Frankreich«, sagte Druce, sich des Namens bedienend, den die Eingeborenen diesem Gebiet gaben.

Mrs. Perrot sagte: »Vor dem Krieg haben wir in Frankreich oft gepicknickt.«

Einen Drink in jeder Hand trat Perrot aus dem Haus auf die Veranda. Er hatte Säbelbeine und trug die Moskitostiefel wie Reitstiefel über der Hose, womit er den Eindruck erweckte, als sei er eben aus dem Sattel gesprungen. »Das ist der Ihre, Scobie«, sagte er. »Ihnen ist natürlich klar, daß es mir schwerfällt, in den Franzosen meine Feinde zu sehen. Meine Familie ist mit den Hugenotten nach England gekommen. Das macht schon etwas aus.« Sein langes, schmales gelbes Gesicht, von der Nase wie von einer Wunde in zwei Hälften gespalten, war immer arrogant und voller Abwehr; Perrots Wichtigkeit wurde für Perrot zum Glaubensbekenntnis − Zweifler wurden verstoßen, verfolgt, wenn er die Möglichkeit dazu hatte... Die Verkündigung des Glaubensbekenntnisses aber würde nie aufhören.

Scobie sagte: »Wenn sie sich je mit den Deutschen verbündeten, ist hier − nehme ich an − einer der Punkte, wo sie angreifen würden.«

»Das ist natürlich klar«, sagte Perrot. »Ich wurde 1939 hierher versetzt. Die Regierung in ihrer Hellsichtigkeit

143

wußte schon damals, wie sich alles entwickeln würde. Wir sind bereit, das dürfen Sie ruhig wissen. Wo steckt nur der Doktor?«

»Ich denke, er inspiziert ein letztesmal die Betten«, sagte Mrs. Perrot. »Sie müssen dankbar sein, daß Ihre Frau gut angekommen ist, Major Scobie. Diese armen Menschen da drüben. Vierzig Tage in den Booten. Man ist erschüttert, wenn man nur daran denkt.«

»Jedesmal ist das verdammt schmale Fahrwasser zwischen Dakar und Brasilien schuld«, sagte Perrot.

Mit düsterer Miene betrat der Doktor die Veranda.

Am anderen Flußufer war es wieder still und leer. Die Fackeln waren erloschen. Das Licht, das an dem kleinen Landungssteg unterhalb des Bungalows brannte, erhellte ein paar wenige Meter dunklen, ruhig dahingleitenden Wassers. Aus dem Dunkel tauchte ein Stück Holz auf und trieb so langsam durch den Lichtfleck, daß Scobie bis zwanzig zählte, ehe es wieder in der Dunkelheit verschwand.

»Die Fröschlein haben sich diesmal nicht allzu schlecht benommen«, sagte Druce finster und fischte einen Moskito aus seinem Glas.

»Sie haben nur die Frauen, die alten Männer und die Sterbenden gebracht«, sagte der Doktor, an seinem Bart zupfend. »Noch weniger hätten sie wohl kaum tun können.«

Plötzlich begannen am anderen Ufer die Stimmen zu sirren und zu summen wie ein Insektenschwarm. Fackeln bewegten sich in kleinen Gruppen wie Leuchtkäfer hin und her, auf und ab. Scobie hob seinen Feldstecher an die Augen und erblickte, wie von einem Blitzlicht erhellt, als Momentaufnahme ein schwarzes Gesicht, den Pfahl einer Hängematte, einen weißen Arm, den Rücken eines Offiziers. »Ich denke, sie sind da«, sagte er. Eine lange Lichterkette tänzelte am Rand des Wassers entlang. Ausdauernd surrten wie Nähmaschinen die Moskitos um sie herum. Druce schrie auf und schlug sich auf die Hand.

»Gehen wir hinein«, sagte Mrs. Perrot. »Die Moskitos hier übertragen Malaria.« Die Fenster des Wohnzimmers waren mit Fliegengittern gesichert, um die Insekten fernzuhalten. In der abgestandenen Luft hing schon die drückende Schwere der bevorstehenden Regen.

»Die Tragbahren werden um sechs Uhr morgens drüben sein«, sagte der Doktor. »Ich denke, wir sind auf alles vorbereitet. Ein Fall von Schwarzwasser ist dabei und ein paar Fieberkranke, aber bei den meisten ist es nur Erschöpfung − die schlimmste Krankheit von allen. Die, an der letzten Endes die meisten von uns sterben.«

»Scobie und ich kümmern uns um die Gehfähigen«, sagte Druce. »Sie müssen uns sagen, ob sie einem Verhör gewachsen sind und wie weit wir gehen dürfen, Doktor. Ihre Polizisten sollen sich wahrscheinlich um die Träger kümmern, Scobie − dafür sorgen, daß alle wieder auf dem Weg zurückgehen, auf dem sie gekommen sind.«

»Natürlich«, sagte Perrot, »wir sind hier alle einsatzbereit. Noch einen Drink?« Mrs. Perrot drehte am Radio, und die vollen Töne der Orgel des Orpheum-Kinos in Clapham kamen über knapp fünftausend Kilometer hinweg zu ihnen geflogen. Vom jenseitigen Ufer hörte man einmal lauter und dann wieder leiser die aufgeregten Stimmen der Träger. Jemand klopfte an die Verandatür. Scobie rutschte unbehaglich im Sessel hin und her. Die Wurlitzerorgel dröhnte und stöhnte. Die Musik schien ihm empörend fehl am Platz. Die Verandatür ging auf, und Wilson kam herein.

»Hallo, Wilson«, sagte Druce. »Wußte gar nicht, daß Sie hier sind.«

»Mr. Wilson ist auf Inspektionsreise hier«, sagte Mrs. Perrot. »Er kontrolliert das Lager der United African Company. Ich hoffe, das Gästehaus dort ist in Ordnung. Es wird nicht oft benutzt.«

»O ja, es ist sehr bequem«, sagte Wilson. »Ah, Major Scobie, Sie hier zu sehen, habe ich nicht erwartet.«

»Wieso denn nicht?« fragte Perrot. »Ich habe Ihnen

doch gesagt, daß er hier sein würde. Setzen Sie sich, und trinken Sie einen Schluck.« Scobie fiel ein, was Louise einmal über Wilson zu ihm gesagt hatte – nicht echt hatte sie ihn genannt. Er schaute zu Wilson hinüber und sah, wie die Röte aus dem jungenhaften Gesicht verschwand, die ihm in die Wangen geschossen war, nachdem Perrot ihn bloßgestellt hatte; er sah auch die kleinen Fältchen in Wilsons Augenwinkeln, die sein jungenhaftes Aussehen Lügen straften.

»Haben Sie von Mrs. Scobie gehört, Sir?«

»Sie ist vorige Woche heil und gesund angekommen.«

»Da bin ich aber froh. Sehr froh bin ich.«

»Nun«, sagte Perrot, »was für neue Skandale gibt es in der großen Stadt?« Die Worte »große Stadt« waren reiner Hohn – Perrot ertrug den Gedanken nicht, daß es einen Ort gab, wo sich die Leute wichtig vorkamen und er nicht beachtet wurde. Wie einst für einen Hugenotten, der sich ein Bild von Rom gemacht hatte, war für ihn die Stadt ein Pfuhl der Frivolität, der Lasterhaftigkeit und der Korruption. »Wir Leute im Busch führen ein sehr ruhiges Leben«, fuhr Perrot eifernd fort. Scobie hatte Mitleid mit Mrs. Perrot; sie hatte diese Phrasen schon zu oft gehört; die Zeit, in der er um sie geworben und sie noch geglaubt hatte, hatte sie wohl längst vergessen. Sie preßte den Mund fest zusammen, so sehr strengte sie sich an, ihren Mann zu ignorieren, der seine vertraute Rolle spielte; ganz dicht saß sie am Radio, das ganz leise eingestellt war, und lauschte – oder tat wenigstens so, als ob sie lausche – den alten Wiener Melodien. »Nun, Scobie, was treiben unsere Vorgesetzten denn so in der Stadt?«

»Oh«, sagte Scobie, Mrs. Perrot beobachtend, vage, »es ist nicht viel los. Die Leute haben mit dem Krieg zuviel zu tun…«

»Ach ja«, sagte Perrot, »im Sekretariat muß man ja so viele Akten von einem Platz auf den anderen legen. Ich wünschte, die hohen Herren müßten hier unten Reis anbauen. Dann wüßten sie, was Arbeit ist.«

»Ich glaube, für die größte Aufregung in letzter Zeit hat der Papagei gesorgt, nicht wahr, Sir?«

»Tallits Papagei?« fragte Scobie.

»Oder Yusefs Papagei, wenn man Tallit glauben will«, sagte Wilson.

»Ich glaube, wir werden die Wahrheit nie erfahren«, sagte Scobie.

»Aber was ist das für eine Geschichte? Wir bekommen von den großen, weltbewegenden Ereignissen hier nichts mit. Unser einziges Thema sind die Franzosen.«

»Also — vor drei Wochen ging Tallits Cousin mit einem Papagei an Bord eines portugiesischen Schiffs. Er wollte nach Lissabon. Wir haben sein Gepäck durchsucht, aber nichts gefunden. Mir war jedoch zu Ohren gekommen, daß manchmal Diamanten im Kropf eines Vogels geschmuggelt wurden, deshalb habe ich den Papagei nicht ausreisen lassen, und richtig, wir haben Industriediamanten für ungefähr hundert Pfund bei ihm gefunden. Das Schiff war noch nicht ausgelaufen, also holten wir Tallits Cousin von Bord. Der Fall schien hieb- und stichfest zu sein.«

»Und war er es nicht?«

»Gegen einen Syrer kommen wir nicht an«, sagte der Doktor.

»Der Boy von Tallits Cousin hat geschworen, der Papagei gehöre nicht Tallits Cousin. Angeblich hatte der kleine Boy Tallit einen anderen Papagei untergeschoben, um ihm etwas anzuhängen.«

»Und natürlich hat Yusef ihn dazu angestiftet«, sagte der Doktor.

»Natürlich. Die einzige Schwierigkeit war nur, daß Tallits kleiner Boy verschwunden ist. Dafür gibt es nun zwei mögliche Erklärungen — vielleicht hat Yusef ihm Geld gegeben, und er hat sich aus dem Staub gemacht, oder — was genausogut möglich ist — Tallit hat ihn bezahlt, damit er Yusef belastet.«

»Hier unten«, sagte Perrot, »würde ich beide einsperren.«

»Wir in der Stadt«, sagte Scobie, »müssen uns nach dem Gesetz richten.«

Mrs. Perrot drehte am Lautstärkeregler des Radios, und eine Stimme schrie unerwartet heftig: »Tritt ihn in den Hintern!«

»Ich bin dafür, schlafen zu gehen«, sagte der Doktor. »Morgen haben wir einen harten Tag vor uns.«

Unter dem Moskitonetz im Bett sitzend, schlug Scobie sein Tagebuch auf. Seit Jahren — er wußte gar nicht mehr, wie lange schon — hatte er sich Abend für Abend in Stichworten notiert, was sich tagsüber ereignet hatte. Wenn jemand wegen eines Datums mit ihm uneins war, konnte er es nachlesen; wenn er wissen wollte, wann in einem bestimmten Jahr die Regenzeit begonnen hatte, wann der vorletzte Direktor der Baubehörde nach Ostafrika versetzt worden war — er hatte alles in einer der Kladden vermerkt, die er zu Hause in einer Metallkiste unter seinem Bett aufbewahrte. Sonst schlug er nie eines dieser Tagebücher auf — vor allem jenes nicht, in dem die kürzeste aller Eintragungen lautete: *C. gestorben*. Warum er diese Aufzeichnungen aufhob, wußte er selbst nicht — gewiß nicht für die Nachwelt. Selbst wenn die Nachwelt sich für das Leben eines unbekannten Polizisten in einer langweiligen Kolonie interessieren sollte, könnte sie seinen kryptischen Notizen nichts entnehmen. Vielleicht war der Grund der, daß er vor vierzig Jahren in der Schule mit einem Preis belohnt worden war — einem Exemplar von ›Allan Quatermain‹* —, weil er während der Sommerferien ein Tagebuch geführt hatte; seit damals war er der Gewohnheit treu geblieben. Sogar die Form des Tagebuchs hatte sich kaum geändert. *Hatte Würstchen zum Frühstück. Schöner Tag. Am Morgen spazierengegangen. Am Nachmittag Reitunterricht. Hühnchen*

---

* Allan Quatermain, Held vieler Bücher, Verfilmungen (z. B. 1937) und Fernseh-Abenteuer, erfunden von (Sir) Henry Rider Haggard (1856–1925; ›King Solomon's Mines‹, 1885, dt. 1888, 1954; ›Allan Quatermain‹, 1887).

zum Lunch. Sirupbrötchen. Fast unmerklich waren diese Eintragungen übergegangen in: *Louise abgereist. Y. war am Abend bei mir. Erster Taifun um zwei Uhr morgens.* Seine Feder war nicht imstande, die einzelnen Notizen zu gewichten: Nur er selbst hätte, bei nochmaligem Lesen in diesem vorletzten Satz die große Bresche erkennen können, die das Mitleid in seine Integrität geschlagen hatte. Y. nicht Yusef.

Scobie schrieb: *5. Mai. In Pende eingetroffen, um Überlebende von S. S. 43* (aus Sicherheitsgründen verwendete er die Codenummer des Schiffes) *zu übernehmen. Druce hat mich begleitet.* Er zögerte einen Moment und fügte dann hinzu: *Wilson auch hier.* Er klappte das Tagebuch zu, legte sich flach auf den Rücken und betete. Auch das war eine Gewohnheit. Er sprach das *Vaterunser,* das *Gegrüßet seist Du, Maria,* und als der Schlaf schon auf seine Lider drückte, fügte er noch ein Sündenbekenntnis hinzu. Es war eine Formalität, nicht weil er sich frei von schwerer Sünde glaubte, sondern weil ihm nie der Gedanke gekommen war, sein Leben sei in irgendeiner Beziehung wichtig genug. Er trank nicht, er hurte nicht, er log nicht einmal, doch daß er nicht sündigte, empfand er nicht als Tugend. Wenn er überhaupt darüber nachdachte, schätzte er sich als einen von vielen ein, als Angehörigen einer unbeliebten Truppe, der keine Gelegenheit hatte, wichtige militärische Vorschriften zu übertreten. »Ich habe gestern ohne ausreichende Entschuldigung die Messe versäumt. Ich vernachlässige meine Abendgebete.« Das war nicht mehr als das, was jeder Soldat zugab – daß er sich um den Arbeitsdienst gedrückt hatte, wenn sich die Gelegenheit ergab. »Und Gott, segne...« Doch bevor er dazukam, Namen aufzuzählen, war er eingeschlafen.

2

Am nächsten Morgen standen sie auf dem Landungssteg:
Das erste Licht lag in blassen Streifen über dem östlichen
Himmel. Die Fenster der Hütten im Dorf waren noch
mit dem Silber der Nacht versiegelt. Um zwei Uhr morgens hatte es einen Taifun gegeben – eine sich drehende
Säule aus schwarzen Wolken hatte sich von der Küste her-
aufgewälzt, und die Luft war noch kalt vom Regen. Mit
hochgeschlagenem Mantelkragen standen sie da und
beobachteten das französische Ufer. Hinter ihnen hock-
ten die Träger auf dem Boden. Mrs. Perrot kam vom Bungalow herunter, rieb sich den Schlaf aus den Augen, und
jenseits des Wassers meckerte ganz leise eine Ziege.
»Haben sie sich verspätet?« fragte Mrs. Perrot.

»Nein, wir sind zu früh dran.« Scobie hielt den Feldstecher unablässig auf das andere Ufer gerichtet. Er sagte:
»Jetzt rührt sich etwas.«

»Diese armen Seelen«, sagte Mrs. Perrot, in der Mor-
genkühle fröstelnd.

»Sie sind am Leben«, sagte der Doktor.

»Ja.«

»In unserem Beruf messen wir diesem Umstand einige
Bedeutung bei.«

»Kommt man je über einen solchen Schock hinweg?
Vierzig Tage in offenen Booten!«

»Wenn man überlebt«, sagte der Doktor, »kommt man
auch darüber hinweg. Es sind Mißerfolge, über die Menschen nicht hinwegkommen, und daß diese Menschen
überlebt haben, ist ein Erfolg.«

»Jetzt holt man sie aus den Hütten ins Freie«, sagte Scobie. »Ich denke, ich kann sechs Tragbahren zählen. Die
Boote werden herangebracht.«

»Man hat uns mitgeteilt, wir sollten uns auf neun Tragbahren und vier Gehfähige einrichten«, sagte der Doktor.
»Wahrscheinlich sind noch ein paar gestorben.«

»Vielleicht habe ich mich verzählt. Sie tragen sie jetzt

herunter. Ich glaube, es sind sieben Tragen. Gehfähige Leute sehe ich nicht.«

Das flache, kalte Licht, das zu schwach war, um den Morgendunst zu vertreiben, ließ den Fluß breiter und das andere Ufer weiter entfernt erscheinen, als es um die Mittagszeit der Fall sein würde. Ein Einbaum, vermutlich mit den Leichtverletzten, tauchte plötzlich schwarz und ganz nah aus dem Dunst auf; am anderen Ufer hatten sie Schwierigkeiten mit der Motorbarkasse; das unregelmäßige Tuckern des Motors hörte sich an wie das Schnaufen eines Tieres, das außer Atem geraten war. Der erste gehfähige Patient, der den Landungssteg betrat, war ein älterer Mann mit einer Armverletzung. Er trug einen schmutzigen weißen Tropenhelm und ein von den Eingeborenen stammendes buntes Tuch um die Schultern. Mit der gesunden Hand zupfte und kratzte er an den weißen Bartstoppeln. Mit unverkennbar schottischem Akzent sagte er: »Ich bin Loder, erster Ingenieur.«

»Willkommen daheim, Mr. Loder«, sagte Scobie. »Gehen Sie bitte zum Bungalow hinauf, der Doktor wird sich in ein paar Minuten um Sie kümmern.«

»Ich brauche keine Ärzte.«

»Setzen Sie sich hin und ruhen Sie sich aus. Ich komme bald zu Ihnen.«

»Ich möchte einem ordentlichen Beamten Bericht erstatten.«

»Würden Sie ihn ins Haus bringen, Perrot?«

»Ich bin der District Commissioner«, sagte Perrot. »Sie können Ihren Bericht bei mir loswerden.«

»Worauf warten wir dann noch?« sagte der Ingenieur. »Es ist jetzt fast zwei Monate her, seit wir versenkt wurden. Auf mir lastet eine ungeheure Verantwortung, denn der Kapitän ist tot.« Als sie den Hügel hinauf zum Bungalow gingen, fuhr seine durchdringende schottische Stimme, so regelmäßig wie das Pulsieren eines Dynamos, fort: »Ich bin den Eignern gegenüber verantwortlich.«

Die anderen drei Leichtverletzten waren an Land

151

gekommen, und drüben am Fluß versuchte man noch immer, die Barkasse in Gang zu bringen; man hörte den hellen Ton eines Meißels, das Klirren von Metall und dann wieder das stotternde Knattern. Zwei der Neuankömmlinge waren das typische Kanonenfutter: zwei ältere Männer, die wie Klempner aussahen und die man für Brüder gehalten hätte, hätte einer nicht Forbes und der andere Newall geheißen, ruhige Männer, die nicht aufmuckten, die keinerlei Autorität besaßen, die einfach hinnahmen, was mit ihnen geschah. Einer hatte einen zerquetschten Fuß und ging mit einer Krücke. Der andere hatte sich mit den schmuddligen Streifen eines Tropenhemdes die Hand verbunden. Sie standen mit der gleichen Interesselosigkeit auf dem Landungssteg, wie sie an einer Straßenecke in Liverpool gestanden und gewartet hätten, bis ihre Stammkneipe aufmachte. Als letzte stieg eine robuste grauhaarige Frau in Moskitostiefeln aus dem Einbaum.

»Wie heißen Sie, Madam?« fragte Druce mit einem Blick auf seine Liste. »Sind Sie Mrs. Rolt?«

»Bin ich nicht. Ich bin Miss Malcott.«

»Gehen Sie bitte ins Haus hinauf. Der Doktor...«

»Der Doktor hat viel ernstere Fälle zu versorgen als mich.«

Mrs. Perrot sagte: »Sie würden sich gewiß gern hinlegen.«

»Das ist das letzte, was ich möchte«, sagte Miss Malcott. »Ich bin überhaupt nicht müde.« Sie preßte nach jedem Satz die Lippen zusammen. »Ich bin nicht hungrig. Ich bin nicht nervös. Ich will nur weiter.«

»Wohin?«

»Nach Lagos. Zum Schulamt.«

»Das wird sich leider noch eine ganze Weile verzögern.«

»Ich habe schon eine Verzögerung von zwei Monaten hinnehmen müssen. Ich hasse Verzögerungen. Die Arbeit wartet nicht.« Plötzlich hob sie das Gesicht zum Himmel und heulte wie ein Hund.

Der Doktor nahm sie sanft am Arm und sagte: »Wir werden alles tun, was in unserer Macht steht, um Sie sofort hinzubringen. Kommen Sie mit ins Haus, dann können Sie telefonieren.«

»Gewiß«, sagte Miss Malcott, »es gibt nichts, was sich nicht telefonisch regeln ließe.«

Der Doktor sagte zu Scobie: »Schicken Sie die beiden Burschen auch hinauf. Ihnen fehlt nichts. Wenn Sie sie vernehmen wollen, tun Sie es ruhig.«

»Ich nehme sie mit hinauf«, sagte Druce. »Sie bleiben hier, Scobie, für den Fall, daß sie drüben die Barkasse flottmachen können. Französisch ist nicht gerade meine starke Seite.«

Scobie setzte sich auf das Geländer des Landungsstegs und schaute übers Wasser. Der Dunst zerriß, und das andere Ufer kam näher; er konnte jetzt mit bloßem Auge Einzelheiten der Szenerie erkennen: das weiße Lagerhaus, die Lehmhütten, die in der Sonne funkelnden Messingbeschläge der Barkasse; er sah auch die roten Fese der eingeborenen Truppen. Er dachte: Genauso eine Szene wie diese, und ich hätte möglicherweise darauf gewartet, daß man Louise auf einer Trage bringt − aber vielleicht hätte ich auch nicht gewartet. Jemand setzte sich neben ihn auf das Geländer, doch Scobie wandte nicht den Kopf.

»Einen Penny für Ihre Gedanken, Sir.«

»Ich habe eben daran gedacht, daß Louise in Sicherheit ist, Wilson.«

»Ich dachte das gleiche, Sir.«

»Warum nennen Sie mich immer ›Sir‹, Wilson? Sie sind nicht bei der Polizei. Ich fühle mich dann immer schrecklich alt.«

»Tut mir leid, Major Scobie.«

»Wie hat Louise Sie genannt?«

»Wilson. Mein Vorname hat ihr nicht gefallen.«

»Ich glaube, sie haben die Barkasse endlich in Gang gebracht, Wilson. Seien Sie so nett, dem Doktor Bescheid zu sagen.«

153

Am Bug stand ein französischer Offizier in einer fleckigen weißen Uniform; ein Soldat warf Scobie ein Haltetau zu, und er machte die Barkasse fest. »Bon jour«, sagte er und salutierte.

Der französische Offizier – eine ausgemergelte Gestalt mit einem nervösen Zucken im linken Lid – erwiderte den militärischen Gruß. Er sagte auf englisch: »Guten Morgen. Ich bringe Ihnen sieben Kranke auf Tragen.«

»Man hat mir signalisiert, es seien neun.«

»Einer ist unterwegs gestorben und einer gestern abend. Einer am Schwarzwasser und einer an – an ... Mein Englisch ist so schlecht. Heißt es an Müdigkeit?«

»Erschöpfung.«

»Das ist das richtige Wort.«

»Wenn Sie meinen Arbeitern gestatten, an Bord zu kommen, werden sie die Tragen holen.« Zu den Trägern sagte Scobie: »Sehr vorsichtig. Seid sehr vorsichtig.« Es war eine überflüssige Mahnung. Kein weißer Krankenpfleger hätte die Tragen behutsamer aufheben und transportieren können. »Wollen Sie sich nicht die Füße an Land vertreten?« fragte Scobie den Franzosen. »Oder oben im Haus eine Tasse Kaffee trinken?«

»Nein. Keinen Kaffee, besten Dank. Ich will mich nur überzeugen, daß hier alles seine Ordnung hat.« Er war höflich, aber unnahbar, doch ununterbrochen morste sein linkes Augenlid eine Botschaft des Zweifels und der Sorge.

»Ich habe ein paar englische Zeitungen, vielleicht möchten Sie sie sehen.«

»Nein, nein, vielen Dank. Ich kann Englisch nur mit großer Mühe lesen.«

»Sie sprechen aber sehr gut.«

»Das ist etwas anderes.«

»Darf ich Ihnen eine Zigarette anbieten.«

»Danke, nein. Ich mag den amerikanischen Tabak nicht.«

Die erste Trage kam an Land – der Kranke war bis zum

Kinn zugedeckt, und es war unmöglich, aus dem starren, leeren Gesicht auf sein Alter zu schließen. Der Doktor kam der Trage den Abhang herunter entgegen und führte die Träger in das Rasthaus der Regierung, wo die Betten für die Kranken vorbereitet worden waren.

»Ich war früher häufig bei Ihnen drüben«, sagte Scobie. »Bin mit Ihrem Polizeichef auf die Jagd gegangen. Netter Kerl, hieß Durand. Stammte aus der Normandie.«

»Er ist nicht mehr da«, sagte der Franzose.

»Nach Hause gefahren?«

»Er sitzt in Dakar im Gefängnis«, antwortete der französische Offizier, wie eine Galionsfigur am Bug stehend, aber das Auge zuckte und zuckte. Die Tragen zogen langsam an Scobie vorbei und den Hügel hinauf: ein Junge, nicht älter als zehn, mit fiebrigem Gesicht, einen Arm so dünn wie ein Zweig auf der Decke; eine alte Frau mit grauem Haar, das in allen Richtungen vom Kopf abstand, die sich ständig von einer Seite auf die andere drehte und vor sich hinflüsterte; ein Mann mit einer Säufernase — einem scharlachroten und blauen Knollen in einem gelben Gesicht; einer nach dem anderen zogen sie den Hügel hinauf, wobei die Träger so sicher wie Mulis einen Fuß vor den anderen setzten. »Und Père Brûle?« fragte Scobie. »Er war ein guter Mann.«

»Er ist vergangenes Jahr am Schwarzwasser gestorben.«

»War er nicht zwanzig Jahre hier draußen, ohne ein einzigesmal Urlaub zu machen, nicht wahr? Er wird schwer zu ersetzen sein.«

»Er wurde nicht ersetzt«, sagte der Offizier. Er drehte sich um und gab einem seiner Männer einen kurzen, schroffen Befehl. Scobie warf einen Blick auf die nächste Trage. Darauf lag ein kleines Mädchen, kaum älter als sechs Jahre. Es schlief tief, doch es war kein gesunder Schlaf. Das blonde Haar war zerzaust und schweißnaß; der offene Mund trocken und die Lippen gesprungen. In regelmäßigen Abständen erschütterte ein Krampf den kleinen Körper. »Wie schrecklich«, sagte Scobie.

»Was ist schrecklich.«

»Ein Kind in diesem Zustand.«

»Ja. Die Eltern sind tot. Aber das macht nichts. Die Kleine wird auch sterben.«

Scobie sah den Trägern nach, die langsam hügelan gingen und die bloßen Füße sehr behutsam aufsetzten. Er dachte: Um das zu begreifen, wäre wohl Père Brûles große Beredsamkeit erforderlich... Nicht, daß das Kind sterben würde – dazu war keine Erklärung nötig. Sogar die Heiden glaubten, daß Gott oft besonders früh jene zu sich rief, die er am meisten liebte, wenn sie auch eine andere Begründung dafür hatten; doch daß das Kind die vierzig qualvollen Tage und Nächte im offenen Boot überleben mußte – das war das Rätsel, das man nur schwer mit der Liebe Gottes in Einklang bringen konnte.

Und dennoch konnte er an keinen Gott glauben, der nicht menschlich genug war zu lieben, was er geschaffen hatte. »Wie in aller Welt hat sie bis jetzt überlebt?« fragte er sich laut.

Der Offizier sagte mürrisch: »Natürlich haben sie sich im Boot ganz besonders um sie gekümmert. Haben ihr oft die eigene Wasserration gegeben. Es war unsinnig, aber man kann nicht immer logisch handeln. Und sie hatten etwas, an das sie denken konnten, das sie von sich selbst ablenkte.« Das klang wie die Andeutung einer Erklärung – aber sie war zu schwach und ließ sich nicht fassen. Er sagte: »Hier ist noch eine, die einen zornig macht.«

Das Gesicht war häßlich vor Erschöpfung. Die Haut sah aus, als werde sie im nächsten Moment über den Wangenknochen platzen. Das es ein junges Gesicht war, erkannte man nur daran, daß es keine Falten hatte. »Sie hatte kurz vor der Ausreise geheiratet. Ihr Mann ist ums Leben gekommen. In ihrem Paß steht, daß sie neunzehn Jahre alt ist. Vielleicht überlebt sie. Sie hat noch ein bißchen Kraft, wie Sie sehen.« Ihr Arm, so dünn wie der eines Kindes, lag auf der Decke, und ihre Finger umklammerten fest ein Buch. Der Ehering saß locker auf ihrem ausgetrockneten Finger.

»Was ist das für ein Buch?« fragte Scobie.

»›Timbres‹ — Briefmarken«, sagte der französische Offizier. Erbittert fügte er hinzu: »Als dieser verdammte Krieg ausbrach, muß sie noch in die Schule gegangen sein.«

Scobie sollte nie vergessen, wie man sie in sein Leben trug — auf einer Krankentrage, die Augen fest geschlossen und ein Briefmarkenalbum umklammernd.

3

Am Abend trafen sie sich wieder, um ein paar Drinks zu nehmen, aber die Stimmung war gedämpft. Nicht einmal Perrot versuchte sich hervorzutun. Druce sagte: »Tja, ich fahre morgen wieder. Kommen Sie mit, Scobie?«

»Glaub' schon.«

Mrs. Perrot sagte: »Haben Sie erfahren, was Sie wissen wollten?«

»Alles, was ich brauche«, sagte Druce. »Dieser Chefingenieur war unbezahlbar. Hatte alles fix und fertig im Kopf. Bin kaum mit dem Schreiben mitgekommen. Als er zu Ende war, ist er glatt umgekippt. Bis dahin hatte ihn aufrechterhalten, was er ›meine Verantwortung‹ nannte. Stellen Sie sich vor, alle, die laufen konnten, waren fünf Tage zu Fuß unterwegs, um hierherzukommen.«

»Hatten sie keinen Geleitschutz?« fragte Wilson.

»Anfangs fuhren sie im Konvoi, aber dann hatten sie einen Maschinenschaden — und Sie kennen die heutigen Regeln: Auf lahme Enten wird nicht gewartet. Am Ende hatten sie zwölf Stunden Verspätung und dampften hinter dem Geleitzug her, als sie getroffen wurden. Das U-Boot tauchte auf und zeigte ihnen die Fahrtrichtung. Der Kommandant sagte, er würde sie ja ins Schlepp nehmen, aber eine Marinepatrouille machte Jagd auf ihn.

Man kann wirklich niemandem die Schuld an diesen Dingen geben, wie Sie sehen.« Sofort erschienen »diese Dinge« vor Scobies geistigem Auge – das Kind mit dem offenen Mund, die durchsichtigen Hände, die das Markenalbum umklammerten. Er sagte: »Ich nehme an, der Doktor wird bei Gelegenheit vorbeischauen.«

Von innerer Unruhe getrieben, trat er auf die Veranda und schloß sorgsam die mit einem Moskitonetz versehene Tür hinter sich; sofort schoß sirrend ein Moskito auf sein Ohr zu. Sie sirrten immer, nur wenn sie angriffen, änderte sich der Ton, wurde zum tiefen Brummen eines Sturzkampfbombers. Im Behelfskrankenhaus brannte Licht, und die Bürde des Jammers dort lastete schwer auf seinen Schultern. Er hatte das Gefühl, eine Verantwortung abgeschüttelt zu haben und eine andere auf sich zu nehmen. Zwar teilte er diese neue Verantwortung mit allen Menschen, doch das war kein Trost für ihn, denn manchmal dachte er, er sei der einzige, der sie erkannte. In Sodom und Gomorrha hätte Gott ein einziger Gerechter vielleicht umgestimmt.

Mit gebeugten Schultern kam der Doktor die Verandastufen herauf. »Hallo, Scobie«, sagte er niedergeschlagen. »Ein bißchen Abendluft genießen? Die hier ist aber nicht sehr gesund.«

»Wie geht es ihnen?« fragte Scobie.

»Ich denke, zwei werden noch sterben. Vielleicht nur einer.«

»Das Kind?«

»Es wird den Morgen nicht mehr erleben«, sagte der Doktor schroff.

»Ist sie bei Bewußtsein?«

»Nie ganz. Manchmal fragt sie nach ihrem Vater. Wahrscheinlich glaubt sie, noch im Boot zu sein. Sie haben es ihr verschwiegen. Haben gesagt, ihre Eltern seien in einem anderen Boot. Aber natürlich hatten sie vorher signalisiert, um es nachzuprüfen.«

»Könnten Sie nicht so tun, als seien Sie ihr Vater?«

»An meinem Bart würde sie merken, daß ich es nicht bin.«

Scobie sagte: »Wie geht es der Lehrerin?«

»Miss Malcott? Die wird wieder. Ich habe ihr ausreichend Bromid gegeben, so daß sie bis morgen früh durchschlafen wird. Schlaf ist alles, was sie braucht – und das Gefühl, daß sie weiterreisen kann. Sie haben im Polizeiauto wohl keinen Platz für sie, oder? Es wäre besser, wenn sie von hier wegkäme.«

»Wir haben nur genug Platz für Druce, mich, unsere Boys und die Ausrüstung. Aber sobald wir angekommen sind, schicken wir Ihnen geeignete Fahrzeuge. Geht es den Gehfähigen gut?«

»Ja, recht gut sogar.«

»Der Junge und die alte Dame?«

»Sie werden es überstehen.«

»Wer ist der Junge?«

»Er war in England an einer Schule. Seine Eltern in Südafrika dachten, er wäre bei ihnen sicherer aufgehoben.«

Irgendwie widerstrebend fragte Scobie: »Die junge Frau – mit dem Markenalbum?« Es war das Album, nicht das Gesicht, das ihn aus einem ihm völlig unverständlichen Grund verfolgte; das Album und der Ehering, der so locker am Finger saß, als habe ein Kind sich damit herausgeputzt.

»Ich weiß nicht«, sagte der Doktor. »Wenn sie die Nacht übersteht – vielleicht...«

»Sie sind todmüde, nicht wahr? Gehen Sie rein und trinken Sie was.«

»Ja. Ich möchte nicht von den Moskitos aufgefressen werden.« Der Doktor öffnete die Verandatür, und ein Moskito stach Scobie in den Hals. Er machte sich nicht die Mühe, sich zu schützen. Langsam und zögernd ging er den Weg zurück, den der Doktor gekommen war, stieg die Stufen zu dem harten, steinigen Boden hinunter. Die losen Steine rollten unter seinen Stiefeln weg. Er dachte

159

an Pemberton. Wie absurd war es doch, in dieser Welt des Jammers Glück zu erwarten. Er hatte seine eigenen Bedürfnisse auf ein Mindestmaß reduziert, Fotografien in Schubladen verbannt, die Toten aus den Gedanken verdrängt; ein Streichriemen für Rasiermesser und ein Paar rostiger Handschellen genügten als Zimmerschmuck. Aber man hat noch immer Augen, dachte er, hat noch immer Ohren. Zeig mir einen glücklichen Menschen, und ich zeige dir entweder extremes Geltungsbedürfnis, völlige Skrupellosigkeit – oder auch absolute Unwissenheit.

Vor dem Rasthaus blieb er abermals stehen. Das Licht drinnen hätte einen unendlich friedlichen Eindruck gemacht, wenn man nicht Bescheid gewußt hätte, genauso, wie die Sterne in dieser Nacht den Eindruck von Entlegenheit, Sicherheit und Freiheit hervorriefen. Müßte jemand, der um alles weiß, was geschieht, der eingedrungen ist in das, was man das Herz aller Dinge nennt, sogar mit den Planeten Mitleid haben, fragte er sich.

»Nun, Major Scobie?« sprach ihn die Frau des ortsansässigen Missionars an. Sie trug Weiß wie eine Krankenschwester, und ihr Haar, so grau wie Feuerstein, war in starren Wellen, die aussahen wie durch Winderosion entstanden, von der Stirn zurückgekämmt. »Ein bißchen gucken kommen, wie?« fragte sie unfreundlich.

»Ja«, sagte er. Nichts Besseres fiel ihm ein. Er konnte Mrs. Bowles seine innere Unruhe, die Bilder, die ihn verfolgten, das schreckliche, ohnmächtige Gefühl der Verantwortung und des Mitleids nicht begreiflich machen.

»Kommen Sie hinein«, sagte Mrs. Bowles, und gehorsam wie ein Schuljunge trabte er hinter ihr her. Das Rasthaus hatte drei Räume. Im ersten waren die gehfähigen Patienten untergebracht; mit Hilfe hoher Schlafmitteldosen schliefen sie friedlich, als hätten sie eine gesunde körperliche Anstrengung hinter sich. Im zweiten Raum lagen die schwereren Fälle, für die es jedoch begründete

Hoffnung gab. Der dritte Raum war klein, mit nur zwei durch einen Wandschirm voneinander getrennten Betten; in einem das sechsjährige Mädchen mit den trockenen Lippen, im zweiten die junge Frau mit dem Markenalbum, die noch immer bewußtlos war.

In einer Untertasse brannte ein Nachtlicht und warf zwischen den Betten dünne Schatten. »Wenn Sie sich nützlich machen wollen, bleiben Sie einen Moment hier«, sagte Mrs. Bowles. »Ich möchte in die Apotheke.«

»In die Apotheke?«

»Das Küchenhaus. Man muß aus allem das beste machen.«

Scobie war kalt, und er fühlte sich irgendwie seltsam. Fröstelnd zog er die Schultern zusammen. »Kann ich nicht an Ihrer Stelle gehen?« fragte er.

Mrs. Bowles sagte: »Machen Sie sich nicht lächerlich. Können Sie etwa Arzneien zubereiten? Ich bin in ein paar Minuten wieder da. Rufen Sie mich, wenn Sie Anzeichen dafür bemerken, daß das Kind stirbt.« Hätte sie ihm Zeit gegeben, hätte Scobie eine Ausrede gefunden, aber sie hatte das Zimmer schon verlassen, und er ließ sich schwer in den einzigen Sessel fallen. Als er zu dem Kind hinüberschaute, sah er einen weißen Kommunionschleier über dem blonden Kopf; es war ein Streich, den das Licht seinen Augen spielte, das auf das Moskitonetz fiel, und eine Sinnestäuschung. Er legte den Kopf in die Hände und schaute nicht mehr auf das Bett. Als sein Kind starb, war es in Südafrika gewesen. Er hatte Gott immer gedankt, daß ihm das erspart geblieben war. Doch am Ende schien es so, als bleibe einem in Wahrheit nichts erspart. Wenn man Mensch sein wollte, mußte man den Kelch leeren. Hatte man an einem Tag Glück oder war man an einem anderen Tag feige, wurde einem bei einer dritten Gelegenheit die Rechnung präsentiert. Er betete stumm in seine Hände: *O Gott, gib, daß nichts geschieht, bevor Mrs. Bowles zurückkommt*... Er hörte den schweren, unregelmäßigen Atem des Kindes. Es war, als schleppe es mit größter Mühe eine Last einen langen Hügel hinauf. Es war unmenschlich, daß er ihr diese Last nicht abnehmen konnte. Er dachte: Das empfinden Eltern jahrein, jahraus, und ich will mich vor ein paar Minuten drücken. Sie sehen ihre Kinder in jeder Stunde ihres Lebens sterben. Er betete wieder: »Lieber Gott, beschütze sie. Gib ihr Frieden.« Der Atem brach ab, stockte, setzte schrecklich mühsam wieder ein. Zwischen den Fingern durchblickend, sah er, wie das kleine Gesicht sich vor Anstrengung verzerrte. »Lieber Gott«, betete er, »schenk ihr Frieden. Nimm meinen Frieden für immer und ewig von mir, aber gib ihr Frieden.« Seine Hände wurden schweißnaß. »Gütiger Gott...«

Er hörte eine kraftlose Stimme »Vater« und immer wieder »Vater« ächzen, blickte auf und sah, daß die blauen, blutunterlaufenen Augen ihn beobachteten. Voller Entsetzen dachte er: Das ist es, von dem ich geglaubt habe, es sei mir erspart geblieben. Er hätte gern Mrs. Bowles gerufen, aber er hatte keine Stimme, mit der er rufen konnte. Er sah, wie die kleine Brust nach Atem rang, um das schwere Wort wiederholen zu können, trat ans Bett und sagte: »Ja, mein Liebling. Sprich nicht, ich bin bei dir.« Das Nachtlicht warf den Schatten seiner Faust auf das Laken, das Kind sah ihn und versuchte ein Lachen, das es schüttelte wie ein Krampf. Schnell nahm er die Hand weg. »Schlaf, Liebling«, sagte er, »du bist müde. Schlaf.« Eine Erinnerung, die er sorgfältig begraben hatte, kehrte wieder, er holte sein Taschentuch heraus und zauberte den Schatten eines Kaninchenkopfes neben sie auf das Kissen. »Hier ist dein Häschen«, sagte er, »es will bei dir schlafen. Und es bleibt bei dir, bis du schläfst. Schlaf jetzt.« Schweiß strömte ihm über das Gesicht und schmeckte ihm im Mund wie das Salz von Tränen. »Schlaf.« Er bewegte die Ohren des Kaninchens auf und ab, auf und ab. Dann hörte er dicht hinter sich die leise Stimme von Mrs. Bowles. »Hören Sie auf damit«, sagte sie schroff, »das Kind ist tot.«

Am Morgen teilte er dem Doktor mit, er werde bleiben, bis geeignete Fahrzeuge kämen, um die Kranken zu holen. Miss Malcott könne seinen Platz im Polizeiauto haben. Es war besser, sie hier fortzubringen, denn der Tod des Kindes war ein neuer Schlag für sie gewesen, und es stand noch nicht fest, ob es nicht weitere Todesfälle geben würde. Sie beerdigten das Kind am nächsten Tag in dem einzigen Sarg, den sie bekommen konnten − er war für einen sehr großen Mann bestimmt. In diesem Klima wäre es unklug gewesen, die Beerdigung hinauszuzögern. Scobie nahm am Trauergottesdienst, den Mr. Bowles hielt, nicht teil, aber die Perrots waren anwesend, Wilson und ein paar von den Gerichtsdienern. Der Doktor hatte im Rasthaus zu tun. Scobie unternahm statt dessen einen Spaziergang durch die Reisfelder, unterhielt sich mit dem zuständigen Beamten aus dem Landwirtschaftsamt über künstliche Bewässerung und sonderte sich später ab. Später, als er alle Möglichkeiten der Bewässerung erschöpfend besprochen hatte, ging er ins Lagerhaus und saß im Dunkeln inmitten unzähliger Konserven − Dosenmarmeladen und Dosensuppen, Dosenbutter, Dosenbiskuits, Dosenmilch, Kartoffeln in Dosen und Pralinen in Dosen und wartete auf Wilson. Aber Wilson kam nicht. Vielleicht war die Beerdigung für alle zuviel gewesen, und sie waren in den Bungalow des District Commissioners zurückgegangen, um etwas zu trinken. Scobie wanderte zum Landungssteg hinunter und sah den Segelbooten nach, die flußab ins Meer fuhren. Einmal ertappte er sich dabei, daß er laut sagte, als stehe jemand neben ihm: »Warum hast du sie nicht ertrinken lassen?« Ein Gerichtsdiener sah ihn scheel an, und Scobie setzte seinen Weg den Hügel hinauf fort.

Mrs. Bowles schöpfte vor dem Rasthaus frische Luft; nahm sie im wahrsten Sinn des Wortes schluckweise zu sich wie Medizin. Sie stand da, öffnete und schloß den

Mund, atmete tief ein und wieder aus. Sie sagte steif: »Guten Tag«, und nahm die nächste Dosis. »Sie waren nicht bei der Beerdigung, Major.«

»Nein.«

»Mr. Bowles und ich können nur selten gemeinsam an einer Beerdigung teilnehmen. Außer wenn wir Urlaub haben.«

»Wird es noch mehr Beerdigungen geben?«

»Noch eine, fürchte ich. Die übrigen werden sich mit der Zeit erholen.«

»Und wer liegt im Sterben?«

»Die alte Frau. Gestern abend hat sich ihr Zustand plötzlich sehr verschlechtert. Bis dahin hatte sie recht gute Fortschritte gemacht.«

Er war auf geradezu grausame Weise erleichtert. »Dem Jungen geht es gut?« fragte er.

»Ja.«

»Und Mrs. Rolt?«

»Sie ist noch nicht außer Gefahr, aber ich denke, sie wird es schaffen. Sie ist jetzt bei Bewußtsein.«

»Weiß sie, daß ihr Mann tot ist?«

»Ja.« Mrs. Bowles begann die Arme aus der Schulter heraus auf und ab zu schwingen. Dann hob sie sich sechsmal auf die Zehenspitzen. Scobie sagte: »Ich würde Ihnen so gern irgendwie helfen.«

»Können Sie laut vorlesen?« fragte Mrs. Bowles und stellte sich auf die Zehenspitzen.

»Ich glaube schon. Ja.«

»Dann können Sie dem Jungen etwas vorlesen. Er fängt an sich zu langweilen, und das ist nicht gut für ihn.«

»Wo finde ich ein Buch?«

»Wir haben massenhaft Bücher in der Mission. Ganze Regale voll.«

Alles war besser als das Nichtstun. Er ging in die Mission hinauf und fand dort so viele Bücher wie Mrs. Bowles gesagt hatte. Zwar hatte er von Büchern kaum eine Ahnung, doch sogar ihm schienen die vorhandenen kein besonders unterhaltsames Vorlesematerial für einen kranken Jungen zu sein. Mit Stockflecken behaftet und aus spätviktorianischer Zeit standen da Titel wie ›Zwanzig Jahre in der Mission‹, ›Verloren und gefunden‹, ›Der schmale Pfad‹, ›Die Warnung des Missionars‹. Offensichtlich hatte man irgendwann einmal um Bücherspenden für die Missionsbibliothek gebeten, und dies war der Überschuß aus vielen frommen Bücherschränken zu Hause. ›Die Gedichte von John Oxenham‹, ›Menschenfischer‹. Er nahm auf gut Glück einen Band heraus und kehrte ins Rasthaus zurück. Mrs. Bowles war in der Apotheke und mischte Arzneien.

»Haben Sie etwas gefunden?«

»Ja.«

»Von diesen Büchern ist keins ungeeignet«, sagte Mrs. Bowles. »Sie werden alle vom Komitee geprüft, bevor man sie uns schickt. Manche Leute versuchen, uns die unpassendsten Bücher zu schicken. Wir bringen den Kindern hier nicht das Lesen bei, damit sie — nun ja — Romane lesen.«

»Das habe ich auch nicht angenommen.«

»Zeigen Sie mal, was Sie ausgesucht haben.«

Zum erstenmal warf er selbst einen Blick auf den Titel. ›Als Bischof bei den Bantus‹.

»Das muß recht interessant sein«, sagte Mrs. Bowles. Er stimmte ihr zweifelnd zu.

»Sie wissen, wo Sie ihn finden. Eine Viertelstunde dürfen Sie ihm vorlesen — nicht länger.«

Die alte Frau war in das hinterste Zimmer verlegt worden, wo das Kind gestorben war, und der Mann mit der Säufernase ins Rekonvaleszentenzimmer, wie Mrs. Bowles es jetzt nannte, damit das mittlere Zimmer dem Jungen und Mrs. Rolt zur Verfügung stand. Mrs. Rolt lag mit dem Gesicht zur Wand und hatte die Augen geschlossen. Offenbar war es gelungen, ihr das Briefmarkenalbum aus der Hand zu nehmen; es lag jetzt auf einem Stuhl neben dem Bett. Der Junge beobachtete

Scobie mit dem überwachen, aufmerksamen Blick des Fiebernden.

»Mein Name ist Scobie. Und wie heißt du?«

»Fisher.«

Scobie sagte nervös: »Mrs. Bowles hat mich gebeten, dir etwas vorzulesen.«

»Was sind Sie? Soldat?«

»Nein, Polizist.«

»Ist es eine Mordgeschichte?«

»Nein. Das glaube ich nicht.« Scobie schlug das Buch aufs Geratewohl auf, und zwar bei einer Fotografie, die den Bischof zeigte, der in vollem Ornat vor einer kleinen Kirche mit Wellblechdach auf einem harten Wohnzimmerstuhl saß. Er war von Bantus umringt, die in die Kamera grinsten.

»Ich würde gern eine Mordgeschichte hören. Haben Sie schon mal mit Mord zu tun gehabt?«

»Nicht mit dem, was du einen echten Mord nennen würdest — mit Spuren und Tätersuche.«

»Mit was für einem Mord dann?«

»Tja nun, Leute werden bei einem Streit erstochen.« Scobie sprach leise, um Mrs. Rolt nicht zu stören. Ihre Hand lag, zur Faust geballt, auf dem Laken — und diese Faust war nicht größer als ein Tennisball.

»Wie heißt das Buch, das Sie mitgebracht haben? Vielleicht kenne ich es schon. Auf dem Schiff habe ich ›Die Schatzinsel‹ gelesen. Ich hätte auch nichts gegen eine Piratengeschichte. Wie heißt es?«

Scobie sagte zweifelnd: »»Als Bischof bei den Bantus‹.«

»Was bedeutet das?«

Scobie holte tief Atem. »Nun ja, Bishop — Bischof — ist der Name des Helden.«

»Aber Sie haben gesagt *als* Bischof.«

»Ja. Er hieß Arthur.«

»Was für ein altmodischer Name.«

»Stimmt. Aber er ist ja auch ein altmodischer und sentimentaler Held.« Den Augen des Jungen ausweichend,

166

merkte er plötzlich, daß Mrs. Rolt nicht schlief. Sie starrte die Wand an und hörte zu. Er fuhr wild drauflos fabulierend fort: »Die eigentlichen Helden sind die Bantus.«

»Was sind Bantus?«

»Ein besonders grausamer Piratenhaufen, der auf den Westindischen Inseln sein Unwesen trieb und alle Schiffe aufbrachte, die diesen Teil des Atlantik befuhren.«

»Ist Arthur Bishop hinter den Piraten her?«

»Ja. Es ist auch eine Detektivgeschichte, denn er ist ein Geheimagent der Britischen Regierung. Er verkleidet sich als einfacher Matrose und fährt auf einem Handelsschiff, damit er von den Bantus gefangengenommen werden kann. Du mußt wissen, daß sie einfachen Matrosen immer die Chance geben, sich ihnen anzuschließen. Wäre er Offizier gewesen, hätten sie ihn über eine Schiffsplanke ins Meer gejagt. Als Mitglied der Bande findet er nach und nach ihre Codewörter, ihre Verstecke heraus und erfährt, welche Raubzüge sie planen, damit er sie verraten kann, wenn die Zeit reif ist.«

»Der scheint mir ja ein ziemliches Schwein gewesen zu sein«, sagte der Junge.

»Ja, und er verliebt sich in die Tochter des Piratenkapitäns, und da wird er sentimental. Aber das kommt erst zum Schluß, und so weit werden wir kaum lesen. Bis dahin gibt es noch jede Menge Kämpfe und Morde.«

»Das klingt gut. Fangen wir an.«

»Nun ja, Mrs. Bowles hat mir heute höchstens eine Viertelstunde bei dir erlaubt, deshalb habe ich dir nur etwas über das Buch erzählt. Und morgen fangen wir an.«

»Vielleicht sind Sie morgen nicht mehr hier. Vielleicht passiert ein Mord oder so.«

»Aber das Buch wird hier sein. Ich lasse es bei Mrs. Bowles. Es gehört ihr. Es kann natürlich ein bißchen anders klingen, wenn sie es dir vorliest.«

»Fangen Sie wenigstens an«, bat der Junge.

»Ja, fangen Sie an«, sagte eine Stimme aus dem Nachbarbett – eine Stimme, so leise, daß Scobie sie für eine Sinnestäuschung gehalten hätte, hätte er, aufblickend, nicht gesehen, daß sie ihn beobachtete, die Augen so groß wie die eines Kindes in dem ausgezehrten Gesicht.

»Ich bin ein sehr schlechter Vorleser«, sagte Scobie.

»Machen Sie schon«, sagte der Junge ungeduldig. »Laut lesen kann doch jeder.«

Scobis Augen hefteten sich auf den ersten Absatz des Buches. *Nie werde ich*, begann es, *den ersten Anblick des Kontinents vergessen, auf dem ich dreißig der besten Jahre meines Lebens mit mühsamer Arbeit verbringen sollte.* Er sagte langsam: »Von dem Moment an, in dem sie aus Bermuda ausliefen, folgte die flache, schnittige Fregatte in ihrem Kielwasser. Der Kapitän war offenbar beunruhigt, denn er beobachtete das fremde Schiff ständig durch das Fernglas. Als die Nacht anbrach, war es noch immer hinter ihnen, und in der Morgendämmerung war es das erste, was sie sahen. Kann es sein, fragte sich Arthur Bishop, daß ich jetzt schon dem begegnen soll, dem mein ganzes Sinnen und Trachten gilt, Schwarzbart, dem Anführer der Bantus selbst, oder seinem blutrünstigen Leutnant...«

Scobie blätterte um und verlor beinahe den Faden beim Anblick eines Bischofs in makellos weißem Anzug mit rundem geistlichen Kragen und Tropenhelm, der beim Cricket den Ball eines Bantu vor einem Dreistab gestoppt hatte.

»Lesen Sie weiter«, sagte der Junge.

»... dem irren Davis, so genannt, weil er einmal in einem seiner wahnsinnigen Wutanfälle eine ganze Schiffsbesatzung über die Planken gejagt hatte. Kapitän Buller befürchtete offenbar das Schlimmste, denn er ließ alle Segel setzen, und eine Zeitlang schien es, als könne er das fremde Schiff abschütteln. Plötzlich hörten sie Geschützdonner, und eine Kanonenkugel schlug knapp zwanzig Meter vor ihnen auf dem Wasser auf. Kapitän

Buller riß das Glas vor die Augen und rief von der Brücke zu Arthur Bishop hinunter: ›Sie hissen die schwarze Piratenflagge, bei Gott!‹ Er war der einzige an Bord, der Arthurs Geheimauftrag kannte.«

Energisch wie immer kam Mrs. Bowles herein. »Genug für heute. Was hat er dir denn vorgelesen, Jimmy?«

»Bishop bei den Bantus.«

»Ich hoffe, es hat dir gefallen.«

»Eine tolle Geschichte.«

»Du bist ein sehr vernünftiger Junge«, lobte ihn Mrs. Bowles.

»Danke«, sagte die Stimme aus dem Nachbarbett, und Scobie wandte widerstrebend den Kopf, dem jungen ausgemergelten Gesicht zu. »Lesen Sie uns morgen wieder vor?«

»Sie dürfen Major Scobie nicht belästigen, Helen«, tadelte Mrs. Bowles die junge Frau. »Er muß in den Hafen zurück. Wenn er nicht da ist, gibt es dort Mord und Totschlag.«

»Sind Sie Polizist?«

»Ja.«

»Ich kannte einmal einen Polizisten — zu Hause...« Die Stimme wurde leiser, verlor sich im Schlaf. Lange blieb Scobie vor dem Bett stehen und betrachtete Helen Rolts Gesicht. Wie die Karten einer Wahrsagerin offenbarte es unmißverständlich die Vergangenheit — eine Reise, einen Verlust, Krankheit. Nachdem die Karten neu gemischt waren, würde man vielleicht auch die Zukunft sehen. Er nahm das Markenalbum in die Hand und schlug es beim Vorsatzblatt auf; die Widmung lautete: *Für Helen zu ihrem vierzehnten Geburtstag. In Liebe Dein Vater.*

Dann öffnete es sich von selbst bei Paraguay mit prächtig bunten Abbildungen von Sittichen — Bildermarken, wie Kinder sie gern sammeln. »Wir werden ein paar neue Marken für sie besorgen müssen«, sagte er wehmütig.

Draußen wartete Wilson auf ihn. Er sagte: »Ich habe Sie gesucht, Major Scobie, schon seit der Beerdigung.«

»Ich habe Gutes getan«, sagte Scobie.

»Wie geht es Mrs. Rolt?«

»Sie glauben, daß sie durchkommt – und der Junge auch.«

»O ja, der Junge.« Wilson stieß mit dem Fuß nach einem losen Stein auf dem Weg und sagte: »Ich brauche Ihren Rat, Major Scobie. Bin ein bißchen besorgt.«

»Ja?«

»Wie Sie wissen, bin ich hier, um unser Lagerhaus zu kontrollieren. Tja, und wie ich festgestellt habe, hat unser hiesiger Manager militärische Bestände aufgekauft. Es sind Unmengen von Konserven vorhanden, die nicht von unseren Exporteuren stammen.«

»Gibt es da nicht eine sehr einfache Lösung? Schmeißen Sie ihn raus.«

»Aber es wäre doch schade, den kleinen Dieb hinauszuwerfen, der einen zu dem großen Dieb führen könnte, aber das fällt natürlich in Ihren Zuständigkeitsbereich. Deshalb wollte ich auch mit Ihnen sprechen.« Wilson unterbrach sich, und auf seinem Gesicht breitete sich diese unglaublich verräterische Röte aus. Er sagte: »Er hat das Zeug nämlich von Yusefs Mann bekommen.«

»Das hätte ich auch vermutet.«

»Tatsächlich?«

»Ja, aber sehen Sie, Yusefs Mann ist nicht Yusef selbst. Er kann die Verantwortung für einen seiner Lagerverwalter aus der Provinz ohne weiteres ablehnen. Denn er könnte wirklich nichts damit zu tun haben. Es ist unwahrscheinlich, aber nicht unmöglich. Sie sind das beste Beispiel dafür. Schließlich haben auch Sie eben erst festgestellt, was Ihr Lagerverwalter getan hat.«

»Würde die Polizei den Fall verfolgen, wenn es klare Beweise gäbe?« fragte Wilson.

Scobie blieb abrupt stehen. »Was war das?«

Wilson wurde rot und murmelte etwas. Dann sagte er mit einer Gehässigkeit, die Scobie völlig überrumpelte: »Es geht das Gerücht um, daß Yusef von jemandem gedeckt wird.«

»Sie sind inzwischen lange genug hier, um zu wissen, was solche Gerüchte wert sind.«

»Aber sie sind in der ganzen Stadt im Umlauf.«

»Ausgestreut von Tallit — oder von Yusef selbst.«

»Mißverstehen Sie mich nicht«, sagte Wilson. »Sie waren sehr freundlich zu mir — und Mrs. Scobie auch. Deshalb habe ich mir gedacht, Sie sollten wissen, was geredet wird.«

»Ich bin seit fünfzehn Jahren hier, Wilson.«

»Oh, ich weiß«, sagte Wilson, »ich bin impertinent. Aber die Sache mit Tallits Papagei spukt in den Köpfen der Leute herum. Es heißt, Tallit wurde angeschwärzt, weil Yusef ihn in der Stadt nicht mehr haben will.«

»Das habe ich gehört.«

»Es heißt, daß Sie und Yusef sich gegenseitig besuchen. Das ist natürlich gelogen, aber . . .«

»Es ist aber wahr. Doch ich besuche auch den Gesundheitsinspektor, was mich jedoch nicht hindern würde, ihn zu verfolgen, falls er . . .« Er unterbrach sich abrupt. »Ich habe nicht die Absicht, mich vor Ihnen zu rechtfertigen, Wilson.«

Wilson sagte noch einmal: »Ich dachte ja nur, Sie sollten von der Sache wissen.«

»Sie sind zu jung für Ihren Job, Wilson.«

»Für meinen Job?«

»Was immer er sein mag.«

Zum zweitenmal überraschte ihn Wilson, als er mit einem Bruch in der Stimme herausplatzte: »Oh, Sie sind unerträglich! Sind verdammt zu ehrlich, um zu leben!« Sein Gesicht brannte wie Feuer, sogar seine Knie schienen rot zu werden — vor Zorn, Scham, Selbstverachtung.

»Sie sollten einen Hut tragen, Wilson«, war alles, was Scobie sagte.

Sie standen einander auf dem steinigen Weg zwischen dem Rasthaus und dem Bungalow des District Commissioners gegenüber; das Licht lag flach auf den Reisfeldern unter ihnen, und Scobie war sich dessen bewußt, wie ungeschützt sie sich den Blicken eines jeden zufälligen Beobachters darboten.

»Sie haben Louise weggeschickt, weil Sie Angst vor mir hatten«, sagte Wilson.

Scobie lachte gutmütig. »Das ist die Sonne, Wilson, nur die Sonne. Morgen früh haben wir es vergessen.«

»Sie hat Ihre stupide, unintelligente... Ach, Sie haben ja keine Ahnung, was eine Frau wie Louise denkt.«

»Das glaube ich gern, Wilson. Kein Mensch will, daß ein anderer weiß, was er denkt.«

Wilson sagte: »Ich habe sie geküßt – damals am Abend...«

»Das ist in den Kolonien ein beliebter Sport, Wilson.« Er hatte den jungen Mann nicht in Rage bringen wollen; er wollte die Szene nur so weit wie möglich herunterspielen, damit sie sich am nächsten Morgen wieder ganz ungezwungen begegnen konnten. Es ist wirklich nur ein leichter Sonnenstich, sagte er sich. Er hatte Ähnliches in den fünfzehn Jahren häufiger erlebt, als ihm heute noch bewußt war.

Wilson sagte: »Sie ist zu gut für Sie.«

»Für uns beide.«

»Wie haben Sie sich das Geld beschafft, um sie wegschicken zu können? Das wüßte ich gern. Sie verdienen nicht so gut. Das weiß ich. Es steht schwarz auf weiß in der Liste des Kolonialamtes.« Wäre der junge Mensch nicht so lächerlich gewesen, wäre Scobie vielleicht wütend geworden, und sie hätten als Freunde auseinandergehen können. Es war seine Heiterkeit, die bei Wilson die Flammen schürte. »Reden wir morgen weiter«, sagte Scobie. »Der Tod des Kindes hat uns alle erschüttert. Kommen Sie mit hinauf in den Bungalow, und trinken

Sie etwas.« Er wollte an Wilson vorbeigehen, doch der verstellte ihm den Weg. Ein Wilson mit scharlachrotem Gesicht und Tränen in den Augen. Es war, als habe er, nachdem er einmal so weit gegangen war, erkannt, daß er nur noch weiter gehen konnte – es gab für ihn kein Zurück. Er sagte: »Bilden Sie sich ja nicht ein, daß ich Sie aus den Augen lassen werde.«

Die Lächerlichkeit dieses Satzes verblüffte Scobie.

»Passen Sie bloß auf«, sagte Wilson, »und Ihre Mrs. Rolt ...«

»Was in aller Welt hat Mrs. Rolt damit zu tun?«

»Glauben Sie ja nicht, ich wüßte nicht, warum Sie hiergeblieben sind, sich ständig im Krankenhaus rumdrücken ... Während wir alle auf der Beerdigung waren, haben Sie sich hierhergestohlen ...«

»Sie sind wirklich verrückt, Wilson«, sagte Scobie.

Wilson setzte sich plötzlich, als habe eine große, unsichtbare Hand ihn zusammengeklappt. Er legte das Gesicht in die Hände und weinte.

»Es ist die Sonne«, sagte Scobie. »Nur die Sonne. Gehen Sie, legen Sie sich hin.« Er nahm seinen Hut ab und setzte ihn Wilson auf. Wilson blickte zwischen den Fingern zu ihm auf – blickte voller Haß zu dem Mann auf, der seine Tränen gesehen hatte.

Zweites Kapitel

I

Sirenen heulten und riefen zur totalen Verdunkelung auf – heulten durch den unaufhörlich strömenden Regen; die Boys sausten ins Küchenquartier und verriegelten die Tür, als wollten sie sich vor einem Dämon im Busch in Sicherheit bringen. Pausenlos und stetig trommelte die Wassermenge von dreihundertsechzig Litern pro Quadratmeter auf die Dächer der Hafenstadt. Es war unvorstellbar, daß irgendein Mensch, ganz zu schweigen von den mutlosen, vom Fieber ausgezehrten Franzosen des Vichy-Territoriums, sich in dieser Jahreszeit zu einem Angriff aufraffen würde, und dennoch erinnerte man sich natürlich an die Höhen von Abraham... Eine einzige kühne Tat kann die Grenzen dessen sprengen, was möglich ist.

Unter einem großen, gestreiften Regenschirm trat Scobie in die triefende Dunkelheit; für einen Regenmantel war es zu heiß. Er machte die Runde durch sein ganzes Grundstück. Kein Licht war zu sehen, die Läden der Küchenfenster waren geschlossen, und die Häuser der Kreolen hinter dem Regenvorhang unsichtbar. Kurz blitzte im Fuhrpark jenseits der Straße eine Taschenlampe auf, doch als er rief, ging sie wieder aus; ein Zufall. Niemand dort drüben konnte seine Stimme gehört haben, das Wasser trommelte viel zu laut auf das Dach. Oben in Cape Station schimmerte naß die Offiziersmesse übers Meer, aber dafür war er nicht verantwortlich. Die Scheinwerfer der Militärlaster umschlangen wie ein Perlenhalsband den Fuß der Hügelkette, doch auch das gehörte nicht in seinen Zuständigkeitsbereich.

Weiter oben an der Straße, hinter dem Fuhrpark, ging plötzlich in einer der Wellblechbaracken, wo die untergeordneten Beamten wohnten, das Licht an; noch am Tag zuvor war die Baracke unbewohnt gewesen, vermutlich war eben erst jemand eingezogen. Scobie überlegte, ob er den Wagen aus der Garage holen sollte, doch bis zur Baracke waren es höchstens hundert Meter, also ging er zu Fuß. Außer dem Rauschen des Regens auf der Straße, auf den Dächern, auf dem Regenschirm war nichts zu hören. Nur das ersterbende Jaulen zitterte noch einen Moment in den Ohren nach. Später kam es Scobie so vor, daß dies die höchste Stufe des Glücks gewesen war, die er je erreicht hatte: im Dunkeln zu sein, allein, im Regen, ohne Liebe oder Mitleid.

Er klopfte an die Tür der Wellblechbaracke, laut, weil der Regen so laut auf das tunnelartig gewölbte schwarze Dach knallte. Er mußte zweimal klopfen, bevor ihm geöffnet wurde. Das Licht blendete ihn einen Augenblick. Er sagte: »Ich bedaure, Sie stören zu müssen. Man sieht draußen Ihr Licht.«

Eine Frauenstimme antwortete: »Oh, tut mir leid. Das war unvorsichtig von mir...«

Er sah zwar wieder klar, doch im ersten Moment konnte er dem Gesicht, an das er sich lebhaft erinnerte, keinen Namen zuordnen. Er kannte jeden in der Kolonie. Dies war von auswärts gekommen... Ein Fluß... Früher Morgen... Ein sterbendes Kind. »Aber Sie sind ja Mrs. Rolt, nicht wahr?« sagte er dann. »Ich dachte, Sie sind noch im Krankenhaus.«

»Ja, ich bin Mrs. Rolt. Aber wer sind Sie? Kenne ich Sie?«

»Ich bin Major Scobie von der Polizei. Ich habe Sie in Pende gesehen.«

»Tut mir leid, ich erinnere mich an gar nichts mehr, was dort passiert ist.«

»Darf ich Ihre Verdunkelung in Ordnung bringen?«

»Selbstverständlich. Bitte.« Er trat ein, zog die Vorhänge fester zusammen und stellte eine Tischlampe an einen anderen Platz. Der Raum wurde durch einen Vorhang geteilt: auf der einen Seite ein Bett, ein behelfsmäßiger Toilettentisch; auf der anderen ein paar Stühle — eben das spärliche Mobiliar, das die Regierung den jüngeren Beamten zubilligte, die weniger als fünfhundert Pfund im Jahr verdienten. Er sagte: »Man hat Sie nicht gerade verwöhnt, nicht wahr? Wenn ich nur gewußt hätte, daß Sie kommen. Ich hätte helfen können.« Er betrachtete sie jetzt genauer: das von Erschöpfung gezeichnete junge Gesicht, das stumpf gewordene Haar... Der Schlafanzug, den sie trug, war zu groß für

175

sie. Sie verlor sich darin, und er warf häßliche Falten. Er warf einen Blick auf ihre Hand, wollte sehen, ob der Ring noch so locker saß, doch er war überhaupt nicht mehr da.

»Alle waren sehr nett zu mir«, sagte sie. »Mrs. Carter hat mir ein wirklich hübsches Sitzkissen geschenkt.«

Er ließ die Augen wandern – im ganzen Raum kein einziges persönliches Stück: keine Fotografien, keine Bücher, keine Nippes; dann erinnerte er sich, daß sie aus dem Meer nichts gerettet hatte, nur sich selbst und ein Markenalbum.

»Sind wir hier in Gefahr?« fragte sie ängstlich.

»In Gefahr?«

»Die Sirenen.«

»Oh, die haben nichts zu sagen. Das ist nur Alarm. Ungefähr jeden Monat einer. Es passiert nie etwas.« Wieder betrachtete er sie mit einem langen Blick. »Man hätte Sie nicht so früh aus dem Krankenhaus entlassen dürfen. Es ist noch nicht einmal sechs Wochen her…«

»Ich wollte gehen. Wollte allein sein. Ständig kam mich irgendwer besuchen.«

»Nun, ich gehe gleich. Aber denken Sie dran, falls Sie etwas brauchen sollten, ich wohne nur ein Stückchen weiter unten an der Straße. In dem einstöckigen weißen Haus hinter dem Fuhrpark, mitten im Sumpf.«

»Wollen Sie nicht bleiben, bis es aufgehört hat zu regnen?« fragte sie.

»Also lieber nicht, denke ich, es regnet nämlich bis September so weiter«, sagte er und wurde dafür mit einem starren, ungewohnten Lächeln belohnt.

»Der Radau ist schrecklich.«

»In ein paar Wochen haben Sie sich daran gewöhnt. Es ist, wie wenn man an einer Eisenbahnstrecke wohnt. Aber Sie werden sich nicht daran gewöhnen müssen. Man wird Sie bald nach Hause schicken. In vierzehn Tagen fährt ein Schiff.«

»Wollen Sie etwas trinken? Mrs. Carter hat mir außer dem Sitzkissen auch noch eine Flasche Gin geschenkt.«

»Dann muß ich Ihnen wohl helfen, sie leerzumachen.«
Als sie die Flasche herausholte, stellte er fest, daß sie
schon halb leer war. »Haben Sie Limonen?«

»Nein.«

»Aber man hat Ihnen doch einen Boy zugeteilt, oder?«

»Ja, doch ich weiß nicht, was mit ihm anfangen. Und
er scheint auch nie dazusein.«

»Sie haben den Gin pur getrunken?«

»O nein, ich habe ihn gar nicht angerührt. Der Boy hat
die Flasche umgestoßen — behauptet er wenigstens.«

»Ich rede morgen früh mit ihm«, sagte Scobie. »Haben
Sie eine Eisbox?«

»Ja, aber der Boy kann mir kein Eis besorgen.« Sie
setzte sich kraftlos. »Halten Sie mich bitte nicht für eine
Idiotin. Ich weiß nur nicht, wo ich bin, finde mich nicht
zurecht. Habe etwas Ähnliches nie gekannt.«

»Woher kommen Sie?«

»Bury St. Edmunds. In Suffolk. Dort war ich noch vor
acht Wochen.«

»Das stimmt nicht. Da waren Sie in einem Rettungsboot.«

»Ach ja. Dieses Boot vergesse ich dauernd.«

»Man hätte Sie nicht so allein aus dem Krankenhaus
wegschicken sollen.«

»Es geht mir gut. Sie haben mein Bett gebraucht. Mrs.
Carter wollte mich bei sich aufnehmen, aber ich wollte
allein sein. Der Doktor hat gesagt, sie sollten tun, was ich
will.«

Scobie sagte: »Ich kann verstehen, daß Sie nicht zu Mrs.
Carter wollten, und Sie brauchen nur ein Wort zu sagen,
dann bin ich auch weg.«

»Mir wäre lieber, Sie warteten die Entwarnung ab. Ich
bin ein bißchen nervös.« Über die Widerstandskraft der
Frauen hatte Scobie seit jeher gestaunt. Diese hatte vierzig Tage in einem offenen Boot überlebt und sagte jetzt,
sie sei nervös. Er erinnerte sich an die Todesfälle im
Bericht des Chefingenieurs: Der dritte Offizier und zwei

Matrosen waren gestorben, und ein Heizer hatte Meerwasser getrunken, war davon verrückt geworden und über Bord gesprungen. Wenn es auf Nervenkraft ankam, war es immer ein Mann, der schlappmachte. Jetzt schmiegte sie sich in ihre Schwäche wie in ein Kissen.

Er sagte: »Haben Sie schon überlegt, was werden soll? Wollen Sie nach Bury zurück?«

»Ich weiß nicht. Vielleicht suche ich mir Arbeit.«

»Haben Sie Berufserfahrung?«

»Nein«, gestand sie, den Blick von ihm abwendend. »Ich bin ja erst vor einem Jahr aus der Schule gekommen.«

»Hat man Ihnen dort etwas beigebracht?« Es kam ihm so vor, daß sie mehr als alles andere jemanden brauchte, mit dem sie reden konnte, oberflächlich und ziellos, einfach reden. Sie glaubte, sie wolle allein sein, aber im Grunde fürchtete sie sich nur vor der schrecklichen Verantwortung, die einem das Mitleid anderer auferlegte. Wie konnte ein solches Kind die Rolle einer Frau spielen, deren Mann praktisch vor ihren Augen ertrunken war? Genausogut hätte man von ihr erwarten können, die Lady Macbeth zu spielen. Mrs. Carter hätte für ihr Unvermögen kein Verständnis aufgebracht. Nachdem sie ihren Mann und drei Kinder begraben mußte, hätte sie natürlich gewußt, wie man sich zu verhalten hatte.

»Ich war die beste Basketballspielerin«, sagte Mrs. Rolt, Scobies Gedankengang unterbrechend.

»Nun«, sagte er, »aber für eine Sportlehrerin haben Sie nicht die richtige Figur. Oder vielleicht doch, wenn Sie gesund sind?«

Völlig unerwartet begann sie zu reden, so als habe er mit einem unabsichtlich ausgesprochenen Codewort den Mechanismus einer Tür in Gang gesetzt, die sich jetzt öffnete. Er wußte nicht, welches Wort es gewesen war. Vielleicht »Sportlehrerin«, denn sie begann hastig von Basketballspielen in der Schule zu berichten. (Mrs. Carter, dachte er, hat wahrscheinlich nur über die vier

Wochen in einem offenen Boot und die erst drei Wochen alte Ehe gesprochen.) Sie sagte: »Ich war zwei Jahre in der Schulmannschaft«, und beugte sich, das Kinn in der Hand, den knochigen Ellenbogen auf das knochige Knie aufstützend, lebhaft vor. Mit der weißen Haut — die weder von Atebrin noch von der Sonne gelblich geworden war — erinnerte sie ihn an einen von der See ausgebleichten und an Land gespülten Knochen. »Im Jahr vorher war ich in der zweiten Mannschaft. Wäre ich noch ein Jahr geblieben, wäre ich Mannschaftsführerin geworden. 1940 haben wir Roedean geschlagen und gegen Cheltenham unentschieden gespielt.«

Er hörte mit dem gespannten Interesse zu, das man einem fremden Leben entgegenbringt und das junge Menschen irrtümlich für Liebe halten. Er fühlte sich in der Sicherheit seines Alters geborgen, weil er einfach mit einem Glas Gin in der Hand dasitzen und zuhören konnte, während draußen prasselnd der Regen fiel. Sie erzählte ihm, ihre Schule liege in den Downs, gleich hinter Seaport. Ihre Französischlehrerin, Mlle Dupont, sei sehr jähzornig gewesen, und die Schulleiterin lese Griechisch so mühelos wie Englisch — Vergil, zum Beispiel...

»Ich habe Vergil immer für einen Römer gehalten.«

»Oh, aber natürlich. Ich habe Homer gemeint. Mit den Klassikern habe ich immer auf Kriegsfuß gestanden.«

»Haben Sie sich, außer im Basketball, auch noch in anderen Fächern hervorgetan?«

»In Mathematik war ich recht gut, glaube ich, das war mein zweitliebstes Fach — aber Trigonometrie habe ich nie verstanden.« Im Sommer gingen sie nach Seaport zum Schwimmen, und jeden Samstag veranstalteten sie ein Picknick in den Downs — manchmal eine Schnitzeljagd auf Ponys, und einmal machten sie einen katastrophalen Fahrradausflug, der sich über den ganzen Bezirk ausdehnte und von dem zwei Mädchen erst um ein Uhr morgens zurückkamen. Er hörte fasziniert zu, drehte das schwere Ginglas in der Hand, ohne zu trinken. Die Sirenen heulten Entwarnung durch den Regen, doch sie achteten beide nicht darauf. Er sagte: »Und die Ferien haben Sie in Bury verbracht?«

Allem Anschein nach war ihre Mutter vor zehn Jahren gestorben, und ihr Vater war Geistlicher und gehörte irgendwie zur Kathedrale. Sie hatten ein sehr kleines Haus auf dem Angel Hill. Vielleicht war sie in Bury nicht so glücklich gewesen wie in der Schule, denn sie kam bei erster Gelegenheit wieder darauf zurück und erzählte von der Trainerin, die denselben Vornamen hatte wie sie – Helen – und für die ihre ganze Klasse unheimlich geschwärmt hatte. Sie lachte jetzt ein wenig überlegen über diese Leidenschaft: für ihn das einzige Anzeichen, daß sie erwachsen und eine verheiratete Frau war – oder vielmehr gewesen war.

Plötzlich unterbrach sie sich und sagte: »Was für ein Unsinn, Ihnen das alles vorzuschwatzen.«

»Mir gefällt es.«

»Sie haben mich nicht ein einzigesmal nach – Sie wissen schon – gefragt.«

Er wußte, denn er hatte den Bericht gelesen. Er kannte genau die Wasserration für jeden Bootsinsassen – zweimal täglich ein Becher – die nach einundzwanzig Tagen auf einen halben Becher reduziert worden war. Diese Menge hatte man bis vierundzwanzig Stunden vor der Rettung beibehalten können, denn die Toten hatten den Lebenden einen kleinen Vorrat geschenkt. Hinter den Schulgebäuden von Seaport und hinter dem Korbständer wurde er des wütenden Wellengangs gewahr, der das Boot hob und in die Tiefe schleuderte, es hoch hinaufhob und fallen ließ, hob und fallen ließ. »Ich war unglücklich, als ich von der Schule abging – das war Ende Juli. Im Taxi habe ich auf der ganzen Fahrt zum Bahnhof geheult.« Scobie zählte die Monate – Juli bis April. Es waren neun. Die Dauer einer Schwangerschaft, und geboren wurde der Tod ihres Mannes, die Gewalttätigkeit des Atlantiks,

180

der sie wie Treibholz auf die lange, flache afrikanische Küste zutrieb, und der Matrose, der sich über Bord stürzte. Scobie sagte: »Ihr Leben in England ist interessanter. Das andere kann ich erraten.«

»Wieviel ich geredet habe. Wissen Sie, ich denke, heute nacht werde ich schlafen können.«

»Konnten Sie denn nicht schlafen?«

»Nein, aber nur weil im Krankenhaus so viele Menschen um mich herum waren. Sie haben sich von einer Seite auf die andere gewälzt, laut geatmet und gemurmelt. Wenn das Licht aus war, war es genau wie − Sie wissen schon.«

»Hier werden Sie ruhig schlafen. Sie brauchen sich vor nichts zu fürchten. Das Gelände wird rund um die Uhr bewacht. Ich werde mit dem Wachmann sprechen.«

»Sie sind so nett«, sagte sie. »Mrs. Carter und die anderen − sie waren alle nett.« Sie hob das erschöpfte, kindlich offene Gesicht und sagte: »Ich habe Sie sehr gern.«

»Ich Sie auch«, sagte er ernst. Beide fühlten sich unendlich sicher und geborgen: Sie waren Freunde, die nie etwas anderes sein konnten − getrennt durch einen toten Ehemann und eine lebende Ehefrau, einen Vater, der Geistlicher war, eine Trainerin namens Helen und viele, viele Jahre der Lebenserfahrung. Sie brauchten sich nicht den Kopf darüber zu zerbrechen, was sie zueinander sagen sollten.

»Gute Nacht«, sagte er. »Morgen bringe ich Ihnen ein paar Marken für Ihr Album.«

»Woher wissen Sie von meinem Album?«

»Es ist mein Beruf, alles zu wissen. Ich bin Polizist.«

»Gute Nacht.«

Er ging, von einem unglaublichen Glücksgefühl erfüllt, und dennoch sollte er es nicht als ein solches Glück in Erinnerung bewahren wie vor Stunden seinen Gang durch die Dunkelheit, im Regen, allein.

181

2

Von morgens halb neun bis elf hatte er mit einem Fall einfachen Diebstahls zu tun; sechs Zeugen mußten vernommen werden, und er glaubte kein Wort von dem, was sie sagten. Bei Fällen in Europa gibt es Worte, die man glaubt, und Worte, denen man mißtraut. Es ist möglich, eine gedankliche Grenze zu ziehen zwischen Wahrheit und Lüge. Dort funktioniert zumindest einigermaßen das Prinzip des *cui bono*.

Und man kann gewöhnlich voraussetzen, daß tatsächlich etwas gestohlen wurde, wenn die Beschuldigung auf Diebstahl lautet und kein versuchter Versicherungsbetrug dahintersteckt. Hier kam man unter solchen Voraussetzungen nicht weit, konnte man keine Grenzen ziehen. Er hatte Polizeibeamte gekannt, die völlig die Nerven verloren hatten bei dem Versuch, auch nur ein Körnchen unanfechtbarer Wahrheit zu entdecken; manch einer hatte die Beherrschung verloren und einen Zeugen geschlagen. Daraufhin war er von der ortsansässigen Kreolenzeitung gewissermaßen an den Pranger gestellt und von der vorgesetzten Behörde als nicht mehr dienstfähig nach Hause geschickt worden. Das weckte in einigen Männern einen giftigen Haß auf schwarze Haut, aber Scobie mit seinen fünfzehn Dienstjahren hatte diese gefährlichen Stadien längst hinter sich. In ein Dickicht aus Lügen verstrickt, empfand er eine ungewöhnliche Zuneigung zu diesen Menschen, die eine ihnen fremde Form der Justiz mit einer so simplen Methode lähmten.

Endlich war das Büro wieder leer. Auf seiner Liste stand kein weiterer Fall, also nahm er einen Briefblock aus der Schublade, legte sich ein Löschpapier unter das Handgelenk, um den Schweiß aufzufangen, und schickte sich an, an Louise zu schreiben. Briefe schreiben war nicht gerade seine starke Seite. Vielleicht lag es an seiner Polizeiausbildung, doch es fiel ihm nie leicht, seine Unterschrift auch nur unter eine tröstliche Lüge zu setzen. Er mußte genau sein; trösten konnte er nur durch Auslassungen. Daher bereitete er sich aufs Auslassen vor, als er jetzt die Worte *Meine Liebe* auf das Papier setzte. Er würde zwar nicht schreiben, daß sie ihm fehle, aber auch mit keinem Wort andeuten, wie zufrieden er war.

Meine Liebe,

Du mußt verzeihen, daß es wieder ein kurzer Brief wird. Wie Du weißt, bin ich kein Genie im Briefeschreiben. Gestern habe ich Deinen dritten Brief erhalten, den, in dem Du mir mitteilst, daß Du Dich eine Woche lang bei Freunden von Mrs. Halifax in der Nähe von Durban aufgehalten hast. Hier ist alles ruhig. Gestern abend hatten wir Alarm, doch es hat sich herausgestellt, daß ein amerikanischer Lotse einen Schwarm Tümmler irrtümlich für U-Boote gehalten hatte. Die Regenzeit hat inzwischen natürlich begonnen. Die Mrs. Rolt, von der ich Dir in meinem letzten Brief berichtet habe, wurde aus dem Krankenhaus entlassen und für die Zeit, in der sie auf ein Schiff wartet, in einer der Wellblechhütten hinter dem Fuhrpark untergebracht. Ich tue, was ich kann, um es ihr ein bißchen gemütlich zu machen. Der Junge ist noch im Krankenhaus, aber es geht ihm gut. Ich denke, das sind ungefähr alle Neuigkeiten. Die Affaire Tallit zieht sich hin, und letztendlich wird wahrscheinlich überhaupt nichts dabei herauskommen. Ali mußte sich vor ein paar Tagen zwei Zähne ziehen lassen. Der hat sich vielleicht angestellt! Ich mußte ihn ins Krankenhaus fahren, allein wäre er nie hingegangen. Er hielt inne, denn die Vorstellung, daß die Zensoren — zufällig Mrs. Carter und Calloway — die letzten liebevollen Zeilen lesen würden, war ihm unerträglich. *Paß auf Dich auf, meine Liebe, und mach Dir um mich keine Sorgen. Solange Du glücklich bist, bin ich es auch. Noch neun Monate, dann habe ich Urlaub und wir können zusammen sein.* Er wollte schreiben: Meine Gedanken sind immer bei Dir, doch das war keine Aussage, die er unterzeichnen konnte. Er schrieb statt dessen: *Ich denke im Lauf eines Tages so oft an Dich.* Dann überlegte er, wie er unterschreiben sollte.

Widerstrebend, doch weil er glaubte, sie werde sich darüber freuen, setzte er *Dein Ticki* unter den Brief. Einen Moment lang wurde er an jenen anderen mit *Dicky* unterschriebenen Brief erinnert, von dem er zwei- oder dreimal geträumt hatte.

Der Sergeant trat ein, marschierte bis zur Mitte des Zimmers, stand stramm, sah ihn an und salutierte. Währenddessen hatte er Zeit, den Brief zu adressieren. »Was gibt es Sergeant?«

»Der Commissioner, Sah, er bitten Sie zu ihm zu kommen.«

»In Ordnung.«

Der Commissioner war nicht allein. Das Gesicht des Kolonialsekretärs glänzte diskret schwitzend im Dämmerlicht des Raums, und neben dem Kolonialsekretär saß ein großer, knochiger Mann, den Scobie noch nie gesehen hatte – er mußte eingeflogen worden sein, denn seit zehn Tagen hatte kein Schiff mehr den Hafen angelaufen. Auf seiner zu weiten, schlampigen Uniform trug er die Rangabzeichen eines Colonels, als gehörten sie nicht zu ihm.

»Das ist Major Scobie, Colonel Wright.« Scobie sah dem Commissioner an, daß er beunruhigt und gereizt schien. Er sagte: »Setzen Sie sich, Scobie. Es geht um die Tallit-Sache.« Der Regen verdüsterte den Raum und ließ keine Luft herein. »Colonel Wright ist von Kapstadt heraufgekommen, um mehr darüber zu erfahren.«

»Aus Kapstadt, Sir?«

Der Commissioner schlug die Beine übereinander und spielte mit einem Taschenmesser. Er sagte: »Colonel Wright gehört zum MI5.«

Der Kolonialsekretär sagte so leise, daß alle den Kopf neigen mußten, um ihn zu hören: »Die ganze Angelegenheit war höchst bedauerlich.« Der Commissioner hörte ostentativ weg und begann an der Schreibtischkante herumzuschnipseln. »Meiner Meinung nach hätte die Polizei nicht so vorgehen dürfen – nicht auf diese Weise –, und auf keinen Fall nicht ohne Rücksprache mit uns.«

Scobie sagte: »Ich dachte, es sei unsere Aufgabe, den Diamantenschmuggel zu unterbinden.«

Mit seiner leisen, undeutlichen Stimme sagte der Kolonialsekretär: »Die Diamanten, die gefunden wurden, waren nicht einmal hundert Pfund wert.«

»Aber es sind die einzigen, die wir je entdeckt haben.«

»Die Beweise gegen Tallit waren für eine Verhaftung einfach nicht ausreichend, Scobie.«

»Er wurde nicht verhaftet. Nur verhört.«

»Seine Anwälte sagen, er sei unter Anwendung von Gewalt in die Polizeistation gebracht worden.«

»Seine Anwälte lügen. Das ist Ihnen hoffentlich klar.«

Der Kolonialsekretär sagte zu Colonel Wright: »Sie sehen, mit welchen Schwierigkeiten wir zu kämpfen haben. Die römisch-katholischen Syrer behaupten, sie seien eine unterdrückte Minderheit, und die Polizei stehe praktisch bei den moslemischen Syrern in Lohn und Brot.«

»Genauso hätte es andersherum laufen können«, sagte Scobie, »nur wäre das schlimmer gewesen. Unser Parlament liebt die Moslems mehr als die Katholiken.« Er hatte das Gefühl, daß noch niemand auf den eigentlichen Grund dieses Treffens zu sprechen gekommen war. Span um Span von seinem Schreibtisch herunterschnipselnd, zeigte der Commissioner damit deutlich, daß er seine Hände in Unschuld wusch, und der Colonel saß, die Schultern an die hohe Stuhllehne gedrückt, reglos da und sagte kein Wort.

»Ich persönlich«, begann der Kolonialsekretär, »würde immer...« Die leise Stimme wurde zu einem undeutlichen Gemurmel, das Wright, der die Finger in ein Ohr steckte und den Kopf zur Seite neigte, als versuche er, etwas durch ein defektes Telefon zu hören, vielleicht sogar verstand.

Scobie sagte: »Ich habe leider nicht mitbekommen, was Sie sagten, Sir.«

»Ich habe gesagt, ich persönlich würde immer mehr auf Tallits als auf Yusefs Wort setzen.«

»Das«, sagte Scobie, »kommt daher, daß Sie erst seit fünf Jahren in dieser Kolonie sind.«

Colonel Wright mischte sich plötzlich ein: »Und wie lange sind Sie schon hier, Major Scobie?«

»Fünfzehn Jahre.«

Colonel Wright brummte etwas Unverbindliches vor sich hin.

Der Commissioner hörte auf, seinen Schreibtisch zu mißhandeln, und stach mit der Klinge wütend in die Platte. Er sagte: »Colonel Wright möchte Ihre Informationsquelle erfahren, Scobie.«

»Sie kennen sie, Sir. Yusef.« Wright und der Kolonialsekretär saßen Seite an Seite und beobachteten ihn. Den Kopf senkend, wartete er auf ihren nächsten Zug. Es kam keiner. Denn sie wiederum warteten darauf, daß er seine lapidare Antwort ergänzte, das wußte er. Doch er wußte auch, daß sie es ihm als Geständnis seiner Schwäche auslegen würden, wenn er es tat. Das Schweigen wurde immer unerträglicher: Es war wie eine Anklage. Vor Wochen hatte er Yusef gesagt, er wollte den Commissioner über die Einzelheiten des Darlehens unterrichten; vielleicht war es seine ehrliche Absicht gewesen, vielleicht hatte er geblufft; er wußte es nicht mehr. Er wußte nur, daß es jetzt zu spät war. Er hätte sprechen müssen, bevor er gegen Tallit vorgegangen war. Eine solche Information konnte nicht nachgeliefert werden. Seine Lieblingsmelodie pfeifend, ging Fraser durch den Korridor hinter dem Büro. Er öffnete die Tür, sagte: »Verzeihung, Sir« und zog sich zurück, der Schwall Zoogestank, den er mitgebracht hatte, blieb. Auch das Flüstern des Regens dauerte fort. Der Commissioner zog das Messer aus der Schreibtischplatte und begann wieder zu schnipseln. Es war, als widersetzte er sich der ganzen Sache zum zweitenmal. Der Kolonialsekretär räusperte sich. »Yusef«, wiederholte er.

Scobie nickte.

Colonel Wright sagte: »Halten Sie Yusef für vertrauenswürdig?«

»Natürlich nicht, Sir. Aber man muß die Informationen nutzen, die einem zur Verfügung stehen — und diese Information hat zumindest in einem Punkt gestimmt.«

»Und welcher Punkt war das?«

»Die Diamanten waren da.«

»Bekommen Sie von Yusef häufig Informationen?« fragte der Kolonialsekretär.

»Das war das allererstemal.«

Von dem, was der Kolonialsekretär als nächstes sagte, verstand er außer »Yusef« kein Wort.

»Ich habe nicht gehört, was Sie sagten, Sir.«

»Stehen Sie mit Yusef in Verbindung?«

»Ich weiß nicht, was Sie damit meinen.«

»Treffen Sie sich oft mit ihm?«

»Ich glaube, in den letzten drei Monaten habe ich ihn drei-, nein, viermal gesehen.«

»Beruflich?«

»Nicht unbedingt. Einmal habe ich ihn nach Hause gefahren, als sein Wagen eine Panne hatte. Einmal ist er zu mir gekommen, als ich in Bamba am Fieber erkrankt war. Einmal...«

»Das ist kein Kreuzverhör, Scobie«, sagte der Commissioner.

»Bei diesen beiden Gentlemen hatte ich schon den Eindruck, Sir.«

Colonel Wright, der die langen Beine gekreuzt hatte, stellte die Füße jetzt parallel nebeneinander. »Fassen wir alles in einer Frage zusammen. Tallit, Major Scobie, hat Gegenklage erhoben — gegen die Polizei, gegen Sie. Was er gesagt hat, läuft praktisch darauf hinaus, daß Yusef Ihnen ein Geldgeschenk gemacht hat. Hat er das?«

»Nein, Sir, Yusef hat mir nichts geschenkt.« Er fühlte sich seltsam erleichtert, weil er noch nicht gezwungen gewesen war zu lügen.

187

Der Kolonialsekretär sagte: »Sie hatten natürlich ausreichende private Mittel, um Ihre Frau nach Südafrika schicken zu können.« Scobie lehnte sich auf dem Stuhl zurück und sagte nichts. Wieder spürte er dieses geradezu gierige Schweigen, das auf seine Antwort wartete.

»Sie antworten nicht?« sagte der Kolonialsekretär ungeduldig.

»Mir war nicht bewußt, daß Sie mir eine Frage gestellt haben. Ich wiederhole – Yusef hat mir nichts geschenkt.«

»Er ist ein Mensch, vor dem man auf der Hut sein muß, Scobie.«

»Wenn Sie erst einmal so lange hier sind wie ich, wird Ihnen klar sein, daß die Polizei sich mit Leuten abgeben muß, die im Sekretariat nicht empfangen werden.«

»Wir wollen uns doch nicht aufregen, nicht wahr?«

Scobie stand auf. »Darf ich jetzt gehen, Sir? Wenn diese Gentlemen mit mir fertig sind... Ich habe eine Verabredung.« Schweiß bedeckte seine Stirn. Sein Herz hämmerte vor Zorn. Dieser Augenblick, in dem das Blut an den Flanken hinunterläuft und das rote Tuch winkt, sollte zu größter Vorsicht mahnen.

»In Ordnung, Scobie«, sagte der Commissioner. Colonel Wright sagte: »Sie müssen mir verzeihen, daß ich Sie belästigt habe. Ich habe einen Bericht bekommen und war gezwungen, der Sache offiziell nachzugehen. Jetzt bin ich zufrieden.«

»Danke, Sir.« Doch die tröstenden Worte kamen zu spät. Scobie hatte nur noch das feuchte Gesicht des Kolonialsekretärs vor Augen, der jetzt leise sagte: »Es ist eine reine Ermessenssache, nichts sonst.«

»Wenn mich in der nächsten halben Stunde jemand suchen sollte«, sagte Scobie, »ich bin bei Yusef.«

3

Letzten Endes hatten sie ihn doch zu einer Art Lüge gezwungen. Er hatte keine Verabredung mit Yusef. Trotzdem wollte er kurz mit ihm sprechen. Es war durchaus möglich, daß er – zwar nicht offiziell, aber für sich selbst – die Tallit-Affaire aufklären konnte. Langsam durch den Regen fahrend – sein Scheibenwischer hatte ihm schon vor langer Zeit den Dienst aufgesagt –, sah er Harris vor dem Bedford Hotel im Duell mit seinem Regenschirm.

»Kann ich Sie mitnehmen? Ich fahre in Ihre Richtung.«

»Es sind schrecklich aufregende Dinge passiert«, sagte Harris. Sein hohlwangiges Gesicht glänzte vom Regen und strahlte vor Begeisterung. »Ich habe endlich ein Haus bekommen.«

»Glückwunsch.«

»Das heißt, eigentlich ist es kein Haus, sondern eine von den Baracken bei Ihnen draußen«, sagte Harris. »Aber es ist ein Zuhause. Ich muß es zwar mit jemandem teilen, doch es ist ein Zuhause.

»Und mit wem müssen Sie es teilen?«

»Ich will Wilson bitten, aber er ist nicht hier – für ein, zwei Wochen nach Lagos gefahren. Der Kerl ist so schwer zu fassen. Immer weg, wenn man ihn braucht. Und das bringt mich auf die zweite aufregende Tatsache. Ich habe festgestellt, daß wir beide in Downham waren.«

»In Downham?«

»In der Schule, natürlich. Ich ging, als er nicht da war, in sein Zimmer, wollte mir seine Tinte ausleihen, und da lag auf seinem Tisch eine Nummer des alten ›Downhamian‹.«

»Was für ein Zufall«, sagte Scobie.

»Und wissen Sie was – heute geschehen wirklich die unglaublichsten Dinge –, während ich so in der Zeitschrift blättere, entdecke ich auf einer der letzten Seiten einen Aufruf: *Der Sekretär der alten Downhamian Verbin-*

189

*dung würde sich freuen, wenn nachstehend genannte ehe-
malige Schüler, die wir aus den Augen verloren haben, sich
bei uns meldeten.* Und in der Mitte der Liste mein eigener
Name, gedruckt, mit Riesenlettern. Was sagen Sie dazu?«

»Was haben Sie getan?«

»Habe mich im Büro sofort hingesetzt und geschrieben – noch ehe ich mich mit einem einzigen Telegramm
beschäftigte, die dringendsten natürlich ausgenommen.
Doch dann habe ich gemerkt, daß ich vergessen hatte,
mir die Adresse des Sekretärs aufzuschreiben, also mußte
ich ins Hotel zurück und die Zeitung holen. Sie haben
wohl keine Lust, auf einen Sprung reinzukommen und
sich anzusehen, was ich geschrieben habe?«

»Ich kann nicht lange bleiben.« Man hatte Harris im
Gebäude der Elder Dempster Company einen kleinen
Raum, den sonst niemand haben wollte, als Büro zugeteilt. Es hatte die Größe eines altmodischen Dienerzim-
mers, und dieser Eindruck wurde durch ein primitives
Waschbecken mit Kaltwasserhahn und einem Gaskocher
noch verstärkt. Ein mit Telegrammformularen übersäter
Tisch stand eingezwängt zwischen Waschbecken und
dem bullaugengroßen Fenster mit Blick auf die Hafenan-
lagen und die wie zerknittert wirkende graue Bucht. In
einem Postausgangskorb lagen eine für den Schulunter-
richt gekürzte Fassung von Scotts ›Ivanhoe‹ und ein halber Laib Brot. »Entschuldigen Sie das Durcheinander«,
sagte Harris. »Setzen Sie sich.« Doch es war nur ein Stuhl
vorhanden.

»Wo hab' ich's nur hingelegt?« überlegte Harris laut
und drehte ein Telegrammformular auf dem Tisch um.
»Ach, jetzt weiß ich's wieder.« Er schlug den ›Ivanhoe‹
auf und nahm ein gefaltetes Blatt Papier heraus. »Das ist
nur ein erster Entwurf«, sagte er ängstlich. »Ich muß ihn
natürlich noch straffen. Wird wohl am besten sein, wenn
ich ihn zurückhalte, bis Wilson wieder da ist. Ich habe
ihn nämlich in dem Brief erwähnt, wie Sie sehen.«

Scobie las: *Lieber Herr Sekretär — ganz durch Zufall habe ich im Zimmer eines anderen »alten Downhamianers« namens E. Wilson (1923–1928) eine Nummer des ›Old* Downhamian‹ *entdeckt. Ich habe leider seit sehr vielen Jahren keinen Kontakt mehr mit meiner alten Schule und nun mit großer Freude, aber auch mit ein bißchen schlechtem Gewissen festgestellt, daß Sie versuchen, sich mit mir in Verbindung zu setzen. Vielleicht interessiert Sie ein bißchen, was ich hier im »Grab des weißen Mannes« so treibe, doch da ich als Telegrammzensor eingesetzt wurde, werden Sie verstehen, daß ich Ihnen über meine Arbeit nicht viel sagen kann. Das muß warten, bis wir den Krieg gewonnen haben. Wir sind jetzt mitten in der Regenzeit — und wie es regnet! Es gibt viele Fieberkranke, aber ich hatte nur einen Anfall, und E. Wilson ist bisher ganz ungeschoren davongekommen. Wir bewohnen gemeinsam ein kleines Haus, woraus Sie ersehen können, daß die »alten Downhamianer« sogar in diesem wilden und abgelegenen Teil der Welt zusammenhalten. Wir haben ein Zweimann-Team »alter Downhamianer« gebildet und gehen miteinander zur Jagd — leider nur auf Kakerlaken. (Ha! Ha!) Jetzt muß ich aber schließen und mich wieder daranmachen, den Krieg zu gewinnen. Cheerio an alle alten Downhamianer von einem ziemlich alten Küstenbewohner.*

Scobie sah auf und begegnete Harris' ängstlichem und verlegenem Blick. »Glauben Sie, ich habe den richtigen Ton getroffen?« fragte er. »Ich war wegen der Anrede ›Lieber Herr Sekretär‹ ein bißchen im Zweifel.«

»Ich finde, daß Sie den Ton sogar ausgezeichnet getroffen haben.«

»Sie wissen natürlich, daß es keine sehr gute Schule ist, und ich war dort auch nicht besonders glücklich. Einmal bin ich sogar ausgerissen.«

»Und jetzt haben sie Sie doch wieder am Wickel.«

»Das gibt einem zu denken, nicht wahr?« sagte Harris. Mit Tränen in den blutunterlaufenen Augen starrte er auf die graue Bucht. »Ich habe«, sagte er, »die Leute immer beneidet, die dort glücklich waren.«

»Ich mochte meine Schule auch nicht besonders«, tröstete ihn Scobie.

»Wenn man von Anfang an glücklich ist«, sagte Harris, »muß das einen entscheidenden Einfluß auf das spätere Leben haben. Es könnte sogar zur Gewohnheit werden, nicht wahr?« Er nahm das Stück Brot aus dem Postausgangskorb und ließ es in den Papierkorb fallen. »Ich nehme mir immer wieder vor, hier aufzuräumen«, fügte er hinzu.

»Tja, ich muß gehen, Harris. Ich freu' mich mit Ihnen über das Haus und − den alten ›Downhamian‹.«

»Ob Wilson in Downham glücklich war?« sagte Harris grübelnd. Er nahm den ›Ivanhoe‹ aus dem Postausgangskorb, schaute sich nach einem geeigneten Platz für das Buch um, fand jedoch keinen und legte es wieder zurück. »Ich glaube nicht«, sagte er. »Warum wäre er sonst hier?«

4

Scobie ließ den Wagen direkt vor Yusefs Tür stehen; es war, als wolle er den Kolonialsekretär seine Mißachtung fühlen lassen. Zu dem Diener, der ihm öffnete, sagte er: »Ich möchte deinen Herrn sprechen. Den Weg kenne ich.«

»Massa nicht da.«

»Dann warte ich auf ihn.« Er schob den Diener zur Seite und betrat das Haus. Der Bungalow war in eine Reihe kleiner ineinandergehender Räume unterteilt und wie die Zimmer eines Bordells gleich möbliert mit Sofas und Kissen und niedrigen Tischen zum Abstellen von Getränken.

Scobie ging, die Vorhänge zurückziehend, von einem Zimmer ins andere, bis er in den kleinen Raum gelangte, in dem er vor beinahe zwei Monaten seine Rechtschaffenheit eingebüßt hatte. Auf dem Sofa lag Yusef und schlief.

Er lag, mit einer weißen Segeltuchhose bekleidet, auf dem Rücken, sein Mund stand offen, und er atmete schwer. Auf dem Tischchen neben dem Sofa stand ein leeres Glas, und Scobie entdeckte auf dem Grund winzige weiße Kristalle. Yusef hatte Bromid genommen. Scobie setzte sich neben ihn und wartete. Das Fenster stand offen, doch der Regen sperrte die Luft genauso wirkungsvoll aus wie ein Vorhang. Vielleicht war die Niedergeschlagenheit, die ihn plötzlich bedrückte, nur auf den Luftmangel zurückzuführen; vielleicht aber rührte sie auch daher, daß er gewissermaßen an den »Ort des Verbrechens« zurückgekehrt war. Es war sinnlos, sich einreden zu wollen, daß er nichts getan hatte. Wie eine Frau, die eine Ehe ohne Liebe geschlossen hatte, weckte dieser Raum, der so unpersönlich war wie ein Hotelzimmer, in ihm die Erinnerung an einen Betrug.

Unmittelbar über dem Fenster hatte die Dachrinne ein Loch, durch das der Regen wie aus einem Wasserhahn strömte, so daß man ihn doppelt hörte — als sanftes Rauschen und als lautes Prasseln. Scobie steckte sich eine Zigarette an und beobachtete Yusef. Er konnte ihn nicht hassen. Er hatte ihn genauso bewußt und erfolgreich in eine Falle gelockt wie Yusef ihn. Diese Ehe hatten sie gemeinsam geschlossen. Vielleicht durchbrach die Intensität seines Blicks den Nebel des Bromids, denn die fetten Schenkel veränderten ihre Stellung auf dem Sofa. Yusef brummte im Schlaf »lieber Junge« und drehte sich, Scobie das Gesicht zuwendend, auf die Seite. Scobie sah sich wieder im Zimmer um, aber er hatte es schon gründlich betrachtet, als er wegen des Darlehens hiergewesen war. Es hatte sich nichts verändert — dieselben scheußlich mauvefarbenen Seidenkissen, die, schon fadenscheinig geworden, in der Feuchtigkeit allmählich verrotteten; die mandarinengelben Vorhänge; sogar die blaue Sodawasserflasche stand noch am selben Platz. Irgendwie schien all diesen Dingen die Unsterblichkeit der Hölle anzuhaften. Es gab keine Bücherregale, denn Yusef konnte nicht lesen. Nach Papieren zu suchen, wäre ebenso sinnlos gewesen – Papiere nützten ihm nichts. Alles war in dem großen Römerkopf gespeichert.

»Ja – aber Major Scobie...« Yusefs Augen waren jetzt offen und suchten Scobies Augen; doch vom Bromid benebelt, gelang es ihnen nicht, sich auf einen bestimmten Punkt zu konzentrieren.

»Guten Morgen, Yusef.« Endlich einmal hatte Scobie die Oberhand. Einen Moment lang schien es, als versinke Yusef gleich wieder in seinen betäubten Schlaf. Dann stützte er sich mühsam auf einen Ellenbogen auf.

»Ich möchte mit Ihnen über Tallit sprechen, Yusef.«

»Tallit – verzeihen Sie, Major Scobie...«

»Und die Diamanten.«

»Verrückt nach Diamanten«, stieß Yusef mit einer schon wieder schlafbefangenen Stimme hervor. Er schüttelte den Kopf, so daß seine weiße Haarsträhne aufflatterte. Dann streckte er die Hand unsicher nach der Sodawasserflasche aus.

»Haben Sie Tallit reingelegt, Yusef?«

Yusef zog die Flasche über den Tisch zu sich heran und warf dabei das Glas mit dem Bromid um. Dann richtete er den Sprühverschluß der Flasche auf sich und drückte den Hahn hinunter. Das Sodawasser traf sein Gesicht und tropfte um ihn herum auf die mauvefarbene Seide. Erleichtert und zufrieden seufzte er auf – wie ein Mann, der an einem heißen Tag unter der Dusche steht. »Was ist los, Major Scobie? Stimmt etwas nicht?«

»Tallit wird nicht angeklagt.«

Yusef glich einem müden Mann, der sich aus dem Meer an Land schleppte. Die Flut folgte ihm. Er sagte: »Verzeihen Sie, Major Scobie, aber ich schlafe in letzter Zeit nicht gut.«

Nachdenklich schüttelte er den Kopf, wie jemand eine Sparbüchse schütteln mochte, um zu hören, ob darin etwas klapperte. »Sie haben etwas über Tallit gesagt,

Major Scobie.« Er erklärte: »Die Aufnahme der Lagerbestände ist schuld. Die vielen Zahlen. Drei, vier Lagerhäuser. Alle versuchen mich zu betrügen, weil ich die Zahlen nur im Kopf habe.«

»Tallit«, wiederholte Scobie, »wird nicht angeklagt.«

»Macht nichts. Eines Tages wird er zu weit gehen.«

»Waren es Ihre Diamanten, Yusef?«

»Meine Diamanten? Man hat Sie mißtrauisch gegen mich gemacht, Major Scobie?«

»Wurde der kleine Boy von Ihnen bezahlt?«

Yusef wischte sich mit dem Handrücken das Sodawasser vom Gesicht. »Aber selbstverständlich, Major Scobie. Von ihm habe ich die Information ja bekommen.«

Der Moment, in dem er im Nachteil gewesen war, war vorüber. Der mächtige Schädel hatte die Wirkung des Bromids abgeschüttelt, auch wenn die Gliedmaßen noch schlaff auf dem Sofa ruhten. »Yusef, ich bin nicht Ihr Feind. Ich mag Sie.«

»Wenn Sie das sagen, Major Scobie, wie da mein Herz schlägt.« Er knöpfte das Hemd weiter auf, als wolle er zeigen, wie heftig sein Herz klopfte, und kleine Bäche Sodawasser benetzten die schwarze Matte auf seiner Brust. »Ich bin zu fett«, sagte er.

»Ich würde Ihnen gern vertrauen, Yusef. Sagen Sie mir die Wahrheit. Waren es Ihre oder Tallits Diamanten?«

»Ich will Ihnen immer nur die Wahrheit sagen, Major Scobie. Ich habe nie behauptet, daß die Diamanten Tallit gehörten.«

»Es waren Ihre?«

»Ja, Major Scobie.«

»Sie haben einen schönen Narren aus mir gemacht, Yusef. Wenn ich jetzt einen Zeugen hätte, würde ich Sie festnehmen.«

»Ich wollte nie einen Narren aus Ihnen machen, Major Scobie. Ich wollte, daß man Tallit wegschickt. Es wäre nur gut für uns alle, wenn er aus dem Weg wäre. Es ist schlecht, wenn die Syrer zwei Parteien bilden. Wäre es nur eine, könnten Sie zu mir kommen und sagen: ›Yusef, die Regierung verlangt von den Syrern das oder jenes‹, und ich könnte dann antworten: ›Es ist schon so gut wie getan.‹«

»Und der Diamantenschmuggel läge dann in einer Hand.«

»O die Diamanten, die Diamanten, die Diamanten«, klagte Yusef müde. »Ich sage Ihnen, Major Scobie, daß ich in einem Jahr mit meinem kleinsten Laden mehr mache, als ich in drei Jahren an den Diamanten verdienen könnte. Sie ahnen nicht, was man allein für Schmiergelder aufwenden müßte.«

»Gut, Yusef, in Zukunft verschonen Sie mich bitte mit Ihren Informationen. Unsere Beziehung endet hier und heute. Selbstverständlich schicke ich Ihnen allmonatlich die fälligen Zinsen.« Seine Worte kamen Scobie selbst merkwürdig gekünstelt vor. Schlaff hingen die mandarinenfarbenen Vorhänge vor Tür und Fenster. Es gibt bestimmte Orte, die man sein Leben lang mitschleppt. Die Vorhänge und Kissen in diesem Raum verschmolzen mit einem Schlafzimmer unter dem Dach, einem tintenfleckigen Schreibtisch und einem mit Spitzen bedeckten Altar in Ealing – sie alle würden um ihn sein, solange er bei Bewußtsein war.

Yusef stellte die Füße auf den Boden und setzte sich bolzengerade auf. »Major Scobie, Sie haben sich meinen kleinen Scherz sehr zu Herzen genommen.«

»Leben Sie wohl, Yusef. Sie sind kein übler Kerl, aber leben Sie wohl.«

»Sie irren sich, Major Scobie. Ich bin ein übler Kerl.« Ernst fuhr er fort: »Die Freundschaft, die ich für Sie fühle, ist das einzige Gute in diesem schwarzen Herzen. Ich kann sie nicht aufgeben. Wir müssen immer Freunde bleiben.«

»Das geht leider nicht, Yusef.«

»Hören Sie, Major Scobie, ich will nichts von Ihnen, nur daß Sie mich – nach Eintritt der Dunkelheit vielleicht, wenn keiner es sieht — ab und zu besuchen und mit mir reden. Nichts sonst will ich. Nur das. Ich werde Ihnen nie wieder etwas von Tallit erzählen. Ich werde Ihnen gar nichts erzählen. Wir werden einfach mit der Sodawasserflasche und einer Flasche Whisky hier beisammensitzen...«

»Ich bin kein Narr, Yusef. Ich weiß, daß es für Sie eine große Hilfe wäre, wenn die Leute glaubten, wir seien Freunde. Doch von mir bekommen Sie diese Hilfe nicht.«

Yusef steckte einen Finger ins Ohr und schüttelte das Sodawasser heraus. Finster und herausfordernd sah er Scobie an. So, dachte Scobie, sieht er wohl auch einen Geschäftsführer an, der ihn betrügen und die Zahlen fälschen wollte, die er im Kopf hat. »Major Scobie, haben Sie dem Commissioner von unserer kleinen geschäftlichen Vereinbarung berichtet, oder war das nur Bluff?«

»Fragen Sie ihn doch selbst.«

»Ich denke, das werde ich auch. Mein Herz fühlt sich zurückgestoßen und ist verbittert. Es drängt mich, zum Commissioner zu gehen und ihm alles zu erzählen.«

»Man soll immer auf sein Herz hören, Yusef.«

»Ich werde ihm sagen, Sie haben mein Geld genommen, und zusammen haben wir den Plan ausgeheckt, Tallit verhaften zu lassen. Aber dann haben Sie Ihren Teil der Vereinbarung nicht erfüllt, deshalb bin ich zu ihm gegangen, um mich zu rächen. Um mich zu rächen«, wiederholte er düster, und der große Römerkopf sank langsam auf die fette Brust.

»Nur immer los, tun Sie sich keinen Zwang an, Yusef«, sagte Scobie. Aber so sehr er sich bemühte, für ihn war alles unglaubhaft, was in dieser Szene gesprochen wurde. Sie kam ihm wie ein Streit zwischen Liebenden vor. Er glaubte nicht an Yusefs Drohungen und nicht an seine eigene Gelassenheit; er glaubte nicht einmal an diesen Abschied. Was in diesem mauvefarbenen und mandarinengelben Zimmer geschehen war, war zu wichtig gewesen, um in der ungeheuren, gleichförmigen Vergangenheit unterzugehen. Er war nicht überrascht, als Yusef den Kopf hob und sagte: »Ich gehe selbstverständlich nicht zum Commissioner. Eines Tages werden Sie wiederkommen und meine Freundschaft brauchen. Und ich werde Sie willkommen heißen.«

Sollte ich einmal wirklich so verzweifelt sein? fragte sich Scobie, als höre er in der Stimme des Syrers den echten Unterton einer Prophezeiung.

5

Auf der Heimfahrt hielt Scobie vor der katholischen Kirche an und trat ein. Es war der erste Samstag des Monats, und an diesem Tag ging er immer zur Beichte. Ein halbes Dutzend alter Frauen, das Haar wie Putzfrauen unter Kopftüchern versteckt, wartete geduldig, bis sie an der Reihe waren. Außerdem eine Krankenschwester und ein einfacher Soldat mit den Abzeichen der Königlichen Feldzeugtruppe. Im Beichtstuhl flüsterte monoton Pater Ranks Stimme.

Scobie betete, die Augen starr auf das Kruzifix gerichtet, das Vater Unser, das Gegrüßet seist Du, Maria, das Reuegebet. Die furchtbare Trägheit gedankenloser Routine lähmte ihn. Er kam sich vor wie ein Zuschauer — einer von vielen, die um das Kreuz herumgestanden hatten und über die Christi Blick hinweggeglitten sein mußte auf der Suche nach dem Gesicht eines Freundes oder Feindes. Manchmal kam es ihm so vor, als reihten sein Beruf und seine Uniform ihn unerbittlich unter jene namenlosen Römer ein, die vor so langer Zeit auf den Straßen für Ordnung gesorgt hatten. Eine alte Kru-Frau nach der anderen verschwand im Beichtstuhl und kam wieder heraus, und Scobie betete — vage und unkonzentriert — für Louise; betete darum, daß sie in diesem Augenblick glücklich war und glücklich bleiben möge und ihr durch ihn nie etwas Böses widerfuhr. Der Soldat verließ den Beichtstuhl, und er stand auf.

»Im Namen des Vaters, des Sohnes und des Heiligen Geistes.« Er sagte: »Seit meiner letzten Beichte vor einem Monat habe ich eine Sonntagsmesse versäumt und einen gebotenen Feiertag nicht eingehalten.«

»Waren Sie verhindert?«

»Ja, doch wenn ich mich ein bißchen bemüht hätte, hätte ich mir den Dienst besser einteilen können.«

»Ja?«

»Während des ganzen Monats habe ich nur das Nötigste getan. Ich habe einen meiner Männer übertrieben hart angefaßt...« Er ließ eine lange Pause eintreten.

»Ist das alles?«

»Ich weiß nicht, wie ich es ausdrücken soll, Herr Pfarrer, aber ich bin − meiner Religion überdrüssig. Sie scheint mir nichts zu bedeuten. Ich habe versucht, Gott zu lieben, aber...« Er machte eine Geste mit der Hand, die der Geistliche, mit dem Profil zu ihm hinter dem Gitter sitzend, nicht sehen konnte. »Ich bin mir nicht einmal sicher, ob ich überhaupt noch glaube.«

»Es ist sehr leicht, sich deshalb zu sorgen«, sagte der Geistliche. »Ganz besonders hier. Die Buße, die ich vielen Leuten am liebsten auferlegen würde, wenn ich könnte, wären sechs Monate Urlaub. Das Klima macht einen fertig. Wie leicht verwechselt man doch Müdigkeit mit Unglauben.«

»Ich möchte Sie nicht aufhalten, Herr Pfarrer. Es warten noch andere Leute. Ich weiß, es sind nur Hirngespinste. Aber ich fühle mich leer. Leer.«

»Das ist manchmal der Augenblick, den Gott erwählt«, sagte der Geistliche. »Als Buße beten Sie eine Strophe aus dem Rosenkranz.«

»Ich habe keinen Rosenkranz. Wenigstens...«

»Nun, dann fünf Vater Unser und fünf Gegrüßet seist du, Maria.« Er begann die Absolution zu sprechen, und Scobie dachte: Aber da ist nichts, wovon er mich lossprechen müßte. Die Worte brachten ihm keine Erleichterung, weil es nichts zu erleichtern gab. Sie waren eine Formel, verwischte lateinische Worte — ein Hokuspokus. Er verließ den Beichtstuhl, kniete wieder nieder — und auch das gehörte zur Routine. Einen Moment lang hatte er das Gefühl, Gott sei zu leicht erreichbar. Man hatte keine Mühe, sich ihm zu nähern. Wie ein populärer Demagoge stand er jederzeit auch dem Geringsten seiner Anhänger zur Verfügung. Zum Kruzifix aufblickend, dachte Scobie: Er leidet sogar in der Öffentlichkeit.

Drittes Kapitel

1

»Ich habe Ihnen ein paar Marken mitgebracht«, sagte Scobie. »Ich habe eine Woche lang gesammelt — bei allen. Sogar Mrs. Carter hat einen prächtigen Sittich von irgendwoher aus Südamerika gespendet. Sehen Sie nur! Und hier ist ein kompletter liberianischer Satz mit dem Aufdruck der amerikanischen Besatzung. Den habe ich von einem Marine-Beobachter bekommen.«

Sie gingen völlig ungezwungen miteinander um und glaubten daher beide, sie seien deshalb sicher voreinander.

»Wieso sammeln Sie Marken?« fragte er. »Das ist recht ungewöhnlich für jemand, der über sechzehn ist.«

»Ich weiß nicht«, sagte Helen Rolt. »Eigentlich sammle ich ja gar nicht. Ich trage sie nur mit mir herum. Es ist einfach Gewohnheit.« Sie schlug das Album auf. »Nein, nicht nur Gewohnheit. Ich liebe die Dinger. Sehen Sie hier die grüne Halfpennymarke mit dem Bild Georgs V?

Das war meine allererste. Damals war ich acht. Ich löste sie mit Dampf von einem Briefumschlag und legte sie in ein Notizbuch. Daraufhin hat Vater mir das Album gegeben. Meine Mutter war gestorben, also schenkte er mir ein Markenalbum.«

Sie versuchte eine genauere Erklärung. »Marken sind wie Fotos. Man kann sie mit sich herumtragen. Leute, die Porzellan sammeln -- können es nicht überallhin mitnehmen. Bücher auch nicht. Aber bei Marken muß man die Seiten nicht herausreißen, wie man es mit Fotos häufig tut.«

»Sie haben mir nie etwas über Ihren Mann erzählt«, sagte Scobie.

»Nein.«

»Es ist auch ziemlich sinnlos, eine Seite herauszureißen, weil man sieht, wo sie fehlt.«

»Ja.«

»Man kommt leichter über etwas hinweg, wenn man darüber spricht«, sagte Scobie.

»Daran liegt es nicht«, sagte sie. »Sondern daran, daß — daß es so furchtbar leicht ist, darüber hinwegzukommen.« Sie überraschte ihn; er hatte nicht gedacht, daß sie schon fortgeschritten genug war, um diese Lektion des Lebens begriffen zu haben, diesen besonderen Widersinn. Sie sagte: »Er ist tot — wie lange? Sind es schon acht Wochen? Und er ist so tot, so ganz und gar tot. Was muß ich doch für ein kleines Mistück sein.«

Scobie sagte: »Das dürfen Sie nicht denken. Ich glaube, es geht allen so. Wenn wir zu einem Menschen sagen: ›Ich kann nicht leben ohne dich‹, heißt das eigentlich: ›Ich kann nicht mit dem Gefühl leben, daß du vielleicht Schmerzen hast, unglücklich bist oder Not leidest.‹ Nur das ist es. Wenn sie tot sind, endet unsere Verantwortung. Wir können nichts mehr tun, nichts daran ändern. Wir können in Frieden ruhen.«

»Ich wußte nicht, daß ich so gefühllos bin«, sagte Helen. »So schrecklich gefühllos.«

»Ich hatte ein Kind«, sagte Scobie. »Es ist gestorben. Ich war damals hier, in Afrika. Meine Frau hat mir aus Bexhill zwei Telegramme geschickt, eins um fünf Uhr nachmittags, eins um sechs, aber man hat sie mir in der falschen Reihenfolge gebracht. Sie wollte mir die Nachricht schonend beibringen, wissen Sie. Ein Telegramm bekam ich gleich nach dem Frühstück. Es war acht Uhr morgens – eine ungute Zeit für jede Neuigkeit.« Darüber hatte er noch nie gesprochen, nicht einmal mit Louise. Jetzt wiederholte er sorgfältig den Wortlaut beider Telegramme. »Im ersten stand: *Catherine heute nachmittag ohne Schmerzen gestorben. Gott segne dich.* Das zweite Telegramm erreichte mich um die Mittagszeit; es lautete: *Catherine schwer erkrankt. Der Arzt hat Hoffnung. Mein Vierling.* Das war das Telegramm, das sie um fünf Uhr abgeschickt hatte. *Vierling* war vermutlich eine Verstümmelung von *Liebling*. Sehen Sie, sie hätte nichts Hoffnungsloseres telegrafieren können als diese vier Worte: *Der Arzt hat Hoffnung.*«

»Wie entsetzlich für Sie«, sagte Helen.

»Nein, furchtbar war nur eines: Als ich das zweite Telegramm bekam, war ich so völlig durcheinander, daß ich glaubte, es müsse ein Irrtum vorliegen. Sie müsse noch am Leben sein. Einen Moment lang, bis ich begriff, daß die Telegramme zeitlich vertauscht worden waren, war ich – enttäuscht. Ich dachte: Jetzt beginnen die Sorge und der Schmerz. Doch als mir klar wurde, was passiert war, da war es gut. Catherine war tot, ich konnte anfangen sie zu vergessen.«

»Haben Sie sie vergessen?«

»Ich denke nicht oft an sie. Sehen Sie, es ist mir erspart geblieben, sie sterben zu sehen. Das hat meine Frau erlebt.«

Er war erstaunt, wie leicht und schnell sie Freunde geworden waren. Sie hatten sich über zwei Tode gefunden, rückhaltlos. Sie sagte: »Ich weiß nicht, was ich ohne Sie getan hätte.«

202

»Alle hätten sich um Sie gekümmert.«

»Ich denke, sie haben Angst vor mir«, sagte sie.

Er lachte.

»Aber es stimmt. Fliegerleutnant Bagster hat mich heute nachmittag an den Strand mitgenommen, und auch er hatte Angst. Weil ich nicht glücklich bin und wegen meines Mannes. Alle am Strand haben so getan, als seien sie glücklich, und ich saß dabei und grinste, doch es hat nicht funktioniert. Erinnern Sie sich noch an Ihre erste Party? Als Sie die Treppe hinaufstiegen, von oben die vielen Stimmen hörten und nicht wußten, wie Sie mit den Menschen umgehen sollten? Genauso habe ich mich am Strand gefühlt, also saß ich in Mrs. Carters Badeanzug einfach da und grinste, und Bagster streichelte mein Bein, und ich wollte nur nach Hause.«

»Sie kommen bestimmt bald nach Hause.«

»Ich habe nicht das Zuhause in England gemeint, sondern *dieses*, wo ich die Tür abschließen kann und nicht zu öffnen brauche, wenn jemand anklopft. Ich möchte noch nicht fort von hier.«

»Aber Sie sind hier doch nicht glücklich?«

»Ich habe solche Angst vor dem Meer«, sagte sie.

»Träumen Sie davon?«

»Nein. Manchmal träume ich von John — das ist schlimmer. Weil ich immer schlecht von ihm geträumt habe und noch immer schlecht träume. Ich meine, im Traum haben wir ununterbrochen gestritten und streiten uns noch.«

»Haben Sie tatsächlich gestritten?«

»Nein. Er war immer lieb zu mir. Wir waren ja auch erst einen Monat verheiratet. So lange kann man leicht lieb zueinander sein, nicht wahr? Als das passierte, hatte ich noch keine Zeit gehabt, mich zurechtzufinden.« Scobie hatte den Eindruck, daß sie sich noch nie zurechtgefunden hatte — jedenfalls nicht, seit sie ihre Basketballmannschaft verlassen hatte. Vor einem Jahr? Manchmal sah er sie Tag für Tag auf dem öligen, flauen Meer in dem

Boot liegen, neben sich das fremde Kind, das dem Tod nah war, den Matrosen, der den Verstand verloren hatte, und Miss Malcott und den Chefingenieur, der sich den Schiffseignern verantwortlich fühlte. Und manchmal sah er sie, wie sie, das Markenalbum umklammernd, auf der Trage an ihm vorbeischwebte, und jetzt sah er sie in dem scheußlichen geliehenen Badeanzug, wie sie, Bagster angrinsend, der ihre Beine streichelte, dem Gelächter und dem Geplansche lauschte und die Etikette der Erwachsenen nicht kannte ... Er fühlte sich von Verantwortung an den Strand getragen wie von einer trägen abendlichen Flut.

»Haben Sie Ihrem Vater geschrieben?«

»O ja, natürlich. Er hat mir telegrafiert, daß er wegen meiner Passage alle Hebel in Bewegung setzen will. Aber welchen Hebel kann der Ärmste schon von Bury St. Edmunds aus in Bewegung setzen? Er kennt doch niemanden. Er hat natürlich auch wegen John telegrafiert.« Sie hob das Kissen vom Stuhl und zog das Telegramm heraus, das darunter gelegen hatte. »Lesen Sie. Er ist sehr lieb, aber von mir weiß er natürlich überhaupt nichts.«

Scobie las: *Ich bin deinetwegen sehr traurig, liebes Kind, doch denk daran, daß er jetzt glücklich ist, Dein Dich liebender Vater.* Der Datumsstempel von Bury machte ihm bewußt, wie ungeheuer groß die Entfernung war, die Vater und Kind trennte. Er sagte: »Wie haben Sie das gemeint, als Sie sagten, er wisse nichts?«

»Nun ja, er glaubt an Gott und an den Himmel und so weiter.«

»Sie nicht?«

»Das habe ich alles aufgegeben, als ich aus der Schule kam. John hat ihn gern damit aufgezogen, aber sehr behutsam natürlich. Vater war ihm deshalb nicht böse. Er weiß aber bis heute nicht, daß ich genauso denke wie John. Als Tochter eines Geistlichen muß man sehr oft heucheln. Vater wäre entsetzt gewesen, hätte er gewußt, daß John und ich schon − oh, vierzehn Tage vor der Hochzeit zusammen waren.«

Wieder hatte er die Vision eines Menschen, der nicht wußte, wohin. Kein Wunder, daß Bagster sich vor ihr fürchtete. Er war kein Mann, der sich Verantwortung auflud. Und wie, dachte Scobie, kann man diesem unwissenden, verwirrten Kind die Verantwortung für irgendeine Handlung anlasten? Er drehte das kleine Häufchen Marken, das er für sie gesammelt hatte, in der Hand um und sagte: »Was werden Sie tun, wenn Sie wieder zu Hause sind?«

»Ich nehme an, man wird mich zum weiblichen Hilfscorps einberufen.«

Er dachte: Wenn mein Kind noch lebte, wäre es jetzt auch alt genug, um einberufen und in einen düsteren Schlafsaal gepfercht zu werden, damit es lernt, sich im Leben zurechtzufinden. Nach dem Atlantik das Corps der Armee- oder Luftwaffenhelferinnen, die großmäulige Sergeantin mit den großen Brüsten, die Kompanieküche und das Kartoffelschälen, die Lesbe in Offiziersuniform mit den schmalen Lippen und dem tadellos frisierten Blondhaar und die Männer, die auf dem Platz vor der Kaserne oder zwischen den Stechginstersträuchern warteten — im Vergleich dazu war sogar der Atlantik ein friedlicheres Zuhause. Er sagte: »Können Sie Steno? Oder Fremdsprachen?« Nur die Klugen und Raffinierten — oder die Einflußreichen konnten dem Krieg ein Schnippchen schlagen.

»Nein«, sagte sie, »ich kann wirklich gar nichts.«

Es war einfach unmöglich, sich vorzustellen, daß sie, kaum dem Meer entronnen, wieder zurückgeworfen werden sollte wie ein Fisch, den zu fangen sich nicht lohnte.

Er sagte: »Können Sie tippen?«

»Mit einem Finger, aber ziemlich schnell.«

»Ich denke, dann könnten Sie hier Arbeit finden. Uns fehlen Sekretärinnen an allen Ecken und Enden. Zwar helfen alle Ehefrauen in der Kolonialverwaltung aus, trotzdem haben wir noch immer nicht genug Bürohilfen. Nur das Klima hier ist schlecht — für Frauen.«

205

»Ich möchte aber gern bleiben. Darauf wollen wir trinken.« Sie rief: »Boy! Boy!«

»Sie lernen schnell«, sagte Scobie. »Vor einer Woche noch hatten Sie solche Angst vor ihm...« Der Boy trug ein Tablett mit Gläsern, Limonen, Wasser und einer noch nicht angebrochenen Flasche Gin herein.

»Das ist nicht der Boy, mit dem ich gesprochen habe«, sagte Scobie.

»Nein, der ist gegangen. Sie waren ein bißchen zu scharf zu ihm.«

»Und dann ist der hier gekommen?«

»Ja.«

»Wie heißt du, Boy?«

»Vande, Sah.«

»Wer bin ich?«

»Sie großer Polizist, Sah.«

»Schüchtern Sie den bloß nicht auch so ein, daß er mir wegläuft«, sagte Helen.

»Beim wem warst du vorher?«

»Bei District Commissioner Pemberton in Busch, Sah. Ich kleiner Boy.«

»Habe ich dich dort gesehen?« fragte Scobie. »Das muß wohl so gewesen sein. Versorg mir die Missus hier ja ordentlich, dann besorge ich dir, wenn sie nach Hause fährt, eine andere gute Stelle. Denk dran.«

Zu Helen sagte Scobie: »Sie haben sich die Marken noch gar nicht angeschaut.«

»Nein, hab' ich nicht.« Ein Tropfen Gin fiel auf eine Marke und hinterließ einen kleinen Fleck. Scobie sah ihr zu, wie sie die Marke aus dem kleinen Häufchen herausfischte; dann fiel sein Blick auf ihr glattes Haar, das ihr in dünnen, glanzlosen Strähnen in den Nacken hing; der Atlantik schien dieses Haar und das hohlwangige Gesicht für immer und ewig seiner Kraft beraubt zu haben. Es kam Scobie so vor, als habe er sich seit vielen Jahren nicht mehr bei einem Menschen so wohl gefühlt – nicht mehr, seit Louise jung gewesen war. Doch diesmal war es anders, sagte er sich. Sie hatten voneinander nichts zu befürchten. Er war über dreißig Jahre älter, das Klima hatte in seinem Körper jedes Gefühl der Lust abgetötet. Er beobachtete sie mit Trauer und Zuneigung und unermeßlichem Mitleid, denn es würde eine Zeit kommen, in der er ihr nicht mehr über die Hürden einer Welt hinweghelfen konnte, in der sie sich nicht zurechtfand. Als sie sich umdrehte und das Licht ihr ins Gesicht fiel, sah sie fast häßlich aus – es war die Häßlichkeit eines Kindes, die nicht von Dauer ist. Diese Häßlichkeit fesselte seine Gelenke wie Handschellen.

Er sagte: »Die Marke ist kaputt. Ich besorge eine andere.«

»O nein«, sagte sie. »Ich nehme sie, wie sie ist. Ich bin ja keine richtige Sammlerin.«

Gegen die Schönen, die Anmutigen und die Intelligenten fühlte Scobie keine Verantwortung. Sie fanden ihren Weg allein. Es war das Gesicht, für das niemand eine Dummheit machen, das nie heimliche Blicke auf sich lenken würde, das Gesicht, das sich früh an Zurückweisung und Gleichgültigkeit gewöhnen mußte, das seiner Fürsorge bedurfte. Das Wort »Mitleid« wird ebenso gedankenlos ausgesprochen wie das Wort »Liebe« – die schreckliche Leidenschaft, die wahllos zuschlägt und die so wenige erleben.

Sie sagte: »Wissen Sie, wenn ich später einmal diesen Fleck sehe, werde ich zugleich dieses Zimmer vor mir sehen...«

»Wie auf einer Fotografie.«

»Man kann eine Marke herausnehmen«, sagte sie mit erschreckender jugendlicher Hellsichtigkeit, »und man merkt nicht einmal, daß sie je vorhanden war.« Sie wandte sich ihm plötzlich zu und sagte: »Es tut so gut, mit Ihnen zu sprechen. Ich kann alles sagen, was mir gerade durch den Kopf geht. Ich habe keine Angst, Sie zu verletzen. Sie wollen nichts von mir. Ich bin in Sicherheit.«

»Wir sind es beide.« Regen hüllte sie ein, fiel stetig auf das Wellblechdach.

»Ich habe das Gefühl, daß Sie mich nie enttäuschen werden«, sagte sie. Die Worte waren für ihn wie ein Befehl, dem er gehorchen mußte, und wenn es ihm noch so schwerfiel. In beiden Händen hielt sie die lächerlichen Papierchen, die er mitgebracht hatte. Sie sagte: »Diese Marken werde ich immer behalten. Sie werde ich nie herausnehmen müssen.«

Jemand klopfte an die Tür, und eine Stimme rief vergnügt: »Freddie Bagster! Ich bin's nur, Freddie Bagster!«

»Nicht rühren«, flüsterte sie. »Rühren Sie sich nicht!« Sie drückte ihren Arm an den seinen und beobachtete die Tür mit halb offenem Mund, als sei sie außer Atem. Sie kam Scobie vor wie ein in die Enge getriebenes Tier.

»Lassen Sie Freddie rein!« schmeichelte die Stimme. »Seien Sie lieb, Helen! Ich bin's doch, Freddie Bagster.« Er war leicht angetrunken.

Sie preßte sich an Scobie, und ihre Hand lag auf seiner Taille. Als Bagsters Schritte sich entfernten, hob sie den Mund, und sie küßten sich. Was sie beide für Sicherheit gehalten hatten, erwies sich als Deckmantel eines Feindes, der sich hinter Freundschaft, Vertrauen und Mitleid verbirgt.

2

Der gleichmäßig strömende Regen verwandelte das kleine Stück trockengelegten Landes, auf dem sein Haus stand, wieder in einen Morast. Das Fenster seines Zimmers flog auf und zu, auf und zu. Nachts hatte eine Windbö den Riegel zerbrochen. Regen war hereingefegt, der Toilettentisch war klatschnaß, und auf dem Fußboden stand das Wasser. Sein Wecker zeigte auf vier Uhr fünfundzwanzig. Er hatte das Gefühl, in ein Haus zurückgekehrt zu sein, das jahrelang leergestanden hatte.

Es hätte ihn nicht überrascht, Spinnweben auf dem Spiegel, das Moskitonetz in Fetzen und Mäusekot auf dem Fußboden vorzufinden.

Er setzte sich auf einen Stuhl, und das Wasser floß von seiner Hose auf den Boden und bildete um seine Moskitostiefel herum eine zweite Lache. Er hatte seinen Regenschirm vergessen, als er sich, von einem seltsamen Jubel erfüllt, auf den Heimweg gemacht hatte; ihm war, als habe er etwas Verlorengeglaubtes wiederentdeckt, etwas, das zu seiner Jugend gehörte. In der nassen und lärmenden Dunkelheit hatte er sogar seine Stimme erhoben und versucht, eine Zeile von Frasers Lied zu singen, aber er hatte keine Gesangsstimme. Und irgendwo zwischen der Wellblechhütte und seinem Haus war ihm seine Freude abhanden gekommen.

Um vier Uhr morgens war er aufgewacht. Ihr Kopf schmiegte sich an seine Seite, und er fühlte ihr Haar auf seiner Brust. Seine Hand schlüpfte unter dem Moskitonetz durch und fand nach einigem Umhertasten die Lampe. Helen lag in der merkwürdig verkrampften Stellung eines Menschen da, der auf der Flucht erschossen worden war. Sogar da − bevor seine Zärtlichkeit und seine Freude erwachten − war es ihm einen Moment lang so vorgekommen, als betrachte er ein Häufchen Kanonenfutter. Die ersten Worte, die sie sagte, nachdem das Licht sie geweckt hatte: »Bagster kann zur Hölle gehen.«

»Hast du geträumt?«

Sie sagte: »Ich habe geträumt, ich hätte mich im Moor verirrt und Bagster habe mich gefunden.«

»Ich muß jetzt gehen«, sagte er. »Wenn wir wieder einschlafen, wachen wir bestimmt erst auf, wenn es hell ist.« Er fing an sorgfältig für sie beide zu überlegen. Wie ein Verbrecher begann er im Geist das perfekte Verbrechen durchzuspielen, das nie entdeckt wurde; plante jeden Zug voraus, ließ sich zum allererstenmal auf die ermüdenden Für und Wider eines Betrugs ein. Wenn das und das passiert... Dann folgt zwangsläufig... Er sagte: »Um welche Zeit kommt gewöhnlich dein Boy?«

»Gegen sechs, denke ich. Aber ich weiß es nicht genau. Er weckt mich um sieben.«

»Ali setzt Viertel vor sechs das Wasser für mich auf. Ich muß jetzt wirklich gehen.« Sorgfältig sah er sich überall nach eventuellen Anzeichen seiner nächtlichen Anwesenheit um. Legte eine Matte gerade hin, die sich verschoben hatte, zögerte bei einem Aschenbecher. Und ließ schließlich seinen Regenschirm stehen, der an der Wand lehnte. Das schien ihm für das Verhalten eines Kriminellen typisch. Als der Regen ihn daran erinnerte, war es zum Umkehren zu spät. Er hätte an ihre Tür hämmern müssen, und schon brannte in einer Hütte das Licht. In seinem Zimmer stehend, einen Moskitostiefel in der Hand, dachte er müde und trübselig: In Zukunft muß ich es besser machen.

Die Zukunft − sie war es, die ihn traurig stimmte. Starb der Schmetterling nicht beim Liebesakt? Der Mensch jedoch war dazu verdammt, die Folgen zu tragen. Verantwortung und Schuld lagen bei ihm − er war kein Bagster. Er wußte, was er im Begriff war zu tun. Er hatte geschworen, über Louises Glück zu wachen, und jetzt hatte er eine andere, mit der ersten unvereinbare Verantwortung auf sich genommen. Er war jetzt schon müde von all den Lügen, die er irgendwann einmal aussprechen mußte. Er spürte die jetzt noch unblutigen Wunden der Opfer. Im Bett liegend, starrte er schlaflos hinaus auf den grauen morgendlichen Gezeitenstrom. Irgendwo auf den trüben Wassern schwamm die unbestimmte Ahnung, daß es noch ein anderes Unrecht, ein anderes Opfer gab, das weder Louise noch Helen war.

ZWEITER TEIL

Erstes Kapitel

1

»Nun? Was halten Sie davon?« fragte Harris mit schlecht verhehltem Stolz. Er stand auf der Schwelle der Wellblechhütte, während Wilson sich, vorsichtig wie ein Setter in einem Stoppelfeld, zwischen den braunen Klötzen der Regierungsmöbel bewegte.

»Auf jeden Fall besser als das Hotel«, sagte Wilson zurückhaltend und zeigte mit dem Kinn auf einen Regierungslehnsessel.

»Ich habe mir gedacht, ich überrasche Sie damit, sobald Sie aus Lagos zurückkommen.« Harris hatte die Wellblechbaracke durch Vorhänge in drei Räume unterteilt: einen Schlafraum für jeden und ein gemeinsames Wohnzimmer. »Nur eins macht mir Sorgen — ich weiß nicht, ob es hier Kakerlaken gibt.«

»Nun ja, wir haben doch nur auf sie Jagd gemacht, um sie loszuwerden.«

»Ich weiß, aber es ist doch fast schade, oder?«

»Wer sind unsere Nachbarn?«

»Eine Mrs. Rolt, deren Schiff von einem Unterseeboot versenkt wurde, zwei Burschen vom Kolonialbauamt und ein gewisser Clive aus der Landwirtschaftsabteilung, außerdem noch Boling, der für die Kanalisation verantwortlich ist — lauter nette und umgängliche Leute, wie es scheint. Und Scobie natürlich, er wohnt ein Stück weiter unten an der Straße.«

»Ja.«

Rastlos ging Wilson in der Hütte umher und blieb vor einer Fotografie stehen, die Harris an ein Regierungstintenfaß gelehnt hatte. Es zeigte in drei langen Reihen angetretene Schuljungen auf einer Wiese; die erste Reihe saß im Türkensitz im Gras; die zweite auf Stühlen; in dieser Reihe trugen die Jungen hohe, steife Kragen, und in der Mitte saßen ein älterer Mann und zwei Frauen, von denen eine schielte; die dritte Reihe stand. Wilson sagte: »Diese schielende Madam — ich könnte schwören, ich habe sie schon irgendwo gesehen.«

»Sagt Ihnen der Name Snakey etwas?«

»Aber ja, natürlich.« Er sah sich das Foto näher an. »Sie waren also auch in dem Dreckloch?«

»Ja, ich habe den ›Downhamian‹ in Ihrem Zimmer entdeckt und dann als Überraschung für Sie das Foto rausgesucht. Ich war in Jaggers Haus. Und Sie?«

»Ich war ein Prog*«, sagte Wilson.

»Nun ja«, räumte Harris mit enttäuscht klingender Stimme ein, »es hat bei den Progs ja auch ein paar nette Kerle gegeben.« Er legte die Fotografie mit der Bildseite nach unten auf den Tisch, als habe er sich etwas von ihr versprochen, das sie nicht gehalten hatte. »Ich habe mir gedacht, wir könnten gelegentlich ein sogenanntes ›Dinner der Ehemaligen‹ veranstalten.«

»Wozu denn, um Himmels willen?« fragte Wilson. »Wir sind doch nur zwei.«

»Wir könnten jeder einen Gast einladen.«

»Und wozu sollte das gut sein?«

Harris sagte bitter: »Sie sind der echte Downhamianer, nicht ich. Ich habe der Verbindung nie angehört. Sie beziehen die Schulzeitung, deshalb dachte ich, daß Sie noch an der Schule interessiert sind.«

»Mein Vater hat mich zum lebenslangen Mitglied gemacht, und er ist es auch, der mir die verdammte Zeitung schickt«, sagte Wilson schroff.

»Sie hat neben Ihrem Bett gelegen, und daher war ich der Meinung, Sie hätten sie gelesen.«

---

* Prog = Proktor, mit Aufsicht betrauter Schüler (A.d.Ü.)

»Ich habe vielleicht einen Blick hineingeworfen.«

»Es hat auch über mich etwas dringestanden. Sie wollten meine Adresse haben.«

»Oh, aber wissen Sie auch warum?« sagte Wilson. »Sie schicken Bettelbriefe an alle Ehemaligen, derer sie habhaft werden können. Die Täfelung in der Gründer-Halle muß dringend erneuert werden. Ich an Ihrer Stelle würde meine Adresse schön für mich behalten.« Er war, so schien es Harris, einer von den Leuten, die immer hinter die Kulissen blickten, alles schon im voraus wußten, darüber informiert waren, warum der alte Sowieso nicht in der Schule erschienen war und was es mit dem Riesenstreit bei der vom Schulleiter außerplanmäßig einberufenen Konferenz auf sich hatte. Vor ein paar Wochen noch war er der »Neue« gewesen, mit dem Harris sich begeistert angefreundet, den er unter seine Fittiche genommen hatte. Er erinnerte sich an den Abend, an dem Wilson im Smoking zu einem Abendessen bei einem Syrer gegangen wäre, hätte er ihm nicht davon abgeraten. Doch vom ersten Schuljahr an war es Harris bestimmt gewesen, zu beobachten, wie schnell die Neuen heranwuchsen; im ersten Semester noch auf ihn als gütigen Mentor angewiesen – waren sie im nächsten schon völlig selbständig. Es gelang ihm nie, auch nur mit dem neuesten grünen Jungen Schritt zu halten. Er erinnerte sich, wie sogar beim Kakerlakenspiel – das er erfunden hatte – seine Spielregeln schon am ersten Abend verworfen wurden. Er sagte traurig: »Wahrscheinlich haben Sie recht. Vielleicht schreibe ich ihnen doch nicht.« Bescheiden fügte er hinzu: »Ich habe das Bett auf dieser Seite genommen, aber es macht mir überhaupt nichts aus, wenn vielleicht Sie ...«

»Oh, das ist schon in Ordnung«, sagte Wilson.

»Außerdem habe ich nur einen Diener eingestellt. Ich dachte, wir könnten ein bißchen sparen, wenn er uns beide versorgt.«

»Je weniger Boys hier herumlungern, um so besser«, sagte Wilson.

Dieser Abend war der erste ihrer neuen Gemeinschaft. Sie saßen bei geschlossenen Verdunkelungsvorhängen lesend auf den Einheitsstühlen der Regierung. Auf dem Tisch stand eine Flasche Whisky für Wilson und eine Flasche Barley Water – ein Getränk aus Gerstenextrakt mit Limonen – für Harris. Ein Gefühl unendlichen Friedens überkam ihn, während der Regen eintönig auf das Dach prasselte und Wilson einen Roman von Edgar Wallace las. Ab und zu zogen mit Gebrüll ein paar Betrunkene aus der Kantine der Royal Air Force vorbei oder jagten den Motor ihres Wagens hoch, doch das verstärkte noch das Gefühl, in der Baracke geborgen zu sein. Manchmal schweiften Harris' Augen auf der Suche nach einer Kakerlake zur Wand, aber schließlich konnte man nicht alles haben.

»Haben Sie zufällig ›The Downhamian‹ bei der Hand, alter Freund? Ich würde gern einen Blick hineinwerfen, dieses Buch ist so langweilig.«

»Auf dem Toilettentisch liegt die neueste Nummer – noch nicht einmal aufgeschnitten.«

»Sie haben nichts dagegen, wenn ich das tue?«

»Warum sollte ich, zum Teufel?«

Harris blätterte zuerst zu den Notizen für Ehemalige und las, daß man noch immer bemüht war, den Aufenthaltsort von H. R. Harris (1917–1921) zu ermitteln. Wie wenn Wilson sich vielleicht irrte? In der Zeitung stand kein Wort über eine neue Täfelung in der Halle. Vielleicht sollte er den Brief doch abschicken; und er stellte sich vor, wie eine eventuelle Antwort des Sekretärs an ihn lauten würde: *Mein lieber Harris, – so ungefähr –, wir alle haben uns riesig gefreut, von Ihnen einen Brief aus einer so romantischen Gegend zu erhalten. Warum schicken Sie uns nicht einen langen Beitrag für unsere Zeitung? Eben kommt mir noch ein Gedanke. Wie wäre es mit einer Mitgliedschaft bei der Altherren-Verbindung unserer Schule? Denn wie ich gesehen habe, sind Sie nie beigetreten. Ich spreche für alle alten Downhamianer, wenn ich Ihnen sage, daß wir Sie herzlich willkommen heißen würden.* Harris versuchte es mit der Wendung *daß wir stolz wären, Sie willkommen heißen zu dürfen.* Doch er verwarf sie wieder. Er war Realist.

Die Downhamianer hatten ein ziemlich erfolgreiches Weihnachtssemester hinter sich. Sie hatten Harpenden mit einem Tor geschlagen, Merchant Taylors mit zwei Toren und gegen Lancing unentschieden gespielt. Ducker und Tierney machten sich als Stürmer ausgezeichnet, aber im Gedränge* war die Mannschaft noch immer etwas zu langsam. Er blätterte um und las, daß die Oper ›Patience‹, von der Theatergruppe in der Gründer-Halle aufgeführt, ein großer Erfolg gewesen war. Ein gewisser F. J. K., offenbar der Englischlehrer, schrieb: *Lane als Bunthorne faßte die Rolle so ästhetisch auf, daß seine Mitschüler aus der Vb überrascht waren. Wir hätten sein Spiel bisher kaum als mittelalterlich bezeichnet oder ihn irgendwie mit Lilien in Verbindung gebracht, doch er überzeugte uns, daß wir ihn falsch eingeschätzt haben. Eine großartige Leistung, Lane.*

Harris überflog die Ergebnisse von fünf Matches, dann eine phantastische Erzählung mit dem Titel ›Das Ticken der Uhr‹, die anfing: *Es war einmal eine kleine alte Dame, deren liebster Besitz...* Plötzlich sah er sich von den Mauern von Downham — roter Backstein mit gelben Mauerkronen, ungewöhnlichen Ornamenten und aus spätviktorianischer Zeit stammenden Wasserspeiern — umgeben; Stiefel trampelten über Steinstufen, eine heisere Glocke weckte ihn, und wieder brach ein neuer unglücklicher Tag über ihn herein. Er spürte in sich die Treue, mit der wir am Unglück festhalten — und ihn überkam das Gefühl, daß uns dieses Unglück angemessen ist. Seine Augen füllten sich mit Tränen, er nahm einen Schluck von seinem Gerstengebräu und dachte: Ich bringe den Brief zur Post, egal was Wilson sagt. Draußen schrie

---

* Begriff aus dem Rugby-Spiel (A.d.Ü.)

215

jemand: »Bagster! Wo bist du, Bagster, du Scheißkerl?«
und stolperte in einen Graben. Es war wie damals in
Downham; nur hätten sie natürlich nicht *dieses* Wort in
den Mund genommen.

Harris blätterte zwei, drei Seiten weiter und stieß auf
ein Gedicht. Es hieß ›Westküste‹ und war *L. S.* gewidmet.
Er hatte für Gedichte nicht viel übrig, doch es schien ihm
interessant, daß es irgendwo an dieser riesigen Küste aus
Sand und Gestank einen dritten alten Downhamianer
gab.

> Ein andrer Tristan dort an ferner Küste
> hebt an den Mund den gift'gen Kelch,
> ein andrer Marke am Strande unter Palmen
> sieht wie sein Lieb verschwindet.

Der tiefere Sinn dieses Ergusses blieb Harris verborgen.
Rasch überflog er die nächsten Strophen bis zu den Initialen am Ende des Gedichts: E. W. Um ein Haar hätte er
laut aufgeschrien, beherrschte sich jedoch noch rechtzeitig. In der engen Gemeinschaft, in der sie jetzt lebten, war
Vorsicht geboten. Für Streitereien war einfach nicht
genug Platz vorhanden. Wer ist L. S.? fragte er sich und
dachte: Es kann doch nicht ... Aber schon bei dem
Gedanken verzogen sich seine Lippen zu einem grausa-
men Lächeln. Er sagte: »Steht nicht viel drin, in der Zeitung. Wir haben Harpenden geschlagen. Und dann ist da
ein Gedicht mit dem Titel ›Westküste‹. Stammt von
einem anderen armen Teufel hier draußen, nehme ich
an.«

»Oh.«

»Einem Liebeskranken«, sagte Harris. »Aber ich habe
für Poesie nichts übrig.«

»Ich auch nicht«, sagte Wilson, hinter seinem Wallace
verschanzt.

Er war mit knapper Not entronnen. Wilson lag auf dem Rücken, lauschte dem Regen, der auf das Dach trommelte, und auf den schweren Atem des alten Downhamianers hinter dem Vorhang. Es war, als hätten die abscheulichen Jahre den dazwischenliegenden Nebel durchdrungen, der ihn wieder einhüllte. Welcher Wahnwitz hatte ihn verleitet, das Gedicht an den ›Downhamian‹ zu schicken? Aber es war kein Wahnwitz; zu einer so ehrlichen Reaktion war er seit langem nicht mehr fähig; er gehörte zu jenen, die von Kind an zur Vielschichtigkeit verdammt waren. Er wußte, was er beabsichtigt hatte: Er hatte das Gedicht ausschneiden und an Louise schicken wollen, ohne ihr zu verraten, wo es erschienen war. Zwar lag es nicht unbedingt auf ihrer Linie, das wußte er, doch gewiß, hatte er sich gesagt, wäre sie beeindruckt, weil jemand es gedruckt hatte. Falls sie ihn fragte, wo es erschienen war, sollte es ihm nicht schwerfallen, den Namen eines exklusiven literarischen Zirkels zu erfinden. Der ›Downhamian‹ wurde zum Glück auf gutem Papier und sehr sorgfältig gedruckt. Natürlich mußte er das Gedicht auf undurchsichtiges Papier aufkleben, damit man nicht lesen konnte, was auf der Rückseite stand, doch das ließ sich gewiß leicht erklären. Ihm war, als sauge sein Beruf allmählich sein ganzes Leben in sich ein, genau wie damals die Schule. Sein Beruf war es zu lügen, immer eine schnelle Geschichte parat zu haben, sich nie zu verraten, und sein Privatleben gestaltete sich genauso. Ihm wurde übel, so sehr verachtete er sich selbst.

Der Regen hatte für kurze Zeit ausgesetzt. Es war eine jener kühlen Pausen, in denen die Schlaflosen Trost fanden. In Harris' schweren Träumen regnete es weiter. Wilson stand leise auf und mischte sich ein Bromid; die Kristalle zischelten auf dem Boden des Glases, und Harris sagte etwas mit rauher Stimme und wälzte sich hinter dem Vorhang auf die andere Seite. Wilson richtete den

Strahl der Taschenlampe auf seine Armbanduhr. Es war fünfundzwanzig Minuten nach zwei. Auf Zehenspitzen zur Tür schleichend, um Harris nicht zu wecken, spürte er den schwachen Stich eines Sandflohs unter einem Zehennagel. Morgen früh mußte er sich ihn vom Boy herausziehen lassen. Auf dem schmalen Gehsteig aus Zement über dem morastigen Boden blieb er stehen und ließ sich bei offener, flatternder Pyjamajacke von der kühlen Nachtluft streicheln. In allen Baracken war es dunkel, und der Mond sah hinter den aufsteigenden Regenwolken fleckig aus. Er wollte sich schon abwenden, als ganz in der Nähe jemand stolperte, und er knipste die Taschenlampe an. Das Licht fiel auf den gebeugten Rücken eines Mannes, der zwischen den Baracken zur Straße strebte. »Scobie!« rief Wilson, und der Mann fuhr herum.

»Hallo, Wilson«, sagte Scobie. »Wußte gar nicht, daß Sie hier oben wohnen.«

»Harris und ich wohnen zusammen«, sagte Wilson und beobachtete den Mann, der seine Tränen gesehen hatte.

»Ich bin spazierengegangen«, sagte Scobie wenig überzeugend. »Ich konnte nicht schlafen.«

In der Welt von Lug und Betrug war Scobie offenbar ein Neuling, stellte Wilson fest. Er hatte nicht von Kind an in dieser Welt gelebt, und darum beneidete Wilson ihn auf sonderbare Weise, als sei er der ältere; beneidete ihn ungefähr so, wie ein alter Gauner einen jungen beneiden mochte, der seine erste Gefängnisstrafe absaß und für den alles noch neu war.

3

Wilson saß in seinem kleinen, stickigen Büro der United African Company. Mehrere in Schweinsleder gebundene Geschäfts- und Kassenbücher bildeten eine Barrikade zwischen ihm und der Tür. Verstohlen wie ein Schuljunge beim Spicken dechiffrierte Wilson hinter der Barrikade mit Hilfe seiner Codeschlüssel ein Telegramm. Ein Wandkalender zeigte ein Datum, das bereits eine Woche zurücklag – den zwanzigsten Juni, und der Spruch des Tages lautete: *Die besten Investitionen sind Ehrlichkeit und Unternehmungsgeist. William P. Conforth.* Ein Büroangestellter klopfte und sagte: »Da is'n Nigger mit 'nem Brief für Sie, Wilson.«

»Von wem?«

»Er sagt von jemand namens Brown.«

»Seien Sie nett, und halten Sie ihn noch ein paar Minuten fest, dann schicken Sie ihn mit einem Tritt herein.« So fleißig Wilson auch übte, der Jargon klang aus seinem Mund noch immer unnatürlich. Er faltete das Telegramm zusammen und steckte es als Lesezeichen in das Codebuch. Dann legte er beides in den Safe und machte die Safetür zu. Er schenkte sich ein Glas Wasser ein und schaute auf die Straße hinunter. Die schwarzen Mammys, grellbunte Baumwolltücher um die Haare gebunden, watschelten unter ihren farbigen Regenschirmen vorüber. Die formlosen Baumwollgewänder reichten ihnen bis an die Fußknöchel; eines hatte ein Muster aus Streichholzschachteln, ein anderes eins aus Kerosinlampen; das dritte – der letzte Schrei aus Manchester – prunkte mit mauvefarbenen Feuerzeugen auf knallgelbem Grund. Nackt bis zur Taille, kam ein junges Mädchen vorbei; seine Haut schimmerte im Regen, und Wilson sah ihm mit trauriger Begierde nach. Er schluckte trocken und drehte sich um, als die Tür aufging.

»Mach die Tür zu.«

Der Junge gehorchte. Er hatte sich ganz offensichtlich in seinen besten Staat geworfen: weiße Shorts und darüber ein weißes Baumwollhemd. Seine Turnschuhe waren trotz des Regens makellos sauber; allerdings schauten die Zehen heraus.

»Du kleiner Boy bei Yusef?«

»Ja, Sah.«

»Du hast eine Nachricht bekommen«, sagte Wilson.
»Von meinem Boy. Er dir sagen, was ich will, eh? Er ist
dein jüngerer Bruder, nicht wahr?«

»Ja, Sah.«

»Derselbe Vater?«

»Ja, Sah.«

»Er sagt, du guter Boy, ehrlich. Du willst Diener werden, eh?«

»Ja, Sah.«

»Kannst du lesen?«

»Nein, Sah.«

»Schreiben?«

»Nein, Sah.«

»Hast du Augen im Kopf? Gute Ohren? Du siehst
alles? Du hörst alles?« Der Junge grinste. Weiß klaffte sein
Gebiß in der glatten grauen Elefantenhaut seines
Gesichts. Er machte den Eindruck wacher Intelligenz.
Für Wilson war Intelligenz wertvoller als Ehrlichkeit.
Ehrlichkeit war ein zweischneidiges Schwert, doch Intelligenz wußte, wo ihr Vorteil lag. Dem Intelligenten war
klar, daß ein Syrer eines Tages vielleicht in sein Heimat-
land zurückkehren würde, die Engländer aber blieben.
Der Intelligente wußte, daß es gut war, für die Regierung
zu arbeiten, egal für welche. »Wieviel verdienst du als
kleiner Boy?«

»Zehn Schilling.«

»Ich gebe dir fünf Schilling mehr. Wenn Yusef dich hin-
auswerfen, zahle ich dir zehn Schilling. Wenn du ein Jahr
bei Yusef bleibst und mir brauchbare Informationen lie-
ferst − wahre Informationen, keine Lügen −, besorge ich
dir Job als Diener bei einem Weißen. Verstehst du?«

»Ja, Sah.«

»Wenn du mich belügst, kommst du ins Gefängnis.
Vielleicht erschießen sie dich. Ich weiß nicht. Es ist mir
egal. Verstehst du?«

»Ja, Sah.«

»Du triffst deinen Bruder jeden Tag auf dem Fleischmarkt. Du sagst ihm, wer zu Yusef ins Haus kommt. Sagst ihm, wohin Yusef geht. Du sagst ihm, wenn fremde Boys in Yusefs Haus kommen. Du erzählst keine Lügen, du sprechen Wahrheit. Keinen Humbug. Wenn niemand in Yusefs Haus kommt, sagst du, niemand ist gekommen. Du machen nicht große Lüge. Wenn du lügst, weiß ich es, und du kommst sofort ins Gefängnis.« Der ermüdende Sermon ging weiter. Wilson wußte nie, wieviel tatsächlich verstanden wurde. Der Schweiß lief ihm von der Stirn, und das kühle, beherrschte graue Gesicht des Jungen ärgerte ihn wie eine Anklage, auf die er keine Antwort wußte. »Du gehst ins Gefängnis, und du bleibst im Gefängnis viele lange Zeit.« Wilsons Stimme überschlug sich, so eifrig bestrebt war er, den Jungen um jeden Preis zu beeindrucken. Er merkte selbst, daß er sich wie die Parodie eines Weißen anhörte. Er sagte: »Scobie? Du kennst Major Scobie?«

»Ja, Sah. Er sehr guter Mann, Sah.« Es waren die ersten zusammenhängenden Worte, die der Junge – abgesehen von ja und nein – geäußert hatte.

»Du sehen ihn bei deinem Herrn?«

»Ja, Sah.«

»Wie oft?«

»Ein-, zweimal, Sah.«

»Er und dein Herr – sind sie Freunde?«

»Mein Herr, er denken Major Scobie sehr guter Mann, Sah.«

Die Wiederholung dieses Satzes ärgerte Wilson. Wütend platzte er heraus: »Ich will nicht hören, ob er gut ist oder nicht. Ich will wissen, wo er sich mit Yusef trifft, kapiert? Was reden sie? Du bringst schon einmal Drink hinein, wenn der Diener zu tun hat? Was du hören?«

»Letztesmal sie haben großes Palaver«, sagte der Junge schmeichlerisch, als zeige er ein Stück von den Waren, die er feilzubieten hatte.

»Darauf könnte ich wetten. Ich will alles über ihr Palaver wissen.«

221

»Als Major Scobie einmal weggehen, mein Herr, er legen Kissen mitten auf sein Gesicht.«

»Was, in aller Welt, meinst du denn damit?«

Der Junge verschränkte mit einer würdevollen Geste die Arme vor den Augen und sagte: »Seine Augen machen Kissen naß.«

»Großer Gott!« entfuhr es Wilson. »Was für eine ungewöhnliche Geschichte.«

»Dann er trinken Menge Whisky und schlafen ein – zehn, zwölf Stunden. Dann er gehen in seinen Laden in Bond Street und machen großen, großen Krach.«

»Warum?«

»Er sagen, sie ihn betrügen.«

»Was hat das mit Major Scobie zu tun?«

Der Junge zuckte mit den Schultern. Wie schon so oft hatte Wilson das Gefühl, daß man ihm eine Tür vor der Nase zuschlug; und er blieb immer draußen, stand vor der Tür.

Als der Junge gegangen war, öffnete er wieder seinen Safe, drehte den Knopf des Kombinationsschlosses zuerst nach links und auf die zweiunddreißig – sein Alter –, dann auf zehn – sein Geburtsjahr –, wieder nach links auf fünfundsechzig – seine Hausnummer in der Western Avenue in Pinner – und nahm die Codebücher heraus. 32946 78523 97042. Die langen Reihen der Zahlengruppen verschwammen vor seinen Augen. Das Telegramm trug den Vermerk DRINGEND, sonst hätte er mit dem Entschlüsseln bis zum Abend gewartet. Er wußte, wie unwichtig es im Grunde war – wie gewöhnlich war ein Schiff mit den üblichen Verdächtigen aus Lobito ausgelaufen, und wie gewöhnlich ging es um Diamanten, Diamanten, Diamanten. Nachdem er das Telegramm entschlüsselt hatte, würde er es an den geduldig leidenden Commissioner weiterreichen, der vermutlich längst dieselbe oder eine widersprüchliche Information von der S. O. E. oder einer der anderen Geheimorganisationen bekommen hatte, die an dieser Küste wucherten wie die

Mangroven. *Nicht überprüft, aber so daß es nicht auffällt, wiederhole, nicht überprüft P. Ferreira, Passagier 1. Klasse, — wiederhole P. Ferreira, Passagier 1. Klasse.* P. Ferreira war vermutlich ein Agent, den seine Organisation an Bord eingeschmuggelt hatte. Es war durchaus möglich, daß der Commissioner gleichzeitig eine Nachricht von Colonel Wright erhielt, die besagte, man vermute, daß P. Ferreira Diamanten schmuggle und gründlich durchsucht werden müsse. 72391 87052 63847 92034. Wie ließ man P. Ferreira ungeschoren, aber so, daß keiner es merkte, und durchsuchte ihn zugleich gründlich? Doch zum Glück war das nicht seine Sorge. Vielleicht war es Scobie, dem diese Sache Kopfschmerzen bereiten würde.

Wieder trat er ans Fenster, um sich ein Glas Wasser zu holen, und wieder sah er das junge Mädchen vorübergehen. Vielleicht war es auch nicht dasselbe Mädchen. Er sah, wie ihr das Wasser zwischen den dünnen, wie Flügel vorstehenden Schulterblättern den Rücken hinunterrieselte. Er erinnerte sich, daß es eine Zeit gegeben hatte, in der er eine schwarze Haut nicht bemerkt hatte. Er hatte das Gefühl, seit Jahren und nicht erst seit ein paar Monaten an dieser Küste zu sein — all die vielen Jahre zwischen Pubertät und Mannesalter.

4

»Sie gehen aus?« fragte Harris überrascht. »Wohin denn?«

»Nur in die Stadt«, sagte Wilson und lockerte den Knoten um seine Moskitostiefel.

»Was in aller Welt könnten Sie denn um diese Zeit in der Stadt zu tun haben?«

»Eine geschäftliche Sache.«

Nun, dachte er, in einem gewissen Sinn ist es auch ein Geschäft, ein freudloses Geschäft, das man allein erledigen muß, ohne Freunde. Vor ein paar Wochen hatte er sich einen Gebrauchtwagen gekauft, seinen ersten überhaupt, und daher fuhr er noch sehr unsicher. Alles technische Gerät zog in diesem Klima hoffnungslos den kürzeren, und Wilson mußte alle paar hundert Meter aussteigen, um die Windschutzscheibe mit dem Taschentuch abzuwischen. In Kru Town standen die Haustüren offen, und die Familien saßen um die Kerosinlampen herum und warteten darauf, daß es draußen abkühlte und sie schlafen gehen konnten. Im Rinnstein lag ein toter Hund, und der Regen floß über seinen aufgeblähten weißen Bauch. Wilson fuhr im zweiten Gang ein bißchen schneller als mit Schrittgeschwindigkeit, denn die Scheinwerfer von Zivilfahrzeugen mußten bis auf ein kleines Rechteck, nicht größer als eine Visitenkarte, verdunkelt werden, und er sah nicht weiter als höchstens fünfzehn Schritte voraus. Er brauchte zehn Minuten bis zu dem großen Baumwollstrauch bei der Polizeidirektion. Die Büros der Beamten lagen alle im Dunkeln, und er ließ den Wagen vor dem Haupteingang stehen. Wenn ihn jemand sah, würde er ihn selbst im Haus vermuten. Einen Augenblick blieb er bei offener Tür sitzen. Das Bild des im Regen vorübergehenden Mädchens stand im Widerstreit mit dem Anblick von Harris, der, ein Glas Zitronenwasser neben sich, auf dem Rücken im Bett lag und las. Traurig dachte Wilson, als die Lust siegte, wie gräßlich mühsam alles war; die Bitterkeit des Nachgeschmacks verdarb ihm die Vorfreude.

Er hatte vergessen, den Regenschirm mitzunehmen, und war schon durch und durch naß, ehe er die wenigen Meter bergab gegangen war. Jetzt trieb ihn eher leidenschaftliche Neugier weiter als leidenschaftliche Begierde. Wenn man länger an einem Ort lebte, mußte man schließlich irgendwann die heimischen Erzeugnisse ausprobieren. Es war, als habe man in einer Schublade im Schlafzimmer eine Schachtel Pralinen eingeschlossen. Solange die Schachtel nicht leer war, mußte man an sie denken. Er dachte: Wenn es vorbei ist, werde ich ein neues Gedicht für Louise schreiben können.

Das Bordell war ein Bungalow mit Wellblechdach und stand rechts auf halber Höhe des Hügels. Während der Trockenzeit saßen die Mädchen wie die Spatzen am Rinnstein vor dem Haus und schwatzten mit dem diensthabenden Polizisten oben auf dem Hügel. Die Straße war nie gepflastert worden, so daß niemand auf dem Weg zur Kathedrale oder zum Hafen am Bordell vorbeifuhr; man konnte es ignorieren. Jetzt wandte es der matschigen Straße eine stumme Front geschlossener Fenster zu; nur eine von einem Stein offengehaltene Tür führte in einen Korridor. Hastig sah Wilson sich nach allen Seiten um und trat ein.

Vor vielen Jahren war der Korridor frisch verputzt und weiß gestrichen worden, aber Ratten hatten Löcher in den Putz gefressen und menschliche Wesen den weißen Anstrich mit Zeichnungen und hingekritzelten Namen verziert. Die Wände waren tätowiert wie der Arm eines Matrosen, mit Initialen, Daten, zwei verschlungenen Herzen. Zuerst kam es Wilson so vor, als sei das Haus völlig menschenleer. Zu beiden Seiten des Korridors lagen kleine Zellen, etwa zweisiebzig lang und einszwanzig breit, die keine Türen, sondern nur Vorhänge hatten; auf den roh aus Packkisten gezimmerten Betten lagen von Eingeborenen gewebte Decken. Rasch ging Wilson bis ans Ende des Korridors und sagte sich dann, daß es am besten war, wenn er kehrtmachte und sich in die stille, verschlafene Geborgenheit des Raumes zurückflüchtete, in dem der »alte Downhamian« über seinem Buch eingeschlafen war.

Er war schrecklich enttäuscht, als habe er nicht gefunden, was er suchte; am Ende des Korridors angelangt, stellte er jedoch fest, daß in der Zelle zu seiner Linken doch jemand war. Im Licht einer Öllampe, die auf dem Boden stand, sah er, wie einen Fisch auf einer Ladentheke, ein Mädchen in einem schmuddligen Kittel in dem Packkistenbett liegen. Die bloßen rosigen Sohlen ragten über den Worten *Tates Zucker* in die Luft. Sie war dienst-

225

bereit und wartete auf Freier, doch sie machte sich nicht die Mühe, sich aufzurichten, sondern grinste Wilson an und sagte: »Du wollen jig jig, Liebling? Zehn Schilling.« Er hatte die Vision eines Mädchens mit regennassem Rücken, das für immer und ewig aus seinem Blickfeld verschwand.

»Nein, nein«, sagte er kopfschüttelnd und dachte: Was für ein Narr war ich doch, den ganzen Weg hierherzufahren – nur dafür... Das Mädchen kicherte, als begreife es seine Idiotie, und dann hörte er das Klatschklatsch bloßer Füße, die von der Straße her durch den Korridor kamen. Eine alte schwarze Mammy mit gestreiftem Regenschirm verstellte ihm den Weg. In ihrem heimischen Dialekt sagte sie etwas zu dem Mädchen, das ihr grinsend antwortete. Er hatte das Gefühl, daß all das nur *ihm* allein merkwürdig vorkam und ein solches Zusammentreffen für die Alte in den dunklen Regionen, über die sie herrschte, etwas ganz Alltägliches war. Er sagte schwach: »Ich gehe vorher noch etwas trinken.«

»Sie holen Drink«, sagte die Mammy. Sie gab dem Mädchen in der Sprache, die er nicht verstand, einen schroffen Befehl, und das Mädchen schwang die Beine von den Zuckerkisten. »Sie bleiben hier«, sagte die Mammy, und mechanisch, wie eine Gastgeberin, die mit ihren Gedanken woanders war, aber glaubte, mit jedem noch so uninteressanten Gast Konversation machen zu müssen: »Hübsche Mädchen, jig jig, ein Pfund.« Hier galten andere Regeln als auf dem Markt – der Preis stieg mit seinem Widerstand.

»Tut mir leid, ich kann nicht warten«, sagte Wilson. »Hier hast du zehn Schilling.« Er schickte sich an zu gehen, doch die Alte beachtete ihn nicht, verstellte ihm den Weg und lächelte wie ein Zahnarzt, der weiß, was für einen gut ist. Hier galt die Hautfarbe nichts: Er konnte sich nicht aufplustern, wie er als Weißer es anderswo getan hätte. Als er diesen weißgetünchten Korridor betrat, hatte er die Überlegenheit seiner Rasse, seiner sozialen Stellung, auch seiner Persönlichkeit abgestreift, hatte sich völlig entblößt, auf das primitiv Menschliche reduziert. Hätte er sich verstecken wollen – hier war die perfekte Höhle. Hätte er anonym bleiben wollen, hier war er einfach ein Mann. Selbst sein Widerstreben, sein Ekel und seine Angst waren keine persönlichen Eigenschaften. Sie waren für alle, die zum erstenmal hierherkamen, so typisch, daß die Alte haargenau wußte, was er als nächstes tun würde. Zuerst kam der Vorschlag, etwas zu trinken, dann das Geldangebot und danach...

Wilson sagte kläglich: »Laß mich vorbei«, wußte jedoch, daß sie nicht wanken und weichen werde. Sie stand da und beobachtete ihn, als sei er ein angepflocktes Tier, das sie für seinen Besitzer hütete. Er selbst interessierte sie nicht, sie wiederholte nur ab und zu ruhig: »Hübsche Mädchen, jig jig, kommen gleich.« Er reichte ihr eine Pfundnote, sie steckte sie in die Tasche und blieb stehen wie ein Fels. Als er sich an ihr vorbeidrängen wollte, stieß sie ihn lässig mit dem rosigen Handteller zurück und sagte: »Kommen gleich, dann jig jig.« So war es schon hundert- und aberhundertmal abgelaufen.

Den Korridor entlang kam das Mädchen mit einer Essigflasche voller Palmwein, und mit einem widerwilligen Seufzer ergab sich Wilson. Die Hitze zwischen den Regenwänden, der Modergeruch der Alten, das schwache, flackernde Licht der Kerosinlampe erinnerten ihn an eine Gruft, die man wieder geöffnet hatte, um noch einen Leichnam hineinzubetten. Bitterkeit regte sich in ihm, Haß auf jene, die ihn hierhergebracht hatten. In ihrer Gegenwart würden seine toten Adern wieder zu bluten beginnen, das fühlte er.

DRITTER TEIL

Erstes Kapitel

I

»Ich habe dich heute nachmittag am Strand gesehen«, sagte Helen. Scobie blickte von dem Whiskyglas auf, das er gerade einschenkte. Etwas in ihrer Stimme erinnerte ihn merkwürdig an Louise. Er sagte: »Ich habe Reece gesucht — den Nachrichtenoffizier der Marine.«

»Du hast kein Wort mit mir gesprochen.«

»Ich hatte es sehr eilig.«

»Du bist immer so vorsichtig«, sagte sie, und endlich begriff er, was sich da abspielte und warum er an Louise gedacht hatte. Traurig fragte er sich, warum Liebe stets und unvermeidlich den gleichen Verlauf nahm. Nicht nur der Liebesakt war der gleiche... Wie oft hatte er in den letzten zwei Jahren versucht, sich im kritischen Augenblick einer solchen Szene zu entziehen — um sich selbst, aber auch um das andere Opfer zu schonen. Mit einem halbherzigen Lachen sagte er: »Ausnahmsweise habe ich einmal nicht an dich gedacht. Ich hatte andere Dinge im Kopf.«

»Was für andere Dinge?«

»Oh, Diamanten...«

»Deine Arbeit ist dir viel wichtiger als ich«, sagte Helen, und die Banalität der Phrase, in unzähligen Romanen gelesen, zerriß ihm das Herz.

»Ja«, sagte er ernst, »aber für dich würde ich sie opfern.«

»Warum?«

»Ich glaube, weil du ein Mensch bist. Jemand mag einen über alles lieben, aber er würde nicht einmal ein fremdes Kind überfahren, um ihn zu retten.«

»Oh«, erwiderte sie, »warum sagst du mir nur immer die Wahrheit? Ich will nicht ständig die Wahrheit hören.«

Er gab ihr das Whiskyglas in die Hand und sagte: »Liebling, du hast Pech. Hast dich mit einem Mann mittleren Alters eingelassen. Wir machen uns nicht die Mühe, ununterbrochen zu lügen, wie die Jugend es tut.«

»Wenn du wüßtest, wie satt ich deine ewige Vorsicht habe«, sagte sie. »Du kommst im Dunkeln und gehst im Dunkeln. Es ist so entwürdigend.«

»Ja.«

»Immer lieben wir uns – hier. Zwischen den Möbeln für Subalternbeamte. Ich glaube, wir wüßten gar nicht, wie man es woanders tut.«

»Mein Armes«, sagte er.

Wütend sagte sie: »Ich will dein Mitleid nicht.« Aber es ging gar nicht darum, ob sie es wollte oder nicht – sie hatte es. Mitleid fraß wie Fäulnis an seinem Herzen. Er würde es nie abschütteln können. Er wußte aus Erfahrung, daß Leidenschaft starb und Liebe verging, aber das Mitleid blieb. Nichts konnte das Mitleid mindern. Das Leben selbst nährte es. Es gab auf der Welt nur einen einzigen Menschen, den man nicht bemitleiden konnte – der war man selbst.

»Kannst du nie etwas riskieren?« fragte sie. »Du hast mir noch nie eine Zeile geschrieben. Du bist tagelang irgendwo unterwegs, aber mir bleibt nichts von dir. Du gibst mir nicht einmal ein Foto von dir, damit diese triste Bleibe ein bißchen menschenwürdig wird.«

»Aber ich habe kein Foto von mir.«

»Wahrscheinlich denkst du, ich würde deine Briefe gegen dich verwenden.«

Wenn ich die Augen schließe, dachte er, könnte ich fast glauben, ich hörte Louise sprechen – die Stimme ist jünger, das ist alles, und vielleicht nicht so darin geübt, einem anderen Schmerz zuzufügen. Mit dem Whiskyglas in der Hand stand er da und erinnerte sich an eine andere Nacht – etwa hundert Meter von hier entfernt. Damals

229

allerdings war Gin in seinem Glas gewesen. Er sagte liebevoll: »Du redest solchen Unsinn.«

»Du denkst, ich sei ein Kind. Kommst auf Zehenspitzen herein – bringst mir Briefmarken mit.«

»Ich versuche dich zu schützen.«

»Mir ist es verdammt egal, ob die Leute reden.« Das war
der rüde Ton des Basketballteams.

Er sagte: »Wenn sie genug redeten, wäre zwischen uns
alles sehr schnell zu Ende.«

»Du schützt ja nicht *mich*. Du schützt deine Frau.«

»Das kommt auf dasselbe raus.«

»Oh«, sagte sie, »mich in Verbindung zu bringen mit –
dieser Frau.«

Er konnte nicht verhindern, daß er zusammenzuckte.
Er hatte sie unterschätzt, sie war sehr wohl fähig zu verletzen. Er sah, daß sie ihren Erfolg bemerkt hatte: Er
hatte sich in ihre Hände gegeben. Von nun an würde sie
immer wissen, wo sie ihn am empfindlichsten treffen
konnte. Sie war wie ein Kind mit einem Stechzirkel, das
seine Macht, einem anderen weh zu tun, sehr genau
kannte. Man konnte nie darauf vertrauen, daß ein Kind
ein solches Wissen nicht nutzen würde.

»Liebling«, sagte er, »es ist zu früh zum Streiten.«

»Diese Frau«, wiederholte sie, seine Augen beobachtend. »Du würdest sie nie verlassen, nicht wahr?«

»Wir sind verheiratet«, sagte er.

»Wenn sie von uns beiden wüßte, würdest du zu ihr
zurückkriechen wie ein geprügelter Hund.«

Er dachte zärtlich: Sie hat nicht, wie Louise, die besten
Bücher gelesen. »Das weiß ich nicht«, sagte er.

»Du würdest mich nie heiraten.«

»Ich kann nicht. Das weißt du. Ich bin Katholik.«

»Was für eine wunderbare Entschuldigung deine Religion doch ist«, sagte sie. »Sie hindert dich nicht daran, mit
mir zu schlafen, wohl aber, mich zu heiraten.«

»Ja«, sagte er. Er dachte: Um wie viel älter sie heute ist
als noch vor einem Monat. Damals war sie zu einer sol-

chen Szene nicht imstande, doch Liebe und Heimlichtun haben sie herangebildet... Schon fing er an sie zu formen. Ob sie wohl, wenn sie lange genug zusammenblieben, von Louise nicht mehr zu unterscheiden wäre? In meiner Schule, dachte er, lernen sie Bitterkeit und Enttäuschung − und wie man alt wird.

»Los«, sagte Helen, »fang an, rechtfertige dich.«

»Das würde zu lange dauern«, sagte er. »Man müßte mit der Beweisführung für die Existenz Gottes anfangen.«

»Was für ein Lügner du doch bist!«

Er war enttäuscht. Er hatte sich auf den Abend gefreut. Den ganzen Tag, während er mit einer Mietsache und dem Fall eines jungen Übeltäters beschäftigt gewesen war, hatte er sich auf die Wellblechhütte gefreut, auf das kahle Zimmer mit den Möbeln, die ihn an seine Jugend erinnerten − auf alles, über das sie jetzt so erbittert herzog. Er sagte: »Ich habe es gut gemeint.«

»Wie − gut gemeint?«

»Ich wollte dein Freund sein. Für dich sorgen. Dich glücklicher machen, als du warst.«

»War ich denn nicht glücklich?« fragte sie, als spreche sie über Dinge, die Jahre zurücklagen.

»Du hattest einen Schock, warst einsam...«

»So einsam wie jetzt konnte ich gar nicht sein«, sagte sie. »In den Regenpausen bin ich mit Mrs. Carter am Strand. Bagster macht sich an mich heran, sie glauben, ich bin frigid. Ich komme vor dem Regen hierher zurück, ich warte auf dich... Wir trinken ein Glas Whisky zusammen... Du bringst mir Briefmarken mit wie einem kleinen Mädchen...«

»Es tut mir leid«, sagte Scobie. Er legte die Hand auf die ihre. Ihre Fingerknöchel unter seinem Handteller fühlten sich an wie ein kleines gebrochenes Rückgrat. Langsam und behutsam sprach er weiter, wählte die Worte so sorgfältig, als suche er sich einen Weg durch ein vermintes entvölkertes Land; bei jedem Schritt erwartete er eine Explosion. »Ich würde alles tun − fast alles −, um dich glücklich zu machen. Ich würde nicht mehr zu dir kommen. Würde auf der Stelle weggehen, mich pensionieren lassen...«

»Wie froh du wärst, mich loszuwerden«, sagte sie.

»Es wäre für mich wie der Tod.«

»Geh doch, wenn du willst.«

»Ich will nicht gehen. Ich will, was du willst.«

»Du kannst gehen, wenn du willst – oder du kannst bleiben«, sagte sie verächtlich. »Ich kann ja hier nicht weg, oder?«

»Wenn du willst, besorge ich dir irgendwie eine Passage auf dem nächsten Schiff.«

»Oh, wie glücklich du wärst, wenn es mit uns endlich vorbei wäre«, sagte sie und begann zu weinen. Als er die Hand ausstreckte, um sie zu berühren, schrie sie ihn an: »Scher dich zur Hölle! Geh zum Teufel! Hau ab!«

»Ich gehe«, sagte er.

»Ja, geh nur, und komm nicht wieder.«

Vor der Tür, den kühlenden Regen im Gesicht und auf den Händen, kam ihm der Gedanke, um wieviel leichter das Leben sein könnte, wenn er sie beim Wort nähme. Er würde nach Hause gehen, die Tür hinter sich zumachen und wieder allein sein. Er könnte an Louise schreiben, ohne sich wie der Betrüger zu fühlen, der er war, und er würde schlafen wie seit Wochen nicht mehr, traumlos. Am nächsten Tag das Büro, der ruhige Heimweg, das Abendessen, die verschlossene Tür... Aber unterhalb des Hügels, hinter dem Fuhrpark, wo die Laster sich unter triefende Planen duckten, fiel der Regen wie Tränen. Er dachte daran, wie allein sie in ihrer Baracke war, überlegte, ob das unwiderruflich letzte Wort gesagt worden war; ob, bis ihr Schiff kam, das Morgen für sie nur noch aus Mrs. Carter und Bagster bestehen und sie mit nichts als unglücklichen Erinnerungen im Gepäck nach Hause fahren würde? Unerbittlich stellte sich ihm ein anderer Standpunkt in den Weg wie ein unschuldig Ermordeter.

Als er die Haustür öffnete, huschte eine Ratte, die am Speiseschrank geschnuppert hatte, ohne Hast die Treppe hinauf. Das war es, was Louise gehaßt und gefürchtet hatte. Wenigstens sie hatte er glücklich gemacht. Und jetzt ging er schwerfällig mit wohlüberlegter und betonter Unbekümmertheit daran, die Dinge für Helen zu regeln. Er setzte sich an den Tisch, nahm ein Blatt Schreibmaschinenpapier – offizielles Papier mit dem Wasserzeichen der Regierung – und begann einen Brief zu entwerfen.

Mein Liebling – schrieb er und wollte sich damit ganz in ihre Hände geben, sie selbst aber nicht nennen, um sie zu schützen. Er warf einen Blick auf seine Uhr und notierte in der rechten oberen Ecke wie bei einem Polizeiprotokoll: 12.35 *nachts, Burnside, den 5. September.* Sehr bewußt fuhr er fort: *Ich liebe Dich mehr als mich selbst, mehr als meine Frau, mehr als Gott. Ich bemühe mich sehr, die Wahrheit zu sagen. Dich glücklich zu machen, wünsche ich mir mehr als alles andere in der Welt...* Daß die Sätze solche Gemeinplätze waren, stimmte ihn traurig; sie schienen keine Wahrheit zu enthalten, die etwas mit ihr zu tun hatte; sie waren zu oft mißbraucht worden. Wäre ich jung, dachte er, könnte ich die richtigen Worte finden, neue Worte, aber ich habe alles schon erlebt. Er schrieb weiter: *Ich liebe dich. Verzeih mir,* unterschrieb und faltete das Blatt zusammen.

Er zog den Regenmantel an und ging wieder hinaus in den Regen, Wunden eiterten in der Feuchtigkeit, sie heilten nie. Wenn man sich kratzte, sammelte sich schon nach ein paar Stunden grüner Eiter unter der Haut. Als er den Hügel hinaufging, hatte er das Gefühl, innerlich zu verrotten. Im Fuhrpark rief ein Soldat etwas im Schlaf, ein einziges Wort – es war wie eine Hieroglyphe an der Wand, die Scobie nicht entziffern konnte –, die Männer waren Nigerianer. Der Regen trommelte auf die Wellblechdächer, und er dachte: Warum habe ich das geschrieben? Warum habe ich geschrieben »mehr als Gott«? Sie wäre mit »mehr als Louise« zufrieden gewesen. Selbst wenn es wahr ist, warum habe ich es geschrieben? Um ihn herum weinte endlos der Himmel; Scobie glaubte Wunden zu spüren, die nie heilten. Er flüsterte: »O Gott, ich habe Dich verlassen. Verlaß Du mich nicht.« Als er zu ihrer Tür kam, schob er den Brief darunter durch. Er hörte das Papier auf dem Zementfußboden rascheln, aber nichts sonst. Sich der kindlichen Gestalt erinnernd, die an ihm vorübergetragen worden war, dachte er voller Trauer daran, wieviel geschehen und wie sinnlos es gewesen war, so daß er sich jetzt selbst voller Groll sagen mußte: Nie wieder wird sie mir übertriebene Vorsicht vorwerfen können.

2

»Da ich ohnehin hier in der Nähe war«, sagte Pater Rank, »dachte ich mir, ich könnte kurz bei Ihnen reinschauen.« Der Abendregen fiel wie ein grauer, faltenreicher Kirchenvorhang, und der Motor eines bergwärts fahrenden Lasters heulte auf.

»Kommen Sie herein«, sagte Scobie. »Ich habe keinen Whisky, aber Bier ist noch da. Und Gin.«

»Ich habe Sie oben bei den Wellblechhütten gesehen und bin Ihnen nachgegangen. Haben Sie etwas vor?«

»Im Moment nicht. Ich esse mit dem Commissioner zu Abend, aber erst in einer Stunde.«

Während Scobie das Bier aus dem Eisschrank holte, ging Pater Rank unruhig im Zimmer hin und her. »Haben Sie in letzter Zeit von Louise gehört?« fragte er.

»Vor vierzehn Tagen das letztemal«, sagte Scobie. »Aber im Süden sind wieder mehr Schiffe versenkt worden.«

Das Bierglas zwischen den Knien, saß Pater Rank im Regierungslehnsessel. Man hörte kein Geräusch, nur das Scharren des Regens auf dem Dach. Scobie räusperte sich, dann war es wieder still. Er hatte das merkwürdige

Gefühl, daß Pater Rank wie einer seiner Subalternbeamten auf einen Befehl von ihm wartete.

»Die Regenzeit ist jetzt bald vorbei«, sagte er.

»Es muß jetzt sechs Monate her sein, daß Ihre Frau abgereist ist.«

»Sieben.«

»Fahren Sie im Urlaub nach Südafrika?« fragte Pater Rank, sah Scobie dabei aber nicht an und trank einen Schluck Bier.

»Ich habe meinen Urlaub verschoben. Die jungen Männer brauchen ihn dringender.«

»Jeder braucht Urlaub.«

»*Sie*, Pater, sind seit zwölf Jahren hier, ohne ein einzigesmal auf Urlaub gewesen zu sein.«

»Ah, das ist etwas anderes«, antwortete Pater Rank. Er stand wieder auf, ging rastlos an einer Wand entlang und dann an der anderen. Mit dem Ausdruck einer unausgesprochenen Bitte in den Augen wandte er sich Scobie zu. »Manchmal«, sagte er, »habe ich das Gefühl, überhaupt nicht zu arbeiten.« Er blieb stehen, schaute vor sich hin, hob halb die Hände, und Scobie erinnerte sich, wie auf seiner rastlosen Wanderung Pater Clay vor einer unsichtbaren Gestalt zurückgewichen war. Er hatte das Gefühl, daß er um etwas gebeten wurde, für das er keine Lösung fand. Er sagte unsicher: »Niemand arbeitet schwerer als Sie, Pater.«

Mit schleppenden Schritten kehrte Pater Rank zum Sessel zurück. Er sagte: »Wie gut, daß die Regenzeit bald zu Ende ist.«

»Wie geht es der Mammy draußen am Congo Creek? Ich habe gehört, sie liegt im Sterben.«

»Sie wird diese Woche nicht überleben. Sie ist eine gute Frau.« Der Pater trank noch einen Schluck Bier, preßte dann die Hand auf den Magen und krümmte sich. »Blähungen«, sagte er. »Ich habe schlimme Blähungen.«

»Sie sollten kein Flaschenbier trinken, Pater.«

»Wegen der Sterbenden bin ich hier«, sagte Pfarrer

Rank. »Erst wenn sie im Sterben liegen, lassen sie mich holen.« Er hob die von zuviel Chinin getrübten Augen und sagte schroff und hoffnungslos: »Für die Lebenden habe ich nie viel getaugt, Scobie.«

»Sie reden Unsinn, Pater.«

»Als ich neu war im Amt, dachte ich, daß die Menschen mit ihren Priestern sprechen, und ich dachte, daß Gott mir irgendwie die rechten Worte eingeben werde. Achten Sie nicht auf das, was ich sage, Scobie, hören Sie gar nicht hin. Es ist der Regen – um diese Jahreszeit deprimiert er mich jedes Jahr. Gott gibt einem nicht die rechten Worte ein, Scobie. Einmal hatte ich eine Pfarrei in Northampton. Man stellt dort Stiefel her. Und man bat mich zum Tee, und ich saß da und beobachtete ihre Hände, die den Tee einschenkten, und wir redeten über die Legio Mariens und die Reparatur des Kirchendaches. Sie waren sehr großzügig, die Leute von Northampton. Ich brauchte nur zu bitten, und schon gaben sie. Ich habe keiner einzigen lebenden Seele etwas genützt, Scobie. Ich habe gedacht, in Afrika würde es anders sein. Sehen Sie, ich bin kein belesener Mann. Ich hatte nie ein besonderes Talent, Gott so zu lieben wie andere. Ich wollte von Nutzen sein, das ist alles. Hören Sie nicht auf mich. Es ist der Regen. Seit fünf Jahren habe ich nicht mehr so gesprochen. Höchstens zu meinem Spiegel. Wenn die Menschen Sorgen haben, gehen sie zu Ihnen, Scobie, nicht zu mir. Sie laden mich zum Abendessen ein, um den neuesten Klatsch zu erfahren. Wohin würden Sie gehen, wenn Sie Sorgen hätten?« Und wieder sah Scobie vor sich die trüben, flehenden Augen, die immer, ob trockene Monate oder Regenzeit, auf etwas warteten, das nie eintrat. Könnte ich bei ihm meine Last abladen? fragte er sich. Könnte ich ihm sagen, daß ich zwei Frauen liebe? Nicht weiß, was ich tun soll. Was hätte es für einen Sinn? Ich kenne die Antwort so gut wie er. Man muß um das Wohl seiner eigenen Seele besorgt sein, ohne Rücksicht auf das, was man anderen damit antut, und genau das kann ich nicht, dazu werde ich nie imstande sein. Nicht er war es, der des Zauberworts bedurfte, er war der Priester, und er konnte es ihm nicht sagen.

»Ich bin kein Mensch, der leicht in Schwierigkeiten kommt, Pater. Ich bin langweilig und nicht mehr jung.« Zur Seite blickend, nicht bereit, diesen Schmerz mitzutragen, hörte er aus dem Mund des Priesters das unglückliche »Hoh! Ho! Ho!«

3

Auf dem Weg zum Bungalow des Commissioners warf Scobie einen Blick in sein Büro. Auf seinem Notizblock entdeckte er eine mit Bleistift hingekritzelte kurze Nachricht: *Wollte Sie sprechen. Nichts Wichtiges. Wilson.* Das war ziemlich merkwürdig, denn er hatte Wilson wochenlang nicht gesehen, und warum hatte er sich, wenn sein Besuch bedeutungslos war, die Mühe gemacht, ihn gewissermaßen zu protokollieren? Er öffnete eine Schreibtischschublade, um ein Päckchen Zigaretten herauszunehmen, und stellte sofort fest, daß etwas aus der Ordnung war. Sorgfältig überprüfte er den Inhalt der Schublade. Sein Tintenstift fehlte. Offenbar hatte Wilson etwas zum Schreiben gesucht und vergessen, den Stift zurückzulegen. Aber wozu überhaupt diese Nachricht?

Der Sergeant im Zimmer des Diensthabenden sagte: »Mr. Wilson waren hier und wollen mit Ihnen sprechen, Sah.«

»Ja, er hat mir eine Nachricht hinterlassen.«

So war das also, dachte Scobie. Ich hätte es ohnehin erfahren, also hat er es für das Beste gehalten, mich selbst zu informieren. Er ging in sein Büro zurück und sah sich den Schreibtisch genauer an. Er hatte den Eindruck, daß ein Aktenordner anders lag, als er ihn hingelegt hatte, doch sicher war er nicht. Er öffnete die Schublade, aber sie enthielt nichts, das für irgend jemand interessant gewesen wäre. Nur der zerrissene Rosenkranz fiel ihm ins Auge – der längst repariert sein sollte. Scobie nahm ihn heraus und steckte ihn in die Tasche.

»Whisky?« fragte der Commissioner.

»Danke, gern«, sagte Scobie und hielt ihm das Glas hin.

»Vertrauen *Sie* mir?«

»Ja.«

»Bin ich der einzige, der nicht über Wilson Bescheid weiß?«

Der Commissioner lächelte und lehnte sich lässig und nicht im geringsten verlegen zurück. »Offiziell weiß niemand etwas – außer mir und dem Geschäftsführer der United African Company, der natürlich eingeweiht sein mußte. Außerdem der Gouverneur und der Dechiffrierer, der die Telegramme mit höchster Geheimhaltungsstufe entschlüsselt. Ich bin froh, daß Sie selbst dahintergekommen sind.«

»Sie sollten nur wissen, daß ich – bis jetzt selbstverständlich – absolut vertrauenswürdig war.«

»Das brauchen Sie mir nicht zu sagen, Scobie.«

»Im Fall von Tallits Cousin konnten wir nicht anders handeln.«

»Natürlich nicht.«

Scobie sagte: »Etwas gibt es jedoch, das Sie noch nicht wissen. Ich habe mir von Yusef zweihundert Pfund geliehen, damit ich Louise nach Südafrika schicken konnte. Ich bezahle ihm vier Prozent Zinsen. Es ist eine rein geschäftliche Abmachung, aber wenn Sie dafür meinen Kopf wollen...«

»Ich bin froh, daß Sie es mir gesagt haben«, entgegnete der Commissioner. »Sehen Sie, Wilson hatte die Vermutung, daß man Sie erpreßt. Er muß irgendwie herausgefunden haben, daß Sie Yusef Geld überweisen, weiß aber natürlich nicht, daß es sich um Zinsen handelt.«

»Wenn Yusef jemanden erpressen würde, dann bestimmt nicht um Geld.«

»Das habe ich Wilson gesagt.«

»Wollen Sie meinen Kopf?«

»Ich *brauche* Ihren Kopf, Scobie. Sie sind der einzige Beamte, dem ich rückhaltlos vertraue.«

Scobie streckte die Hand mit dem leeren Glas aus; es war wie ein Händedruck.

»Sagen Sie halt.«

»Halt.«

Wenn Männer älter werden, werden sie zu Zwillingen; die Vergangenheit ist ihr gemeinsamer Mutterleib. Die sechs Monate Regen und die sechs Monate Trockenheit waren ihr gemeinsamer Entwicklungsprozeß. Sie bedurften nur weniger Worte und weniger Gesten, um sich miteinander zu verständigen. Sie hatten die gleichen Fieberanfälle durchgemacht, dieselbe Liebe und dieselbe Verachtung bewegte beide.

»Derry meldet aus den Minen, daß dort ein paar große Diebstähle vorgekommen sind.«

»Industriediamanten?«

»Schmucksteine. Steckt Yusef dahinter – oder Tallit?«

»Es könnte Yusef sein«, sagte Scobie. »Ich glaube nicht, daß er mit Industriediamanten handelt. Er nennt sie Kieselsteine. Aber sicher ist man natürlich nie.«

»Die ›Esperança‹ läuft in ein paar Tagen ein. Wir müssen wachsam sein.«

»Was sagt Wilson?«

»Er schwört auf Tallit. Yusef hat in seinem Stück die Schurkenrolle – und Sie, Scobie.«

»Ich habe Yusef lange nicht gesehen.«

»Das weiß ich.«

»Allmählich kann ich nachfühlen, wie den Syrern zumute ist, wenn sie ständig beobachtet und angeschwärzt werden.«

»Wilson schreibt über jeden von uns Berichte, Scobie. Über Fraser, Todd, Thimblerigg, mich. Ich bin ihm zu lasch. Doch das ist unwichtig. Wright zerreißt seine Ergüsse, und selbstverständlich bespitzelt Wilson auch ihn.«

239

»Wahrscheinlich haben Sie recht.«

Um Mitternacht ging er zu Fuß zu den Wellblechhütten hinauf. Bei Verdunkelung fühlte er sich vorübergehend sicher, unbeobachtet. In dem aufgeweichten Boden waren seine Schritte kaum zu vernehmen, doch als er an Wilsons Baracke vorüberging, wurde ihm bewußt, daß Vorsicht dringend geboten war. Furchtbare Müdigkeit überkam ihn, und er dachte: Ich gehe nach Hause – will heute nacht nicht bei ihr unterkriechen; ihre letzten Worte waren: »Komm ja nie wieder!« Wie, wenn er sie ausnahmsweise einmal beim Wort nähme? Ungefähr zwanzig Meter vor Wilsons Baracke blieb er stehen und beobachtete den Lichtspalt zwischen den Vorhängen. Irgendwo oben auf dem Hügel brüllte ein Betrunkener etwas, und die ersten Tropfen des wieder einsetzenden Regens trafen sein Gesicht. Er dachte: Ich gehe nach Hause und zu Bett, und morgen früh schreibe ich Louise, und am Abend gehe ich zur Beichte. Übermorgen wird Gott dann aus der Hand des Priesters zu mir zurückkehren. Das Leben wird wieder einfach sein. Tugend, das gute Leben, lockten ihn dort in der Dunkelheit wie die Sünde. Der Regen trübte seinen Blick und das Erdreich saugte sich an seinen Schuhen fest, als er sich der Wellblechhütte zuwandte, obwohl er es nicht wollte.

Er klopfte zweimal, und die Tür flog sofort auf. Zwischen dem ersten und dem zweiten Klopfen hatte er gebetet, daß Helen noch immer wütend und er nicht erwünscht war. Wenn jemand ihn brauchte, konnte er weder Augen noch Ohren davor verschließen; zwar war er nicht der Zenturio, sondern ein einfacher Soldat, der hundert Zenturionen gehorchen mußte, und als die Tür aufging, wußte er, daß wieder der Befehl an ihn ergehen werde – der Befehl zu bleiben, zu lieben, Verantwortung zu tragen, zu lügen.

»O Liebling«, sagte Helen, »ich dachte, du kämst nie. Ich war so gemein zu dir.«

240

»Ich werde immer kommen, wenn du mich willst.«

»Wirst du das?«

»Immer. Solange ich lebe.« Gott kann warten, dachte er. Wie könnte man Gott auf Kosten eines seiner Geschöpfe lieben? Würde eine Frau sich einer Liebe hingeben, der sie ein Kind opfern mußte?

Bevor sie Licht machten, zogen sie sorgfältig die Vorhänge zu.

Sie sagte: »Den ganzen Tag hatte ich Angst davor, du könntest nicht wiederkommen.«

»Selbstverständlich bin ich wiedergekommen.«

»Ich habe dir gesagt, du sollst gehen. Sollte ich dir das noch einmal sagen, achte gar nicht darauf. Versprich mir das.«

»Ich verspreche es«, sagte er.

»Wenn du nicht wiedergekommen wärst...« Gedankenverloren stand sie in der Mitte des Zimmers. Er sah, daß sie auf der Suche nach sich selbst war, die Stirn runzelte in dem Bemühen, sich vorzustellen, was aus ihr geworden wäre... »Ich weiß nicht, vielleicht hätte ich mit Bagster herumgehurt, oder ich hätte mich umgebracht — oder beides. Ich denke beides.«

Er sagte besorgt: »So etwas darfst du nicht denken. Solange ich lebe, werde ich für dich da sein, wenn du mich brauchst.«

»Warum sagst du dauernd ›solange ich lebe‹?«

»Weil dreißig Jahre zwischen uns liegen.«

Sie küßten sich — zum erstenmal an diesem Abend. »Ich spüre die Jahre nicht«, sagte sie.

»Warum dachtest du, ich würde nicht kommen?« fragte Scobie. »Hast du meinen Brief nicht gelesen?«

»Deinen Brief?«

»Den Brief, den ich dir gestern abend unter der Tür durchgeschoben habe.«

Sie sah ihn voller Furcht an. »Ich habe keinen Brief gesehen? Was hat denn dringestanden?«

Lächelnd berührte er ihr Gesicht. »Alles. Ich wollte

241

nicht länger vorsichtig sein. Ich habe dir alles geschrieben.«

»Auch mit deinem Namen unterschrieben?«

»Ich glaube ja. Außerdem war es ein handschriftlicher Brief.«

»Vor der Tür liegt eine Matte. Der Brief muß druntergerutscht sein.« Doch sie wußten beide, daß er nicht unter der Matte lag. Es war, als hätten sie schon immer gewußt, daß das Verhängnis durch diese Tür kommen werde.

»Wer kann ihn genommen haben?«

Er versuchte sie zu beruhigen. »Wahrscheinlich hat dein Boy ihn für irgendeinen Zettel gehalten und in den Papierkorb geworfen. Er war nicht im Couvert. Niemand kann erraten, an wen er gerichtet ist.«

»Als ob das wichtig wäre. Liebling«, sagte sie, »mir ist schlecht. Richtig schlecht. Jemand hat etwas gegen dich in der Hand und will dir einen Strick daraus drehen. Ich wünschte, ich wäre im Rettungsboot gestorben.«

»Deine Phantasie geht mit dir durch. Wahrscheinlich habe ich den Brief nicht weit genug hineingeschoben, und als dein Boy am Morgen die Tür aufgemacht hat, wurde das Stück Papier weggeweht oder in den Schlamm getreten.« Er sprach mit so viel Überzeugungskraft, wie er aufbringen konnte. Durchaus möglich, daß es so gewesen war.

»Du darfst nie zulassen, daß ich dir irgendwie schade«, flehte sie, und mit jedem Satz, den sie sagte, zog sie die Fesseln an seinen Handgelenken fester an. Er streckte die Hände nach ihr aus und log mit fester Stimme: »Du wirst mir nie schaden. Mach dir keine Sorgen wegen dieses Briefes. Ich habe übertrieben. Eigentlich habe ich darin gar nichts gesagt – nichts was ein Fremder verstehen würde. Sorg dich nicht.«

»Hör zu, Liebling. Bleib heute nacht nicht hier. Ich bin nervös. Ich fühle mich – beobachtet. Sag jetzt gute Nacht und geh. Aber komm wieder. O mein Liebster, komm wieder!«

242

In Wilsons Baracke brannte noch Licht, als er vorüberkam. Als er die Tür seines dunklen Hauses öffnete, sah er auf dem Boden ein Stück Papier. Der Anblick jagte ihm einen merkwürdigen Schreck ein, als habe der verschwundene Brief, wie eine Katze, in sein altes Zuhause zurückgefunden. Er hob das Papier auf und stellte fest, daß es zwar nicht sein Brief, aber auch eine Botschaft der Liebe war. Es war ein Telegramm, an seine Büroanschrift gerichtet und wegen der Zensur mit vollem Namen unterschrieben: Louise Scobie. Das traf ihn wie der Hieb eines Boxers, der eine größere Reichweite hatte als er. *Habe geschrieben. Bin auf der Heimreise. War sehr dumm. Stop. Alles Liebe.* Und dann der Name wie ein amtliches Siegel.

Er setzte sich. Ihm war schwindlig vor Übelkeit. Er dachte: Wenn ich diesen Brief nie geschrieben, wenn ich Helen beim Wort genommen und mich von ihr getrennt hätte, wie leicht hätte das Leben in sein altes Gleis zurückgefunden. Dann erinnerte er sich an das, was er ihr vor kaum zehn Minuten gesagt hatte: »Solange ich lebe, werde ich immer für dich da sein, wenn du mich brauchst.« Das war ein Schwur und ebenso unauslöschlich wie das Gelübde vor dem Altar von Ealing.

Wind wehte vom Meer herauf — die Regenzeit ging zu Ende, jetzt kamen die Taifuns. Die Vorhänge blähten sich nach innen, und er lief zu den Fenstern und machte sie zu. Im oberen Stock klapperten die Schlafzimmerfenster, schwangen auf und zu und zerrten an den Angeln. Als er auch sie geschlossen hatte, drehte er sich um und betrachtete den leeren Toilettentisch, der bald wieder mit Fotografien und Cremedöschen übersät sein würde. Darunter eine ganz besondere Fotografie. Der glückliche Scobie, dachte er, mein einziger Erfolg. Im Krankenhaus sagte ein Kind »Vater«, während der Schatten eines Kaninchens über das Kissen huschte; eine junge Frau, die ein Markenalbum umklammerte, wurde vorübergetragen ... Warum ich? dachte er. Warum brauchen sie ausgerechnet mich, einen langweiligen Polizeibeamten, der bei der Beförderung übergangen wurde? Ich habe ihnen nichts zu bieten, das sie nicht auch woanders bekommen könnten. Warum können Sie mich nicht in Frieden lassen?

Woanders gab es eine jüngere und bessere Liebe, mehr Sicherheit und Geborgenheit. Manchmal kam es ihm so vor, als könne er nichts anderes mit ihnen teilen als seine Hoffnungslosigkeit.

An den Toilettentisch gelehnt, versuchte er zu beten. Das Vater Unser war auf seiner Zunge so tot, als seien die Worte blutleer wie ein juristischer Schriftsatz: Es war nicht sein täglich Brot, das er erflehte, sondern viel mehr. Er wollte Glück für andere und Einsamkeit und Frieden für sich selbst. »Ich will nicht mehr planen müssen«, sagte er plötzlich laut. »Wenn ich tot wäre, würden sie mich nicht mehr brauchen. Niemand braucht die Toten. Tote kann man vergessen. O Gott, schenk mir den Tod, ehe ich sie unglücklich mache.« Doch die Worte waren selbst für seine eigenen Ohren viel zu dramatisch. Er sagte sich, er dürfe nicht hysterisch werden. Er mußte viel zuviel planen, konnte sich Hysterie nicht leisten. Und als er ins Erdgeschoß hinunterging, sagte er sich, was er in dieser Situation – dieser banalen Situation – brauchte, waren drei, vielleicht auch vier Aspirin. Er nahm eine Flasche gefiltertes Wasser aus dem Eisschrank und löste die Aspirin auf. Er fragte sich, wie es wäre, den Tod so mühelos zu trinken wie diese Aspirin, die ihm jetzt bitter im Hals steckenblieben. Die Priester behaupteten, es sei eine Todsünde und könne nicht vergeben werden, der letzte Ausdruck einer unbußfertigen Hoffnungslosigkeit, und selbstverständlich richtete man sich nach der Lehre der Kirche. Aber die Priester dachten auch, daß Gott manchmal seine eigenen Gebote gebrochen hatte, warum sollte es Ihm dann nicht möglich sein, dem Selbstmörder eine versöhnliche, verzeihende Hand in die Finsternis zu reichen, da es ihm doch möglich gewesen war, sich in der Gruft, hinter dem Stein selbst zu erwecken? Christus war

244

nicht ermordet worden — Gott konnte man nicht morden. Christus hatte sich selbst getötet. Hatte sich so gewiß selbst ans Kreuz geschlagen, wie Pemberton sich an der Bilderschiene erhängt hatte.

Scobie stellte das Glas ab und dachte wieder: Ich darf nicht hysterisch werden... Das Glück zweier Menschen lag in seinen Händen; er mußte die Nerven bewahren und lernen, mit Geschick zu jonglieren. Ruhe und Gelassenheit waren alles. Er holte sein Tagebuch heraus und schrieb unter das Datum Mittwoch, 6. September: *Abendessen beim Commissioner. Zufriedenstellendes Gespräch über W. Habe Helen für ein paar Minuten besucht. Telegramm von Louise, daß sie auf der Heimreise ist.*

Er zögerte einen Moment und fügte hinzu: *Pater Rank kam vor dem Abendessen auf einen Drink vorbei. War ein bißchen überdreht. Braucht Urlaub.* Er überlas, was er geschrieben hatte und strich die letzten beiden Sätze wieder durch. Er erlaubte sich in seinen Aufzeichnungen nur selten eine persönliche Meinung.

Zweites Kapitel

I

Das Telegramm lag ihm den ganzen Tag schwer auf der Seele. Das alltägliche Leben — die zwei Stunden bei Gericht wegen eines Meineidfalles — kam ihm so unwirklich vor wie ein Land, das man für immer verläßt. Man denkt: Um diese Zeit, in diesem Dorf, sitzen die Menschen, die ich einmal kannte, genauso bei Tisch wie vor einem Jahr, als ich noch da war. Doch man ist nicht überzeugt, daß das Leben außerhalb des eigenen Bewußtseins unverändert weitergeht. In Scobies Bewußtsein existierte nur noch das Telegramm, und er dachte an das

245

namenlose Schiff, das jetzt, von Süden kommend, an der afrikanischen Küste entlangfuhr. Gott vergebe mir, dachte er, wenn für Bruchteile von Sekunden in ihm der Gedanke aufblitzte, daß dieses Schiff möglicherweise nie ankommen werde. In unserem Herzen lebt ein grausamer Tyrann, dem der Jammer Tausender Fremder nichts gilt, solange nur das Glück der wenigen gesichert ist, die wir lieben.

Nach dem Meineidprozeß fing Fellowes, der Gesundheitsinspektor, Scobie an der Tür ab. »Kommen Sie heute zum Abendessen zu uns. Wir haben ein Stück echtes argentinisches Rindfleisch ergattert.« In der Traumwelt, in der Scobie sich bewegte, wäre es zu anstrengend gewesen, die Einladung abzulehnen. »Wilson kommt auch«, sagte Fellowes. »Um die Wahrheit zu sagen, er hat uns zu dem Rindfleisch verholfen. Sie mögen ihn doch, oder?«

»Ja. Ich dachte, Sie seien derjenige, der ihn nicht ausstehen kann.«

»Oh, der Club muß mit der Zeit gehen, und heutzutage entscheiden sich alle möglichen Leute dafür, Handel zu treiben. Ich gebe zu, ich habe damals vorschnell geurteilt. War wahrscheinlich ein bißchen blau. Er war in Downham; als ich in Lancing war, haben unsere Schulen gegeneinander gespielt.«

Während Scobie zu dem vertrauten Haus auf dem Hügel fuhr, das er früher selbst bewohnt hatte, dachte er lustlos: Ich muß bald mit Helen sprechen. Sie darf es nicht von jemand anders erfahren. Das Leben war eine Kette von Wiederholungen: Immer mußte, früher oder später, eine schlechte Nachricht überbracht werden, mußte man sich tröstliche Lügen ausdenken und pinkfarbenen Gin trinken, um die Trauer und den Schmerz von sich fernzuhalten.

Er betrat das langgestreckte Wohnzimmer des Bungalows, und da stand am anderen Ende des Raumes – Helen. Er war bestürzt, als ihm bewußt wurde, daß er ihr noch nie im Haus eines anderen Mannes wie einer

Fremden begegnet war, sie noch nie im Abendkleid gesehen hatte. »Sie kennen Mrs. Rolt, oder?« fragte Fellowes. In seine Stimme war keine Ironie. Mit einem Anflug von Widerwillen gegen sich selbst, dachte Scobie: Wie schlau wir waren! Wie erfolgreich wir die ganze Kolonie an der Nase herumgeführt haben! Es dürfte Liebenden nicht möglich sein, andere so überzeugend zu täuschen. Sollte Liebe nicht spontan und unbekümmert sein?

»Ja«, sagte er, »ich bin ein alter Freund von Mrs. Rolt. Ich war in Pende, als sie über die Grenze gebracht wurde.« Er stand ein paar Meter weit weg am Tisch und beobachtete sie, während Fellowes die Drinks mixte. Sie unterhielt sich völlig ungezwungen mit Mrs. Fellowes. Hätte ich mich, dachte er, auch in sie verliebt, wenn ich sie hier und heute zum erstenmal gesehen hätte?

»Und was trinken Sie, Mrs. Rolt?«

»Einen Pink Gin.«

»Ich wollte, ich könnte meine Frau auch dazu bekehren. Ich bin ihren ewigen Gin mit Orange so leid.«

Scobie sagte: »Wenn ich gewußt hätte, daß Sie auch hier sein würden, hätte ich Sie abgeholt.«

»Hätten Sie es nur getan«, sagte Helen. »Aber Sie besuchen mich ja nie.« Sie wandte sich Fellowes zu und sagte mit einer Leichtigkeit, über die Scobie entsetzt war: »Im Krankenhaus zu Pende war er so nett zu mir, aber ich denke, er mag nur kranke Menschen.«

Fellowes strich sich über den kleinen rötlichen Schnurrbart, schenkte sich noch einen Schuß Gin ein und sagte: »Er fürchtet sich vor Ihnen, Mrs. Rolt. Wir verheirateten Männer tun das alle.«

Sie sagte mit gespielter Schüchternheit: »Glauben Sie, ich könnte noch ein Glas trinken, ohne betrunken zu werden?«

»Ah, hier ist Wilson«, sagte Fellowes, und da war er auch schon mit diesem rosigen, unschuldsvollen Gesicht ohne jedes Selbstvertrauen und dem schlechtsitzenden

Kummerbund. »Sie kennen ja alle, nicht wahr? Mrs. Rolt ist Ihre Nachbarin.«

»Wir kennen uns aber noch nicht«, sagte Wilson und errötete wie immer.

»Ich weiß nicht, was mit den Männern hier los ist«, sagte Fellowes. »Sie und Scobie sind direkte Nachbarn von Mrs. Rolt, und keiner von ihnen besucht sie.« Scobie merkte sofort, daß Wilson ihn prüfend ansah. »Ich wäre nicht so zurückhaltend«, sagte Fellowes und schenkte ihnen die Pink Gins ein.

»Dr. Sykes verspätet sich, wie gewöhnlich«, stellte Mrs. Fellowes vom anderen Ende des Zimmers her fest, doch in diesem Augenblick stapften schwere Schritte die Außentreppe herauf, und Dr. Sykes trat ein; sie trug ein praktisches schwarzes Kleid und Moskitostiefel. »Eben rechtzeitig für einen Drink, Jessie«, sagte Fellowes. »Was soll's denn sein?«

»Ein doppelter Scotch«, sagte Dr. Sykes. Durch ihre starken Brillengläser warf sie einen düsteren Blick in die Runde und fügte hinzu: »'n Abend, allerseits.«

Auf dem Weg ins Speisezimmer sagte Scobie zu Helen: »Ich muß mit Ihnen sprechen«, setzte aber, da er einen Blick von Wilson auffing, rasch hinzu: »Wegen Ihrer Möbel.«

»Wegen meiner Möbel?«

»Ich glaube, ich könnte Ihnen noch ein paar Stühle besorgen.«

Als Verschwörer waren sie noch viel zu unerfahren, hatten noch nicht das ganze Codebuch auswendig gelernt, und er wußte nicht, ob sie die versteckte Anspielung verstanden hatte. Er schwieg während des ganzen Abendessens, fürchtete den Augenblick, in dem er mit ihr allein sein würde und hatte Angst, die kleinste Gelegenheit zu verpassen. Als er die Hand in die Tasche steckte, um das Taschentuch herauszuholen, zerknitterte er das Telegramm zwischen den Fingern... *Ich war sehr dumm. Stop. Alles Liebe.*

»Natürlich wissen Sie mehr als wir, Major Scobie«, sagte Dr. Sykes.

»Tut mir leid, ich habe nicht zugehört...«

»Wir haben über den Fall Pemberton gesprochen.« Innerhalb weniger Monate war er also schon zu einem Fall geworden, der bedauernswerte Pemberton. Wenn etwas zu einem Fall wurde, schien es keinen Menschen mehr zu betreffen − in einem Fall gab es weder Scham noch Leiden. Der Junge auf dem Bett war gesäubert und ordentlich aufgebahrt, ein Beispiel mehr für ein Lehrbuch der Psychologie.

»Ich habe gesagt«, meldete Wilson sich zu Wort, »daß Pemberton eine seltsame Methode gewählt hat, um sich umzubringen. Ich hätte Schlaftabletten geschluckt.«

»In Bamba ist es nicht so einfach, sich Schlafmittel zu besorgen«, sagte Dr. Sykes. »Wahrscheinlich war es eine Kurzschlußhandlung.«

»Es hätte aber kein solches Aufsehen erregt«, sagte Fellowes. »Ein Mensch hat natürlich das Recht, sich das Leben zu nehmen, aber ein solches Aufsehen ist überflüssig. Eine Überdosis Schlaftabletten ist der richtige Weg, da muß ich Wilson rechtgeben.«

»Dazu brauchen Sie aber ein Rezept«, sagte Dr. Sykes.

Scobie, die Finger auf dem Telegramm, erinnerte sich an den mit *Dicky* unterschriebenen Brief, die kindliche Handschrift, die Zigarettenbrandflecke auf den Stühlen, die Romane von Edgar Wallace, die Wundmale der Einsamkeit. Zweitausend Jahre lang, dachte er, haben wir Christi Leiden genauso uninteressiert diskutiert.

»Pemberton war immer ein kleiner Narr«, sagte Fellowes.

»Ein Schlafmittel hat unweigerlich seine Tücken«, sagte Dr. Sykes. In ihren großen Brillengläsern spiegelte sich die elektrische Birne, als sie sie wie den Scheinwerfer eines Leuchtturms auf Scobie richtete. »*Ihre* Erfahrung wird ihnen sagen, wie tückisch es ist. Versicherungen haben gar nicht gern mit Schlafmitteln zu tun, und kein

249

Leichenbeschauer würde sich bewußt zu einem Betrug hergeben.«

»Und wie sollten sie dahinterkommen?« fragte Wilson.

»Nehmen Sie zum Beispiel Luminal. Niemand könnte irrtümlich so viel Luminal einnehmen...« Scobie sah Helen über den Tisch hinweg an. Sie aß langsam, appetitlos, die Augen auf den Teller gesenkt. Ihr Schweigen schien sie zu isolieren. Über dieses Thema konnten unglückliche Menschen nicht nüchtern und sachlich sprechen. Wieder merkte er, daß Wilsons Blick zwischen ihnen hin und her ging, und Scobie bemühte sich verzweifelt, seinem Gehirn einen Satz abzuringen, der ihre gefährliche Zweisamkeit beendete. Sie waren nicht einmal sicher, wenn sie gemeinsam schwiegen.

Er sagte: »Und was für einen Ausweg empfehlen Sie, Dr. Sykes?«

»Nun, es gibt Badeunfälle – aber auch sie bedürfen einer logischen Erklärung. Wenn ein Mensch mutig genug ist, sich vor ein Auto zu werfen, aber das ist zu unsicher...«

»Und zieht einen Dritten mit hinein«, sagte Scobie.

»Ich selbst«, sagte Dr. Sykes, hinter den Brillengläsern feixend, »hätte da keine Schwierigkeiten. Als Ärztin würde ich einfach behaupten, ich hätte Angina pectoris und würde mir dann von einem Kollegen verschreiben lassen...«

»Was ist das nur für ein gräßliches Gerede!« fiel Helen ihr plötzlich heftig ins Wort. »Sie haben kein Recht, hier breitzutreten...«

»Meine Liebe«, sagte Dr. Sykes, die boshaft blitzenden Gläser auf Helen richtend, »wenn Sie hier so lange Ärztin wären wie ich, würden Sie Ihre Pappenheimer kennen. Ich glaube nicht, daß jemand von uns dazu neigt...«

Mrs. Fellowes sagte: »Nehmen Sie sich noch ein bißchen Obstsalat, Mrs. Rolt.«

»Sind Sie Katholikin, Mrs. Rolt?« fragte Fellowes. »Die haben natürlich sehr strenge Ansichten.«

»Nein, ich bin nicht katholisch.«

»Aber ihre Ansichten sind sehr streng, nicht war, Scobie?«

»Man lehrt uns, daß Selbstmord eine Sünde ist, die nicht vergeben werden kann«, sagte Scobie.

»Aber glauben Sie denn wirklich an die Hölle, Major Scobie?« fragte Dr. Sykes.

»O ja, natürlich.«

»An Flammen und Marterqualen?«

»Daran vielleicht nicht so ganz. Man lehrt uns, es sei vielleicht ein ewiges Gefühl, etwas verloren zu haben.«

»Eine solche Hölle würde *mir* keinen Kummer machen«, sagte Fellowes.

»Vielleicht haben Sie noch nie etwas verloren, das Ihnen etwas bedeutet hat«, sagte Scobie.

Der eigentliche Anlaß dieser Dinnerparty war das argentinische Rindfleisch gewesen. Nachdem es verzehrt war, gab es nichts, das sie zusammengehalten hätte. (Mrs. Fellowes war keine Kartenspielerin.) Fellowes kümmerte sich um das Bier, und Wilson sah sich eingeklemmt zwischen der schweigenden Mrs. Fellowes und der geschwätzigen Dr. Sykes.

»Gehen wir ein bißchen an die Luft«, schlug Scobie Helen vor.

»Ist das klug?«

»Es sähe merkwürdig aus, wenn wir's nicht täten«, sagte Scobie.

»Gehen Sie die Sterne betrachten?« rief Fellowes, das Bier einschenkend. »Wollen Sie versäumte Zeit nachholen, Scobie? Nehmen Sie Ihre Gläser mit.«

Sie stellten die Gläser auf das Geländer der Veranda und versuchten sie in der Balance zu halten. Helen sagte: »Ich habe deinen Brief nicht gefunden.«

»Vergiß ihn.«

»Wolltest du nicht deshalb mit mir reden?«

»Nein.«

Vor dem Hintergrund des mondhellen Himmels waren

251

die Konturen ihres Gesichts deutlich zu sehen, doch bald würden die heranjagenden Regenwolken sie auslöschen. Er sagte: »Ich habe eine schlechte Nachricht.«

»Weiß jemand über uns Bescheid?«

»O nein, niemand weiß etwas. Gestern abend bekam ich ein Telegramm meiner Frau. Sie kommt heim.« Ein Glas rutschte vom Geländer und zerschellte im Hof.

Ihre Lippen wiederholten voller Bitterkeit »heim«, als sei dies das einzige Wort, das sie begriffen hatte. Er ließ die Hand über das Geländer gleiten, um die ihre zu fassen, verfehlte sie jedoch und sagte hastig: »In *ihr* Heim. Es wird nie wieder das meine sein.«

»O doch, das wird es. Jetzt wird es das.«

»Ich will nie wieder ein Heim haben, in dem du nicht bist«, schwor er ihr. Die Regenwolken verdeckten den Mond, und ihr Gesicht erlosch wie eine Kerze in einem plötzlichen Luftzug. Er hatte das Gefühl, jetzt eine viel längere Reise anzutreten, als er je beabsichtigt hatte. Jemand öffnete die Tür, und helles Licht fiel auf sie. Er sagte scharf: »Denken Sie an die Verdunkelung!« Und dachte: Wenigstens stehen wir nicht dicht beieinander, doch wie sehen unsere Gesichter aus? Wilson sagte: »Wir dachten schon, es gebe Streit. Wir haben gehört, daß ein Glas zerbrochen ist.«

»Mrs. Rolt hat ihr ganzes Bier verschüttet.«

»Nennen Sie mich doch Helen, um Himmels willen«, sagte sie trocken. »Alle tun es inzwischen, Major Scobie.«

»Bin ich in etwas hineingeplatzt?«

»Ja, in eine Szene zügelloser Leidenschaft«, sagte Helen. »Ich bin total durcheinander. Ich möchte nach Hause.«

»Ich fahre Sie«, sagte Scobie. »Es ist ziemlich spät geworden.«

»Ihnen traue ich nicht, außerdem ist Dr. Sykes ganz wild darauf, mit Ihnen über Selbstmord zu sprechen. Ich möchte die Party nicht sprengen. Haben Sie einen Wagen, Mr. Wilson?«

»Natürlich. Ich bin entzückt.«

»Sie können mich ja nach Hause bringen und dann sofort wieder herkommen.«

»Ach, ich gehe selbst gern früh zu Bett«, sagte Wilson.

»Dann geh' ich schnell hinein und sag' gute Nacht.«

Als Scobie wieder ihr Gesicht sah, dachte er: Nehme ich die Geschichte zu tragisch? Könnte das für sie nicht einfach das Ende einer Episode sein. Er hörte sie zu Mrs. Fellowes sagen: »Das argentinische Rindfleisch hat wirklich köstlich geschmeckt.«

»Dafür müssen wir uns bei Mr. Wilson bedanken.«

Die Sätze flogen hin und her wie Federbälle. Jemand lachte – Fellowes oder Wilson? – und sagte: »Da haben Sie recht«, und Dr. Sykes' Brillengläser morsten Punkt Strich Punkt an die Decke. Scobie konnte dem Wagen nicht nachsehen, ohne den Verdunkelungsvorhang zur Seite zu schieben; er hörte den Motor husten und stottern, husten und stottern, aufheulen und endlich immer leiser werden, bis wieder Stille herrschte.

Dr. Sykes sagte: »Man hätte Mrs. Rolt länger im Krankenhaus behalten müssen.«

»Warum?«

»Die Nerven. Ich habe es gefühlt, als sie mir die Hand gab.«

Er blieb noch eine halbe Stunde und fuhr dann auch nach Hause. Unbequem auf den Küchenstufen sitzend, döste Ali vor sich hin und wartete, wie immer. Er leuchtete Scobie mit seiner Taschenlampe zur Haustür. »Missus haben Brief gebracht«, sagte er und zog ein Couvert unter seinem Hemd heraus.

»Warum hast du ihn nicht auf den Tisch gelegt.«

»Massa da drin.«

»Welcher Massa?« Doch inzwischen hatte er die Tür geöffnet und sah Yusef schlafend in einem Sessel liegen. Er atmete so leise, daß seine schwarzen Brusthaare nicht einmal zitterten.

»Ich ihm sagen, er weggehen«, erklärte Ali voller Verachtung. »Aber er bleiben.«

253

»Das ist schon in Ordnung. Geh zu Bett.«

Scobie hatte das Gefühl, das Leben dringe von allen Seiten bedrohlich auf ihn ein. Seit dem Abend, an dem Yusef sich nach Louise erkundigt und Tallit die Falle gestellt hatte, war Yusef nicht mehr bei ihm gewesen. Leise, um den Schlafenden nicht zu wecken und sich nicht mit diesem Problem befassen zu müssen, öffnete er Helens Brief. Sie mußte ihn sofort geschrieben haben, nachdem sie heimgekommen war. Er las: *Mein Liebling, es ist mir sehr ernst. Sagen kann ich es Dir nicht, also schreibe ich es nieder. Ich werde den Brief Ali geben. Ihm vertraust Du. Als ich hörte, daß Deine Frau zurückkommt...*

Yusef schlug die Augen auf und sagte: »Verzeihen Sie, daß ich bei Ihnen eingedrungen bin, Major Scobie.«

»Wollen Sie etwas trinken? Bier? Gin? Der Whisky ist mir ausgegangen.«

»Darf ich Ihnen eine Kiste schicken?« begann Yusef automatisch und lachte dann. »Ich vergesse es immer wieder. Ich darf Ihnen ja nichts schicken.«

Scobie setzte sich an den Tisch und legte den Brief offen vor sich hin. Nichts war so wichtig wie die nächsten Sätze. Er sagte: »Was wollen Sie, Yusef?« Und las weiter: *Als ich hörte, daß Deine Frau zurückkommt, war ich zornig und verbittert. Das war dumm von mir. Es ist ja nicht Deine Schuld — nichts ist Deine Schuld.*

»Lesen Sie ruhig zu Ende, Major Scobie, ich kann warten.«

»So wichtig ist es auch nicht«, sagte Scobie und riß die Augen von den großen, kindlichen Buchstaben und dem einzigen Rechtschreibfehler los. »Sagen Sie mir, was Sie wollen, Yusef.« Doch sofort kehrte sein Blick zu Helens Brief zurück. *Deshalb schreibe ich Dir. Weil Du mir gestern abend versprochen hast, mich nie zu verlassen. Aber ich will nicht, daß Du Dich durch ein Versprechen an mich gebunden fühlst. Mein Liebster, alle Deine Versprechen...*

»Major Scobie, als ich Ihnen das Geld lieh, war es, das schwöre ich, aus Freundschaft, aus reiner Freundschaft.

Ich wollte Sie nie um eine Gegenleistung bitten, wollte überhaupt nichts von Ihnen, nicht einmal die vier Prozent. Ich hätte Sie nicht einmal um *Ihre* Freundschaft gebeten ... Ich war Ihr Freund ... Das alles ist sehr verwirrend und mit Worten sehr schwierig auszudrücken, Major Scobie.«

»Sie haben sich an die Vereinbarung gehalten, Yusef. Ich beschwere mich nicht wegen Tallits Cousin.« Er las weiter: *Du gehörst zu Deiner Frau. Nichts, was Du mir sagst, ist ein Versprechen. Bitte, bitte vergiß das nicht. Wenn Du mich nicht wiedersehen willst, schreib mir nicht, und sprich nicht mit mir. Und, Liebster, wenn Du mich ab und zu sehen willst, dann besuch mich ab und zu. Ich werde den Leuten vorlügen, was Du willst.*

»Lesen Sie zu Ende, Major Scobie. Denn das, was ich mit Ihnen zu besprechen habe, ist sehr, sehr wichtig.«

Mein lieber Liebster, verlaß mich, wenn Du willst, oder mach mich zu Deiner Hurre, wenn Du willst. Er dachte: Sie hat das Wort nur gehört, hat keine Ahnung, wie man es schreibt; aus den Schulausgaben der Shakespearschen Werke hatte man es ausgemerzt. *Gute Nacht, und sorg Dich nicht, mein Liebling.* »Na schön, Yusef, was ist denn so wichtig?«

»Major Scobie, ich muß Sie jetzt doch um einen Gefallen bitten. Das hat nichts mit dem Geld zu tun, das ich Ihnen geliehen habe. Wenn Sie das für mich tun können, wird es aus Freundschaft sein, nur aus Freundschaft.«

»Es ist spät, Yusef, sagen Sie mir, um was es geht.«

»Übermorgen läuft die ›Esperança‹ ein. Ich möchte, daß ein kleines Päckchen für mich an Bord gebracht und dem Kapitän übergeben wird.«

»Was ist in dem Päckchen?«

»Fragen Sie doch nicht, Major Scobie. Ich bin Ihr Freund. Ich möchte das lieber geheimhalten. Es wird niemandem schaden.«

»Sie wissen, daß ich es nicht tun kann, Yusef, es ist unmöglich.«

255

»Ich versichere Ihnen, Major Scobie, ich gebe Ihnen mein Wort« – er beugte sich im Sessel vor und legte die Hand auf die schwarzbehaarte Brust –, »gebe Ihnen mein Wort als Ihr Freund, daß das Päckchen nichts für die Deutschen enthält. Keine Industriediamanten, Major Scobie.«

»Also Schmucksteine?«

»Nichts für die Deutschen. Nichts, was Ihrem Land schaden könnte.«

»Yusef, Sie nehmen doch nicht im Ernst an, daß ich mich darauf einlasse?«

Die leichte Drillichhose rutschte bis an die Sesselkante vor, und einen Moment lang dachte Scobie, Yusef wolle sich vor ihm auf die Knie werfen. Er sagte: »Major Scobie, ich flehe Sie an ... Es ist für Sie genauso wichtig wie für mich.« Ihm brach die Stimme, so aufrichtig bewegt war er. »Ich möchte ein Freund sein.«

Scobie sagte: »Ich muß Sie warnen, Yusef – der Commissioner weiß inzwischen nämlich von unserer Vereinbarung.«

»Na, wer sagt's denn! Aber das hier ist viel schlimmer. Major Scobie, mein Ehrenwort, es wird niemandem schaden. Nur diesen einen Gefallen aus Freundschaft, und ich werde Sie nie wieder um etwas bitten. Tun Sie es freiwillig, Major Scobie. Ich biete Ihnen kein Geld an. Nein, von Bestechung ist nicht die Rede, nur von Freundschaft.«

Scobies Augen kehrten zu dem Brief zurück. *Mein Liebling, es ist mir ser ernst* ... er las es diesmal als *servus* – Sklave auf lateinisch: Diener der Diener Gottes. Es war wie ein unkluger Befehl, dem er dennoch gehorchen mußte. Es kam ihm so vor, als kehre er dem Frieden für immer und ewig den Rücken. Offenen Auges und sich der Konsequenzen voll bewußt, begab er sich, gewissermaßen ohne Rückfahrkarte, in das Land der Lüge. »Was haben Sie gesagt, Yusef? Ich habe nicht verstanden ...«

»Ich bitte Sie nur noch einmal ...«

»Nein, Yusef.«

»Major Scobie«, sagte Yusef, richtete sich bolzengerade auf und sprach mit merkwürdiger Förmlichkeit, als sitze ein Fremder bei ihnen und sie seien nicht mehr allein. »Major Scobie, erinnern Sie sich an Pemberton?«

»Natürlich erinnere ich mich an Pemberton.«

»Sein Boy arbeitet jetzt für mich.«

»Pembertons Boy?« *Nichts, was Du mir sagst, ist ein Versprechen.*

»Pembertons Boy ist jetzt Boy bei Mrs. Rolt.«

Scobies Augen blieben auf dem Brief haften, doch er las nicht mehr, was er sah.

»Dieser Boy hat mir einen Brief gebracht. Sehen Sie, ich hatte ihn nämlich gebeten, die Augen offenzuhalten − ist das das richtige Wort?«

»Sie sprechen ausgezeichnet Englisch, Yusef. Wer hat Ihnen den Brief vorgelesen?«

»Das ist nicht wichtig.«

Diese förmliche Stimme brach plötzlich ab, und der alte Yusef sagte beschwörend: »Oh, Major Scobie, wie konnten Sie nur einen solchen Brief schreiben? Der mußte Sie ja in Teufels Küche bringen.«

»Man kann nicht immer klug handeln, Yusef. Dann würde man wahrscheinlich am Lebensüberdruß zu Grunde gehen.«

»Aber durch diesen Brief habe ich Sie jetzt in der Hand.«

»Mir würde das nicht viel ausmachen. Aber Ihnen drei Menschen auszuliefern...«

»Hätten Sie mir doch aus Freundschaft diesen einen Gefallen getan...«

»Los, Yusef, sprechen Sie weiter. Sie müssen Ihre Erpressung auch zu Ende führen. Mit einer halben Drohung kommen Sie mir nicht davon.«

»Ich wünschte, ich könnte ein Loch in die Erde graben und das Paket hineinversenken. Aber der Krieg läuft nicht so, wie er sollte, Major Scobie. Ich tu' das ja nicht für mich, sondern für meinen Vater und meine Mutter, für meinen Halbbruder, meine drei Schwestern – und da gibt es auch noch Cousins.«

»Eine zahlreiche Familie.«

»O ja, und wenn die Engländer den Krieg verlieren, sind meine Geschäfte nichts mehr wert und ich ein armer Mann.«

»Und was haben Sie mit dem Brief vor, Yusef?«

»Von einem Angestellten der Telegrammgesellschaft habe ich erfahren, daß Ihre Frau nach Hause kommt. Ich lasse ihr den Brief überbringen, sobald sie an Land geht.«

Natürlich, das mit »Louise Scobie« unterschriebene Telegramm: *Ich war sehr dumm. Stop. Alles Liebe...* Was für eine böse Begrüßung, dachte er.

»Und wenn ich dem Kapitän der ›Esperança‹ das Päckchen bringe?«

»Mein Boy wird auf dem Pier warten. Sobald Sie ihm die Empfangsbestätigung des Kapitäns geben, händigt er Ihnen einen Umschlag mit Ihrem Brief aus.«

»Sie vertrauen Ihrem Boy?«

»Genauso wie Sie Ali vertrauen.«

»Angenommen, ich möchte den Brief erst zurück und gebe Ihnen mein Wort...«

»Es ist die Strafe des Erpressers, Major Scobie, daß es für ihn keine Ehrenschuld gibt. Sie hätten ganz recht, wenn Sie mich hintergingen.«

»Angenommen, Sie hintergehen mich.«

»Das wäre unrecht. Und ich war früher Ihr Freund.«

»Beinahe wären Sie es tatsächlich gewesen«, gab Scobie widerstrebend zu.

»Ich bin der niederträchtige Inder.«

»Der niederträchtige Inder?«

»Der die Perle wegwarf«, sagte Yusef traurig. »Das ist in dem Theaterstück von Shakespeare vorgekommen, das von der Feldzeugtruppe in der Memorial Hall aufgeführt wurde. Ich habe es nie vergessen.«

»Nun«, sagte Druce, »jetzt müssen wir uns leider an die Arbeit machen.«

»Nur noch ein Glas«, sagte der Kapitän der »Esperança«.

»Nicht, wenn wir Sie freigeben sollen, bevor der Hafen über Nacht gesperrt wird. Wir sehen uns später, Scobie.«

Als die Kabinentür hinter Druce zugefallen war, sagte der Kapitän kurzatmig: »Ich bin noch hier.«

»Das sehe ich. Ich habe Ihnen ja gesagt, daß oft Fehler passieren – Memoranden enden als Irrläufer, Akten gehen verloren.«

»Ich glaube Ihnen kein Wort«, sagte der Kapitän. »Ich glaube, Sie haben mir geholfen.« Er schwitzte dezent in der stickigen Kabine. Er fügte hinzu: »Ich habe in jeder Messe für Sie gebetet, und ich habe Ihnen dies hier mitgebracht. Etwas anderes habe ich in Lobito für Sie nicht gefunden. Es ist eine ganz unbedeutende Heilige.« Und er schob ein Medaillon mit dem Bild einer Heiligen über den Tisch, das nicht größer war als ein Penny. »Es ist die Heilige – mir fällt ihr Name jetzt nicht ein. Ich glaube, sie hat etwas mit Angola zu tun.«

»Danke«, sagte Scobie. Das Päckchen in seiner Tasche schien so schwer wie eine Pistole gegen seinen Oberschenkel zu drücken. Er beobachtete, wie die letzten Tropfen Portwein sich auf dem Grund seines Glases sammelten, und trank dann aus. Er sagte: »Diesmal habe ich etwas für *Sie*.« Ein furchtbarer Widerwille machte seine Finger so steif und unbeweglich wie ein Krampf.

»Für mich?«

»Ja.«

Wie leicht das kleine Päckchen jetzt war, als es zwischen ihnen auf dem Tisch lag. Was in seiner Tasche so schwer wie eine Pistole gewogen hatte, hatte jetzt das Gewicht von etwa fünfzig Zigaretten. Er sagte: »Jemand, der in Lissabon mit dem Lotsen an Bord kommt, wird Sie fragen, ob Sie amerikanische Zigaretten haben. Ihm händigen Sie das Päckchen aus.«

»Ist das ein Regierungsauftrag?«

»Nein. Die Regierung würde nie so gut bezahlen.« Scobie legte ein Bündel Banknoten auf den Tisch.

»Das überrascht mich«, sagte der Kapitän mit einem merkwürdigen Unterton von Enttäuschung. »Ich habe Sie jetzt in der Hand.«

»Ich hatte Sie in meiner«, sagte Scobie.

»Das vergesse ich Ihnen nicht. Und meine Tochter ebensowenig. Sie hat zwar nicht kirchlich geheiratet, aber sie ist gläubig. Sie betet auch für Sie.«

»Unsere Gebete zählen dann gewiß nicht?«

»Nein, doch wenn der Augenblick göttlicher Barmherzigkeit wiederkehrt, erheben sie sich« – der Kapitän hob die feisten Arme mit einer lächerlichen und zugleich rührenden Geste – »alle zugleich wie ein riesiger Vogelschwarm.«

»Dann bin ich dankbar und froh«, sagte Scobie.

»Sie können mir selbstverständlich vertrauen.«

»Selbstverständlich. Jetzt muß ich Ihre Kabine durchsuchen.«

»Sehr weit geht Ihr Vertrauen in mich aber nicht.«

»Das Päckchen«, sagte Scobie, »hat nichts mit dem Krieg zu tun.«

»Sind Sie sicher?«

»Beinahe.«

Er begann mit der Durchsuchung. Einmal, als er vor dem Spiegel stehenblieb, erblickte er hinter seiner Schulter das Gesicht eines Fremden, ein fettes, schwitzendes, verschlagenes Gesicht. Im ersten Moment fragte er sich: Wer das sein? Dann wurde ihm klar, daß es nur der neue, ungewohnte Ausdruck des Mitleids war, der dieses Gesicht so fremd erscheinen ließ. Er dachte: Gehöre ich wirklich schon zu jenen, die man bemitleidet?

DRITTES BUCH

Erster Teil

Erstes Kapitel

1

Die Regenzeit war vorüber, und die Erde dampfte. Überall ließen sich Wolken von Fliegen nieder, und das Krankenhaus war mit Malariakranken überfüllt. Weiter oben an der Küste starben die Menschen an Schwarzwasserfieber, und doch war eine Zeitlang eine allgemeine Erleichterung spürbar. Es war, als sei die Welt wieder still geworden, seit das Trommeln auf den Wellblechdächern aufgehört hatte. In der Stadt neutralisierte Blumenduft den Zoogeruch in den Korridoren der Polizeidirektion. Eine Stunde nachdem die Hafensperre aufgehoben worden war, lief ohne Geleitschutz ein Linienschiff aus dem Süden in den Hafen ein.

Scobie fuhr mit dem Polizeiboot hinaus, sobald es vor Anker gegangen war. Sein Mund fühlte sich ganz steif an, so schwer fiel es ihm, Louise zu begrüßen. Er übte Sätze ein, die warm und aufrichtig klingen sollten, und er dachte: Wie weit ist es mit mir gekommen, daß ich einen Willkommensgruß proben muß. Er hoffte, Louise in einem der Gesellschaftsräume anzutreffen, denn es fiel ihm leichter, sie in Gegenwart von Fremden zu begrüßen, doch sie war nirgends zu sehen. Er mußte im Büro des Zahlmeisters nach ihrer Kabinennummer fragen.

Auch da noch konnte er natürlich hoffen, daß sie nicht allein sein würde. Denn seit Kriegsbeginn war jede Kabine mit mindestens sechs Reisenden belegt.

Aber als er klopfte und die Tür öffnete, war nur Louise da. Er kam sich vor wie ein Vertreter, der in einem fremden Haus etwas verkaufen wollte. Als er »Louise?« sagte, stand hinter dem Wort ein Fragezeichen.

»Henry.« Sie fügte hinzu: »Komm rein.« Und als er in der Kabine war, blieb ihm nichts anderes übrig, als sie zu küssen. Er wich ihren Lippen aus — denn der Mund ist verräterisch, doch sie war erst zufrieden, als sie sein Gesicht herumgedreht und ihre Rückkehr mit den Lippen besiegelt hatte. »Hier bin ich also, mein Lieber.«

»Ja, hier bist du wieder«, sagte er und suchte verzweifelt nach den Sätzen, die er eingeübt hatte.

»Die Leute sind alle so nett«, sagte sie. »Alle sind weggegangen, damit ich dich allein begrüßen kann.«

»Hattest du eine angenehme Reise?«

»Ich glaube, einmal hat uns ein Schiff gejagt.«

»Ich habe mich gesorgt«, sagte er und dachte: Das war die erste Lüge. Am besten stürze ich mich gleich kopfüber hinein. Er sagte: »Du hast mir so sehr gefehlt.«

»Es war dumm von mir wegzufahren, Liebling.« Durch das Bullauge sah man die Häuser, die im Hitzedunst glitzerten wie Katzengold. Die Kabine roch stark nach Frau, nach Puder, Nagellack und Nachthemden. Er sagte: »Machen wir, daß wir an Land kommen.«

Aber Louise hielt ihn noch ein Weile zurück. »Liebling, ich habe viele gute Vorsätze gefaßt, während ich weg war. Alles soll jetzt anders werden. Ich werde nicht mehr nörgeln, dich nicht mehr durcheinanderbringen.« Sie wiederholte: »Alles wird anders.« Und er dachte traurig: Das ist auf jeden Fall die Wahrheit, die düstere Wahrheit.

Am Fenster seines Hauses stehend, während Ali und der kleine Boy das Gepäck hereintrugen, blickte er hügelwärts zu den Wellblechhütten. Es war, als habe ein Erdrutsch die Straße zwischen ihm und ihnen unpassierbar gemacht, sie in eine unendliche Ferne gerückt. Sie waren so weit weg, daß er zuerst keinen Schmerz spürte — ebensowenig wie er heute noch wegen einer Episode aus seiner Jugendzeit litt, an die er sich mit leichter Wehmut erinnerte. Haben meine Lügen in Wahrheit begonnen, als ich diesen Brief schrieb? Kann ich sie wirklich mehr lieben als Louise? Liebe ich im tiefsten Herzen überhaupt eine von beiden, oder ist es nur das Mitleid, das man unwillkürlich für jede menschliche Not empfindet — und das alles nur noch schlimmer macht? Wer leidet, erwartet Hilfe, Loyalität. Aus dem Obergeschoß wurden Stille und Einsamkeit mit Hammerschlägen vertrieben, Nägel wurden in die Wände geschlagen, schwere Gegenstände fielen zu Boden, so daß die Zimmerdecke bebte. Louise gab mit fröhlich erhobener Stimme energische Befehle. Klappernd wurden Cremetiegel und Fotorahmen auf den Toilettetisch gestellt. Scobie ging hinauf und sah schon von der Tür her das Kindergesicht unter dem weißen Kommunionschleier: Auch die Toten waren heimgekehrt. Das Leben war ohne die Toten nicht dasselbe. Wie ein graues Ektoplasma hing das Moskitonetz über dem Doppelbett.

»Nun, Ali«, sagte er mit dem Schatten eines Lächelns, denn zu mehr war er bei dieser Séance nicht imstande. »Missus zurück. Wir sind wieder alle zusammen.« Ihr Rosenkranz lag auf dem Toilettetisch, und ihm fiel der zerrissene ein, den er noch in der Tasche hatte. Er hatte ihn richten lassen wollen. Jetzt schien es kaum noch der Mühe wert.

»Liebling«, sagte Louise, »ich bin hier oben fertig. Ali kann den Rest erledigen. Ich habe eine Menge mit dir zu besprechen...« Sie folgte ihm ins Wohnzimmer und sagte sofort: »Ich muß die Vorhänge waschen lassen.«

»Man sieht doch gar keinen Schmutz.«

»Armer Schatz, du merkst es natürlich nicht, aber ich war fort. Außerdem will ich einen größeren Bücherschrank, ich habe mir viele Bücher mitgebracht.«

»Du hast mir noch gar nicht gesagt, warum du...«

»Liebling, du würdest mich auslachen. Es war so albern. Aber plötzlich habe ich eingesehen, wie dumm ich war, so gekränkt zu sein, weil sie nicht dich zum Commissioner befördert haben. Ich werde es dir eines

Tages erzählen, wenn es mir nichts mehr ausmacht, von dir ausgelacht zu werden.« Sie streckte die Hand aus und berührte unsicher zögernd seinen Arm. »Freust du dich wirklich...«

»Sehr sogar«, sagte er.

»Weißt du, was mir außerdem noch Kummer gemacht hat? Ich habe befürchtet, daß du ohne mich, ohne daß ich dich ein bißchen antreibe, kein besonders vorbildlicher Katholik sein würdest, armer Kerl.«

»Das war ich wirklich nicht, glaube ich.«

»Hast du die Messe oft versäumt?«

Er sagte krampfhaft witzig: »Ich war kaum einmal dort.«

»O Ticki!« Sie korrigierte sich rasch und sagte: »Henry, Liebling, du wirst mich zwar für sehr sentimental halten, aber morgen ist Sonntag, und ich möchte, daß wir gemeinsam kommunizieren. Es soll ein Zeichen dafür sein, daß wir einen neuen Anfang gemacht haben – auf dem richtigen Weg.« Es war unglaublich, was einem in bestimmten Situationen alles entging – das hatte er nicht bedacht. Er sagte: »Natürlich«, war aber im Augenblick keines Gedankens fähig.

»Du mußt heute nachmittag zur Beichte gehen.«

»Ich habe nichts Schreckliches angestellt.«

»Die Sonntagsmesse zu versäumen, ist genauso eine Todsünde wie Ehebruch.«

»Ehebruch macht mehr Spaß«, versuchte er wieder zu scherzen.

»Höchste Zeit, daß ich zurückgekommen bin.«

»Ich gehe heute nachmittag, aber nach dem Essen. Mit leerem Magen kann ich nicht beichten.«

»Liebling, du *hast* dich sehr verändert.«

»Das sollte ein Witz sein.«

»Ich habe nichts gegen Scherze. Ich mag sie sogar. Nur – früher warst du nicht besonders witzig.«

»Du kommst ja auch nicht jeden Tag von einer Reise zurück, Liebling.« Die angestrengt gute Laune, die

Scherze auf spröden Lippen — er bemühte sich, sie aufrechtzuerhalten. Beim Lunch legte er die Gabel aus der
Hand und rang sich noch einen »guten Witz« ab. »Lieber
Henry«, sagte sie darauf, »so vergnügt kenne ich dich ja
gar nicht.« Der Boden unter seinen Füßen war eingebro-
chen, und während der ganzen Mahlzeit hatte er das
Gefühl, das einen überkommt, wenn man in die Tiefe
stürzt — ein schlaffer Magen, Atemlosigkeit, Verzweiflung —, denn so tief konnte man nicht stürzen und dennoch überleben. Seine Fröhlichkeit war wie ein Schrei
aus einer Gletscherspalte.

Nach dem Essen (er hätte nicht einmal sagen können,
was er gegessen hatte) sagte er: »Ich muß jetzt los.«

»Zu Pater Rank?«

»Zuerst muß ich bei Wilson vorbeischauen. Er wohnt
oben in einer Wellblechhütte. Ein Nachbar.«

»Ist er jetzt nicht in der Stadt?«

»Ich glaube, er kommt zum Lunch nach Hause.«

Als er den Hügel hinaufstieg, dachte er: Wie oft werde
ich in Zukunft Wilson besuchen müssen. Doch nein —
das war kein hieb- und stichfestes Alibi. Es war nur dieses
eine Mal möglich, weil er wußte, daß Wilson in der Stadt
lunchte. Aber um ganz sicherzugehen, klopfte er trotzdem bei ihm und war, als Harris ihm öffnete, einen
Moment lang bestürzt. »Ich habe nicht erwartet, daß Sie
hier sind.«

»Ich hatte einen Fieberanfall«, sagte Harris.

»Ist Wilson zu Hause?«

»Er luncht immer in der Stadt«, sagte Harris.

»Ich wollte ihm nur sagen, daß wir uns freuen würden,
wenn er bei uns vorbeikäme. Meine Frau ist nämlich wieder hier.«

»Das dachte ich mir, ich habe nämlich durch das Fenster beobachtet, daß es bei Ihnen ziemlich lebhaft
zuging.«

»Sie müssen uns auch einmal besuchen, Harris.«

»Ich bin kein Besuchsmensch«, sagte Harris, matt am

267

Türrahmen lehnend. »Um die Wahrheit zu sagen — Frauen machen mir angst.«

»Sie kommen zuwenig mit ihnen zusammen.«

»Ich bin kein Frauenheld«, sagte Harris mit einem vergeblichen Versuch, Stolz hervorzukehren, und Scobie merkte auch, wie der andere ihn beobachtete, als er widerstrebend auf die Hütte einer Frau zuging, ihm mit der widerwärtigen Askese des verschmähten Mannes nachsah. Er klopfte und spürte förmlich, wie sich ihm der mißbilligende Blick in den Rücken bohrte. Er dachte: Jetzt ist mein sogenanntes Alibi keinen Pfifferling mehr wert. Harris wird es Wilson sagen, und Wilson... Er dachte: Ich werde erwähnen, daß ich, als ich hier war, auch Helen... Und fühlte, daß seine Persönlichkeit sich unter dem Einfluß der Lügen allmählich auflöste und zerfiel.

»Warum hast du geklopft?« fragte Helen. Sie lag bei geschlossenen Vorhängen im Halbdunkel auf dem Bett.

»Harris hat mich beobachtet.«

»Ich hätte nicht gedacht, daß du heute kommst.«

»Woher hast du gewußt?«

»Hier weiß doch jeder alles — außer einem. Wie klug du das anstellst. Wahrscheinlich weil du Polizist bist.«

»Ja.« Er setzte sich zu ihr aufs Bett und legte ihr die Hand auf den Arm. Sofort brach beiden der Schweiß aus. Er sagte: »Was machst du hier? Bist du krank?«

»Nein, ich habe nur ein bißchen Kopfweh.«

Er sagte mechanisch, praktisch ohne seine eigenen Worte zu hören: »Paß auf dich auf.«

»Dich bedrückt etwas«, sagte sie. »Ist etwas — nicht in Ordnung?«

»Alles bestens.«

»Erinnerst du dich an unsere erste gemeinsame Nacht? Wir waren völlig unbekümmert. Du hast sogar deinen Regenschirm hier vergessen. Wir waren glücklich. Ist das nicht seltsam? Wir waren glücklich.«

»Ja.«

»Warum machen wir dann weiter – unglücklich wie wir jetzt sind?«

»Es ist ein Fehler, Liebe und Glück miteinander zu verquicken«, sagte Scobie mit verzweifelter Pedanterie, so als könnte damit Friede bei beiden wieder einkehren – eine Art Resignation –, die ganze Situation in ein Lehrstück verwandelt werden, wie sie es mit Pemberton getan hatten.

»Manchmal bist du so abscheulich alt«, sagte Helen, gab ihm jedoch zugleich mit einer Handbewegung zu verstehen, daß sie es nicht ernst meinte. Heute, dachte er, kann sie sich keinen Streit leisten – oder glaubt es zumindest. »Liebling«, fügte sie hinzu, »einen Penny für deine Gedanken.«

Man sollte nicht zwei Menschen gleichzeitig belügen, wenn man es vermeiden kann – das war der Weg ins absolute Chaos, doch als er ihr Gesicht auf dem Kissen beobachtete, war die Versuchung zu lügen schrecklich groß. Sie kam ihm vor wie eine jener Pflanzen in Naturfilmen, die man innerhalb weniger Minuten welken sieht. Schon hatte die Küste ihr Aussehen geprägt – ein Schicksal, das sie mit Louise teilte. Er sagte: »Es ist nur Angst, die ich mit mir selbst ausmachen muß. Etwas, das ich nicht in Betracht gezogen hatte.«

»Sag es mir, Liebling. Zwei Köpfe...« Sie schloß die Augen, und ihre Lippen entspannten sich, für den Schlag bereit, der jetzt kommen mußte.

Er sagte: »Louise will, daß ich morgen mit ihr zur Messe und zur Kommunion gehe. Angeblich bin ich jetzt auf dem Weg zur Beichte.«

»Oh, ist das alles?« fragte sie ungeheuer erleichtert, und der Zorn über ihre Ahnungslosigkeit brannte sich unfairerweise wie Haß in sein Gehirn.

»Alles?« sagte er. »Alles?« Dann jedoch siegte wieder die Gerechtigkeit in ihm. Er sagte liebevoll: »Wenn ich nicht mit ihr zur Kommunion gehe, wird sie wissen, daß etwas nicht in Ordnung ist – ganz und gar nicht in Ordnung.«

»Aber warum gehst du dann nicht einfach?«

Er sagte: »Für mich bedeutet das – nun, es ist das Schlimmste, das ich tun kann.«

»Du glaubst doch nicht wirklich an die Hölle?«

»Das hat auch Fellowes mich gefragt.«

»Dann verstehe ich dich nicht. Warum bist du jetzt bei mir, wenn du an die Hölle glaubst?«

Wie oft, dachte er, hilft einem der Unglaube, klarer zu sehen als der Glaube. Er sagte: »Du hast natürlich recht. Es sollte all dies verhindern. Aber die Bewohner der Dörfer am Abhang des Vesuvs geben nie auf... Und außerdem hegt man, allen Lehren der Kirche zum Trotz, die unwandelbare Überzeugung, daß Liebe – jede Art von Liebe – ein bißchen Gnade und Barmherzigkeit verdient. Man wird natürlich bezahlen, furchtbar bezahlen, doch man glaubt nicht, daß man es in alle Ewigkeit tun muß. Vielleicht wird einem vor dem Tod noch Zeit genug gegeben...«

»Reue auf dem Sterbebett«, sagte sie verächtlich.

»Das zu bereuen, wäre nicht leicht«, sagte er. Er küßte den Schweiß von ihrer Hand. »Ich kann die Lügen bereuen, das Durcheinander, das Unglück, das ich angerichtet habe, doch wenn ich jetzt sterben müßte, wüßte ich nicht, wie ich die Liebe bereuen sollte.«

»Nun«, sagte sie mit demselben verächtlichen Unterton, der sie von ihm zu trennen, sie an den sicheren Strand zu tragen schien, »warum gehst du nicht hin und beichtest alles? Schließlich heißt das nicht, daß du es nicht wieder tun wirst.«

»Eine Beichte hat nicht viel Sinn, wenn man nicht wenigstens die Absicht hat zu versuchen...«

»Na also«, sagte sie triumphierend, »warum denkst du dann nicht, wenn schon, denn schon? Du hast jetzt – wie nennt ihr das? – eine Todsünde begangen. Was macht es aus, wenn du noch eine begehst?«

Fromme Menschen, dachte er, würden vermutlich sagen, das sei die Versuchung durch den Teufel, doch er wußte, daß das Böse sich nie so plumper, leicht zu widerlegender Worte bedient. Aus ihr sprach die Unschuld. Er sagte: »Es *ist* ein Unterschied – ein großer Unterschied sogar. Und es läßt sich nicht so leicht erklären. *Jetzt* stelle ich nur unsere Liebe über – nun, über meine Sicherheit. Aber das andere – das andere ist wirklich böse. Es ist wie die Schwarze Messe, wie der Mann, der das Sakrament stiehlt, um es zu entweihen. Es ist, als schlüge ich auf Gott ein, wenn er wehrlos auf dem Boden liegt, in meiner Macht ist.«

Sie wandte den Kopf ab und sagte: »Ich verstehe kein Wort von dem, was du sagst. Für mich ist das lauter Quatsch.«

»Wenn es für mich nur auch so wäre. Aber ich glaube daran.«

»Tust du's *tatsächlich*«, sagte sie schroff, »oder ist es nur ein Trick? Als es mit uns anfing, hast du mir nicht soviel von Gott gepredigt, oder? Du wirst doch nicht etwa fromm, um einen Vorwand zu haben...«

»Mein Liebling«, sagte Scobie, »ich werde dich nie verlassen. Niemals. Ich muß nur nachdenken, das ist alles.«

2

Am nächsten Morgen weckte Ali sie Viertel nach sechs. Scobie wurde sofort wach, aber Louise schlief weiter – sie hatte einen langen, anstrengenden Tag hinter sich. Scobie beobachtete sie – das war das Gesicht, das er geliebt hatte; das war das Gesicht, das er liebte. Sie hatte eine wahnwitzige Angst vor dem Tod auf See, und dennoch war sie zurückgekommen, damit er wieder seine Bequemlichkeit hatte. Sie hatte ihm unter Schmerzen ein Kind geboren und dieses Kind unter Schmerzen sterben sehen. Er war bewahrt geblieben. Jetzt dachte er, müßte ich es nur irgendwie fertigbringen, in Zukunft alles Leid von ihr fernzuhalten. Er wußte jedoch, daß dieses Ziel viel zu hoch gesteckt war. Er konnte das Leid hinauszögern, mehr nicht, denn er wußte, daß er es in sich trug, eine Krankheit, an der sie sich früher oder später anstecken mußte. Vielleicht geschah das eben, denn sie warf sich im Schlaf wimmernd von einer Seite auf die andere. Er legte ihr die Hand auf die Wange, um sie zu beruhigen. Wenn sie nur weiterschläft, dachte er, dann schlafe ich auch wieder ein, dann verschlafe ich, und wir versäumen die Messe. Damit wäre ein weiteres Problem vorläufig aufgeschoben. Aber als wären seine Gedanken eine Weckuhr gewesen, wachte sie im selben Moment auf.

»Wie spät ist es, Liebling?«

»Fast halb sieben.«

»Wir müssen uns beeilen.« Er hatte das Gefühl, von einem freundlichen, aber unerbittlichen Gefängniswärter dazu gedrängt zu werden, sich für die Hinrichtung anzukleiden. Doch er schob die rettende Lüge hinaus. Noch war es möglich, daß ein Wunder geschah. Louise beendete ihr Make-up mit einem Hauch Puder (der auf der Haut sofort zum Schmierfilm wurde) und sagte: »Jetzt können wir.« Klang da nicht ein schwacher Triumph aus ihrer Stimme? Vor vielen, vielen Jahren, in jenem anderen Leben, in der Kindheit, hatte jemand namens Henry Scobie bei einer Theateraufführung in der Schule den Percy Heißsporn gespielt. Man hatte ihn für die Rolle ausgesucht, weil er älter und kräftiger war als seine Mitschüler, doch nach der Vorstellung hatten alle gesagt, er sei sehr gut gewesen. Jetzt mußte er wieder spielen — gewiß war es genauso leicht wie eine verbale Lüge.

Scobie fiel plötzlich gegen die Wand zurück und griff sich mit der Hand an die Brust. Er schaffte es nicht, die Gesichtsmuskeln zu verzerren und so Schmerz vorzutäuschen, also schloß er nur die Augen. Louise, die in den Spiegel schaute, sagte arglos: »Erinnere dich daran, daß ich dir von Pater Davis in Durban erzähle. Er ist ein hervorragender Geistlicher, viel intellektueller als Pater Rank.« Es kam Scobie so vor, als werde sie sich nie umdrehen und merken, daß es ihm nicht gutging. Sie sagte: »Jetzt müssen wir aber wirklich gehen«, und trödelte weiter vor dem Spiegel. Ein paar verschwitzte, schlaff herunterhängende Haarsträhnen hatten sich aus ihrer Frisur gelöst. Endlich sah er, unter den Wimpern hervorblinzelnd, daß sie sich umdrehte und ihn ansah.

»Komm jetzt, Lieber«, sagte sie, »du siehst schläfrig aus.«

Er machte die Augen nicht auf und rührte sich nicht von der Stelle. Sie sagte scharf: »Ticki, was ist denn los?«

»Einen kleinen Cognac bitte.«

»Bist du krank?«

»Einen kleinen Cognac«, wiederholte er schroff, und als sie ihm das Glas gereicht hatte und er den Cognac auf der Zunge spürte, überkam ihn unendliche Erleichterung, weil er eine Gnadenfrist erwirkt hatte. Er seufzte und entspannte sich. »Jetzt ist es besser.«

»Was war denn, Ticki?«

»Nur Schmerzen in der Brust. Sie sind jetzt weg.«

»Hattest du sie schon früher?«

»Ein- oder zweimal, als du verreist warst.«

»Du mußt zum Arzt gehen.«

»Oh, der Aufwand lohnt sich nicht. Er wird nur sagen, ich sei überarbeitet.«

»Ich hätte dich nicht zwingen sollen, so früh aufzustehen, aber ich wollte mit dir gemeinsam zur Kommunion gehen.«

»Ich fürchte, das habe ich dir verdorben — durch den Cognac.«

»Macht nichts, Ticki.« Unbekümmert verurteilte sie ihn zu ewiger Verdammnis. »Das können wir ja jeden Tag nachholen.«

Er kniete in der Bank und beobachtete Louise, die mit den anderen Kommunikanten an der Altarbank kniete; er hatte darauf bestanden, sie in die Kirche zu begleiten. Pater Rank wandte sich vom Altar ab und kam mit Gott in den Händen zu ihnen. Scobie dachte: Gott ist mir gerade noch entkommen, aber wird Er das immer tun? *Domine, non sum dignus... Domine, non sum dignus...* Herr, ich bin nicht würdig... Mit der Hand schlug er, wie beim Exerzieren, rhythmisch auf einen bestimmten Knopf seiner Uniformjacke. Einen Augenblick schien es ihm grausam unfair, daß Gott sich auf diese Weise preisgegeben hatte — als Mensch, als Oblate, zuerst in den Dörfern Palästinas und nun hier, in dieser heißen Hafenstadt, anderswo und überall, und den Menschen gestattete, nach ihrem Willen mit ihm zu verfahren. Christus hatte den reichen jungen Männern gesagt, sie sollten ihre Habe verkaufen und Ihm folgen, doch das war ein leichter, rationaler Schritt im Vergleich zu dem, den Gott getan hatte, als er sich der Barmherzigkeit der Menschheit auslieferte, die kaum die Bedeutung dieses Wortes kannte. Wie verzweifelt muß Gott uns lieben, dachte er voller Scham. Der Geistliche blieb auf seiner langsamen, immer wieder unterbrochenen Patrouille vor Louise stehen, und plötzlich begriff Scobie, was Verbannung hieß. Dort drüben, wo die Leute knieten, war ein Land, das er nie wieder betreten würde. Liebe regte sich in ihm, jene Liebe, die man stets für das empfindet, was man verloren hat — ob es ein Kind, eine Frau oder sogar ein Schmerz ist.

Zweites Kapitel

I

Vorsichtig riß Wilson die Seite aus dem ›Downhamian‹ und klebte einen starken Bogen des offiziellen kolonialamtlichen Briefpapiers auf die Rückseite des Gedichts. Er hielt es gegen das Licht — die Sportresultate waren nicht mehr zu entziffern. Sorgfältig faltete er das Blatt zusammen und schob es in die Tasche; dort würde es wahrscheinlich bleiben, aber man konnte nie wissen.

Er hatte beobachtet, daß Scobie in die Stadt gefahren war, und mit heftig klopfendem Herzen und ein wenig kurzatmig – den gleichen Empfindungen, die er beim Betreten des Bordells gehabt hatte und sogar mit demselben Widerstreben, denn wer will sein altgewohntes Leben schon von einer Minute zur anderen ändern? – ging er den Hügel hinunter zu Scobies Haus.

Er überlegte, was, wie er glaubte, ein anderer Mann an seiner Stelle tun würde; die Fäden sofort wieder aufnehmen; sie ganz natürlich und ungezwungen küssen, auf den Mund, wenn möglich, und sagen: »Du hast mir so gefehlt.« Nur keine Unsicherheit zeigen. Doch sein wild hämmerndes Herz war Botschafter einer Angst, die seine Gedanken lähmte.

»Wilson! Endlich!« sagte Louise. »Ich dachte schon, Sie hätten mich vergessen.« Sie reichte ihm die Hand, und er nahm sie, wie man eine Niederlage hinnimmt.

»Wollen Sie etwas trinken?«

»Wollen Sie nicht lieber spazierengehen?«

»Es ist zu heiß, Wilson.«

»Ich war nicht mehr dort oben, wissen Sie, nicht mehr seit...«

»Wo oben?« Er begriff, daß für jene, die nicht lieben, die Zeit nie stehenbleibt.

»Oben beim alten Bahnhof.«

Sie sagte gleichgültig mit unbarmherziger Interesselosigkeit: »Ach ja, ja... Ich war auch nicht mehr dort.«

»Als ich an jenem Abend nach Hause kam –«, schon fühlte er, wie sich die gräßliche, pubertäre Röte auf seinem Gesicht ausbreitete –, »da habe ich versucht, ein Gedicht zu schreiben.«

»Was denn? Sie, Wilson?«

Er sagte zornig: »Ja, ich, Wilson. Warum denn nicht? Und es wurde sogar veröffentlicht!«

»Ich habe nicht gelacht. Ich war nur überrascht. Wer hat es denn gedruckt?«

»Eine neue Zeitschrift, sie heißt ›The Circle‹. Natürlich zahlen sie nicht viel.«

»Darf ich es sehen?«

Wilson sagte außer Atem vor Aufregung: »Ich hab's bei mir.« Er erklärte: »Auf der nächsten Seite stand etwas, das mir nicht gefiel. Es war mir einfach zu modern.« Während sie las, beobachtete er sie fast gierig und zugleich entsetzlich verlegen. »Recht nett«, sagte sie ohne große Begeisterung.

»Sehen Sie die Initialen?«

»Mir hat noch nie jemand ein Gedicht gewidmet.«

Wilson fühlte sich krank. Er wollte sich setzen. Warum, dachte er, läßt sich jemand nur auf einen so demütigenden Vorgang ein? Warum bildet man sich ein, man sei verliebt? Er hatte irgendwo gelesen, die Liebe sei im 11. Jahrhundert von den Troubadours erfunden worden. Hätten sie es doch bei der reinen Sinneslust belassen. Mit hoffnungsloser Gehässigkeit rief er: »Ich liebe dich!« Er dachte: Es ist eine Lüge, das Wort bedeutet gar nichts, wenn es nicht schwarz auf weiß gedruckt dasteht. Er wartete darauf, daß sie lachte.

»O nein, Wilson«, sagte sie, »nein. Sie lieben mich nicht. Es ist nur das Küstenfieber.«

Blindlings stürzte er sich noch tiefer hinein. »Mehr als alles andere auf der Welt lieb' ich Sie.«

Sie sagte sanft: »So liebt niemand, Wilson.«

Er marschierte rastlos hin und her, wedelte mit dem Stück Papier aus dem ›Downhamian‹ in der Luft herum, seine Shorts flatterten. »Sie sollten an die Liebe glauben. Sie sind Katholikin. Hat Gott die Welt nicht geliebt?«

»O ja«, sagte sie. »Er ist dessen fähig. Aber nicht jeder von uns ist es.«

»Sie lieben Ihren Mann. Das haben Sie mir gesagt. Und das hat sie auch zurückgebracht.«

Traurig sagte Louise: »Ja, ich glaube, ich liebe ihn. So

sehr ich kann. Aber es ist nicht die Liebe, wie *Sie* sie gern fühlen möchten. Keine Giftbecher, keine ewige Verdammnis, keine schwarzen Segel. Wir *sterben* nicht aus Liebe, Wilson, außer in Büchern natürlich. Und manchmal ein theatralischer Junge. Seien Sie kein Schauspieler, Wilson — in unserem Alter ist das nicht mehr komisch.«

»Ich bin kein Schauspieler«, sagte er mit einem leidenschaftlichen Zorn, aus dem er selbst ohne Mühe den theatralischen Unterton heraushörte. Er baute sich vor ihrem Bücherschrank auf, als sei er ein Zeuge, den sie vergessen hatte. »Sind *die* theatralisch?«

»Nicht oft. Deshalb mag ich sie auch lieber als *Ihre* Dichter.«

»Egal, Sie sind zurückgekommen.« Ihm kam ein boshafter Gedanke, und sein Gesicht leuchtete auf. »Oder war es einfach Eifersucht?«

»Eifersucht?« wiederholte sie. »Worauf in aller Welt sollte ich wohl eifersüchtig sein?«

»Sie waren vorsichtig«, sagte er. »Aber so vorsichtig auch wieder nicht.«

»Keine Ahnung, wovon Sie reden.«

»Von Ihrem Ticki und Helen Rolt.«

Louise schlug nach seiner Wange, verfehlte sie und erwischte statt dessen seine Nase, die sofort anfing heftig zu bluten. Sie sagte: »Das war dafür, daß Sie ihn Ticki genannt haben. Das darf niemand außer mir. Er haßt es, wie Sie wissen. Hier, nehmen Sie mein Taschentuch, wenn Sie kein eigenes haben.«

Wilson sagte: »Ich bekomme furchtbar leicht Nasenbluten. Darf ich mich auf den Rücken legen?« Er legte sich zwischen Tisch und Fliegenschrank flach auf den Boden, mitten unter die Ameisen. Zuerst hatte Scobie ihn in Pende weinen sehen und jetzt — dies.

»Soll ich Ihnen vielleicht einen Schlüssel unter den Kragen schieben?« fragte Louise.

»Nein. Nein, vielen Dank.« Das Blut hatte die Seite aus dem ›Downhamian‹ besudelt.

277

»Tut mir *ehrlich* leid. Ich habe ein heftiges Temperament. Das wird Sie kurieren, Wilson.« Doch wenn Romantik das Lebenselixier ist, von dem man zehrt, darf man nie von ihr geheilt werden. In der Welt gibt es zu viele schlechte Priester dieses oder jenes Glaubens; gewiß ist es besser, einen Glauben vorzutäuschen, als durch die furchtbare Leere der Grausamkeit und Hoffnungslosigkeit zu wandern. Er sagte eigensinnig: »Mich wird nichts kurieren, Louise. Ich liebe Sie. Nichts.« Und blutete weiter in ihr Taschentuch.

»Wie merkwürdig es wäre, wenn es wahr sein sollte«, sagte sie.

Vom Fußboden herauf stellte er undeutlich eine Frage.

»Ich meine«, erklärte sie, »wenn Sie tatsächlich zu den Menschen gehörten, die wahrhaftig lieben. Ich habe gedacht, Henry sei es. Wie seltsam, wenn von Anfang an Sie es gewesen wären.« Ihn beschlich die sonderbare Angst, daß man ihn endlich so akzeptieren könnte, wie er sich selbst sah; so mußte einem subalternen Stabsoffizier zumute sein, der während eines Scharmützels feststellt, daß seine Behauptung, er kenne sich mit Panzern aus, plötzlich geglaubt wird. Um einzugestehen, daß er nichts davon versteht und nur das weiß, was er sich in technischen Zeitschriften angelesen hat, dazu ist es zu spät. »O schwärmerische Liebe, halb Engel und halb Vogel.« In das Taschentuch blutend, formte er mit den Lippen sorgfältig den großmütigen Satz: »Ich nehme an, er liebt − auf seine Art.«

»Wen?« fragte Louise. »Mich? Diese Helen Rolt, von der Sie reden? Oder nur sich selbst?«

»Ich hätte das nicht sagen dürfen.«

»Ist es nicht wahr? Heraus mit einem bißchen Wahrheit, Wilson. Sie ahnen nicht, wie satt ich diese beschönigenden Lügen habe! Ist sie schön?«

»O nein, nein. Alles andere als das.«

»Sie ist natürlich jung, und ich bin es nicht mehr. Wahrscheinlich ist sie ziemlich fertig nach allem, was sie mitgemacht hat.«

»Sie ist total fertig.«

»Aber sie ist keine Katholikin. Sie hat Glück. Sie ist frei, Wilson.«

Wilson setzte sich auf und lehnte sich an das Tischbein. Er rief leidenschaftlich: »Ich wünschte zu Gott, Sie würden mich nicht Wilson nennen!«

»Edward. Eddie. Ted. Teddy.«

»Ich blute wieder«, sagte er düster und legte sich zurück auf den Boden.

»Was wissen Sie über die Sache, Teddy?«

»Ich wäre lieber Edward für Sie, Louise. Ich habe ihn um zwei Uhr morgens aus ihrer Hütte kommen sehen. Er war gestern nachmittag bei ihr.«

»Da war er bei der Beichte.«

»Harris hat ihn gesehen.«

»Sie beobachten Henry aber sehr gründlich.«

»Ich glaube, daß Yusef ihn benutzt.«

»Das ist phantastisch. Sie gehen zu weit.«

Sie stand über ihm, als sei er eine Leiche. Das blutige Taschentuch lag in seiner Hand. Weder sie noch er hörten, daß vor dem Haus ein Wagen hielt, und sie hörten auch nicht die Schritte, die sich von der Haustür näherten und auf der Schwelle innehielten. Sie erschraken beide, als sie im Raum plötzlich eine dritte Stimme vernahmen, die aus einer Welt außerhalb der ihren kam — in diesem Raum, der so eng und intim und stickig war wie eine Gruft. »Ist etwas passiert?« fragte Scobie.

»Es ist nur...« Louise machte eine ratlose Geste, als wolle sie sagen: Wo soll man mit dem Erklären anfangen? Wilson rappelte sich auf, und sofort begann seine Nase wieder zu bluten.

»Hier«, sagte Scobie, nahm einen Schlüsselbund heraus und ließ ihn hinter Wilsons Hemdkragen fallen. »Sie werden sehen, die alten Hausmittel sind noch immer die besten«, sagte er, und tatsächlich war die Blutung innerhalb weniger Sekunden gestillt. »Sie sollten sich nie auf den Rücken legen«, fuhr Scobie belehrend fort. »Sekundanten benutzen einen mit kaltem Wasser getränkten Schwamm, und Sie sehen tatsächlich aus, als hätten Sie einen Boxkampf hinter sich, Wilson.«

»Ich lege mich immer auf den Rücken, ich kann nämlich kein Blut sehen«, sagte Wilson.

»Wollen Sie was trinken?«

»Nein«, sagte Wilson, »nein, ich muß jetzt gehen.« Ein bißchen ungelenk holte er die Schlüssel heraus und steckte den Hemdzipfel nicht wieder in die Hose. Er merkte es erst, als Harris ihn nach seiner Rückkehr in die gemeinsame Behausung darauf aufmerksam machte. So, dachte er, habe ich also ausgesehen, als ich ging und sie mir beide nachsahen.

2

»Was wollte er?« fragte Scobie.

»Mit mir schlafen.«

»Liebt er dich?«

»Er bildet es sich ein. Mehr kann man nicht verlangen, nicht wahr?«

»Du scheinst ihm ja wirklich einen harten Schlag auf die Nase verpaßt zu haben«, sagte Scobie.

»Ich war wütend auf ihn. Er nannte dich Ticki. Liebling, er bespitzelt dich.«

»Ich weiß.«

»Ist er gefährlich?«

»Er könnte es sein — unter gewissen Umständen. Doch dann wäre es meine Schuld.«

»Henry, bist du eigentlich nie auf jemand wütend? Macht es dir nichts aus, daß er mit mir schlafen will?«

Er sagte: »Ich wäre ein Heuchler, wenn ich mich darüber aufregen wollte. Das passiert zwischen Menschen immer wieder. Du weißt doch, sehr liebenswerte und normale Menschen verlieben sich.«

»Warst du schon verliebt?«

»O ja, ja.« Er beobachtete sie aufmerksam, während er mühsam ein Lächeln aus sich herausholte. »Das weißt *du* doch am besten.«

»Henry, warst du heute morgen wirklich krank?«

»Ja.«

»Es war kein Vorwand?«

»Nein.«

»Dann, Liebling, gehen wir morgen früh gemeinsam zur Kommunion.«

»Wenn du willst«, sagte er. Das war der Augenblick, der unvermeidbar gewesen war, auf den er gewartet hatte. Mit Schwung, um ihr zu zeigen, daß seine Hand nicht zitterte, holte er ein Glas heraus. »Einen Drink?«

»Es ist noch zu früh, Lieber«, sagte Louise. Er wußte, sie beobachtete ihn genauso scharf wie alle anderen. Er stellte das Glas ab und sagte: »Ich muß noch einmal kurz ins Büro, um ein paar Papiere zu holen. Wenn ich zurückkomme, wird es genau die richtige Zeit für einen Drink sein.«

Er fuhr sehr unsicher, den Blick von körperlicher Übelkeit getrübt. O Gott, dachte er, was für Entscheidungen zwingst du den Menschen plötzlich auf, läßt ihnen keine Zeit zum Überlegen. Ich kann nicht denken, ich bin zu müde. Man müßte es schriftlich berechnen können wie ein mathematisches Problem, und man müßte schmerzlos zu einer Lösung gelangen. Aber der Schmerz machte ihn körperlich krank, so daß es ihn in der Kehle würgte. Der Jammer ist, daß wir die Antworten kennen − wir Katholiken sind durch unser Wissen verdammt. Ich brauche gar nichts zu berechnen − es gibt nur eine Lösung: im Beichtstuhl niederknien und sagen: »Seit meiner letzten Beichte habe ich so und so oft Unkeuschheit begangen, etcetera, etcetera.« Dann würde Pater Rank mir sagen, ich müsse der Gelegenheit aus dem

281

Weg gehen, die Frau nie allein sehen (wie schrecklich diese abstrakten Begriffe sind: Helen – die Frau, die Gelegenheit, nicht mehr das verwirrte Kind, das ein Markenalbum umklammert, das Bagster lauscht, der vor der Tür jammert; dieser Augenblick aus Frieden, Dunkelheit, Zärtlichkeit und Mitleid: »Unkeuschheit«. Und dann die Reue, das Gelöbnis, »Dich nie mehr zu beleidigen, Gott«; und am nächsten Tag die Kommunion; Gott im Zustand der Gnade empfangen, wie es heißt. Das ist die einzig richtige Antwort – es *gibt* keine andere: Um meine Seele zu retten, muß ich sie Bagster und der Verzweiflung überantworten. Man muß sich der Vernunft beugen, sagte er sich. Und man muß begreifen, daß Verzweiflung nicht ewig dauert (ist das wahr?), daß Liebe nicht dauert (aber ist nicht gerade das der Grund, warum die Verzweiflung bleibt?) und daß es ihr in ein paar Wochen oder Monaten wieder gutgehen wird. Sie hat vierzig Tage in einem offenen Rettungsboot überlebt und den Tod ihres Mannes und sollte den Tod der Liebe nicht überleben können? Wie auch ich es kann, wie ich weiß, daß ich es kann.

Er hielt vor der Kirche und blieb ohne jede Hoffnung am Steuer sitzen. Der Tod kommt nie, wenn man ihn am meisten herbeisehnt. Er dachte: Natürlich gibt es auch die übliche ehrliche, aber *falsche* Lösung: Louise verlassen, meinen heimlichen Schwur vergessen, mein Amt aufgeben. Helen Bagster überlassen oder Louise welchem Schicksal? Ich sitze in der Falle, sagte er sich und erblickte im Rückspiegel das ausdruckslose Gesicht eines Fremden; in der Falle. Dennoch stieg er aus dem Wagen und betrat die Kirche. Während er darauf wartete, daß Pater Rank sich in den Beichtstuhl begab, kniete er nieder und betete – das einzige Gebet, das ihm einfiel. Sogar die Worte des Vaterunsers und des Gegrüßet seist Du, Maria entzogen sich ihm. Er betete um ein Wunder. »O Gott, überzeuge mich, hilf mir, überzeuge mich. Gib mir das Gefühl, daß ich wichtiger bin als dieses Mädchen.« Es war nicht Helens Gesicht, das er sah, während er betete, sondern das des sterbenden Kindes, das ihn Vater genannt hatte; das Gesicht auf einem Foto, das ihn vom Toilettetisch mit den Blicken verfolgte; das Gesicht eines zwölfjährigen schwarzen Mädchens, von einem Matrosen vergewaltigt und ermordet, das im gelben Licht der Paraffinlampen aus toten Augen zu ihm heraufstarrte. »Laß mich meine eigene Seele vor alle anderen stellen. Gib mir Vertrauen in Deine Barmherzigkeit, während ich die andere aufgebe.« Er hörte Pater Rank die Tür seines Gehäuses schließen, und wieder krümmte er sich vor Übelkeit. »O Gott«, sagte er, »wenn ich anstatt dessen Dich verlassen sollte, bestrafe mich, aber gib ihnen wenigstens ein bißchen Glück.« Er trat in den Beichtstuhl. Vielleicht geschieht noch das Wunder, dachte er. Sogar Pater Rank könnte einmal, nur dieses eine Mal, das Wort finden, das richtige Wort... In der Zelle kniend, die etwa so groß war wie ein hochkant stehender Sarg, sagte er: »Seit meiner letzten Beichte habe ich Unkeuschheit begangen.«

»Wie oft?«

»Das weiß ich nicht. Oft.«

»Sind Sie verheiratet?«

»Ja.« Scobie mußte an den Abend denken, an dem der Geistliche in seinem Haus beinahe zusammengebrochen war und ihm gestanden hatte, er habe versagt, er könne niemandem helfen. Erinnerte auch er sich jetzt daran, während er sich bemühte, die absolute Anonymität der Beichte zu wahren? Am liebsten hätte Scobie gesagt: »Helfen Sie mir, Pater. Überzeugen Sie mich, daß es richtig ist, wenn ich sie Bagster überlasse. Bringen Sie mich dazu, an die Gnade Gottes zu glauben.« Doch er kniete nur stumm da, wartete, sah nicht den kleinsten Hoffnungsschimmer. Pater Rank sagte: »Ist es nur eine Frau?«

»Ja.«

»Sie müssen ihr aus dem Weg gehen. Ist das möglich?«

Scobie schüttelte den Kopf.

»Wenn Sie mit ihr zusammentreffen müssen, dürfen Sie

283

nie mit ihr allein sein. Versprechen Sie das? Versprechen Sie es Gott, nicht mir?« Wie dämlich ich war, das Zauberwort zu erwarten, dachte Scobie. Das ist die Formel, die schon unzählige Male für unzählige Menschen gesprochen wurde. Wahrscheinlich gaben die Menschen das Versprechen und gingen und kamen wieder, um erneut zu beichten. Glaubten sie denn selbst daran, daß sie es versuchen würden? Er dachte: Ich betrüge alle anderen jeden Tag, ich werde nicht versuchen, auch mich oder Gott zu betrügen. Er sagte: »Dieses Versprechen hätte nicht viel Sinn, Pater.«

»Sie müssen es versprechen. Niemand kann das Ziel herbeisehnen, ohne die geeigneten Mittel einzusetzen.«

Ah, aber man kann es, dachte Scobie, man kann es: Man kann den Frieden nach dem Sieg herbeisehnen, ohne die Städte in Schutt und Asche zu legen.

Pater Rank sagte: »Ich muß Ihnen wohl nicht erklären, daß die Absolution nicht automatisch auf die Beichte folgt. Ob Sie losgesprochen werden, hängt von Ihrer inneren Einstellung ab. Es ist nicht gut, unvorbereitet im Beichtstuhl zu knien. Bevor Sie hierherkommen, müssen Sie sich des Unrechts bewußt sein, das Sie begangen haben.«

»Das weiß ich.«

»Und Sie müssen aufrichtig bereit sein, nicht mehr zu sündigen. Wir sind gehalten, unseren Brüdern siebenmal siebzigmal zu vergeben und brauchen nicht zu fürchten, daß Gott weniger verzeihend sein wird als wir. Doch niemand kann damit beginnen, dem reuelosen Sünder zu vergeben. Es ist besser, siebzigmal zu sündigen und jedesmal zu bereuen, als ein einzigesmal zu sündigen und nie zu bereuen.« Pater Rank hob die Hand, um sich den Schweiß aus den Augen zu wischen; eine Geste, die eine tiefe Müdigkeit zu verraten schien. Scobie dachte: Was hat es für einen Sinn, ihn noch länger diesem Unbehagen auszusetzen? Er hat recht, natürlich hat er recht. Ich war ein Narr, mir einzubilden, daß ich in diesem stickigen Kasten irgendwie zu einer Überzeugung finden könnte … Er sagte: »Ich denke, es war falsch von mir zu kommen, Pater.«

»Ich will Ihnen die Absolution nicht verweigern, doch ich denke, wenn Sie jetzt gingen und noch einmal Ihr Gewissen erforschten, könnten Sie zu einer angemesseneren inneren Bereitschaft finden und dann wiederkommen.«

»Ja, Pater.«

»Ich werde für Sie beten.«

Als er den Beichtstuhl verließ, kam es Scobie so vor, als habe er zum erstenmal einen Weg eingeschlagen, der jenseits aller Hoffnung endete. Gleichgültig wohin er sich wandte, nichts fand er, das ihm auch nur einen Funken Hoffnung gab: nicht die leblose Gestalt Christi am Kreuz, nicht die Gipsmadonna, nicht die scheußlichen Kreuzwegstationen, auf denen eine Reihe längst vergangener Ereignisse dargestellt war. Er hatte das Gefühl, ihm stehe nur noch das weite Feld der Verzweiflung offen.

Er fuhr in die Direktion, holte eine Akte und kehrte nach Hause zurück. »Du warst aber lange weg«, sagte Louise. Bevor sie ihm über die Lippen kam, wußte er nicht einmal, welche Lüge er ihr auftischen würde. »Ich hatte wieder diese Schmerzen«, sagte er. »Deshalb habe ich eine Weile gewartet.«

»Glaubst du wirklich, daß du jetzt etwas trinken solltest?«

»O ja, solange mir niemand sagt, ich dürfe nicht.«

»Und du gehst zum Arzt?«

»Selbstverständlich.«

In dieser Nacht träumte er, er sitze wie Allan Quatermain[*], der Held seiner Kindheit, in einem Boot, das einen unterirdischen Fluß hinunter und auf die versunkene Stadt Milosis zutrieb. Doch Quatermain hatte Gefährten, während er allein war, den toten Jungen auf der Bahre konnte man kaum als Gefährten bezeichnen. Er hatte das Gefühl, er müsse sich beeilen, denn er sagte sich, daß Lei-

---

[*] siehe Seite 148

chen in diesem Klima sehr schnell verwesten und er schon die Fäulnis des Todes riechen konnte. Doch während er das Boot durch die Flußmitte steuerte, wurde ihm klar, daß nicht der tote, sondern sein lebender Körper den ekelerregenden Geruch verbreitete. Ihm war, als stocke ihm das Blut in den Adern. Als er versuchte, den Arm zu heben, baumelte er nutzlos an seiner Schulter. Er wurde wach und stellte fest, daß es Louise war, die seinen Arm gehoben hatte. Sie sagte: »Liebling, wir müssen gehen.«

»Gehen?« fragte er.

»Wir wollen doch zur Messe.« Wieder fiel ihm auf, wie eindringlich sie ihn beobachtete. Was hätte eine weitere hinhaltende Lüge für einen Sinn? Was hatte Wilson ihr wohl gesagt? Konnte er Woche für Woche weiterlügen, sich auf Arbeit, seine Gesundheit oder Vergeßlichkeit herausreden, um nicht neben ihr auf der Kommunionbank knien zu müssen? Hoffnungslos dachte er: Ich bin ohnehin verdammt – dann kann ich auch bis ans Ende meiner Kette gehen. »Ja«, sagte er, »natürlich, ich stehe sofort auf.« Und stellte plötzlich überrascht fest, daß sie selbst ihm eine Ausrede in den Mund legte und ihm noch eine Chance bot. »Liebling«, sagte sie, »wenn es dir nicht gutgeht, bleib ruhig liegen. Ich will dich nicht um jeden Preis in die Kirche zerren.«

Doch die Ausrede schien ihm zugleich eine Falle zu sein. Er sah gewissermaßen, wo die versteckten Pfähle mit einem Rasenstück abgedeckt worden waren. Wenn er sich des Vorwands bediente, den sie ihm bot, war das so gut wie ein Eingeständnis seiner Schuld. Ein für allemal wollte er sich nun, mochte es ihn in der Ewigkeit kosten, was es wolle, in ihren Augen rehabilitieren und sie beschwichtigen; denn sie hatte Beruhigung bitter nötig. Er sagte: »Nein, nein, ich komme selbstverständlich mit.« Als er an ihrer Seite die Kirche betrat, war ihm, als sei er – ein Fremder – noch nie in diesem Gebäude gewesen. Eine unermeßliche Ferne trennte ihn jetzt

286

schon von den Menschen, die knieend beteten und in einer Weile Gott in Frieden empfangen würden. Auch er kniete nieder und tat so, als ob er bete.

Das Bibelwort, das die Messe einleitete, klang wie eine Anklage: »Zum Altare Gottes will ich treten; zu Gott, der mich erfreut von Jugend auf.« Doch wo war sie, diese Freude? Er fand sie nicht. Er blickte durch seine Hände auf zu der Madonna und den Heiligenfiguren aus Gips, die allen Menschen um ihn herum die Hände entgegenzustrecken schienen. Er war der fremde Gast bei einer Party, der niemandem vorgestellt wird. Die sanften gemalten Lächeln waren unerträglicherweise auf alle anderen gerichtet, nur nicht auf ihn. Als man zum Kyrie Eleison kam, versuchte er wieder zu beten. »Herr erbarme Dich unser. Christus erbarme Dich unser. Herr erbarme Dich unser.« Doch die Angst und die Scham vor der Untat, die er begehen wollte, lähmte sein Gehirn. Die verderbten Priester, die Schwarze Messen zelebrierten, die Hostie über einer nackten Frau brachen, Gott in einem absurden und gräßlichen Ritual zu sich nahmen, gaben sich der Verdammnis wenigstens mit einem Gefühl hin, das größer war als menschliche Liebe; sie taten es aus Haß gegen Gott oder aus einer seltsam perversen Hingabe an den Erzfeind Gottes. Er aber liebte weder das Böse, noch haßte er Gott. Wie sollte er diesen Gott hassen, der sich freiwillig in seine Macht begab? Er entweihte Gott, weil er eine Frau liebte — war es überhaupt Liebe oder nur Mitleid und Verantwortungsgefühl? Wieder versuchte er sich zu entschuldigen: »Du, Herr, kannst Dir selbst helfen. Du überlebst das Kreuz jeden Tag. Du kannst nur leiden. Wirst nie verloren sein. Gib zu, daß Du hinter die anderen zurücktreten mußt.« Und ich, dachte er, den Geistlichen beobachtend, der Wein und Wasser in den Kelch goß, seine — Scobies — Verdammung am Altar wie eine Mahlzeit bereitete, ich komme ganz zuletzt. Ich bin der Stellvertretende Police Commissioner, hundert Mann dienen unter mir. Ich bin der Verantwortliche. Es ist meine Aufgabe, mich um andere zu kümmern, für andere dazusein. Ich bin davon abhängig zu dienen.

Sanctus. Sanctus. Sanctus — heilig, heilig, heilig. Die Opfermesse hatte begonnen. Pater Ranks Geflüster näherte sich unaufhaltsam der Wandlung. »Leite unsere Tage in Deinem Frieden... bewahre uns gütig vor der ewigen Verdammnis...« *Pax, pacis, paci, pacem...* Die gesamte Deklination des Wortes Frieden hämmerte während der ganzen Messe in Scobies Ohren. Er dachte: Ich habe mich für immer und ewig aller Hoffnung auf Frieden begeben. Ich bin der Verantwortliche. Bald werde ich meinen Betrug so weit getrieben haben, daß ich nie wieder zurückkann. *Hoc est enim Corpus:* Die Glocke läutete, und Pater Rank hielt Gott mit beiden Händen in die Höhe — diesen Gott, jetzt so leicht wie eine Oblate, dessen Ankunft auf Scobies Herz jedoch so schwer lastete wie Blei. *Hic est enim Calix Sanguinis* — und das zweite Glockenläuten.

Louise berührte seine Hand. »Geht es dir gut, Lieber?« Das ist meine zweite Chance, dachte er. Ein neuer Schmerzanfall. Ich kann hinausgehen. Aber wenn er die Kirche jetzt verließ, blieb ihm, das war ihm klar, nur eines übrig — den Rat Pater Ranks zu befolgen, mit sich selbst ins reine zu kommen, in ein paar Tagen zurückzukehren und reinen Gewissens Gott zu empfangen — aber auch im Bewußtsein, die Unschuld dahin zurückgestoßen zu haben, wohin sie eigentlich gehörte, unter den Wellengang des Atlantik. Unschuld muß früh sterben, weil sie sonst die Seele der Menschen tötet.

»Den Frieden hinterlasse Ich euch, Meinen Frieden gebe Ich euch.«

»Es geht mir gut«, sagte er zu Louise, und die alte Sehnsucht brannte ihm in den Augen; zum Altar blickend, dachte er voller Zorn: Nimm hin Deinen Schwamm voll Galle. Du hast mich zu dem gemacht, der ich bin. Nimm hin den Lanzenstich. Er brauchte sein Gebetbuch nicht aufzuschlagen, um zu wissen, wie dieses Gebet endete: Der Genuß Deines Leibes, Herr Jesus Christus, den ich Unwürdiger zu empfangen wage, gereiche mir nicht zum Gerichte und zur Verdammnis. Er schloß die Augen und ließ das Dunkel ein. Die Messe näherte sich schnell ihrem Ende: *Domine, non sum dignus... Domine, non sum dignus... Domine, non sum dignus...* Herr, ich bin nicht würdig... Zu Füßen des Schafotts schlug er die Augen auf und sah die alten schwarzen Frauen zum Altar schlurfen, dazu ein paar Soldaten, einen Flugzeugmechaniker, einen seiner Polizisten, einen Bankangestellten, sie alle gingen ernst dem Frieden entgegen, und Scobie beneidete sie um ihre Schlichtheit, um ihrer Güte willen. Ja, jetzt, in diesem Augenblick waren sie alle gut.

»Kommst du nicht mit, Lieber?« fragte Louise, und wieder berührte ihn ihre Hand, die freundliche, feste, unnachsichtige Hand. Er stand auf, ging hinter ihr her und kniete an ihrer Seite wie ein Spion in einem fremden Land, den man mit Sitten und Gebräuchen vertraut gemacht hatte und der die Sprache beherrschte wie seine Muttersprache. Nur ein Wunder kann mich noch retten, dachte Scobie und beobachtete Pater Rank, der den Tabernakel öffnete, doch Gott würde nie ein Wunder tun, um sich selbst zu retten. Ich bin das Kreuz, dachte er, aber Er wird nie das Wort sprechen, um sich vor dem Kreuz zu bewahren. Wenn Holz doch nur gefühllos wäre, wenn die Nägel nur so bar jeder Empfindung wären, wie die Menschen glauben.

Pater Rank kam mit der Zuckerhostie die Altarstufen herunter. Der Speichel in Scobies Mund war ausgetrocknet; es kam ihm so vor, als seien auch seine Venen ausgetrocknet. Er konnte den Kopf nicht heben, sah nur den unteren Teil des Meßgewandes wie die Satteldecke eines mittelalterlichen Streitrosses immer näher kommen, hörte die dumpfen Schritte auf den Stufen: Gott ging zum Angriff über. Wenn nur die Bogenschützen aus dem Hinterhalt ihre Pfeile fliegen ließen, und einen Moment lang träumte er, daß die Schritte des Priesters tatsächlich stockten. Vielleicht geschieht noch irgend etwas, ehe er bei mir ist, etwas Unglaubliches... Doch mit offenem Mund – die Zeit war gekommen – versuchte er ein letztesmal zu beten: »O Gott, ich opfere Dir meine Verdammnis auf. Nimm sie. Verwende sie für sie.« Und hatte den schalen papierähnlichen Geschmack einer ewig währenden Strafe auf der Zunge.

Drittes Kapitel

I

Der Bankdirektor trank einen Schluck Eiswasser und rief mit mehr Wärme, als die rein berufliche Liebenswürdigkeit von ihm verlangte: »Wie froh Sie sein müssen, Mrs. Scobie rechtzeitig vor Weihnachten wieder zu Hause zu haben!«

»Weihnachten ist noch weit weg«, sagte Scobie.

»Die Zeit scheint zu fliegen, sobald der große Regen zu Ende ist«, fuhr der Bankdirektor mit ungewohnter Fröhlichkeit fort. Noch nie hatte Scobie in seiner Stimme diesen optimistischen Unterton gehört. Er erinnerte sich, wie die storchenähnliche Gestalt im Zimmer auf und ab stolzierte und vor den medizinischen Büchern stehengeblieben war, und das ein paar hundertmal am Tag.

»Ich bin hier, weil –«, begann Scobie.

»Wegen Ihrer Lebensversicherung oder eines Überziehungskredits, kann das sein?«

»Nun, weder noch diesmal.«

»Sie wissen, daß ich mich immer freue, wenn ich Ihnen helfen kann, Scobie, egal wie.« Wie ruhig Robinson hinter dem Schreibtisch saß.

Scobie sagte erstaunt: »Haben Sie Ihr tägliches ›Training‹ aufgegeben?«

»Ach, das war alles Quatsch und Unsinn«, sagte der Direktor. »Ich hatte zu viele Bücher gelesen.«

»Ich wollte einen Blick in Ihre medizinische Enzyklopädie werfen«, sagte Scobie.

»Es wäre viel besser für Sie, wenn Sie einen Arzt aufsuchten«, riet Robinson ihm überraschend. »Es war ein Arzt, der mich gesund gemacht hat, nicht die Bücher. Die Zeit, die ich vergeudet habe... Ich sage Ihnen, Scobie, der neue junge Kerl, der in Argyll's Hospital arbeitet, ist der beste Arzt, den sie uns seit der Entdeckung dieser Kolonie heruntergeschickt haben.«

»Und der hat Ihnen geholfen?«

»Gehen Sie zu ihm. Er heißt Travis. Sagen Sie ihm, ich hätte ihn empfohlen.«

»Trotzdem, wenn ich nur einen Blick hineinwerfen könnte...«

»Sie finden die Bände im Regal. Ich behalte sie noch hier, weil sie so bedeutend aussehen. Ein Bankdirektor muß belesen sein. Die Leute erwarten, daß er sich mit soliden Büchern umgibt.«

»Ich freue mich, daß Ihr Magen wieder kuriert ist.«

Robinson trank noch einen Schluck Wasser. Er sagte: »Ich achte gar nicht mehr auf ihn. Die Wahrheit ist, Scobie, daß ich...«

Scobie suchte in der Enzyklopädie den Begriff *Angina* und las dann: Typische Anzeichen *Die auftretenden Schmerzen werden gewöhnlich als »beengend« geschildert, als sei die Brust in eine Klammer gezwängt. Der Schmerz strahlt von der Brustmitte und unter dem Brustbein in die Arme — vorzugsweise den linken Arm aus; aber auch in den Nacken und in den Bauchraum. Er dauert gewöhnlich ein paar Sekunden oder längstens etwa eine Minute.* Das Verhalten des Patienten. *Dies ist charakteristisch. Er verhält sich absolut ruhig, gleichgültig, unter welchen Umständen der Schmerz ihn befällt...* Rasch überflog Scobie die nächsten Absätze: Ursache des Schmerzes. Behandlung. Krankheitsverlauf. Dann stellte er das Buch in das Regal zurück. »Nun«, sagte er, »vielleicht schau' ich einmal bei Ihrem Dr. Travis vorbei. Ich ginge lieber zu ihm als zu Dr. Sykes. Hoffentlich kann er mich genauso aufmuntern wie Sie.«

»Nun«, sagte Robinson, »mein Fall war besonders gelagert...«

»Der meine scheint nicht kompliziert zu sein.«

»Sie sehen aber gar nicht krank aus.«

»Oh, es geht mir auch gut – abgesehen von leichten Schmerzen hin und wieder, und außerdem schlafe ich schlecht.«

»Das liegt wohl an der Verantwortung, die Sie tragen.«

»Vielleicht.«

Scobie hatte das Gefühl, jetzt genug gesät zu haben – doch was für eine Ernte erwartete er? Er hätte es selbst nicht sagen können. Er verabschiedete sich und trat auf die im grellen Sonnenlicht flimmernde Straße. Den Tropenhelm trug er in der Hand und ließ die Sonne senkrecht auf sein schütteres, ergrauendes Haar herunterbrennen. Auf dem ganzen Weg zur Polizeidirektion bot er sich selbst zur Bestrafung dar und wurde verschmäht. Er hatte während der vergangenen Wochen in der Überzeugung gelebt, die Verdammten müßten einer eigenen Kategorie angehören; wie die jungen Männer, die dazu auserkoren waren, einen ungesunden Posten bei einer Handelsfirma im Ausland anzunehmen; man sonderte sie von ihren langweiligen Kollegen ab, schützte sie vor alltäglichen Aufgaben und behütete sie sorgsam an abgesonderten Schreibtischen, so daß ihnen das Schlimmste vielleicht erst später widerfuhr. Es gab keine Pannen, nichts ging schief. Er bekam keinen Sonnenstich, der Kolonialsekretär lud ihn zum Dinner ein... Er hatte das Gefühl, vom Unglück vergessen zu sein.

Der Commissioner sagte: »Kommen Sie herein, Scobie.

292

Ich habe eine erfreuliche Neuigkeit für Sie«, und Scobie bereitete sich auf eine neuerliche Zurückweisung vor.

»Baker kommt doch nicht her. Man braucht ihn in Palästina. Endlich hat man sich entschieden, den Mann zu meinem Nachfolger zu ernennen, der für mich der einzig richtige ist.« Scobie setzte sich auf das Fensterbrett und beobachtete seine Hand, die zitternd auf seinem Knie lag. Er dachte: Also hätte nichts von alledem geschehen müssen. Wäre Louise hiergeblieben, hätte ich mich nie in Helen verliebt, wäre nie von Yusef erpreßt worden, hätte mich nie zu jener Verzweiflungstat hinreißen lassen. Ich wäre noch ich selbst — das Ich, das in den Tagebüchern aus fünfzehn Jahren lebte, kein zertrümmerter Gipsabdruck meiner selbst. Aber natürlich habe ich jetzt nur Erfolg, weil ich all das getan habe. Ich gehöre zur Gefolgschaft des Teufels. Er sorgt für die Seinen auf dieser Welt. Ich werde jetzt von einem fluchbeladenen Erfolg zum nächsten fluchbeladenen Erfolg eilen, dachte er voller Abscheu.

»Ich denke, was Colonel Wright über Sie zu sagen hatte, hat den Ausschlag gegeben. Sie haben ihn beeindruckt, Scobie.«

»Es ist zu spät, Sir.«

»Warum zu spät?«

»Ich bin zu alt für diesen Posten. Da muß ein Jüngerer her.«

»Unsinn. Sie sind gerade erst fünfzig.«

»Meine Gesundheit ist nicht die beste.«

»Davon war aber noch nie die Rede.«

»Erst heute habe ich mit Robinson von der Bank darüber gesprochen. Ich habe Schmerzen und schlafe schlecht.« Er sprach hastig und schlug dazu den Takt auf sein Knie. »Robinson schwört auf Dr. Travis. Er scheint bei ihm Wunder gewirkt zu haben.«

»Armer Robinson.«

»Warum?«

»Er hat nur noch zwei Jahre zu leben. Das ist streng vertraulich, Scobie.«

Menschen waren doch immer wieder für eine Überraschung gut. Es war also das Todesurteil, das Robinson von seinen eingebildeten Wehwehchen, seinen medizinischen Büchern, seinem täglichen Spaziergang von einer Wand zur anderen geheilt hatte. Ich nehme an, dachte Scobie, das kommt heraus, wenn man das Schlimmste weiß – man wird mit dem Schlimmsten allein gelassen, und es ist wie Frieden. Er stellte sich Robinson vor, der über seinen Schreibtisch hinweg mit dem einzigen Gefährten redete, der ihm geblieben war. »Ich hoffe, wir können alle so gelassen dem Tod ins Auge sehen«, sagte er. »Fährt Robinson nach Hause?«

»Ich glaube nicht. Wahrscheinlich muß er bald ins Krankenhaus.«

Scobie dachte: Ich wünschte, ich hätte gewußt, was ich dort vor mir hatte. Robinson hatte ihm den beneidenswertesten Besitz vor Augen geführt, den ein Mensch erringen kann – einen glücklichen Tod. In dieser Amtsperiode würde die Todesrate hoch sein – oder doch nicht so hoch, wenn man die Toten zählte und an jene in Europa dachte. Zuerst Pemberton, dann das Kind in Pende, jetzt Robinson... Nein, es waren doch nicht so viele, aber natürlich hatte er die Fälle von Schwarzwasserfieber im Militärlazarett nicht hinzugezählt.

»So also stehen die Dinge«, sagte der Commissioner. »In der nächsten Amtsperiode werden Sie in meinem Sessel sitzen. Ihre Frau wird sich freuen.«

Ich muß ihre Freude ertragen, dachte Scobie ohne Zorn. Ich bin schuldig und habe nicht das Recht zu kritisieren, darf nie wieder Verärgerung zeigen. Er sagte: »Ich mache mich jetzt auf den Heimweg.«

Ali stand bei seinem Wagen und unterhielt sich mit einem anderen Boy, der sich stillschweigend verzog, als er Scobie kommen sah. »Wer war das, Ali?«

»Mein kleiner Bruder«, sagte Ali.

»Ich kenne ihn nicht, oder? Dieselbe Mutter?«

»Nein, Sah, derselbe Vater.«

294

»Was macht er?« Ali drehte stumm und schweißtriefend an der Anlaßkurbel.

»Beim wem arbeitet er?«

»Sah?«

»Ich habe gefragt, bei wem er arbeitet.«

»Bei Mr. Wilson, Sah.«

Der Motor sprang an, und Ali kletterte auf den Rücksitz. »Hat er dir je irgendwelche Vorschläge gemacht, Ali? Ich meine, hat er dich je gebeten, mich zu bespitzeln – für Geld?« Er sah Alis Gesicht im Rückspiegel, verkniffen, bockig, verschlossen und hart wie der Eingang zu einer Höhle.

»Nein, Sah.«

»Viele Leute interessieren sich für mich und bezahlen viel Geld, wenn man ihnen etwas über mich erzählt. Sie denken, ich schlechter Mann, Ali.«

Ali sagte: »Ich bin Ihr Boy« und erwiderte im Rückspiegel Scobies Blick. Eine Eigenschaft des Betrugs schien es zu sein, daß man das Vertrauen verlor. Wenn ich lügen und betrügen kann, dachte Scobie, warum sollen es nicht auch die anderen tun? Würden nicht sehr viele Leute auf meine Ehrlichkeit setzen und ihren Einsatz verlieren? Warum soll ich meinen Einsatz verlieren, indem ich Ali traue? Mich hat man ertappt, und ihn hat man nicht ertappt, das ist alles. Eine furchtbare Niedergeschlagenheit drückte ihm den Kopf förmlich aufs Steuer. Er dachte: Ich weiß, daß Ali ehrlich ist, weiß es seit fünfzehn Jahren; ich suche nur in diesem Land der Lüge nach einem Gefährten. Ist die nächste Stufe die, daß man anfängt andere zu korrumpieren?

Louise war nicht zu Hause. Wahrscheinlich war jemand vorbeigekommen und hatte sie mitgenommen – vermutlich an den Strand. Sie hatte ihn vor Sonnenuntergang nicht zurück erwartet. Er schrieb ihr einen Zettel: *Bringe Helen ein paar Möbelstücke hinauf. Komme bald wieder – mit guter Neuigkeit für Dich.* Dann fuhr er allein durch den düsteren und leeren Mittag zu den Wellblech-

295

hütten hinauf. Nur die Geier waren unterwegs — versammelten sich am Straßenrand um ein totes Huhn, beugten ihre Greisenhälse über den Kadaver und spreizten die Flügel, so daß sie aussahen wie abgebrochene Regenschirme.

»Ich habe dir noch einen Tisch und zwei Stühle mitgebracht. Ist dein Boy hier?«

»Nein, er ist auf dem Markt.«

Sie küßten sich jetzt immer so förmlich wie Geschwister. War der Schaden einmal angerichtet, wurde Ehebruch so bedeutungslos wie Freundschaft. Die Flamme hatte sie berührt und war dann über die Lichtung gerast. Sie hatte nichts verschont, übriggeblieben waren nur ein Gefühl der Verantwortung und ein Gefühl der Einsamkeit. Nur wer barfuß lief, merkte die Hitze im Gras. Scobie sagte: »Ich störe dich beim Lunch.«

»O nein. Ich bin fast fertig. Willst du ein bißchen Obstsalat.«

»Höchste Zeit, daß du einen neuen Tisch bekommst. Der hier wackelt.« Er sagte: »Sie befördern mich jetzt doch zum Commissioner.«

»Da wird sich deine Frau aber freuen«, sagte Helen.

»Mir ist es nicht mehr wichtig.«

»Natürlich ist es dir wichtig«, sagte sie energisch. Das war auch eine ihrer Einbildungen — daß nur sie allein litt. Wie Coriolan wollte auch er seine Wunden lange nicht zur Schau stellen, doch eines Tages würde auch er zusammenbrechen und seinen Schmerz mit Worten so dramatisieren, bis er selbst nicht mehr daran glaubte, weil er ihm unwirklich vorkam. Vielleicht, würde er denken, vielleicht hat sie recht, vielleicht leide ich gar nicht. Sie sagte: »Natürlich muß der Commissioner über jeden Verdacht erhaben sein, nicht wahr, wie Caesar.« (Ihre Vergleiche waren so schief wie ihre Rechtschreibung fehlerhaft.) »Das ist das Ende für uns, nehme ich an.«

»Du weißt, daß es für uns kein Ende gibt.«

»Oh, aber der Commissioner kann sich keine Geliebte leisten, die er in einer Nissenhütte versteckt hält.« Der Stachel war natürlich das »in einer Nissenhütte versteckt«, doch wie konnte er auch nur die kleinste Gereiztheit in sich aufkommen lassen, wenn er an ihren Brief dachte, in dem sie ihm erklärte, für ihn sei sie zu jedem Opfer bereit, und sie stelle ihm frei, sie zu behalten oder zu verstoßen? Ein Mensch konnte nicht immer heroisch sein. Wer sich ganz hingab − sei es Gott oder der Liebe −, dem mußte es hin und wieder erlaubt sein, seine Hingabe zurückzunehmen. So viele rafften sich nie zu einer heldenhaften Tat auf. Und mochte diese Tat auch noch so unüberlegt sein, sie allein war es, die zählte. Er sagte: »Wenn der Commissioner dich nicht behalten darf, dann lehne ich den Posten ganz einfach ab.«

»Sei nicht albern, denn schließlich«, sagte sie mit vorgetäuschter Vernunft, und er erkannte, daß dies einer ihrer schlechten Tage war, »was hätten wir davon?«

»Ich hätte sehr viel davon«, sagte er und fragte sich: Lüge ich jetzt, um sie zu trösten? Er lebte in einem so dichten Lügengespinst, daß er die einzelnen kleinen Lügen nicht mehr unter Kontrolle hatte.

»Ein, zwei Stunden jeden zweiten Tag vielleicht, wenn es dir gelingt, dich davonzustehlen. Nicht einmal einen einzigen ganzen Abend.«

»Oh, ich habe Pläne«, sagte er hoffnungslos.

»Was für Pläne?«

»Sie sind noch zu unausgegoren.«

»Nun«, sagte sie, so bissig sie konnte, »dann sag mir nur rechtzeitig Bescheid. Damit ich mich nach deinen Wünschen richten kann, meine ich.«

»Ich bin nicht hergekommen, um mit dir zu streiten, mein Schatz.«

»Manchmal frage ich mich, warum du überhaupt kommst.«

»Heute, zum Beispiel, habe ich dir Möbel gebracht.«

»Ach ja, die Möbel.«

»Ich bin mit dem Wagen hier. Fahren wir zusammen an den Strand?«

»Aber man darf uns doch nicht zusammen sehen.«

»Das ist Unsinn. Louise ist auch da, denke ich.«

»Um Himmels willen«, sagte Helen, »halte mir bloß dieses selbstgefällige Weib vom Leib.«

»Na schön. Wie wäre es dann mit einer Spazierfahrt?«

»Das wäre sicherer, nicht wahr?«

Scobie nahm sie bei den Schultern und sagte: »Ich denke nicht immer an Sicherheit.«

»Es sieht aber ganz danach aus.«

Plötzlich riß ihm der Geduldsfaden, und er schrie sie an: »Das Opfer ist ausschließlich auf deiner Seite, wie?« Verzweifelt sah er in der Ferne schon die Szene, die auf sie beide zukam: wie der Tornado vor dem großen Regen, diese wirbelnde Säule aus Finsternis, die bald den ganzen Himmel verhüllen würde.

»Natürlich leidet deine Arbeit darunter«, sagte sie mit kindischem Sarkasmus. »Diese vielen abgezwackten halben Stunden.«

»Ich habe die Hoffnung aufgegeben«, sagte er.

»Was soll das heißen?«

»Ich habe die Zukunft hingegeben. Mich selbst verdammt.«

»Sei nicht so melodramatisch«, sagte sie. »Ich weiß nicht, wovon du redest. Eben noch hast du mir von der Zukunft erzählt — deinem neuen Amt als Commissioner.«

»Ich meine die wirkliche Zukunft — die ewige Zukunft.«

Sie sagte: »Wenn ich etwas hasse, dann ist es dein Katholizismus. Ich nehme an, das kommt daher, daß du eine so fromme Frau hast. Das Ganze ist doch ein Riesenschwindel. Wenn du wirklich gläubig wärst, wärst du nicht hier.«

»Aber ich bin gläubig, und ich bin hier«, sagte er unsicher und ratlos. »Ich kann es nicht erklären, aber es ist so. Ich weiß, was ich tue, tue es offenen Auges. Als Pater Rank mit dem Sakrament auf mich zukam...«

Verächtlich und ungeduldig rief Helen: »Das hast du mir schon erzählt! Du versuchst ja nur, Eindruck bei mir zu schinden. In Wirklichkeit glaubst du ebensowenig an die Hölle wie ich.«

Wütend packte er ihre Handgelenke und hielt sie fest. Er sagte: »So kommst du mir nicht davon. Ich bin gläubig, sage ich dir. Ich glaube, daß ich verdammt bin – verdammt in alle Ewigkeit –, es sei denn, ein Wunder geschieht. Ich weiß, was ich sage. Was ich getan habe, ist viel schlimmer als Mord – Mord ist eine Tat, ein Schlag, ein Stich, ein Schuß und vorbei, ich aber trage die Fäulnis in mir ständig mit mir umher. Sie würgt mich in der Kehle.« Er schleuderte ihre Handgelenke von sich, als wolle er Samen auf den Steinboden streuen. »Behaupte ja nie, ich hätte dir nie meine Liebe bewiesen.«

»Deiner Frau, meinst du wohl. Du hattest Angst, sie könnte es erfahren.«

Sein Zorn verflog. Er sagte: »Ich empfinde Liebe für euch beide. Liebte ich nur sie, wäre der Weg ganz einfach und gradlinig gewesen.« Er legte die Hände über die Augen, fühlte, daß Hysterie wieder nach ihm griff. Er sagte: »Ich ertrage es nicht, zuzusehen, wie jemand leidet, und bin doch selbst Ursache so vieler Leiden. Ich möchte fort, fort von allem.«

»Wohin denn?«

Hysterie und Aufrichtigkeit machten sich davon; List kam wieder wie ein Straßenköter über die Schwelle gekrochen. Er sagte: »Oh, ich will nur Urlaub nehmen.« Und fügte hinzu: »Ich schlafe schlecht und habe so merkwürdige Schmerzen.«

»Liebling, bist du krank?« Die Sturmsäule hatte den Kurs geändert, bedrohte jetzt andere, war an ihnen vorübergezogen. »Liebling, ich bin ein Biest«, sagte Helen. »Ich bin müde und habe alles so satt – aber das hat nichts zu bedeuten. Warst du schon beim Arzt?«

»Ich gehe demnächst zu Dr. Travis ins Argyll.«

»Alle sagen, Frau Dr. Sykes sei besser.«

»Nein, zu Dr. Sykes gehe ich nicht.« Nun, da er nicht mehr zornig und nicht mehr hysterisch war, konnte er sie genauso sehen wie an jenem ersten Abend, als die Sirenen heulten. Er dachte: O Gott, ich kann sie nicht verlassen. Und Louise auch nicht. Du brauchst mich nicht, wie sie mich brauchen. Du hast Deine guten Menschen, Deine Heiligen, den großen Kreis der Seligen. Du kommst ohne mich aus... Er sagte: »Wir machen jetzt einen Ausflug mit dem Wagen. Das wird uns beiden guttun.«

In der dämmrigen Garage nahm er sie wieder bei den Händen und küßte sie. Er sagte: »Hier gibt es keine Augen... Wilson kann uns nicht sehen. Harris beobachtet uns nicht. Yusefs Boy...«

»Mein Lieber, ich würde dich morgen verlassen, wenn ich dir damit helfen könnte.«

»Es würde nichts helfen«, sagte er. »Erinnerst du dich an den verlorengegangenen Brief? Ich habe damals versucht, dir alles zu erklären und schwarz auf weiß festzuhalten. Zum Beispiel, daß ich nicht mehr vorsichtig sein will. Ich habe dir geschrieben, daß ich dich mehr liebe als meine Frau...« Während er sprach, hörte er hinter sich, neben dem Wagen, jemanden atmen. »Wer ist da?« fragte er scharf.

»Was meinst du, Lieber?«

»Es ist jemand hier.« Er ging um den Wagen herum und fragte noch einmal scharf: »Wer ist da? Kommen Sie raus!«

»Es ist Ali«, sagte Helen.

»Was machst du hier, Ali?«

»Missus schickt mich«, sagte Ali. »Ich warten hier auf Massa und ihm sagen, Missus zurück.« Er war im Schatten kaum zu sehen.«

»Und warum hast du hier drin gewartet?«

»Ich haben Humbug in Kopf«, sagte Ali. »Ich einschlafen, klein, klein schlafen.«

»Mach ihm keine Angst«, sagte Helen, »er spricht die Wahrheit.«

»Geh nach Hause, Ali«, befahl Scobie dem Boy, »und sag der Missus, ich komme sofort.« Er sah Ali nach, der, ohne sich ein einzigesmal umzuschauen, im grellen Sonnenlicht zwischen den Wellblechhütten davontappte.

»Zerbrich dir seinetwegen nicht den Kopf«, sagte Helen. »Er hat nichts verstanden.«

»Ali ist seit fünfzehn Jahren bei mir«, sagte Scobie. Zum erstenmal in dieser langen Zeit schämte er sich für ihn. Er erinnerte sich, wie Ali ihn, in der Nacht nach Pembertons Tod, eine Tasse Tee in der Hand, in dem rüttelnden und schüttelnden Laster gestützt und gehalten hatte, und dann sah er Wilsons Boy vor sich, der sich bei der Polizeidirektion an der Wand entlang davonschlich.

»Du kannst ihm vertrauen.«

»Ich weiß nicht wie«, sagte Scobie. »Ich habe verlernt, wie man vertraut.«

2

Louise schlief oben, und Scobie saß am Tisch, das Tagebuch aufgeschlagen vor sich. Unter dem Datum vom 31. Oktober hatte er eingetragen: *Der Commissioner hat mir heute vormittag mitgeteilt, daß ich sein Nachfolger werde. Habe H. R. Möbel gebracht. Dann Louise die große Neuigkeit erzählt. Sie hat sich sehr gefreut.* Das andere Leben — klar, wohlgeordnet und auf Tatsachen beruhend — lag vor ihm, so unerschütterlich wie römische Grundfesten. Es war das Leben, wie er es führen sollte; niemand, der das las, würde auch nur im entferntesten vermuten, daß es bei ihm Dinge gab wie die unzweideutige, beschämende Szene in der Garage, die Unterredung mit dem portugiesischen Kapitän, Louise, die blindlings mit der schmerzlichen Wahrheit nach ihm schlug, Helen, die ihn der Heuchelei beschuldigte ... Er dachte: So sollte mein

Leben sein. Ich bin zu alt für Gefühle. Bin zu alt für Lug und Trug. Lügen können junge Menschen. Sie haben ein Leben lang Zeit, zur Wahrheit zurück- und sich in ihr zurechtzufinden. Er schaute auf die Uhr; 23 Uhr 45, und er schrieb: Temperatur um 2 Uhr nachmittags 33° Celsius. Die Eidechse huschte über die Wand, die winzigen Kiefer schnappten nach einem Nachtfalter. Etwas kratzte draußen an der Tür — ein Hund? Scobie legte die Feder wieder aus der Hand; ihm gegenüber am Tisch saß die Einsamkeit. Kein Mann konnte einsamer sein als er, obwohl im Stockwerk über ihm seine Frau schlief und etwas mehr als fünfhundert Meter weiter seine Geliebte, und dennoch war es die Einsamkeit, die wie eine Freundin, die nicht zu sprechen brauchte, bei ihm saß. Es kam ihm so vor, als sei er noch nie so allein gewesen.

Jetzt hatte er niemanden, dem er die Wahrheit sagen konnte. Es gab Dinge, die der Commissioner nicht wissen durfte, die Louise nicht wissen durfte, es gab sogar Grenzen für das, was er Helen sagen konnte, denn was für einen Sinn hätte es gehabt, jemandem ohne Not weh zu tun, nachdem er so viel geopfert hatte, um andere nicht zu verletzen? Was Gott anbelangte, konnte er mit ihm nur noch sprechen wie mit einem Feind — es lag so viel Bitterkeit zwischen ihnen. Er bewegte die Hand auf dem Tisch, und es war, als bewege sich auch seine Einsamkeit und berühre seine Fingerspitzen. »Du und ich«, sagte seine Einsamkeit, »du und ich.« Ihm kam der Gedanke, daß die Außenwelt ihn vielleicht beneiden würde, wenn sie die Wahrheit wüßte; Bagster würde ihn um Helen beneiden und Wilson um Louise. »Was für ein verfluchter Heimtücker!« würde Fraser rufen und sich die Lippen lecken. Sie werden glauben, dachte er erstaunt, daß ich etwas davon habe. Doch ihm schien, daß dieser Zustand noch keinen Mann weniger befriedigt hatte. Sogar Selbstmitleid blieb ihm versagt, denn er kannte das ungeheure Ausmaß seiner Schuld genau. Er schien sich selbst so tief in die Wüste verbannt zu haben, daß seine Haut sandfarben geworden war.

Hinter ihm knarrte leise die Tür. Scobie rührte sich nicht. Die Spione schleichen sich ein, dachte er. Ist es Wilson, Harris, Pembertons Boy, Ali? »Massa«, flüsterte eine Stimme, und bloße Füße tappten über den Zementfußboden.

»Wer bist du?« fragte Scobie, ohne sich umzudrehen. Aus einem rosigen Handteller fiel eine kleine Papierkugel auf den Tisch und rollte davon. Die Stimme sagte: »Yusef sagen, kommen ganz leise und niemand sieht.«

»Was will Yusef denn schon wieder?«

»Er schicken Geschenk – kleine, kleine Geschenk.« Die Tür wurde wieder geschlossen, und die Stille kehrte zurück. Die Einsamkeit sagte: »Machen wir das miteinander auf, du und ich.«

Scobie hob das Papierkügelchen auf. Es war leicht, hatte aber eine kleine, harte Mitte. Zunächst wußte er nicht, was es war. Er hielt es für einen Kieselstein, um das Papier zu beschweren, und suchte nach Geschriebenem, das natürlich nicht vorhanden war, denn wem konnte der des Schreibens unkundige Yusef so weit vertrauen, daß er ihm eine Nachricht diktierte? Dann erkannte Scobie, daß es ein Diamant war – ein Schmuckstein. Er verstand nichts von Diamanten, doch er schätzte, daß dieser mindestens so viel wert war, wie er, Scobie, Yusef schuldete. Offenbar hatte Yusef die Nachricht erhalten, daß die Steine, die er mit der »Esperança« geschickt hatte, unbeschädigt an ihrem Bestimmungsort angekommen waren. Das sei ein Zeichen seiner Dankbarkeit, keine Bestechung, würde Yusef argumentieren, die fette Hand auf sein ehrliches und doch so trügerisches Herz gedrückt.

Die Tür wurde aufgerissen, und herein stürmte Ali. Er zerrte einen wimmernden Jungen am Arm mit sich. »Diese stinkende Mendejunge, er schleichen um ganze Haus«, sagte er. »Probieren alle Türen.«

»Wer bist du?« fragte Scobie.

Mit einer Mischung aus Angst und Wut platzte der Junge heraus: »Ich Boy von Yusef. Bringen Massa Brief.«

303

Und er zeigte auf den Tisch, wo der Stein in der geöffneten Papierkugel lag. Ali folgte der Handbewegung mit den Blicken. Scobie sagte zu seiner Einsamkeit: Du und ich, wir müssen jetzt schnell überlegen. Er wandte sich dem Jungen zu und fragte: »Warum klopfst du nicht, wie es sich gehört, und kommst dann herein? Warum kommst du wie ein Dieb?«

Er hatte den mageren Körper und die sanften, melancholischen Augen aller Mende. »Ich kein Dieb«, sagte er mit einer kaum merklichen Betonung des ersten Wortes, die aber wiederum zu schwach war, um dahinter eine Unverschämtheit zu vermuten. »Massa mir sagen, ich leise kommen«, fuhr er fort.

Scobie sagte: »Bring das Yusef zurück, und richte ihm aus, ich will wissen, woher er einen solchen Stein hat. Ich glaube, er stiehlt Steine, aber das werde ich nach und nach schon herausbringen. Los. Nimm ihn. Und jetzt schmeiß ihn raus, Ali.« Ali schob den Jungen vor sich her zur Tür hinaus, und Scobie hörte das Scharren ihrer Schritte auf dem Weg. Flüsterten sie miteinander? Er ging zur Tür und rief ihnen nach: »Sag Yusef, ich komme an einem der nächsten Abende zu ihm und mache ein höllisches Palaver.« Er warf die Tür zu und dachte: Ali weiß zuviel über mich. Und wieder spürte er das Mißtrauen gegen seinen Boy wie Fieber im Blut. Er könnte mich vernichten. Er könnte *uns alle* vernichten.

Er schenkte sich einen Whisky ein und holte eine Flasche Soda aus dem Eisschrank. Louise rief von oben: »Henry!«

»Ja, meine Liebe?«

»Ist es schon zwölf?«

»Kurz vor, glaube ich.«

»Du trinkst nach zwölf doch nichts mehr, oder? Du denkst an morgen?« Und selbstverständlich dachte er daran, während er langsam das Glas leerte. Es war der 1. November — Allerheiligen und dies die Nacht aller

Seelen. Welcher Geist mochte über dem Geist des Alkohols in seinem Glas schweben?

»Du gehst doch mit mir zur Kommunion, Lieber, oder?« Er dachte müde: Das nimmt nie ein Ende, warum sollte ich jetzt die Grenze ziehen? Wenn schon, dann könnte man auch bis ans Ende der Verdammnis gehen. Seine Einsamkeit war der einzige Geist, den der Whisky heraufbeschwören konnte, sie nickte ihm über den Tisch hinweg zu, nahm einen Schluck aus seinem Glas. »Der nächste Anlaß«, sagte sie ihm, »ist Weihnachten – die Christmette –, die kannst du nicht versäumen, das weißt du, und keine Ausrede wird dir in dieser Nacht nützen, und danach...« Die lange Kette von kirchlichen Feiertagen, von Frühmessen im Frühling und Sommer rollte sich vor ihm auf wie ein ewiger Kalender. Plötzlich sah er vor sich ein blutendes Gesicht, sah unter einem Hagel von Schlägen geschlossene Augen, sah das halb betäubt nach einer Seite hängende Haupt Christi am Kreuz.

»Du *kommst* doch mit, Ticki?« rief Louise plötzlich ängstlich, wie ihm schien; als habe sie plötzlich wieder das Mißtrauen gepackt. Wieder dachte er: Darf ich Ali noch vertrauen? Und alle abgedroschenen Vorurteile der an der Küste lebenden Händler und Apanage-Empfänger flüsterten ihm ein: »Trauen Sie nie einem Schwarzen. Am Ende hintergeht er Sie doch. Hatte meinen Boy fünfzehn Jahre...« In der Nacht vor Allerheiligen versammelten sich die Geister des Mißtrauens um sein Glas.

»Selbstverständlich komme ich mit, meine Liebe.«

»Du brauchst nur ein Wort zu sagen«, wandte er sich an Gott, »und Legionen von Engeln...« Er versetzte sich mit seinem Siegelring einen Hieb unter ein Auge und sah, wie die verletzte Haut aufplatzte. Er dachte: Zu Weihnachten wieder. Und drückte das Gesicht des Gottessohnes in den Schmutz des Stalles. »Was hast du gesagt, Liebe?« rief er ins Schlafzimmer hinauf.

»Oh, nur daß wir morgen so viel zu feiern haben. Daß wir zusammen sind und deine Beförderung. Was für ein glückliches Leben, Ticki.« Und das, sagte er trotzig zu seiner Einsamkeit, ist mein Lohn — den Whisky auf dem Tisch auszuschütten, den Geistern das Schlimmste zu wehren und Christus bluten zu sehen.

Viertes Kapitel

I

Unter dem Vorhang des landseitigen Fensters von Yusefs Büro war ein schmaler Lichtstreifen zu sehen; wahrscheinlich arbeitete er noch so spät. Das kleine, weiße einstöckige Gebäude stand neben der hölzernen Landungsbrücke, gewissermaßen am äußersten Rand von Afrika, gleich hinter dem Treibstofflager der Armee. Ein Polizist salutierte vor Scobie, der sich vorsichtig zwischen den Lattenkisten durchschlängelte. »Alles ruhig, Corporal?«

»Alles ruhig, Sah.«

»Sind Sie schon drüben in Kru Town Streife gegangen?«

»O ja, Sah. Auch dort alles ruhig, Sah.« Die Antwort kam prompt, und Scobie wußte sofort, daß das eine Lüge war.

»Die Hafenratten unterwegs?«

»O nein, Sah. Alles still wie ein Grab.« Der abgedroschene, banale Satz verriet Scobie, daß der Mann eine Missionsschule besucht hatte.

»Nun, dann gute Nacht.«

»Gute Nacht, Sah.«

Scobie ging weiter. Er hatte Yusef seit vielen Wochen nicht gesehen — seit jenem Abend nicht mehr, an dem der Syrer ihn erpreßt hatte, und nun überkam ihn plötzlich das Verlangen, mit seinem Peiniger zu sprechen. Das kleine weiße Gebäude zog ihn geradezu magisch an, als beherberge es seinen einzigen Freund, den einzigen Menschen, dem er vertrauen konnte. Yusef kannte ihn so gut wie niemand sonst. Er konnte der lächerlichen Gestalt gegenübersitzen und rückhaltlos die Wahrheit sagen. In dieser neuen Lügenwelt war der Erpresser zu Hause. Er kannte die verschlungenen Wege, konnte raten, vielleicht sogar helfen...

Wilson kam hinter einem hohen Kistenstapel hervor auf ihn zu. Scobies Taschenlampe tastete über sein Gesicht wie über eine Landkarte.

»Aber Wilson«, sagte Scobie. »So spät noch unterwegs?«

»Allerdings«, sagte Wilson, und Scobie dachte voller Unbehagen: Wie sehr er mich haßt.

»Haben Sie einen Passierschein für den Kai?«

»Ja.«

»Halten Sie sich von Kru Town fern. Allein ist man dort nicht sicher. Kein Nasenbluten mehr?«

»Nein«, sagte Wilson und machte keine Anstalten weiterzugehen; immer im Weg zu stehen schien so seine Art. Ein Mann, dem man ausweichen mußte.

»Ich wünsche eine gute Nacht, Wilson. Sie sind uns jederzeit willkommen. Louise...«

Wilson sagte: »Ich liebe Louise.«

»Das habe ich mir schon gedacht«, sagte Scobie. »Sie hat Sie auch gern.«

»Ich liebe sie«, wiederholte Wilson. Er zupfte an der Segeltuchplane, mit der die Kisten zugedeckt waren. »Sie werden kaum verstehen, was das bedeutet.«

»Was was bedeutet?«

»Liebe. Sie lieben keinen Menschen außer sich selbst, Ihr kleines, gemeines Ich.«

»Sie sind überdreht, Wilson. Das macht das Klima. Gehen Sie ins Bett.«

»Wenn Sie sie liebten, würden Sie sich anders verhalten.« Über das schwarze Wasser kam von einem unsichtbaren Schiff Grammophonmusik – eine populäre, herzzerreißende Melodie. Ein Wachposten der Feldpolizei rief jemanden an, und dieser antwortete mit einem Losungswort. Scobie hielt die Taschenlampe nach unten, bis ihr Lichtkegel nur noch Wilsons Moskitostiefel traf. »Liebe ist nicht so einfach, wie Sie glauben, Wilson. Sie lesen zu viele Gedichte.«

»Was würden Sie tun, wenn ich ihr alles sagte – über Mrs. Rolt?«

»Sie haben es ihr doch schon gesagt, Wilson. Haben ihr gesagt, was *Sie* glauben. Doch sie zieht meine Geschichte vor.«

»Eines schönen Tages vernichte ich Sie, Scobie.«

»Würde das Louise helfen?«

»Ich könnte sie glücklich machen!« behauptete Wilson naiv mit bebender Stimme, und Scobie fühlte sich fünfzehn Jahre zurückversetzt, erinnerte sich an einen Mann, der viel jünger war als der verkommene Mensch, der hier am Ufer stand, Wilsons Worte hörte und dem leisen Plätschern lauschte, mit dem das Wasser gegen die hölzernen Bohlen schlug. Er sagte freundlich: »Sie würden es versuchen. Ich weiß, daß Sie es versuchen würden. Vielleicht...« Doch er hatte selbst keine Ahnung, wie dieser Satz enden sollte, welcher unklare Trost für Wilson in seinem Kopf aufgeblitzt und wieder verschwunden war. Statt dessen packte ihn Groll auf die schlaksige, romantische Gestalt bei den Kisten, die so ahnungslos war und dennoch so viel wußte. Er sagte: »Inzwischen wünschte ich, daß Sie aufhörten, mir nachzuspionieren.«

»Es ist meine Aufgabe«, gestand Wilson, und seine Stiefel bewegten sich im Schein der Taschenlampe.

»Was Sie erfahren, ist so unwichtig.« Er ließ Wilson am Treibstofflager stehen und ging weiter. Als er die Stufen zu Yusefs Büro hinaufstieg, sah er, zurückblickend, eine merkwürdige Stelle im Dunkeln, an der die Dunkelheit noch dichter war: Dort stand Wilson, beobachtete und haßte. Er würde nach Hause gehen und einen Bericht

308

schreiben. *Fünfundzwanzig Minuten nach elf begab Major Scobie sich zu einer Verabredung...*

Scobie klopfte und betrat sofort das Büro, in dem Yusef, die Füße auf der Tischplatte, mehr hinter dem Schreibtisch lag als saß und einem schwarzen Schreiber diktierte. Ohne seinen Satz — »fünfhundert Ballen mit Streichholzschachtelmuster, siebenhundertfünfzig Ballen mit Sandeimerchen, sechshundert Ballen Kunstseide mit Streifen und Punkten« — zu unterbrechen, blickte er halb hoffnungsvoll und halb besorgt zu Scobie auf. Dann sagte er barsch zu seinem Angestellten: »Raus mit dir. Aber komm wieder. Sag meinem Boy, ich bin für niemand zu sprechen.« Er nahm die Füße vom Schreibtisch, stand auf, streckte die schlaffe Hand aus, sagte: »Willkommen, Major Scobie«, ließ die Hand wieder fallen wie ein Stück unbrauchbaren Materials. »Das ist das erstemal, daß Sie meinem Büro die Ehre erweisen, Major Scobie.«

»Und ich weiß nicht einmal, warum ich jetzt hier bin, Yusef.«

»Es ist lange her, seit wir uns das letztemal gesehen haben.« Yusef setzte sich und stützte den Kopf müde in die Hand, die so groß war wie ein Suppenteller. »Die Zeit vergeht für zwei Menschen unterschiedlich — schnell oder langsam. Das hängt von ihrer Freundschaft ab.«

»Darüber gibt es wahrscheinlich ein syrisches Gedicht.«

»Das gibt es tatsächlich, Major Scobie«, sagte Yusef lebhaft.

»Sie sollten mit Wilson befreundet sein, nicht mit mir, Yusef. Er liest Gedichte. Ich bin ein prosaischer Mensch.«

»Einen Whisky, Major Scobie?«

»Ich sage nicht nein.« Scobie ließ sich vor dem Schreibtisch nieder, und zwischen ihnen stand die unvermeidliche blaue Sodaflasche.

»Wie geht es Mrs. Scobie?«

»Warum haben Sie mir diesen Diamanten geschickt, Yusef?«

309

»Ich war in Ihrer Schuld, Major Scobie.«

»O nein, das waren Sie nicht. Sie haben mich mit einem Stückchen Papier voll bezahlt.«

»Ich bemühe mich so sehr zu vergessen, daß es so gelaufen ist. Immer wieder sage ich mir, daß es Freundschaft war — und im Grunde war es das auch.«

»Es tut nie gut, sich selbst zu belügen, Yusef. Man durchschaut seine eigenen Lügen zu leicht.«

»Major Scobie, wenn ich Sie häufiger sehen dürfte, würde ich ein besserer Mensch.« Das Soda zischte in den Gläsern, und Yusef trank gierig. »Sie haben Sorgen, sind niedergeschlagen, Major Scobie«, sagte Yusef, »ich fühle es im Herzen... Und ich habe mir immer gewünscht, daß Sie zu mir kommen, wenn Sie in Schwierigkeiten sind.«

Scobie sagte: »Und ich habe über die Vorstellung gelacht — ich und in der Not zu Ihnen kommen!«

»In Syrien gibt es eine Geschichte von einem Löwen und einer Maus...«

»Wir kennen diese Geschichte auch, Yusef. Aber ich habe Sie nie als Maus gesehen. Und ich bin kein Löwe. Kein Löwe.«

»Sie machen sich Sorgen wegen Mrs. Rolt. Und wegen Ihrer Frau, Major Scobie?«

»Ja.«

»Das braucht Ihnen vor mir nicht peinlich zu sein, Major Scobie. Ich hatte im Leben oft Schwierigkeiten mit Frauen. Jetzt ist es besser, weil ich gelernt habe, mit ihnen umzugehen. Man darf sich nur nicht von ihnen kleinkriegen lassen. Sagen Sie jeder: ›Ich schere mich den Teufel drum. Ich schlafe, mit wem ich will. Entweder nimmst du mich, wie ich bin, oder du gehst. Mir ist es verdammt egal.‹ Aber sie gehen nie, Major Scobie.« Yusef seufzte in sein Whiskyglas. »Manchmal habe ich mir gewünscht, sie wären gegangen.«

»Ich bin sehr weit gegangen, um meine Frau zu schonen, Yusef.«

»Ich weiß, wie weit, Major Scobie.«

»Aber nicht weit genug. Die Sache mit den Diamanten war eine Kleinigkeit verglichen mit ...«

»Ja?«

»Sie würden es nicht verstehen. Außerdem – jetzt ist noch jemand eingeweiht – Ali.«

»Aber Sie trauen Ali doch?«

»Ich denke, ich traue ihm. Aber er weiß auch über Sie Bescheid. Er ist gestern nacht ins Haus gekommen und hat den Diamanten gesehen. Ihr Boy war sehr indiskret.«

Die große, breite Hand zuckte auf der Schreibtischplatte. »Na, der soll etwas zu hören bekommen!«

»Ali ist der Halbbruder von Wilsons Boy. Die beiden treffen sich.«

»Das allerdings ist schlimm«, sagte Yusef.

Scobie hatte ihm jetzt alle Sorgen anvertraut – alle, nur die eine nicht, die allergrößte. Er hatte das merkwürdige Gefühl zum erstenmal, seit er denken konnte, einem anderen eine Last aufgebürdet zu haben. Und Yusef trug sie – trug sie ganz offensichtlich. Er erhob sich jetzt aus dem Sessel, schob sein großes Hinterteil schwerfällig zum Fenster und starrte den grünen Verdunkelungsvorhang an, als sehe er vor sich eine Landschaft. Dann hob er die Hand an den Mund und begann Nägel zu beißen – schnipp, schnipp, schnipp, nahmen seine Zähne sich einen Fingernagel nach dem anderen vor. Dann kam die andere Hand an die Reihe.

»Ich glaube nicht, daß es einen ernsthaften Grund zur Sorge gibt«, sagte Scobie. Unbehagen überkam ihn, als habe er unabsichtlich eine gewaltige Maschine in Gang gesetzt, die er nicht zu handhaben verstand.

»Es ist schlimm, wenn man nicht vertrauen kann«, sagte Yusef. »Auf seine Boys muß man sich verlassen können. Man muß nur immer mehr über sie wissen als umgekehrt.« Das war offenbar seine Vorstellung von Vertrauen.

Scobie sagte: »Früher habe ich ihm vertraut.«

311

Yusef betrachtete seine abgebissenen Nägel und biß noch einmal zu. Er sagte: »Nur keine Sorge. Ich dulde nicht, daß Sie sich sorgen. Überlassen Sie alles mir, Major Scobie. Ich werde für Sie in Erfahrung bringen, ob Sie ihm trauen können.« Dann überraschte er Scobie mit der Erklärung: »Ich werde mich um Sie kümmern.«

»Wie wollen Sie das anfangen?« Ich trage ihm nichts nach, dachte Scobie müde und erstaunt. Man kümmert sich um mich, dachte er und fühlte sich irgendwie in die friedliche Geborgenheit seines Kinderzimmers zurückversetzt.

»Sie dürfen mir keine Fragen stellen, Major Scobie. Überlassen Sie alles mir, nur dieses eine Mal. Ich weiß, wo es langgeht.« Yusef trat vom Fenster zurück und betrachtete Scobie mit Augen, die so blank und metallisch glänzten wie die abgedeckten Linsen eines Teleskops. Mit einer beschwichtigenden Geste seiner großen, feuchten Hand, einer Geste, wie Scobie sie immer wieder bei Krankenschwestern gesehen hatte, sagte er: »Schreiben Sie Ihrem Boy nur ein kleines Briefchen, Major Scobie, und bitten Sie ihn herzukommen. Ich werde mit ihm sprechen. Mein Boy wird ihm Ihre Nachricht bringen.«

»Aber Ali kann nicht lesen.«

»Um so besser. Geben Sie meinem Boy etwas mit, damit Ali weiß, daß er von Ihnen kommt. Ihren Siegelring.«

»Was wollen Sie tun, Yusef?«

»Ihnen helfen, Major Scobie. Das ist alles.«

Langsam, widerstrebend zog Scobie an seinem Ring. Er sagte: »Ali ist seit fünfzehn Jahren bei mir. Ich habe ihm bis jetzt immer vertraut.«

»Sie werden sehen, es ist alles in Ordnung«, sagte Yusef. Er streckte die offene Hand aus, um den Ring in Empfang zu nehmen, und ihre Hände berührten sich; es war wie ein Gelübde unter Verschwörern. »Nur ein paar Worte.«

»Der Ring geht nicht ab«, sagte Scobie. Ihm war nicht

sehr wohl bei der ganzen Sache. »Eigentlich brauchen wir ihn gar nicht. Ali kommt bestimmt, wenn Ihr Boy ihm sagt, daß ich etwas von ihm will.«

»Das glaube ich nicht. Die Schwarzen lassen sich nachts nur sehr ungern im Hafen sehen.«

»Es wird ihm nichts passieren, er wird ja nicht allein sein. Ihr Boy wird ihn begleiten.«

»O ja, ja, natürlich. Aber ich denke trotzdem − wenn Sie ihm etwas schicken würden, das ihm beweist, daß − nun, daß es keine Falle ist. Denn sehen Sie, man traut Yusefs Boy genausowenig wie Yusef selbst.«

»Dann soll er morgen kommen.«

»Heute ist besser.«

Scobie suchte in seinen Taschen; der zerrissene Rosenkranz kam ihm zwischen die Finger. Er sagte: »Hier, dann soll er das mitnehmen, aber es wäre nicht nötig...« Und verstummte, den Blick der ausdruckslosen Augen erwidernd.

»Danke«, sagte Yusef, »das ist sehr gut.« An der Tür sagte er: »Machen Sie es sich bequem, Major Scobie. Gießen Sie sich noch einen Schluck ein. Ich muß nur meinem Boy Bescheid sagen.«

Er blieb sehr lange weg. Scobie schenkte sich den dritten Whisky ein, öffnete, nachdem er das Licht gelöscht hatte, die Vorhänge der seewärts gerichteten Fenster, weil das kleine Büro so stickig war, und ließ das bißchen Wind herein, das von der Bucht heraufwehte. Der Mond ging eben auf, und das Marinedepotschiff glitzerte wie graues Eis. Unruhig trat er an das andere Fenster, von dem man über den Kai bis zu den Hütten und den Gerümpelbergen des Eingeborenendorfes sehen konnte. Er sah Yusefs Boy von dort zurückkommen und dachte, Yusef muß die Hafenratten gut unter Kontrolle haben, wenn sein Angestellter allein durch *ihr* Viertel gehen kann. Ich habe um Hilfe gebeten, man kümmert sich um mich − wie und auf wessen Kosten? Heute war Allerheiligen, und er dachte daran, wie er automatisch, fast ohne Furcht und

Scham auf der Kommunionbank gekniet und dem Priester entgegengesehen hatte. Sogar der Akt der Verdammnis konnte so belanglos werden wie eine Gewohnheit. Er dachte: Mein Herz ist verhärtet, und machte sich von den fossilierten Muscheln ein Bild, die man am Strand sammelt – Muscheln mit versteinerten Windungen, die wie Adern aussehen. Man kann Gott einen Schlag zuviel versetzen. Wen interessiert noch, was hinterher geschieht? Er hatte das Gefühl, schon so verrottet zu sein, daß ein Versuch, sich selbst aus dem Sumpf zu retten, völlig sinnlos war. Gott hauste in seinem Leib, den die Saat der Fäulnis vergiftete.

»War es zu heiß?« sagte Yusefs Stimme. »Lassen wir den Raum dunkel. Wenn man einen Freund bei sich hat, ist die Dunkelheit liebevoll.«

»Sie waren sehr lange weg.«

Yusef sagte absichtlich vage, wie es Scobie schien: »Ich hatte eine Menge zu erledigen.« Scobie hatte das Gefühl, daß er jetzt oder nie fragen mußte, was Yusef für einen Plan hatte, aber seine Verworfenheit machte ihn müde und lähmte ihm die Zunge. »Ja, es ist heiß«, sagte er. »Versuchen wir doch einen richtigen Durchzug zu bekommen.« Und er öffnete das seitliche Fenster mit Blick auf den Kai. »Ob Wilson wohl schon nach Hause gegangen ist?«

»Wilson?«

»Er hat mich gesehen, als ich kam.«

»Sorgen Sie sich nicht, Major Scobie. Ich denke, Sie werden sich auf Ihren Boy in Zukunft hundertprozentig verlassen können.«

Scobie sagte erleichtert und hoffnungsvoll: »Heißt das, Sie haben ihn irgendwie in der Hand?«

»Stellen Sie keine Fragen, Sie werden sehen.« Hoffnung und Erleichterung schwanden wieder. Er sagte: »Yusef, ich *muß* wissen...«

Aber Yusef sagte: »Von einer Nacht wie dieser habe ich immer geträumt, wir beide, jeder ein Glas neben sich,

314

Dunkelheit und Zeit, um uns über wichtige Dinge zu unterhalten, Major Scobie. Gott. Die Familie. Dichtung. Ich schätze Shakespeare sehr. Bei der Feldzeugtruppe des britischen Heeres gibt es gute Schauspieler, und sie haben mich die Perlen der englischen Literatur lieben gelehrt. Nach Shakespeare bin ich richtig verrückt. Seinetwegen wünsche ich mir manchmal, lesen zu können, doch ich bin zu alt, um es noch zu lernen. Und ich fürchte, ich könnte dann mein gutes Gedächtnis verlieren. Das wäre schlecht fürs Geschäft, und obwohl ich nicht für das Geschäft lebe, muß ich Geschäfte machen, um zu leben. Es gibt so viele Themen, über die ich mit Ihnen sprechen möchte. Ich wüßte gern, welche Lebensphilosophie Sie haben.«

»Ich habe keine.«

»Ich meine, die Steinchen, die Sie zu Ihrer Orientierung im Wald auf den Weg streuen.«

»Ich habe meinen Weg verloren, habe mich verirrt.«

»Ein Mann wie Sie – niemals, Major Scobie. Ich bewundere Ihren Charakter sehr. Sie sind ein gerechter Mensch.«

»Das war ich nie, Yusef. Ich habe mich nur selbst nicht gekannt. Es gibt ein Sprichwort, das besagt, daß das Ende der Anfang ist. Als ich geboren wurde, habe ich hier gesessen, mit Ihnen Whisky getrunken und wußte...«

»Was haben Sie gewußt, Major Scobie?«

Scobie leerte sein Glas. Er sagte: »Jetzt müßte Ihr Boy doch schon bei mir zu Hause sein.«

»Er hat ein Fahrrad.«

»Dann müßte er eigentlich jeden Augenblick mit Ali zurückkommen.«

»Wir dürfen nicht die Geduld verlieren. Vielleicht müssen wir noch lange hier sitzen und warten. Sie wissen ja, wie Boys sind.«

»Ich habe gedacht, ich wüßte es.« Er merkte, daß seine linke Hand auf dem Schreibtisch zitterte und legte sie zwischen die Knie, um sie stillzuhalten. Er erinnerte sich

315

an die lange Dienstfahrt an der Grenze. Unzählige Mittagessen im Urwaldschatten und Ali, der in einer alten Sardinenbüchse kochte; und wieder mußte er an die letzte Fahrt nach Bamba denken — das lange Warten an der Fähre, der Fieberanfall und Ali immer bei ihm. Er wischte sich den Schweiß von der Stirn und dachte einen Moment: Ich bin nur krank, habe Fieber, ich werde bald aufwachen. Und dann das Protokoll der letzten sechs Monate — die erste Nacht in der Wellblechhütte, der Brief, in dem er zu offen gewesen war, die geschmuggelten Diamanten, die Lügen, das Sakrament, das er empfangen hatte, um eine Frau vor Kummer zu bewahren — all das schien so wesenlos wie die Schatten, die eine Sturmlaterne über ein Bett warf. Er sagte zu sich: Ich werde eben wach — und hörte in dieser Nacht, genau wie in jener anderen, die Sirenen heulen. Er schüttelte den Kopf, sah, erwachend, Yusef im Dunkeln auf der anderen Seite des Schreibtisches sitzen, schmeckte den Whisky und erkannte, daß alles noch so war wie vorher. Er sagte müde: »Aber jetzt müßten sie doch schon hier sein.«

Yusef sagte: »Sie kennen doch die Boys. Die Sirene macht ihnen angst, und sie suchen irgendwo Schutz. Wir müssen hier warten und miteinander reden, Major Scobie. Es ist eine große Gelegenheit für mich. Ich wünsche mir, daß es nie Morgen wird.«

»Morgen? Ich warte bestimmt nicht bis zum Morgen auf Ali.«

»Vielleicht hat er Angst. Er wird wissen, daß Sie ihn ertappt haben und wird weglaufen. Manchmal gehen Boys in den Busch zurück...«

»Sie reden Unsinn, Yusef.«

»Noch einen Whisky, Major Scobie?«

»Na schön. Na schön.« Er dachte: Fange ich etwa auch noch an zu trinken? Es kam ihm so vor, als habe er seine Form verloren, als gebe es nichts mehr, das man berühren und von dem man sagen konnte: Das ist Scobie.

»Major Scobie, man erzählt sich, daß es nun doch

gerecht zugehen wird und Sie der Nachfolger des Commissioners werden sollen.«

»Ich glaube nicht, daß es je soweit kommt«, sagte Scobie zurückhaltend.

»Ich wollte damit nur andeuten, daß Sie sich meinetwegen nicht zu sorgen brauchen. Ich will nur Ihr Bestes, wünsche mir nichts mehr als das. Ich werde unauffällig aus Ihrem Leben verschwinden, Major Scobie, werde mich Ihnen nicht wie ein Mühlstein um den Hals hängen. Mir genügt es, daß ich diesen einen Abend mit Ihnen hatte – dieses lange Gespräch im Dunkeln über alle nur erdenklichen Themen. Ich werde diesen Abend – diese Nacht nie vergessen. Sie brauchen sich nicht zu sorgen, das verspreche ich Ihnen.« Durch das Fenster hinter Yusefs Kopf, von irgendwoher aus der Richtung des Wirrwarrs aus Hütten und Lagerhäusern, kam ein Schrei – ein angstvoller, gepeinigter Schrei. Wie ein ertrinkendes Tier schnappte die Stimme nach Luft und erstarb wieder in der Dunkelheit des Raumes, im Whisky, unter dem Schreibtisch, im Papierkorb, ein verbrauchter, ad acta gelegter Schrei.

Viel zu rasch sagte Yusef: »Ein Betrunkener.« Dann kreischte er ängstlich: »Wohin wollen Sie, Major Scobie? Da draußen ist es gefährlich – allein.« So sah Scobie Yusef zum letztenmal – als Silhouette, die steif und verkrümmt an der Wand klebte, mit dem Mondlicht auf der Sodaflasche und den beiden leeren Gläsern. Am Fuß der Treppe stand Yusefs Schreiber und blickte starr auf den Kai hinaus. Das Mondlicht fiel ihm in die Augen, und wie zwei Wegweiser zeigten sie Scobie, wohin er sich wenden mußte.

In den leeren Lagerhäusern zu beiden Seiten und zwischen den Säcken und Kisten rührte sich nichts, als er seine Taschenlampe schwenkte. Falls die Hafenratten hiergewesen waren, hatte der Schrei sie in ihre Schlupfwinkel zurückgejagt. Zwischen den Schuppen hallten laut Scobies Schritte, und irgendwo heulte ein Hund. In dieser Wüstenei aus Schutt und Abfall hätte Scobie auch bis zum Morgen vergeblich suchen können. Wie war es möglich, daß er den Toten so schnell und ohne zu zögern fand? Fast so, als habe er den Ort des Verbrechens selbst bestimmt. Ohne ziellos durch das Labyrinth zu irren, schritt er durch die langen Gänge zwischen Segeltuchplanen und Holzstapeln, als orte der in seiner Stirn zuckende Nerv den Leichnam und führe ihn direkt zu ihm. Unter einem Stapel leerer Benzinfässer lag Ali verkrümmt und so klein wie eine zerbrochene Uhrfeder. Es sah so aus, als sei er dorthin geschaufelt worden, um den Morgen und die Aasgeier zu erwarten. Bevor Scobie ihn an der Schulter herumdrehte, hatte er noch eine winzige Hoffnung, denn die Boys waren ja zu zweit unterwegs gewesen. Der graue Hals war an der Kehle mehrmals aufgeschlitzt worden. Ja, dachte Scobie, jetzt kann ich ihm trauen. Die gelben rotgefleckten Augäpfel blickten starr zu ihm auf wie die eines Fremden. Es war, als habe dieser Leichnam ihn verworfen, von sich gestoßen. Ich kenne dich nicht.

Scobie fluchte laut und hysterisch. »Bei Gott, ich hole mir den Mann, der das getan hat!« Doch unter diesem fremden Blick hatte keine Lüge Bestand. Er dachte: Ich bin dieser Mann. Habe ich in Yusefs Büro nicht von Anfang an gewußt, daß er etwas plante? Hätte ich nicht auf einer Antwort bestehen müssen?

Eine Stimme sagte: »Sah?«

»Wer ist da?«

»Corporal Laminah, Sah.«

»Sehen Sie nach, ob Sie hier irgendwo einen zerrissenen Rosenkranz finden. Suchen Sie sorgfältig alles ab.«

»Ich sehe nichts, Sah.«

Scobie dachte: Wenn ich nur weinen, wenn ich nur Schmerz empfinden könnte! Bin ich wirklich ein so niederträchtiger Mensch geworden? Unwillig schaute er auf den Toten hinunter. Die Benzindämpfe hingen in dichten Schwaden in der schwülen Nachtluft, und einen Moment schien Scobie die Leiche sehr klein und dunkel und weit, weit weg – wie ein Stückchen des zerrissenen Rosenkranzes, den er suchte: ein paar schwarze Perlen, an denen ein Christusmedaillon hing. O Gott, dachte er, ich habe dich getötet. Du hast mir so viele Jahre gedient, und am Ende habe ich dich umgebracht. Unter den Benzinfässern lag Gott, und Scobie spürte die Tränen im Mund und das Salz in den Schrunden seiner aufgesprungenen Lippen. Du hast mir gedient, und ich habe dir das angetan. Du warst treu, und ich habe dir nicht vertraut.

»Was ist denn, Sah?« flüsterte der Corporal, der neben dem Toten kniete.

»Ich habe ihn geliebt«, sagte Scobie.

ZWEITER TEIL

Erstes Kapitel

I

Nachdem Scobie seine Arbeit Fraser übergeben und sein Büro bis zum nächsten Tag abgesperrt hatte, machte er sich auf den Weg zu den Wellblechhütten. Er fuhr mit halb geschlossenen Augen, den Blick starr geradeaus gerichtet. Jetzt, heute, dachte er, mache ich reinen Tisch, egal, was es kostet. Das Leben beginnt neu; dieser Alptraum aus Liebe hat ein Ende. Er hatte das Gefühl, sie sei in der vergangenen Nacht unter den Benzinfässern für immer gestorben. Die Sonne brannte auf seine Hände herunter, die verschwitzt am Steuer klebten.

Er konzentrierte sich so ausschließlich auf das, was ihm bevorstand – das Öffnen einer Tür, ein paar unzulängliche Worte hin und her und das Schließen einer Tür, die sich nie wieder öffnen würde –, daß er fast an Helen vorübergefahren wäre. Sie kam ihm ohne Hut den Hügel herunter entgegen. Sie bemerkte den Wagen nicht einmal. Er mußte hinter ihr herlaufen, um sie aufzuhalten. Als sie sich umdrehte, sah er vor sich das Gesicht, das sie in Pende an ihm vorübergetragen hatten – geschlagen, ganz ohne Kraft, so alterslos wie zersplittertes Glas.

»Was machst du hier? Ohne Hut in der Sonne.«

»Ich habe dich gesucht«, sagte sie vage.

»Komm, setz dich in den Wagen. Du kriegst sonst einen Sonnenstich.« Ihre Augen bekamen einen listigen Ausdruck: »So leicht ist es also«, sagte sie, aber sie gehorchte.

Seite an Seite saßen sie im Wagen. Es schien sinnlos weiterzufahren; Abschied nehmen konnte man hier genausogut wie anderswo. Sie sagte: »Ich habe heute morgen von Alis Tod erfahren. Hast du es getan?«

»Ich habe ihm nicht mit eigener Hand die Kehle durchgeschnitten«, sagte er. »Aber er ist gestorben, weil es mich gibt.«

»Weißt du, wer es war?«

»Ich weiß nicht, wer das Messer geführt hat. Eine Hafenratte, nehme ich an. Yusefs Boy, der bei ihm war, ist verschwunden. Vielleicht hat er es getan, oder vielleicht lebt auch er nicht mehr. Wir werden nie etwas beweisen können. Ich bezweifle, daß Yusef es beabsichtigt hatte.«

»Du weißt«, sagte sie, »daß dies das Ende für uns ist. Ich kann dich nicht ganz zerstören. Sag nichts. Laß mich reden. Ich habe nie geglaubt, daß es so sein würde. Andere Leute scheinen ihre Liebesaffären zu haben, die beginnen und zu Ende gehen und glücklich sind. Bei uns ist das anders. Es scheint nur alles oder nichts zu geben. Und deshalb wird es nichts sein. Bitte sag nichts. Ich habe wochenlang darüber nachgedacht. Ich gehe fort – gleich und ganz weit fort.«

»Wohin?«

»Ich habe dich gebeten, nichts zu sagen. Stell keine Fragen.« In der Windschutzscheibe sah er ein blasses Spiegelbild ihrer Verzweiflung. Er hatte das Gefühl, in der Mitte entzweigerissen zu werden. »Liebling«, sagte sie, »glaub nicht, daß es leicht ist für mich. Noch nie ist mir etwas so schwergefallen. Zu sterben wäre leichter. Du bist in allem. Nie wieder werde ich eine Wellblechbaracke sehen können – oder einen Morris wie den deinen. Oder Pink Gin trinken. Ein schwarzes Gesicht sehen. Sogar ein Bett – aber man muß in einem Bett schlafen. Ich weiß nicht, wo auf dieser Welt ich von dir loskommen werde. Sinnlos zu sagen, in einem Jahr wird alles wieder gut sein. Es ist ein Jahr, das ich überstehen muß. Immer werde ich wissen, daß es dich irgendwo gibt. Ich könnte dir telegrafieren oder schreiben, und du müßtest meine Nachricht lesen, auch wenn du nicht antworten würdest.«

Er dachte: Es wäre viel leichter für sie, wenn ich tot wäre.

»Aber ich darf nicht schreiben«, sagte sie. Sie weinte nicht. Ihre Augen waren, als er ihr einen raschen Blick zuwarf, trocken und gerötet und zu Tode erschöpft, wie damals, als er sie im Krankenhaus gesehen hatte. »Am Morgen aufzuwachen, wird am schlimmsten sein. Es gibt immer einen Augenblick, in dem man vergißt, daß alles anders geworden ist.«

»Ich war auch zu dir unterwegs, um Lebewohl zu sagen«, entgegnete Scobie. »Doch es gibt Dinge, die ich nicht fertigbringe.«

»Sprich nicht, Liebling. Ich bin brav. Siehst du nicht, wie brav ich bin? Du brauchst nicht von mir fortzugehen, ich bin es, die geht. Du wirst nicht einmal wissen, wohin. Hoffentlich wird aus mir keine allzugroße Schlampe.«

»Nein«, sagte er, »nein.«

»Sei still, Liebling. Bei dir kommt alles wieder ins Lot, du wirst es sehen. Du kannst reinen Tisch machen. Kannst wieder ein guter Katholik sein – denn das ist es, was du wirklich willst, nicht wahr, kein Weiberpack mehr.«

»Ich möchte aufhören, allen weh zu tun«, sagte er.

»Du brauchst Frieden, Liebster. Und den wirst du haben. Du wirst sehen. Alles wird gut.« Sie legte die Hand auf sein Knie, und endlich kamen ihr die Tränen, so bemüht war sie, ihn zu trösten. Er dachte: Woher hat sie nur diese herzzerreißende Zärtlichkeit? Wie lernen sie, so schnell zu reifen?

»Hör zu, Liebster, komm nicht mit hinauf in die Hütte. Mach mir bitte die Wagentür auf. Sie klemmt. Wir sagen uns hier Lebwohl, und dann fährst du nach Hause – oder ins Büro, wenn dir das lieber ist. Das ist viel leichter. Sorg dich nicht um mich. Ich komme zurecht.«

Mir wurde der eine Tod erspart, dachte er, und jetzt erlebe ich alle. Er beugte sich über sie und rüttelte an der

Beifahrertür. Ihre Tränen fielen auf seine Wange, sie brannten wie Feuer.

»Warum sollten wir uns nicht zum Abschied küssen?« sagte sie. »Wir gehen nicht im Streit auseinander. Es hat keine Szene gegeben. Keine Bitterkeit bleibt zurück.« Als sie sich küßten, spürte er einen Schmerz unter seinem Mund, wie das Pochen eines Vogelherzens. Ganz ruhig saßen sie da, stumm, und die Wagentür stand offen. Ein paar schwarze Arbeiter, die den Hügel herunterkamen, schauten neugierig zu ihnen hinein.

»Ich kann nicht glauben, daß dies das letzte Mal sein soll«, sagte sie. »Daß du, wenn ich ausgestiegen bin, wegfahren wirst und wir uns nie, nie wiedersehen werden. Bis zu meiner Abreise werde ich die Hütte nur verlassen, wenn es unbedingt sein muß. Ich werde dort oben sein und du hier unten. O Gott, ich wünschte, ich hätte nicht die Möbel, die du mir gebracht hast.«

»Es sind nur Regierungsmöbel.«

»Das Peddigrohr eines Sessels ist gebrochen – du hast dich einmal zu schnell hineinfallen lassen.«

»Liebling, Liebling, so geht es nicht.«

»Sei still, Liebling. Ich bin wirklich schon brav, aber ich kann diese Dinge zu keiner anderen Menschenseele sagen. In Büchern haben die Leute immer jemand, dem sie sich anvertrauen können. Ich habe keinen einzigen Freund. Ich muß alles jetzt sagen.«

Wieder dachte er: Wenn ich tot wäre, wäre sie frei. Die Toten vergißt man schnell; über die Toten zerbricht man sich nicht den Kopf. Fragt sich nicht – was macht er jetzt, mit wem ist er zusammen? So ist es viel schwerer für sie.

»Jetzt, Liebling, jetzt tu' ich's. Mach die Augen zu. Zähl langsam bis dreihundert, dann wirst du mich nicht mehr sehen. Wende ganz rasch den Wagen und fahr wie der Teufel. Ich will es gar nicht mitbekommen. Und ich werde mir die Ohren zuhalten. Ich möchte nicht hören, wie du unten am Hügel in den nächsten Gang schaltest.

Das tun jeden Tag ein paar hundert Wagen. Ich will dich nicht schalten hören.«

O Gott, betete er, mit schweißtriefenden Händen das Lenkrad umklammernd, töte mich jetzt, jetzt. Mein Gott, nie wieder wird dir vollkommenere Reue zuteil werden. Wie tief stecke ich doch im Sumpf. Ich trage Leid mit mir umher wie einen schlechten Körpergeruch. Töte mich. Mach ein Ende mit mir. Ungeziefer braucht sich nicht selbst auszurotten. Töte mich. Jetzt. Jetzt. Jetzt.

»Schließ die Augen, Liebling. Das ist das Ende. Endgültig das Ende.« Hoffnungslos fügte sie hinzu: »Aber es kommt mir so sinnlos vor.«

Er sagte: »Ich werde die Augen nicht schließen. Ich werde dich nicht verlassen. Das habe ich gelobt.«

»Du verläßt mich nicht. Ich verlasse dich.«

»Es ist unmöglich. Wir lieben uns. Es ist unmöglich. Ich komme heute abend zu dir hinauf, um zu sehen, wie es dir geht. Ich könnte nicht einschlafen...«

»Du kannst immer schlafen. Ich habe noch nie jemanden gekannt, der so gut schläft wie du. Oh, mein Liebster, sieh doch! Ich fang' schon wieder an dich auszulachen, als ob dies kein Abschied wäre.«

»Es ist auch keiner. Noch nicht.«

»Ich ruiniere dich doch nur, kann dich nicht glücklich machen.«

»Glück ist nicht der Punkt.«

»Ich war fest entschlossen.«

»Ich auch.«

»Aber, Liebling, was sollen wir tun?« Ihr Widerstand zerbrach endgültig. »Ich bin einverstanden, wenn es mit uns so weitergeht wie bisher. Es macht mir nichts aus zu lügen. Ich tue alles.«

»Überlaß alles mir. Ich muß nachdenken.« Er beugte sich über sie und machte die Wagentür zu. Noch bevor das Schloß einschnappte, hatte er seinen Entschluß gefaßt.

324

2

Scobie sah dem kleinen Boy zu, der das Abendessen abräumte, sah ihn hereinkommen und wieder hinausgehen, beobachtete die bloßen Füße, die über den Fußboden tappten.

»Ich weiß, es ist furchtbar für dich, Lieber«, sagte Louise, »aber du mußt es vergessen. Du kannst Ali nicht mehr helfen.«

Aus England war ein Paket mit neuen Büchern gekommen, und Scobie sah ihr zu, wie sie die Seiten eines Gedichtbandes aufschnitt. In ihrem Haar war mehr Grau als vor ihrer Abreise nach Südafrika, es kam ihm aber so vor, als sehe sie um Jahre jünger aus, denn sie legte mehr Wert auf Make-up; auf ihrem Toilettentisch gab es unzählige Tiegel, Flaschen und Tuben, die sie alle aus dem Süden mitgebracht hatte. Alis Tod berührte sie wenig. Warum sollte er auch? Es war das Schuldgefühl, das ihn so bedeutsam machte. Wäre nicht das Schuldgefühl, würde kaum jemand einen Tod betrauern. Als er noch jung gewesen war, hatte er geglaubt, Liebe habe etwas mit Verstehen zu tun, aber mit zunehmendem Alter war ihm immer deutlicher bewußt geworden, daß die Menschen einander nicht verstanden. Liebe war der Wunsch zu verstehen, und nach und nach starb dieser Wunsch, weil er sich nie erfüllte, und auch die Liebe starb oder verwandelte sich in schmerzliche Zuneigung, wurde zu Loyalität, Mitleid ... Sie saß da, las Gedichte und war tausend Meilen entfernt von der Qual, die seine Hände zittern ließ und seinen Mund austrocknete. Sie hätte Verständnis für mich, käme ich in einem Buch vor, doch würde ich sie verstehen, wenn sie nur eine Romanfigur wäre? Solche Bücher lese ich nicht.

»Hast du nichts zu lesen, Lieber?«

»Tut mir leid, aber mir ist nicht nach Lesen zumute.«

Sie klappte das Buch zu, und er begriff, daß auch sie ihre Mühe hatte — sie versuchte zu helfen. Manchmal

325

fragte er sich voller Entsetzen, ob sie vielleicht alles wußte, ob das selbstzufriedene Gesicht, daß sie seit ihrer Rückkehr zur Schau trug, vielleicht nur eine Maske war, hinter der sie ihren Jammer verbarg. »Sprechen wir über Weihnachten«, sagte sie.

»Das ist wohl noch lange hin«, sagte er hastig.

»Und dann ist es im Handumdrehen soweit. Ich habe mir überlegt, ob wir nicht eine Party geben könnten. Bisher waren wir immer zum Essen aus. Es würde Spaß machen, einmal Leute einzuladen. Vielleicht am Heiligen Abend.«

»Wenn du willst.«

»Dann könnten wir gemeinsam zur Christmette gehen. Natürlich müßten wir beide daran denken, nach zehn Uhr nichts mehr zu trinken – aber die anderen könnten machen, was sie wollen.«

Er sah sie an, und plötzlich wallte Haß in ihm auf, weil sie so vergnügt dasaß, so selbstzufrieden alles tat, um ihn noch tiefer in die Verdammnis zu stürzen. Er wurde zum Commissioner befördert. Sie hatte, was sie wollte – ihre Art von Erfolg, für sie war jetzt alles in Ordnung. Er dachte: Es war die Hysterikerin, die ich geliebt habe, die Frau, die sich einbildete, alle Welt lache hinter ihrem Rücken über sie. Ich liebe Versager; Erfolg kann ich nicht lieben. Und wie sie ihren Erfolg genießt, selbstgefällig dasitzt, eine der Erretteten; und dann überlagerten wie ein mehrfach belichteter Film Alis Leichnam unter den Benzinfässern, Helens erschöpfte Augen und die Gesichter aller Verlorenen, seine Gefährten in der Verbannung, der verstockte Schächer, der Soldat mit dem Schwamm ihr breites Gesicht. Wenn ich an das denke, was ich getan habe und noch tun werde, überlegte er, dann hat sogar Gott versagt.

»Was ist los, Ticki? Grämst du dich noch immer?«

Doch er konnte ihr nicht sagen, was ihm auf den Lippen brannte; konnte sie nicht bitten, sich wieder in das bemitleidenswerte Geschöpf zurückzuverwandeln. Sei wieder unzufrieden, enttäuscht, unattraktiv, sei ein Versager, damit – ich dich lieben kann, ohne diese bittere Kluft zwischen uns. Es bleibt nicht viel Zeit. Ich möchte auch dich lieben, wenn es zu Ende geht. Er sagte langsam: »Es ist der Schmerz. Jetzt ist es wieder vorbei. Aber wenn er kommt« – er erinnerte sich an den Satz aus dem medizinischen Handbuch –, »dann schnürt er mir die Brust ein wie eine Eisenklammer.«

»Du mußt unbedingt zum Arzt, Ticki.«

»Ja, gleich morgen. Wollte ihn sowieso wegen meiner Schlaflosigkeit aufsuchen.«

»Wegen deiner Schlaflosigkeit? Aber, Ticki, du schläfst wie ein Murmeltier.«

»Nicht in der letzten Woche.«

»Das bildest du dir nur ein.«

»Nein. Ich werde gegen zwei Uhr wach und kann nicht mehr einschlafen – bis kurz vor dem Weckruf. Mach dir keine Sorgen. Ich lasse mir ein paar Tabletten verschreiben.«

»Ich hasse Drogen.«

»Ich werde schon nicht abhängig werden, so lange wird es nicht dauern.«

»Bis Weihnachten muß alles wieder gut sein, Ticki.«

»Bis Weihnachten ist bestimmt alles gut.« Steif kam er auf sie zu, ahmte die vorsichtigen Bewegungen eines Mannes nach, der fürchtet, der Schmerz könnte wiederkommen, und legte ihr die Hand auf die Brust. »Mach dir keine Sorgen.« Als er sie berührte, konnte er sie plötzlich nicht mehr hassen – so erfolgreich war sie schließlich auch nicht. Sie würde nie mit dem Police Commissioner verheiratet sein.

Nachdem sie ins Bett gegangen war, holte er sein Tagebuch heraus. In seinen Aufzeichnungen hatte er wenigstens nie gelogen. Im schlimmsten Fall hatte er Dinge ausgelassen. Peinlich genau wie ein Schiffskapitän in seinem Logbuch hatte er seine Temperaturen geprüft. Er hatte nie über- oder untertrieben; sich nie in Spekulationen ergangen. In seinem Tagebuch standen nur Fakten. *1. November. Frühmesse mit Louise. Mich am Vormittag mit dem Einbruchdiebstahl bei Mrs. Onoko befaßt. Temperatur 32,5°. War bei Y. im Büro. Habe Ali ermordet aufgefunden.* Eine Feststellung so nüchtern und sachlich wie damals, als er geschrieben hatte: *C. gestorben.*

2. November. Er saß lange vor diesem Datum, so lange, daß Louise schließlich aus dem Schlafzimmer nach ihm rief. Er antwortete wohlüberlegt: »Schlaf nur, meine Liebe. Wenn ich lange genug aufbleibe, kann ich dann vielleicht doch gut schlafen.« Doch erschöpft von dem langen Tag und all den Plänen, die er vorbereiten mußte, nickte er beinahe am Tisch ein. Er ging zum Eisschrank, wickelte ein Stück Eis in sein Taschentuch und legte es sich auf die Stirn, bis die Schläfrigkeit nachließ. *2. November.* Wieder griff er zur Feder und unterzeichnete sein eigenes Todesurteil. Er schrieb: *Habe Helen ein paar Minuten gesehen.* (Es war immer besser, nicht mit Fakten hinter dem Berg zu halten, die später ein anderer ausgraben konnte.) *Temperatur um 2 Uhr nachmittags 33°. Am Abend wieder Schmerzen. Befürchte Angina pectoris.* Er blätterte eine Woche zurück, las, was er geschrieben hatte, und fügte ab und zu ein paar Worte hinzu. *Sehr schlecht geschlafen. Schlechte Nacht. Leide noch immer unter Schlaflosigkeit.* Noch einmal überlas er sehr sorgfältig die Eintragungen. Sie würden später vom Leichenbeschauer und von den Versicherungsinspektoren studiert werden. Sie schienen ihm von seinem üblichen Stil nicht abzuweichen. Wieder legte er sich das Eis auf die Stirn, um den Schlaf zu vertreiben. Es war erst eine halbe Stunde nach Mitternacht; es war besser, wenn er nicht vor zwei Uhr ins Bett ging.

Zweites Kapitel

I

»Ich habe dann das Gefühl, in einen Schraubstock eingezwängt zu sein«, sagte Scobie.

»Und wie verhalten Sie sich? Was tun Sie?«

»Nichts natürlich. Ich bewege mich so wenig wie möglich und warte, bis der Schmerz abklingt.«

»Wie lange dauert so ein Anfall?«

»Schwer zu sagen, aber ich meine, nicht länger als eine Minute.«

Die Art, wie er das Stethoskop handhabe, glich einem Ritual, und tatsächlich hatte alles, was Dr. Travis tat, etwas von einer heiligen Handlung an sich — eine Ernsthaftigkeit, die an Ehrerbietung grenzte. Vielleicht behandelte er den Körper mit so großem Respekt, weil er jung war. Als er die Brust abklopfte, tat er es langsam, vorsichtig, das Ohr so dicht über den Rippen, als erwarte er, daß jemand sein Klopfen erwidere. Lateinische Ausdrücke kamen ihm leise über die Lippen, als lese er eine Messe; nur sagte er *sternum* anstatt *pacem*.

»Und dann«, fuhr Scobie fort, »ist da noch meine Schlaflosigkeit.«

Der junge Mann setzte sich an den Schreibtisch und trommelte mit einem Tintenstift auf die Platte; in einem Mundwinkel hatte er einen violetten Fleck, der bewies, daß er manchmal — wenn er geistesabwesend war — an dem Tintenstift kaute. »Das sind wahrscheinlich die Nerven«, sagte Dr. Travis. »Die Angst vor einem neuen Anfall. Nicht von Bedeutung.«

»Für mich ist durchaus nicht bedeutungslos, daß ich nicht schlafen kann. Können Sie mir nicht etwas zum Einnehmen verschreiben? Wenn ich mich ins Bett lege, ist alles in Ordnung, doch dann liege ich stundenlang wach und warte... Manchmal bin ich kaum fähig zu

329

arbeiten. Und ein Polizist, das wissen Sie, muß seinen Verstand beisammenhalten.«

»Selbstverständlich«, sagte Dr. Travis. »Das kriegen wir bald wieder hin. Evipan ist das richtige für Sie.« So leicht war es also. »Und jetzt zu Ihren Schmerzen« − er begann wieder sein Tap, Tap, Tap mit dem Bleistift. Er sagte: »Eine hundertprozentige Diagnose gibt es natürlich noch nicht... Ich möchte, daß Sie von nun an alle Anfälle genau protokollieren − wann treten sie auf? Was scheint sie auszulösen? Dann können wir die Sache in den Griff bekommen, die Anfälle fast ganz abstellen.«

»Aber was stimmt nicht mit mir?«

Dr. Travis sagte: »Es gibt ein paar Worte, die den medizinischen Laien immer erschrecken. Ich wünschte, ich könnte den Krebs mit einer Formel wie zum Beispiel H_2O umschreiben. Die Menschen hätten davor bei weitem nicht so viel Angst. Mit der Angina pectoris ist es das gleiche.«

»Sie halten es für Angina pectoris?«

»Sie haben die typischen Symptome. Aber mit Angina pectoris kann der Mensch uralt werden, er kann sogar arbeiten − in vernünftigen Grenzen. Wir werden genau festlegen, wieviel Sie sich zumuten dürfen.«

»Soll ich es meiner Frau sagen?«

»Was hätte es für einen Sinn, ihr die Krankheit zu verschweigen? Ich fürchte nämlich, Sie werden sich möglicherweise pensionieren lassen müssen.«

»Ist das alles?«

»Sie können an vielen anderen Krankheiten sterben, bevor die Angina pectoris Sie drankriegt − bei entsprechender Vorsicht natürlich.«

»Andererseits kann mir aber auch jeden Tag − etwas zustoßen?«

»Ich kann Ihnen nichts garantieren, Major Scobie. Ich bin mir noch nicht einmal ganz sicher, ob es sich überhaupt um Angina pectoris handelt.«

»Dann werde ich es vorläufig nur dem Commissioner

im Vertrauen sagen. Ich möchte meine Frau nicht beunruhigen, solange wir nicht sicher sind.«

»An Ihrer Stelle würde ich ihr schon sagen, was wir jetzt besprochen haben. Dann ist sie wenigstens vorbereitet. Aber sagen Sie ihr auch, daß Sie, wenn Sie vorsichtig sind, noch viele Jahre leben können.«

»Und die Schlaflosigkeit?«

»Wenn Sie das hier einnehmen, werden Sie schlafen können.«

Als er wieder im Wagen saß, das kleine Päckchen neben sich auf dem Beifahrersitz, dachte Scobie: Jetzt muß ich nur noch das Datum festlegen. Er startete den Wagen nicht sofort, noch eine ganze Weile nicht. Ihm war irgendwie ehrfürchtig zumute, als habe der Arzt tatsächlich sein Todesurteil gesprochen. Sein Blick ruhte auf dem sauberen, runden Wachsklecks, mit dem das Päckchen versiegelt war, wie auf einer verheilten Wunde. Noch muß ich vorsichtig sein, dachte er, sehr vorsichtig. Wenn möglich, darf niemand auch nur den leisesten Verdacht schöpfen. Es ging ihm dabei nicht nur um seine Lebensversicherung; das Glück anderer Menschen mußte geschützt werden. Einen Selbstmord vergaß man nicht so leicht wie den Tod eines Mannes im mittleren Alter, der an Angina pectoris gestorben war.

Er öffnete die Packung und las die Gebrauchsinformation. Er hatte keine Ahnung, wie hoch eine tödliche Dosis war, doch wenn er das Zehnfache der vorgeschriebenen Menge des Medikaments einnahm, würde das wohl reichen. Das hieß, daß er an neun Abenden in Folge jeweils eine Dosis herausnehmen und verstecken mußte, bis er am zehnten Abend alle Tabletten auf einmal schluckte. Sein Tagebuch, das er bis zum letzten Tag — dem 12. November — führen wollte, mußte weitere Hinweise auf seine Krankheit enthalten. Außerdem mußte er für die folgende Woche Termine verabreden. Nichts in seinem Verhalten durfte auf den bevorstehenden Abschied hindeuten. Was er vorhatte, war das schlimmste

331

Verbrechen, das ein Katholik begehen konnte – es mußte perfekt sein.

Zuerst der Commissioner ... Auf dem Weg zur Polizeidirektion hielt er an der Kirche. Er empfand den Ernst des Verbrechens fast wie Glück: Endlich handelte er – viel zu lange war er unbeholfen umhergetappt und völlig entschlußlos gewesen. Er steckte die Packung in die Tasche, damit sie nicht verlorenging, und betrat, seinen Tod mit sich tragend, die Kirche. Eine alte schwarze Mammy zündete vor der Statue der Madonna eine Kerze an; eine andere saß, den Einkaufskorb neben sich, mit gefalteten Händen da und blickte starr zum Altar. Die beiden Alten waren außer Scobie die einzigen Kirchenbesucher. Scobie setzte sich in die letzte Bank. Er wollte nicht beten – was hätte es ihm genützt. Als Katholik kannte man alle Antworten: Im Zustand der Todsünde war jedes Gebet wirkungslos, doch er beobachtete die beiden alten Frauen mit neidvoller Trauer. Sie waren noch Bewohner des Landes, das er verlassen hatte. Das hatte die menschliche Liebe ihm angetan – sie hatte ihm die Liebe zur Ewigkeit geraubt. Es hatte keinen Sinn, sich – wie ein junger Mann es vielleicht getan hätte – einreden zu wollen, daß der Preis sich lohne.

Wenn er schon nicht beten konnte, dann konnte er wenigstens reden, ganz hinten sitzend und von Golgatha so weit weg wie möglich. Er sagte: O Gott, ich bin der einzig Schuldige, weil ich von Anfang an wußte, was richtig gewesen wäre. Ich habe es vorgezogen, Dir Schmerz zuzufügen anstatt Helen oder meiner Frau, weil ich Dein Leiden nicht sehen kann. Ich kann es mir nur vorstellen. Doch es gibt Grenzen für das, was ich Dir zumuten kann – oder ihnen. Solange ich lebe, kann ich keine von beiden im Stich lassen, aber ich kann sterben und sie von mir befreien. Sie kranken an mir, und ich kann sie heilen. Und Du auch, o Gott – auch Du krankst an mir. Ich kann nicht so weitermachen, kann Dich nicht Monat um Monat beleidigen. Ich schaffe es nicht, Weihnachten vor den Altar zu treten — am Tag Deiner Geburt — und, um eine Lüge aufrechtzuerhalten, Deinen Leib zu mir zu nehmen. Ich kann es nicht. Für Dich ist es besser, mich ein für allemal zu verlieren. Ich weiß, was ich tue. Ich bitte nicht um Gnade. Ich werde mich selbst verdammen, was das auch bedeuten mag. Ich habe mich nach Frieden gesehnt und werde nie wieder Frieden finden. Doch Du wirst zufrieden sein, sobald ich Dich endgültig verlassen habe. Es wird nichts nützen, den Boden zu fegen, um mich zu finden, oder überall in den Bergen nach mir zu suchen. Du wirst mich vergessen können, Gott, in alle Ewigkeit...

Und er umklammerte das Medikament in seiner Tasche wie ein Versprechen.

Niemand kann auf die Dauer einen Monolog führen — eine andere Stimme wird sich früher oder später stets einmischen; jeder Monolog wird früher oder später zum Dialog. Auch Scobie konnte diese zweite Stimme nicht unterdrücken; sie sprach aus seinem tiefsten Innern: Es war, als melde sich das Sakrament zu Wort, das dort seine Verdammnis vorbereitet hatte. Du sagst, du liebst mich, und doch willst du mir das antun — willst dich mir für alle Ewigkeit entziehen. Ich habe dich in Liebe erschaffen. Ich habe deine Tränen vergossen, habe dich vor mehr bewahrt, als du je wissen wirst. Ich habe diese Sehnsucht nach Frieden nur deshalb in dich eingepflanzt, damit ich sie eines Tages stillen und Zeuge deines Glücks sein kann. Und jetzt stößt du mich von dir, entziehst dich mir. Wenn wir miteinander reden, bin ich kein ehrfurchtgebietender Gott für dich, sondern deinesgleichen. Bin nicht *Du*, sondern *du*, wenn du zu mir sprichst. Bin nicht besser als ein Bettler. Kannst du mir nicht vertrauen, wie du einem treuen Hund vertraust? Ich halte dir seit zweitausend Jahren die Treue. Du brauchst nicht mehr zu tun, als die Glocke in der Sakristei zu läuten, in einem Beichtstuhl niederzuknien und zu bekennen... Die Reue ist schon da, zerrt an deinem Herzen. An ihr mangelt es dir nicht, du müßtest nur ein paar ganz einfache Dinge tun: in die Wellblechhütte hinaufgehen und Lebewohl sagen. Oder, wenn du nicht anders kannst, verstoße mich weiterhin, aber ohne zu lügen. Geh nach Hause, sag deiner Frau Lebewohl, und lebe mit deiner Geliebten. Wenn du am Leben bleibst, wirst du früher oder später zu mir zurückkehren. Eine von beiden wird leiden, aber hast du denn gar kein Vertrauen? Ich werde schon dafür sorgen, daß ihr Leiden nicht überhandnimmt.

Die Stimme in seinem Innern verstummte und seine eigene antwortete hoffnungslos: Nein, ich habe kein Vertrauen zu Dir. Ich habe Dir nie vertraut. Wenn Du mich geschaffen hast, dann hast Du mir auch dieses Verantwortungsgefühl aufgeladen, das ich mein Leben lang wie einen Sack voller Ziegelsteine mit mir herumgeschleppt habe. Ich bin nicht nur zufällig Polizist – verantwortlich für Ordnung und Gerechtigkeit. Für einen Mann wie mich gibt es keinen anderen Beruf. Ich kann meine Verantwortung nicht auf Dich abwälzen. Wenn ich es könnte, wäre ich nicht ich, dann wäre ich ein anderer. Ich kann nicht eine von beiden verlassen, um mich zu retten. Ich bin verantwortlich und führe auf die mir einzig mögliche Art das Ende herbei. Der Schmerz um den Tod eines kranken Mannes wird nicht allzulange anhalten – wir alle müssen sterben. Mit dem Tod haben wir uns alle abgefunden; das Leben ist es, mit dem wir uns nicht abfinden können.

Solange du lebst, hoffe ich, sagte die Stimme. Es gibt keine menschliche Hoffnungslosigkeit, die der Hoffnungslosigkeit Gottes gleicht. Kannst du nicht so weiterleben wie bisher? flehte die Stimme und setzte ihre Forderungen ständig tiefer an, wie ein Händler auf dem Markt die Preise. Es gibt Schlimmeres, fügte sie hinzu. Aber nein, sagte er, nein. Das ist unmöglich. Ich will Dich nicht weiterhin an Deinem Altar entehren. Es ist eine *Sackgasse*, Gott, siehst Du das nicht, sagte er, das Päckchen in seiner Tasche umklammernd. Eine Sackgasse. Er stand auf, kehrte dem Altar den Rücken und verließ die Kirche. Erst als er sein Gesicht im Rückspiegel sah, merkte er, daß seine Augen verquollen waren von ungeweinten Tränen. Er fuhr weiter — zur Polizeidirektion und zum Commissioner.

Drittes Kapitel

I

3. November. Gestern habe ich dem Commissioner mitgeteilt, daß der Arzt bei mir eine Angina pectoris diagnostiziert hat und ich mich pensionieren lassen muß, sobald sich ein Nachfolger für mich gefunden hat. Temperatur um 2 Uhr nachmittags 32,5°. Hatte eine viel bessere Nacht durch das Evipan.

4. November. War mit Louise in der Messe um 7 Uhr 30. Befürchtete einen neuen Anfall und wartete daher nicht bis zur Kommunion. Am Abend sagte ich Louise, daß ich mich noch vor Ende dieser Amtsperiode in den Ruhestand versetzen lassen muß. Habe nichts von Angina pectoris gesagt, sondern nur, daß ich ein schwaches Herz habe. Habe mit Hilfe des Evipans wieder gut geschlafen. Temperatur um 2 Uhr nachmittags 31°.

5. November. Lampendiebstähle in der Wellington Street. Habe einen langen Vormittag im Laden von Azikawe verbracht, mir die Geschichte des Brandes in seinem Lagerraum angehört und nach der Brandursache geforscht. Temperatur um 2 Uhr nachmittags 31,5°. Habe Louise zum Bibliotheksabend in den Club gefahren.

6. bis 10. November. Zum erstenmal nicht imstande, meine täglichen Aufzeichnungen fortzuführen. Die Schmerzanfälle häufen sich, und ich will mich nicht mehr anstrengen als unbedingt nötig. Wie ein Schraubstock. Dau-

ern etwa eine Minute. Treten regelmäßig auf, wenn ich knapp einen Kilometer zu Fuß gehe. In der letzten und in der vorletzten Nacht trotz Evipan schlecht geschlafen. Ich glaube, weil ich Angst vor den Schmerzen habe.

11. November. War wieder bei Travis. Es scheint jetzt festzustehen, daß es Angina pectoris ist. Habe es heute abend Louise gesagt, aber auch, daß ich, wenn ich vorsichtig bin, noch viele Jahre damit leben kann. Habe mit dem Commissioner über eine vorzeitige Heimreise gesprochen. Muß auf jeden Fall noch mindestens einen Monat bleiben, da ich in den nächsten beiden Wochen bei Gericht zu viele Fälle habe. Bin mit Fellowes am 13. und mit dem Commissioner am 14. zum Essen verabredet. Temperatur um 2 Uhr nachmittags 30°.

2

Scobie legte die Feder weg und trocknete die schweißnasse Hand am Löschblatt. Es war der zwölfte November, sechs Uhr abends, und Louise war draußen am Strand. Scobies Kopf war klar, aber seine Nerven prickelten von der Schulter bis in die Hand. Er dachte: Das ist das Ende. Wie viele Jahre waren vergangen, seit er, während die Sirenen heulten, durch den Regen zu der Wellblechhütte hinaufgegangen war. Der Augenblick des Glücks. Nach so vielen Jahren war es Zeit zu sterben.

Aber noch immer mußte er seine Täuschungen aufrechterhalten, so tun, als werde er diese Nacht überleben, mußte Abschied nehmen, ohne daß die anderen merkten, daß es ein Abschied war. Für den Fall, daß man ihn beobachtete, stieg er sehr langsam den Hügel hinauf und bog zu den Wellblechbaracken ein − schließlich war er ein kranker Mann. Er konnte nicht sterben ohne ein Wort − welches Wort? O Gott, betete er, laß es das richtige Wort sein, aber als er klopfte, wurde ihm nicht geöffnet, gab es überhaupt keine Worte. Vielleicht war sie mit Bagster am Strand.

Die Tür war nicht abgeschlossen, und er trat ein. In seinem Kopf waren Jahre vergangen, doch hier war die Zeit stehengeblieben. Es hätte noch dieselbe Ginflasche sein können, aus der der Boy damals gestohlen hatte – wie lange war das her? Die Regierungsstühle standen steif herum wie auf einem Filmset. Er konnte kaum glauben, daß sie je vom Platz gerückt worden waren, ebensowenig wie das Sitzkissen, das Geschenk von – war es Mrs. Carter? Das Kissen im Bett war nach der Siesta nicht aufgeschüttelt worden, und er legte die Hand in die noch warme Mulde, in der ihr Kopf geruht hatte. O Gott, betete er, ich verlasse euch alle für immer. Laß sie rechtzeitig zurückkommen, laß sie mich noch einmal sehen. Aber der heiße Tag wurde kühler, und niemand kam. Um halb sieben wollte Louise wieder zu Hause sein. Er konnte nicht länger warten.

Ich muß ihr eine Nachricht hinterlassen, dachte er, und vielleicht kommt sie doch noch, ehe ich mit Schreiben fertig bin. Er fühlte einen Krampf in der Brust, der schlimmer war als jeder Schmerz, den er Travis vorgetäuscht hatte. Nie wieder werde ich sie berühren. Ihr Mund wird in den nächsten zwanzig Jahren anderen gehören. Die meisten Liebenden betrügen sich selbst mit dem Gedanken an eine ewige Vereinigung bis über das Grab hinaus, aber er kannte die Wahrheit: Er ging in eine Ewigkeit ohne Liebe ein.

Er sah sich nach einem Stück Papier um, fand aber nicht einmal einen zerrissenen Briefumschlag; dann glaubte er, eine Schreibmappe zu entdecken, doch es war nur das Markenalbum, und als er es aufs Geratewohl aufschlug, spürte er, daß das Schicksal einen neuen, heimtückischen Pfeil auf ihn abschoß, denn er erinnerte sich an die besondere Marke mit dem Ginfleck. Sie wird sie herausnehmen müssen, dachte er, aber das ist nicht schlimm. Sie hat mir ja gesagt, daß man nicht sieht, wo eine Marke entfernt wurde...

Auch in seinen Taschen fand sich kein Stückchen

Papier, und in einem plötzlichen Anfall von Eifersucht hob er die kleine grüne Marke mit dem Bild von George V. auf und schrieb mit Tinte darunter *Ich liebe dich.* Das kann sie nicht herausnehmen, dachte er grausam und enttäuscht, das ist untilgbar. Einen Moment lang hatte er das Gefühl, eine Mine für einen Feind gelegt zu haben, aber hier war kein Feind. Räumte er sich nicht selbst aus dem Weg wie ein gefährliches Wrackteil? Er schloß die Tür hinter sich und ging langsam den Hügel hinunter – vielleicht kam sie ja noch. Alles, was er jetzt tat, tat er zum letztenmal – ein seltsames Gefühl. Nie wieder würde er diesen Weg beschreiten, und als er fünf Minuten später eine frische Flasche Gin aus seinem Schrank nahm, dachte er: Nie wieder werde ich eine Flasche öffnen. Immer weniger Dinge gab es, die er nur noch einmal tun würde. Und bald war nur noch ein Letztes, Unwiederholbares übrig – das Einnehmen der Tabletten. Er stand mit der Ginflasche in der Hand da und dachte: Dann fängt für mich die Hölle an, und sie werden vor mir sicher sein – Helen, Louise und Gott.

Beim Abendessen sprach er absichtlich viel über die nächste Woche, machte sich Vorwürfe, weil er die Einladung von Fellowes angenommen hatte, und erklärte ihr, daß das Abendessen mit dem Commissioner am nächsten Tag nicht zu umgehen war – es gebe zuviel zu besprechen.

»Gibt es denn keine Hoffnung, Ticki, daß du nach einer Ruhepause – einer langen Ruhepause...«

»Es wäre nicht fair, wenn ich noch weitermachte – weder gegen sie noch gegen dich. Ich könnte jeden Augenblick zusammenbrechen.«

»Also Pensionierung – und das endgültig?«

»Ja.«

Sie fing an zu überlegen, wo sie leben sollten. Er war todmüde und mußte seine ganze Willenskraft aufbieten, um Interesse an dem fiktiven Dorf oder dem Haus zu zeigen, das sie, wie er wußte, nie bewohnen würden. »Ich will in keine Vorstadt«, sagte Louise. »Was ich mir wirklich wünsche, wäre ein mit Holz verschaltes Haus in Kent, nicht allzuweit von der Stadt entfernt, damit man schnell hin- und zurückkommt.«

Er sagte: »Hängt natürlich davon ab, was wir uns leisten können. Meine Pension wird nicht gerade üppig sein.«

»Ich werde arbeiten«, sagte Louise. »Während des Krieges dürfte es nicht schwierig sein, etwas zu finden.«

»Ich hoffe, wir werden auch so zurechtkommen.«

»Also mir würde es nichts ausmachen zu arbeiten.«

Endlich war es Schlafenszeit, und es kostete ihn große Überwindung, Louise gehen zu lassen. War sie erst einmal fort, blieb ihm nichts mehr, nur der Tod. Er wußte jedoch nicht, wie er sie zurückhalten konnte − sie hatten über alle Themen gesprochen, für die sie sich beide interessierten. Er sagte: »Ich bleibe eine Weile hier sitzen. Vielleicht werde ich schläfrig, wenn ich noch eine halbe Stunde aufbleibe. Ich möchte kein Evipan nehmen, wenn es nicht unbedingt nötig ist.«

»Ich bin nach dem Nachmittag am Strand sehr müde und verschwinde jetzt.«

Wenn sie fort ist, dachte er, bin ich für immer allein. Sein Herz hämmerte, und ihm wurde übel, so entsetzlich unwirklich kam ihm auf einmal alles vor. Ich kann nicht glauben, daß ich es tun werde. Bald werde ich aufstehen, ins Bett gehen, und das Leben wird neu beginnen. Nichts und niemand kann mich zwingen zu sterben. Obwohl die Stimme aus seinem tiefsten Innern sich nicht mehr meldete, war es, als werde er von Fingern berührt, als teilten sie ihm ihre stumme Verzweiflung mit, versuchten ihn festzuhalten . . .

»Was ist los, Ticki? Du siehst krank aus. Komm auch ins Bett.«

»Ich könnte nicht schlafen«, sagte er widerspenstig.

»Kann ich denn gar nichts machen?« fragte Louise. »Alles würde ich tun, Lieber . . .« Ihre Liebe war wie ein Todesurteil.

339

»Nichts, Liebling«, sagte er, »nichts kannst du tun. Geh schlafen, laß dich von mir nicht aufhalten.« Aber kaum hatte sie sich zur Treppe gewandt, hielt er sie doch zurück. »Lies mir etwas vor«, sagte er. »Du hast heute ein neues Buch bekommen. Lies mir etwas daraus vor.«

»Es würde dir nicht gefallen, Ticki. Es sind Gedichte.«

»Macht nichts. Vielleicht bringen sie mich zum Einschlafen.« Er hörte kaum zu, während sie las. Die Leute sagten, man könne nicht zwei Frauen zugleich lieben, doch was war dieses Gefühl, wenn nicht Liebe? Dieses hungrige Sichversenken in das, was er nie wiedersehen würde. Das ergrauende Haar, die Fältchen in ihrem von Nervosität geprägten Gesicht, der plumper werdende Körper – sie berührten ihn so stark, wie ihre Schönheit es nie vermocht hatte. Sie trug keine Moskitostiefel, und ihre Hausschuhe waren zerrissen und mußten geflickt werden. Es ist nicht die Schönheit, die wir lieben, dachte er, es ist die Unfähigkeit; die Unfähigkeit, jung zu bleiben, es ist das Versagen der Nerven, das Versagen des Körpers. Schönheit gleicht dem Erfolg; man kann sie nicht lange lieben. Er fühlte den übermächtigen Wunsch, sie zu beschützen. Aber genau das habe ich ja vor, dachte er, ich werde sie für immer vor mir schützen. Ein paar Zeilen, die sie las, erregten für einen Moment seine Aufmerksamkeit:

Wir alle fallen, diese Hand da fällt.
Und sieh dir andre an, es ist in allen,
Und doch ist Einer, welcher dieses Fallen
Unendlich sanft in seinen Händen hält.

Die Worte klangen, als seien sie wahr, doch er wies sie von sich. Gewogen, kann Trost auch zu leicht befunden werden, dachte er. Diese Hände werden meinen Fall nicht aufhalten: Ich schlüpfe ihnen durch die Finger, Falschheit und Betrug haben mich schlüpfrig gemacht. Vertrauen war ein Begriff aus einer fremden Sprache, deren Grammatik er vergessen hatte.

»Lieber, du schläfst ja schon halb.«

»Bin nur einen Augenblick eingenickt.«

»Ich gehe jetzt hinauf. Bleib nicht mehr zu lange. Vielleicht brauchst du das Evipan heute nacht nicht.«

Er sah ihr nach. Die Eidechse hing noch an der Wand. Bevor Louise die Treppe erreicht hatte, rief er sie zurück. »Sag gute Nacht, ehe du gehst. Vielleicht schläfst du schon, wenn ich komme.«

Sie küßte ihn flüchtig auf die Stirn, und er streichelte ihr oberflächlich die Hand. Nichts durfte an diesem Abend anders sein als sonst, aber es durfte auch nichts vorfallen, an das sie sich mit Bedauern erinnerte. »Gute Nacht, Louise«, sagte er mit wohlüberlegter Leichtigkeit. »Du weißt, daß ich dich liebe.«

»Natürlich, und ich liebe dich.«

»Ja, gute Nacht, Louise.«

»Gute Nacht, Ticki.« Mehr konnte er nicht tun, ohne daß es auffiel. Als er die Tür hinter ihr zufallen hörte, nahm er die Zigarettenschachtel heraus, in der er die zehn Evipantabletten aufbewahrte. Er gab noch zwei dazu, damit ja nichts schiefging — daß er in zehn Tagen zwei mehr als vorgeschrieben eingenommen hatte, würde bestimmt niemanden mißtrauisch machen. Danach trank er ein großes Glas Whisky, saß dann ganz still da und wartete mit den Tabletten in der Hand auf Mut. Jetzt, dachte er, bin ich endgültig allein; am Gefrierpunkt angelangt.

Aber er irrte sich. Auch das Alleinsein hatte eine Stimme. Es sagte zu ihm: Wirf die Tabletten weg. Du wirst nie wieder genug sammeln können. Wirst verschont bleiben. Laß das Theaterspielen. Geh ins Bett und schlaf dich gründlich aus. Morgen früh wird dein Boy dich wecken, und du wirst in die Polizeidirektion fahren, um wie gewohnt deine Arbeit zu tun. Die Stimme legte besonderen Nachdruck auf das Wort »gewohnt«, wie unter anderen Umständen vielleicht auf die Worte »glücklich« oder »friedlich.«

341

»Nein«, sagte Scobie laut. »Nein!« Er schob die Tabletten in den Mund, jeweils sechs auf einmal, und spülte sie mit zwei großen Schlucken hinunter. Dann schlug er das Tagebuch auf und schrieb unter das Datum des 12. November: *Bei H. R. gewesen; nicht zu Hause. Temperatur um zwei Uhr nachmittags...* Und brach jäh ab, als habe ihn genau in diesem Moment der letzte Schmerz gepackt.

Hinterher saß er stocksteif da und wartete, sehr lange, wie ihm schien, auf die ersten Anzeichen des nahenden Todes; er ahnte nicht, was auf ihn zukam. Er versuchte zu beten, aber der Text des Gegrüßet seist Du, Maria fiel ihm nicht ein, und er spürte seine Herzschläge wie eine Glocke, die die Stunde schlug. Er versuchte es mit einem Reuegebet, doch als er zu den Worten »Ich bereue und bitte um Verzeihung« kam, ballte sich über der Tür eine Wolke zusammen, überzog den ganzen Raum mit Nebel, und er wußte nicht mehr, wofür er um Verzeihung bitten sollte. Er mußte sich mit beiden Händen stützen, um sich aufrecht zu halten, aber er hatte vergessen warum. Irgendwo, weit weg, glaubte er Schmerzensschreie zu hören. »Ein Gewitter«, sagte er laut, »ein Gewitter zieht auf.« Die Wolken wurden dichter, und er versuchte aufzustehen, um die Fenster zu schließen. »Ali!« rief er. »Ali!« Es kam ihm so vor, als suche jemand irgendwo da draußen nach ihm, rufe ihn, und mit letzter Anstrengung bemühte er sich, sich bemerkbar zu machen. Er rappelte sich auf die Füße und hörte sein Herz eine Antwort hämmern. Er hatte eine Botschaft zu übermitteln, aber die Dunkelheit und das Gewitter trieben sie in den Käfig seiner Brust zurück, und die ganze Zeit über irrte außerhalb des Hauses und außerhalb der Welt, die ihm wie Hammerschläge in den Ohren dröhnte, jemand umher, begehrte Einlaß, flehte um Hilfe, jemand der ihn brauchte. Und bei diesem Todesschrei, dem Schrei eines Opfers, riß Scobie sich automatisch zusammen, um zu handeln. Gewaltsam holte er aus unendlicher Ferne sein Bewußtsein zurück, um Antwort zu geben. Er sagte laut:

»Lieber Gott, ich liebe...« Doch die Anstrengung war zu groß, und er fühlte seinen Körper nicht mehr, als er zu Boden schlug, hörte auch nicht mehr das leise Klappern des Amuletts, das wie eine Münze unter den Eisschrank rollte – das Amulett mit der Heiligen, deren Namen niemand mehr wußte.

DRITTER TEIL

Erstes Kapitel

1

»Ich habe mich ferngehalten, solange ich konnte«, sagte Wilson, »dachte mir dann aber, ich könnte Ihnen vielleicht irgendwie helfen.«

»Alle Leute«, sagte Louise, »waren sehr freundlich zu mir.«

»Ich hatte ja keine Ahnung, daß er so krank war.«

»Da hat Ihnen Ihre ganze Spioniererei nicht geholfen, nicht wahr?«

»Das war meine Aufgabe«, sagte Wilson. »Und außerdem liebe ich Sie.«

»Wie leicht Ihnen das Wort über die Lippen geht, Wilson.«

»Sie glauben mir nicht?«

»Ich glaube keinem, der Liebe, Liebe, Liebe sagt und ich, ich, ich meint.«

»Dann werden Sie mich also nicht heiraten?«

»Im Moment sieht es nicht danach aus, oder? Aber eines Tages tu' ich's vielleicht. Ich weiß nicht, was das Alleinsein einem antun kann. Aber sprechen wir nicht mehr über Liebe, es war seine liebste Lüge.«

»Ihrer beider liebste Lüge.«

»Wie hat sie es aufgenommen, Wilson?«

»Ich habe sie heute nachmittag mit Bagster am Strand getroffen. Und wie ich hörte, war sie gestern abend im Club ein bißchen beschickert.«

»Sie hat überhaupt keine Würde.«

»Ich habe nie begriffen, was er in ihr gesehen hat. Ich würde Sie nie betrügen, Louise.«

»Wissen Sie, er war sogar noch am Nachmittag seines Todestages bei ihr.«

»Woher wissen Sie das?«

»Steht alles in seinem Tagebuch. In seinem Tagebuch hat er nie gelogen. Hat er nie Dinge gesagt, die er nicht ernst meinte – zum Beispiel Liebe.«

Drei Tage waren vergangen, seit Scobie hastig beerdigt worden war. Dr. Travis hatte den Totenschein ausgestellt – *Angina pectoris*. In diesem Klima war eine Obduktion schwierig und auf jeden Fall überflüssig, obwohl Dr. Travis vorsorglich die Evipantabletten nachgezählt hatte.

»Wissen Sie«, sagte Wilson, »als mein Boy mir berichtete, er sei nachts plötzlich verstorben, dachte ich zu allererst an Selbstmord.«

»Es ist seltsam, wie leicht es mir fällt, über ihn zu sprechen«, sagte Louise, »jetzt, da er tot ist. Und doch habe ich ihn geliebt, Wilson. Ich habe ihn geliebt, aber er scheint schon unendlich lange fort zu sein.«

Es war, als habe er im Haus nichts zurückgelassen, außer ein paar Anzügen und einer Grammatik des Mende-Dialekts; in seinem Büro eine Schublade voller Krimskrams und ein Paar verrosteter Handschellen. Im Haus hatte sich jedoch nichts verändert. Die Bücherregale waren noch genauso voll wie vor Scobies Tod. Es kam Wilson so vor, als sei es immer *ihr* Haus gewesen, nicht das seine. Bildete er es sich nur ein, daß ihre Stimmen ein bißchen hohler klangen, so, als stehe das Haus leer.

»Haben Sie es die ganze Zeit gewußt – das von ihr?« fragte Wilson.

»Deshalb bin ich ja zurückgekommen. Mrs. Carter hatte mir geschrieben, daß die Leute schon darüber redeten. Davon hat er natürlich nichts geahnt. Er dachte, er habe es unendlich schlau angestellt. Und beinahe hätte er mich davon überzeugt, daß es vorbei war. Wenn jemand mit solcher Selbstverständlichkeit zur Kommunion geht wie er...«

»Wie hat er das mit seinem Gewissen vereinbart?«

»Einige Katholiken halten es so, glaube ich. Gehen beichten und machen ruhig weiter. Ich habe ihn aber für aufrichtiger gehalten. Wenn ein Mensch tot ist, erfährt man einiges über ihn.«

»Er hat von Yusef Geld genommen.«

»Auch das kann ich jetzt glauben.«

Wilson legte Louise die Hand auf die Schulter und sagte: »Sie können mir vertrauen, Louise. Ich liebe Sie.«

»Ich glaube, das tun Sie wirklich.« Sie küßten sich nicht; dafür war es zu früh, aber sie saßen in dem hohl-klingenden Raum, hielten sich an den Händen und lauschten den Geiern, die auf dem Wellblechdach herum-stiegen.

»Es gibt also ein Tagebuch«, sagte Wilson.

»Er hat darin geschrieben, als er starb — oh, nichts In-teressantes. Wollte nur die Temperatur eintragen. Er hat immer die Temperatur protokolliert. Er war kein Ro-mantiker. Gott weiß, was sie in ihm gesehen hat, daß sie es auf sich nahm...«

»Hätten Sie etwas dagegen, daß ich einen Blick hinein-werfe?«

»Wenn Sie wollen«, sagte sie. »Armer Ticki, er hat keine Geheimnisse hinterlassen.«

»Seine Geheimnisse waren nie sehr geheim.« Wilson blätterte eine Seite um, las, blätterte wieder um. Er sagte: »Hat er sehr lange an Schlaflosigkeit gelitten?«

»Ich war immer der Meinung, er schlafe wie ein Mur-meltier, egal, was um ihn herum passierte.«

»Ist Ihnen aufgefallen, daß die Bemerkungen über seine Schlaflosigkeit erst nachträglich hinzugefügt worden sind?« fragte Wilson.

»Woher wissen Sie das?«

»Man muß nur die Farbe der Tinte vergleichen«, sagte er. »Und diese genauen Eintragungen hinsichtlich der Einnahme von Evipan — das kommt mir alles sehr gekünstelt, sehr gewollt vor. Aber vor allem ist es die Farbe der Tinte. Es macht einen nachdenklich.«

Sie unterbrach ihn entsetzt. »O nein, das hätte er nie tun können! Denn schließlich war er trotz allem *Katholik*.«

2

»Lassen Sie mich hinein, nur auf einen kleinen Drink«, bettelte Bagster.

»Wir hatten doch schon vier am Strand.«

»Nur noch einen ganz kleinen.«

»Na schön«, sagte Helen. Soweit es sie betraf, schien es keinen Grund mehr zu geben, irgend jemandem irgend etwas für immer zu verweigern.

»Wissen Sie, daß Sie mich zum erstenmal eingelassen haben?« sagte Bagster. »Hübsch haben Sie es sich gemacht. Wer hätte gedacht, daß es in einer Wellblechhütte so gemütlich sein könnte.«

Wir sind vielleicht ein Paar, dachte sie; rote Gesichter und Ginfahnen. Bagster gab ihr einen feuchten Schmatz auf die Oberlippe und schaute sich wieder um. »Haha«, sagte er, »die gute alte Flasche.« Nachdem er noch ein Glas getrunken hatte, zog er die Uniformjacke aus und hängte sie sorgfältig über eine Stuhllehne. Er sagte: »Lassen wir unser Rapunzelhaar herunter, und reden wir von Liebe.«

»Muß das sein?« sagte Helen. »Schon?«

»Zeit, das Licht einzuschalten«, sagte Bagster. »Die Dämmerung. Überlassen wir George die Kontrolle.«

»Wer ist George?«

»Der Autopilot — die automatische Steuerungsanlage, natürlich. Du mußt noch eine Menge lernen.«

»Ein andermal, wenn ich bitten darf.«

»Es gibt nie einen besseren Moment für einen Sturzflug als das Jetzt«, sagte Bagster und schob sie energisch zum

Bett. Warum nicht? dachte sie. Warum nicht? Wenn er es will? Bagster ist so gut wie jeder andere. Es gibt auf der ganzen Welt niemanden, den ich liebe, und alles andere zählt nicht. Warum also soll ich ihnen ihre Sturzflüge (das war Bagsters Ausdruck) nicht gönnen, wenn sie so wild darauf sind?

Stumm lag sie auf dem Bett, schloß die Augen und nahm in der Dunkelheit nichts, aber auch gar nichts wahr. Ich bin allein, dachte sie ohne Selbstmitleid, stellte nur eine Tatsache fest wie etwa ein Forscher, dessen Gefährten an Entkräftung gestorben waren.

»Bei Gott, begeistert bist du nicht«, sagte Bagster, und sein Ginatem umfächelte sie in der Dunkelheit. »Liebst du mich nicht wenigstens ein bißchen?«

»Nein«, sagte sie. »Ich liebe niemanden.«

»Aber Scobie hast du geliebt«, stieß er wütend hervor und fügte rasch hinzu: »Verzeih. Es war gemein von mir, so etwas zu sagen.«

»Ich liebe niemanden«, wiederholte sie. »Tote kann man nicht lieben, oder? Sie existieren nicht. Es wäre so, als liebte man einen Geist, nicht wahr?« Sie fragte und fragte, als erwarte sie sogar von Bagster eine Antwort. Sie hielt die Augen geschlossen, denn wenn es dunkel war, fühlte sie sich dem Tod näher, dem Tod, der ihn ihr genommen hatte. Das Bett schaukelte leicht, als Bagster aufstand, und der Stuhl knarrte, als er seine Uniformjacke nahm. Er sagte: »Ein solcher Lump bin ich nicht, Helen. Du bist nicht in Stimmung. Sehen wir uns morgen?«

»Ich nehme an.« Es gab keinen Grund, irgend jemandem irgend etwas zu verweigern, doch sie war ungeheuer erleichtert, daß sie am Ende doch davongekommen war.

»Gute Nacht, altes Mädchen«, sagte Bagster. »Wir sehen uns.«

Sie schlug die Augen auf und sah, wie sich ein Fremder in staubiger Fliegeruniform an der Tür zu schaffen machte. Einem Fremden aber kann man alles sagen — er zieht weiter und vergißt wie ein Wesen aus einer anderen Welt. Sie fragte: »Glaubst du an einen Gott?«

»Oh, also ja, ich denke schon«, sagte Bagster und befingerte seinen Schnurrbart.

»Ich wünschte, ich könnte an ihn glauben«, sagte sie. »Ich wünschte, ich könnte es.«

»Nun ja«, sagte Bagster, »sehr viele Menschen tun es. Jetzt muß ich aber los. Gute Nacht.«

Wieder war sie mit sich allein, in der Dunkelheit hinter ihren Lidern, und sehnsüchtiges Verlangen strampelte in ihrem Leib wie ein Kind. Sie bewegte die Lippen, doch alles, was ihr einfiel, war: »In Ewigkeit. Amen...« Den Rest hatte sie vergessen. Sie streckte die Hand zur Seite und berührte das andere Kissen, als gebe es vielleicht doch eine Chance unter tausend, daß sie nicht allein sei; und wenn sie jetzt nicht allein war, würde sie es nie wieder sein.

3

»*Mir* wäre es nie aufgefallen, Mrs. Scobie«, sagte Pater Rank.

»Wilson hat es sofort gemerkt.«

»Irgendwie ist mir ein so pedantisch aufmerksamer Mensch unsympathisch.«

»Es ist seine Aufgabe, auf alles zu achten.«

Pater Rank warf ihr einen raschen Blick zu. »Als Buchhalter?«

Sie sagte niedergeschlagen: »Pater, haben Sie keinen Trost für mich?«

Oh, diese Gespräche, dachte er, die nach einem Todesfall in einem Haus geführt werden, das unterste wird zu oberst gekehrt, es wird diskutiert, gefragt, gefordert – so viel Lärm im Umfeld des Schweigens.

»Sie haben zeitlebens sehr, sehr oft Trost gefunden, Mrs. Scobie. Wenn das wahr ist, was Wilson denkt, ist er es, der unseres Trostes bedarf.«

349

»Wissen Sie alles, was ich über ihn weiß?«

»Natürlich nicht, Mrs. Scobie. Sie waren fünfzehn Jahre mit ihm verheiratet, nicht wahr? Ein Priester erfährt nur die unwichtigen Dinge.«

»Die unwichtigen Dinge?«

»Oh, ich meine die Sünden«, sagte er ungeduldig. »Kein Mensch kommt zu uns und beichtet seine Tugenden.«

»Ich nehme an, Sie wissen von Mrs. Rolt. Die meisten Leute haben es gewußt.«

»Arme Frau.«

»Wieso denn das?«

»Mir tut jeder leid, der sich – glücklich und unwissend – mit einem von uns auf eine solche Geschichte einläßt.«

»Er war ein schlechter Katholik.«

»Das ist der dümmste Satz im täglichen Sprachgebrauch«, sagte Pater Rank.

»Und am Ende – diese entsetzliche Tat. Er muß gewußt haben, daß er sich selbst in die ewige Verdammnis stürzte.«

»Und ob er das wußte. Er hat nie an Gnade und Barmherzigkeit geglaubt, nicht für sich jedenfalls, immer nur für andere.«

»Man kann nicht einmal für ihn beten.«

Pater Rank klappte das Tagebuch zu und sagte zornig: »Um Himmels willen, Mrs. Scobie, bilden Sie sich doch nicht ein, Sie – oder ich – wüßten etwas über Gottes Gnade.«

»Die Kirche sagt ...«

»Ich weiß, was die Kirche sagt. Die Kirche kennt alle Regeln. Aber weiß sie auch, was im Herzen eines einzelnen Menschen vorgeht?«

»Dann glauben Sie also, daß es noch Hoffnung gibt?« fragte sie müde.

»Warum empfinden Sie so große Bitterkeit gegen ihn?«

»Mir ist alle Bitterkeit vergangen.«

»Und glauben Sie wirklich, Gott könnte bitterer zürnen als eine Frau?« fragte er mit schroffer Hartnäckigkeit, aber sie verschloß sich jedem Argument, das Hoffnung versprach.

»Oh, warum, warum nur mußte er alles so verderben?«

»Es klingt vielleicht merkwürdig, wenn man so etwas sagt, nachdem ein Mann ein solches Unrecht begangen hat«, antwortete Pater Rank, »doch nach allem, was ich von ihm weiß, bin ich überzeugt, daß er Gott wirklich geliebt hat.«

Sie hatte eben noch geleugnet, Bitterkeit zu empfinden, dennoch sickerte wieder ein wenig davon wie Tränen aus ausgetrockneten Kanälen. »Ganz gewiß hat er sonst niemanden geliebt«, sagte sie.

»Und auch hier mögen Sie recht haben«, entgegnete Pater Rank.

Anthony Grey

BANGKOK

EIN TÖDLICHES GEHEIMNIS!

THRILLER

Mit BANGKOK gelang Anthony Grey
ein virtuoser Thriller. Eine Vielzahl
interessanter Fakten und die
unverwechselbare Atmosphäre des
Fernen Ostens machen dieses Buch zu
einem Roman der Meisterklasse.

„ANTHONY GREY, EIN MEISTERHAFTER ERZÄHLER."
NEW YORK BOOK REVIEW

464 Seiten, gebunden
ISBN 3-552-04602-X

ZSOLNAY